MORGANE MONCOMBLE
Bad At Love

MORGANE MONCOMBLE

BAD
AT
LOVE

ROMAN

Ins Deutsche übertragen von
Ulrike Werner-Richter

LYX in der Bastei Lübbe AG
Dieser Titel ist auch als E-Book und Hörbuch erschienen.

Die Bastei Lübbe AG verfolgt eine nachhaltige Buchproduktion. Wir
verwenden Papiere aus nachhaltiger Forstwirtschaft und verzichten
darauf, Bücher einzeln in Folie zu verpacken. Wir stellen unsere Bücher
in Deutschland und Europa (EU) her und arbeiten mit den
Druckereien kontinuierlich an einer positiven Ökobilanz.

Die Originalausgabe erschien 2019 unter dem Titel
»Nos âmes tourmentées« bei Hugo et Compagnie, Paris, Frankreich.

Für die deutschsprachige Ausgabe:
Copyright © 2020 by Bastei Lübbe AG, Köln
Redaktion: Silvana Schmidt
Covergestaltung: ZERO Werbeagentur, München,
unter Verwendung eines Motivs von © Arcangel / Elisabeth Fredriksson
Satz: Greiner & Reichel, Köln
Gesetzt aus der Adobe Caslon
Druck und Einband: GGP Media GmbH, Pößneck
Printed in Germany
ISBN 978-3-7363-1299-9

9 11 13 12 10

Sie finden uns im Internet unter: lyx-verlag.de
Bitte beachten Sie auch: luebbe.de und lesejury.de

Für die Mutigen,
die jenseits des Lebensschmerzes leben.

Playlist

Maggie Lindemann – *Pretty Girl*
Olivia O'Brien – *Empty*
Olivia O'Brien – *Trust Issues*
James Arthur – *Sermon*
James Arthur – *You Deserve Better*
Shawn Mendes – *Bad Reputation*
Sia – *Elastic Heart*
Sia – *Big Girls Cry*
Sia – *Breathe Me*
Kehlani – *Gangsta*
Ariana Grande – *Dangerous Woman*
The Cinematic Orchestra – *To Build A Home*
Beyoncé – *Flaws and All*
Halsey – *Bad At Love*
Halsey – *Devil In Me*
The Weeknd – *Die For You*
Ruelle – *The Other Side*
Dear Evan Hansen (Original Cast) – *You Will Be Found*
Bebe Rexha – *I'm a Mess*
Bebe Rexha – *Don't Get Any Closer*
Marvin Gaye – *Ain't No Mountain High Enough*
Maroon 5 – *She Will Be Loved*
Why Don't We – *Hooked*
OneRepublic – *Made For You*
Skylar Grey – *Final Warning*
Olly Murs – *Troublemaker*
Cassie – *Long Way 2 Go*
P!nk – *Slut Like You*
Shawn Mendes – *Kid in Love*
The Jackson 5 – *I Want you back*
Idina Menzel – *Let It Go (Frozen)*

Anmerkung der Autorin

Triggerwarnung

Dieses Buch ist ganz anders als alles, was ich bisher geschrieben habe.

Manchmal ist es mir ziemlich schwergefallen. Es gab Tage, an denen ich mir die Frage stellte: »Warum habe ich nicht einfach wieder einen Roman voller Schokolade und Regenbögen geschrieben?« Die Antwort lautet schlicht: Weil es im Leben auch darum geht: um das Düstere, das Unschöne, das Traurige. Und auch wenn wir vor solchen Dingen in aller Regel lieber die Augen verschließen, verschwinden sie dadurch nicht.

Ich persönlich möchte darüber sprechen.

Nicht nur, um die Qualen in der Vergangenheit meiner Romanfiguren zu beschreiben, sondern auch, um zu einer Diskussion einzuladen und zu ernsthaftem Nachdenken anzuregen. Denn auch dazu dienen Bücher, nicht wahr?

Bad At Love reißt schwierige Themen an, die bei einigen Menschen, die ähnliche Erfahrungen gemacht haben, unangenehme Reaktionen auslösen könnten. Aber vielleicht auch nicht. Leider muss ich jetzt spoilern und das tut mir auch wirklich leid, aber ich möchte euch lieber vorwarnen, um unangenehme Überraschungen zu vermeiden: In diesem Buch geht es um Vergewaltigung, Cybermobbing, *Slutshaming*, Depressionen und Suizid. Und alles ist auf die eine oder andere Weise miteinander verbunden.

Aber ihr werdet auch einige sehr positive Dinge in diesem Buch finden, versprochen! Ganz ehrlich. Die Rede ist von

Liebe, Freundschaft, netten Hunden, Waffeln mit Schlagsahne und viel Humor.

Daher hoffe ich, dass ihr Azalée willkommen heißt und sie so liebt, wie ich sie liebe; sie kann es wirklich brauchen.

Prolog

Sechs Jahre zuvor

Azalée

Es ist fünf Uhr morgens. In zwei Stunden müsste ich aufstehen, um mich für die Schule fertig zu machen, aber ich bin geistig und körperlich völlig erschöpft. Ich sehne mich nach Schlaf, nach einer Pause, wenigstens für eine Minute. Und doch stehe ich hier unter der Dusche. Im Dunkeln, um meine Mutter nicht zu wecken. Ich wasche mich, und zwar gründlich. Ich seife mich ein, schrubbe und reibe, reibe heftiger, immer heftiger, als wolle ich einen unsichtbaren Virus loswerden. Schon seit zwanzig Minuten schäume ich meinen nackten Körper ein, aber es bringt nichts.

Dabei heule ich Rotz und Wasser, obwohl ich mir selbst vormache, es gar nicht zu bemerken. Wie auch immer, die Wassertropfen schwemmen meine Tränen zu meinen Füßen hinunter. Ich scheuere meine Haut so kräftig, dass sie unter meinen Fingern rot wird. So weh es auch tut, ich mache weiter.

Ich habe keine andere Wahl.

»Weg mit dir, weg mit dir, weg mit dir …«

Ich ziehe den ganzen Zirkus durch, bis meine Haut unter dem Waschlappen zu bluten beginnt und die Seife wie Salz auf einer Wunde brennt.

Endlich steige ich aus der Dusche, trockne mich ab und ermahne mich, nicht mehr zu weinen. *Sei stark, Azalée.*

Ich weiß ganz genau, dass ich nie wieder sauber sein werde … und doch versuche ich es jeden Abend aufs Neue.

Erster Teil

Zurück zu den Anfängen

1

Juni 2018

Azalée

Willkommen bei Dear Patriarchy,
wusstet ihr, dass Hysterie eine Neurose ist, die Frauen häufiger betrifft als Männer? Das Wort selbst kommt aus dem Lateinischen *hystericus*, was »die Gebärmutter betreffend« bedeutet, und beschreibt unkontrollierbare emotionale Übertreibungen.
Na toll.
Interessieren würde mich, ob sich jemals jemand für zwei Minuten hingesetzt und sich gefragt hat: »Bei allem, was wir den Frauen antun – ist es da ein Wunder, dass sie ausflippen?« Aus Angst und Pflichtgefühl sind wir so lang still und gehorsam gewesen, dass es inzwischen genügt, sich ganz normal zu verhalten, um als hysterisch bezeichnet zu werden.
Wenn wir einmal schlechte Laune haben, werden wir sofort gefragt, ob wir unsere Tage haben.
Nein, ich habe keineswegs meine Periode, Blödmann. Ich bin einfach nur wütend.
Und ich finde, dass wir alle verdammt noch mal jedes Recht der Welt dazu haben.

Mein Flugzeug geht in anderthalb Stunden. Ich muss noch: 1. meinen Koffer packen, 2. ein Aspirin einnehmen und 3. ganz New York City durchqueren, um rechtzeitig zum Flughafen zu kommen. Aber ich liege noch immer komplett angezogen im Bett und verfluche diesen unglückseligen Abend.

Zu meiner Verteidigung: Es war Tori – meine Chefin und Freundin –, die darauf bestanden hat, am Vorabend meiner Abreise noch ein Glas miteinander zu trinken.

Letztendlich wurden es fünf pro Person. Wenn aber 5+5=10 ergibt und eine Null ohnehin nichts zählt, war es also jeweils ein Glas für jede von uns. Läuft bei uns.

Nachdem ich ein paar Klamotten in einen Koffer geworfen habe, nehme ich ein Taxi und versuche, auf der Rückbank mit der Sonnenbrille auf der Nase schweigend nüchtern zu werden. Mein Telefon vibriert auf meinen Oberschenkeln. Ich habe eine Nachricht bekommen.

Tori: Ich hoffe doch, du bist aufgestanden????

Ich verdrehe die Augen und beruhige sie.

Ich: Auf dem Weg zu den Spuren von Nicholas Sparks, Baby!
Tori: Uff. Genieß deine Ferien, ich genehmige so etwas nicht oft.

Angesichts des Wortes »Ferien« verziehe ich ein bisschen das Gesicht. Wir wissen beide, dass die Sache nicht wirklich lustig ist, aber wir tun gern so als ob.

So ist es nämlich einfacher.

Tori und ich kennen uns erst seit einem Jahr, nämlich seit ich in New York ankam. Sie arbeitete in einem neuen Café ganz in der Nähe meiner ziemlich miesen Wohnung. Bei unserer ersten Begegnung kritisierte ich ihre Cupcakes, die ich »ungenießbar und zu rosa« fand.

Verärgert fragte sie mich, was ich für ein Problem mit Rosa hätte und forderte mich auf, es besser zu machen. Weil ich gerne recht behalten, habe ich die Herausforderung angenommen.

Nachdem Tori meine Cupcakes mit weißer Schokolade und Veilchenaroma probiert hatte, schaute sie mich nachdenklich an und sagte dann:

»Suchst du einen Job?«

Ich zuckte die Schultern. Ich war gerade aus Tennessee gekommen, mein gesamtes Hab und Gut steckte in einem riesigen Rucksack und ich hatte nicht mehr als ein paar Hundert Dollar in der Tasche.

Es ließ sich also durchaus sagen, dass ich einen Job brauchte.

»Gut, morgen früh um sieben fängst du an. Und hör auf mit diesem Knacki-Blick. Man könnte meinen, dass du die halbe Welt k.o. schlagen willst.«

So begann mein neues Leben in New York. Es ist die erste Stadt, in der ich länger geblieben bin, seit ich nach meinem 18. Geburtstag vor vier Jahren Charleston verlassen habe. Ich bin eine echte Nomadin, die es nirgendwo lange aushält. Vermutlich, weil ich zu nichts anderem tauge, als wegzulaufen.

»Behalten Sie den Rest«, sage ich und steige aus dem Taxi.

Ich lade meinen Koffer aus und ziehe ihn völlig entspannt hinter mir her ins Flughafengebäude. Ich bin pünktlich auf die Minute. Mein Gesicht sieht zum Weglaufen aus, aber das ist nicht weiter schlimm. Heute Morgen habe ich meine Schürze gegen Boyfriend Jeans, ein Paar Timberlands, ein langes weißes Tanktop und meine zeitlose schwarze Bomberjacke eingetauscht.

Tori beschwert sich immer und behauptet, ich sähe aus wie ein »Kerl« – sie hat fast einen Herzinfarkt bekommen, als ich sie einmal zu einem meiner Kickboxkurse mitnahm. Mir persönlich ist mein Outfit egal. Männer haben sich bisher nicht darüber beschwert. Und was soll das überhaupt heißen, »sich wie ein Kerl anziehen«?

Während ich meine Jacke ausziehe und alles auf das Laufband lege, beginnt mein Smartphone erneut zu vibrieren. Diesmal erscheint das Bild des miesepetrigen Grinch auf dem Display. Ich seufze entnervt, dann merke ich, dass der Mann vor mir das Bild auch gesehen hat. Er sieht mich an, als ob er nicht verstehen könne, warum der Grinch mich anruft.

Ich zucke die Schultern und melde mich.

»Hallo.«

»Hi, hier ist deine Tante! Wie geht es dir, Süße?«

Ich schüttele den Kopf, während ich mir die Jacke wieder anziehe. Natürlich ist es meine Tante. Ich habe schließlich das Bild gesehen.

»Hi, Auntie. Mir geht es gut. Und dir?«

Jetzt wird sie mich fragen, ob ich in diesem Scheiß-Flugzeug sitze, das weiß ich genau. Ich überlege schon, ob ich ihr ein Selfie mit dem Piloten schicken soll, um sie loszuwerden.

»Alles bestens. Ruhig halt. Dein Onkel ist mit George zum Angeln gefahren. Nicht der George aus der Kirche, sondern der George aus …«

»Ja, Auntie, das ist toll«, unterbreche ich sie und lege einen Schritt zu. »Aber ich habe gerade nicht viel Zeit.«

»Bist du am Flughafen?«

Bingo.

»Schon im Flugzeug. Eben werden wir gebeten, sofort die Handys auszuschalten. Wenn sie nämlich an bleiben, könnte das Flugzeug abstürzen, weil die Triebwerke …«

»Oh ja, klar, absolut richtig!«, ruft sie panisch, was mich ungewollt zum Lächeln bringt. »Tu, was sie sagen. Leg auf, Süße, leg auf! Wir sprechen uns später!«

Ich gehorche, wünsche ihr einen schönen Tag und stoße einen tiefen Seufzer aus. Ich mag meine Tante, aber nur in einer gewissen Entfernung. Weit weg zum Beispiel. *Sehr* weit weg.

Als Kind nannte ich sie »den Grinch«, weil sie sich zu Weihnachten immer geizig zeigte. Obwohl sie das einzige mir verbliebene Familienmitglied ist, besuche ich sie nie. Sie redet nämlich immer nur über »die gute alte Zeit«, und das kann ich nicht ertragen.

Als ich klein war, hat sie uns nur selten besucht. Warum also hat sie es sich in den Kopf gesetzt, mich seit einem Monat ständig anzurufen?

Ach, stimmt ja. Weil meine Mutter gestorben ist.

Angeblich ein Autounfall.

Ich habe nicht geweint, als ich die Nachricht erhielt. Und auch seither nicht – es ist jetzt ein halbes Jahr her. Stattdessen habe ich den folgenden Tag mit Shopping verbracht. Tori hat behauptet, das wäre der Schock gewesen. Ich war nicht einmal auf der Beerdigung. Ich hatte nicht die Kraft dazu.

Daher war es eine echte Überraschung, als ich erfuhr, dass meine Mutter mir alles hinterlassen hat – einschließlich unseres Strandhauses in South Carolina. Ich hatte vier Jahre lang keinen Kontakt mehr zu ihr, und dann vererbt sie mir den Ort meiner schlimmsten Albträume.

Die Ironie des Schicksals.

Aus diesem Grund kehre ich für den Sommer nach Charleston zurück – dorthin, wo so viel passiert ist.

In die Stadt, in die ich nie wieder einen Fuß setzen wollte.

»Hier sind die Schlüssel. Im Schlüsselmäppchen ist noch ein Ersatzschlüssel. Sollen wir zusammen hineingehen, oder …«

Ich greife nach meinem Koffer und unterbreche den Mann: »Schon gut, ich kenne mich aus. Vielen Dank.«

»Gern geschehen«, lächelt er. Seine Haut ist von der Sonne ganz verbrannt. »Willkommen in Charleston! Ein wirklich schönes Haus haben Sie da.«

Mein Haus. Wow, an die Vorstellung muss ich mich erst noch gewöhnen.

Ich antworte nicht und schaue ihm dabei zu, wie er das Gesicht verzieht und davongeht. Ich hatte geplant, mich während des Fluges vorzubereiten, aber mir scheint, dass alle Zeit der Welt nicht dafür gereicht hätte. Eine Welle unkontrollierbarer Übelkeit überwältigt mich, als ich das Haus betrachte, in dem ich aufgewachsen bin.

Es steht am Strand von Folly Beach, unmittelbar neben einem ähnlichen wenn auch kleineren Haus. Es hat zwei Etagen und eine große weiße Holztreppe, die zur Haustür führt. Ich steige hinauf und schiebe die schlechten Erinnerungen, die mich heimsuchten, möglichst weit von mir weg.

Du kannst es schaffen, Azalée. Zwei Monate, mehr brauchst du nicht, um dieses verdammte Haus zu verkaufen.

Ich zwinge mich, das Wohnzimmer zu betreten und meine Sachen neben der Couch zu deponieren. Nichts hat sich verändert. Die weißen Wände, der Sessel mit dem abgenutzten Lederbezug, auf den ich mich immer setzte, um meinem besten Freund Andrew Chips ins Gesicht zu werfen.

Eigentlich habe ich dort auch ein paar gute Momente erlebt.

Ich öffne die Terrassentür zum Garten, und die warme Luft liebkost meine nackten Arme, als ich die Holzterrasse betrete. Die Aussicht ist atemberaubend. Das hatte ich ganz vergessen.

Ein alter Bootssteg führt direkt zum Strand, einer ruhigen kleinen Ecke von Folly Beach. Das Meer ist heute ziemlich aufgewühlt, aber das Geräusch der Wellen, die sich auf dem Sand brechen, beruhigt mich.

Ein markanter Unterschied zum Big Apple.

Ich beschließe, einen Rundgang durch das Haus zu machen, und gehe hastig an meinem alten Zimmer vorbei, das sich seit vier Jahren nicht verändert hat. Auf meinem ungemachten Bett stapeln sich staubige Schallplattencover. Unwillkürlich kommen mir die Tränen.

Man könnte meinen, meine Mutter hätte darauf gewartet, dass ich zurückkomme.

Das ist zu viel. Ich will gerade die Treppe hinuntergehen, als etwas Weiches meinen Knöchel streift. Ich quietsche erschrocken.

Vor mir steht ein kleiner Hund und wedelt heftig mit dem Schwanz. Es ist ein süßer junger Beagle, der nur gestreichelt werden will. Erleichtert lächele ich und gehe in die Hocke, um seiner Bitte nachzukommen.

»Na, Dickerchen. Bist du ganz allein?«

Er hechelt und schmiegt seinen Kopf in meine streichelnde Hand. Ich schätze, er ist durch die angelehnte Terrassentür hereingekommen.

»Weißt du was?«, flüstere ich in das niedliche Gesicht mit der kleinen Nase. »Ich nenne dich … Frechdachs. Das passt zu dir, findest du nicht?«

Ich lasse ihn los und richte mich auf, damit er in sein Körbchen auf der Terrasse der Nachbarn zurückkehren kann.

Als Nächstes gehe ich einkaufen. Das Auto meiner Mutter schaut mich einladend an; nach dem Unfall, der sie das Leben kostete, wurde es wieder hergerichtet, aber ich ignoriere es und beschließe, zu Fuß zu gehen.

Und so spaziere ich durch die von Vorkriegshäusern gesäumten Straßen. Die meisten Residenzen sind viktorianisch inspiriert. Ich sehe mich Hand in Hand mit Josh durch die gleichen Straßen gehen und seiner Erklärung lauschen, warum einige Türen eine so schöne himmelblaue Farbe haben. Fast kann ich die Stimme meines Ex-Freundes hören, der für mich den Reiseleiter spielt und mich mit seiner besten Imitation von Sylvester Stallone begeistert – übrigens der einzigen Stimme, die er beherrscht.

»Hör zu, es ist ein alter Aberglaube: Angeblich hält das Blau, das hier *Haint Blue* genannt wird, böse Geister fern, weil sie nicht schwimmen können und das Blau mit Wasser verwechseln.«

Am darauffolgenden Tag bat ich Josh aus schierem Übermut, blaue Farbe zu kaufen und mir dabei zu helfen, unsere Tür zu streichen. Meine Mutter schätzte das gar nicht und wurde wütend. Wir mussten alles wieder weiß streichen, was nicht mehr ganz so lustig war.

Ich gehe in den ersten Supermarkt, den ich sehe, und behalte meine Sonnenbrille auf der Nase.

Himmel, hoffentlich erkennt mich niemand.

Ich greife gerade nach einem Päckchen Müsli, als mich das Klingeln meines Telefons aus meiner Träumerei reißt. Die Familienmutter neben mir wirft mir einen missbilligenden Blick zu, als sie hört, wie Les Plastiscines verkünden, dass ich eine *Bitch* bin. Ich strahle sie an.

»Ja?«

»Hallo, Schätzchen. Gut angekommen?«

Toris Stimme entlockt mir ein Lächeln.

»Schon … Ich bin zwar erst zwei Stunden hier, aber ich war noch nie so froh, dass ich vor vier Jahren hier die Biege gemacht habe. Überall sind Touris und dann diese Hinterwäldler, die seit drei Generationen hier leben«, sage ich, ohne lange nachzudenken.

Tori lacht. Sie versteht wahrscheinlich nicht, wovon ich rede, weil sie die große Stadt nie verlassen hat. Ich schaue auf die Uhr. Wahrscheinlich ist sie im Café.

»Ist der Laden ohne mich noch nicht im Chaos versunken?«

»Du bist noch keine vierundzwanzig Stunden weg, überhebliches Weib. Aber nein, bis jetzt noch nicht.«

Mit zwischen Ohr und Schulter eingeklemmtem Telefon bewege ich mich auf den nächsten Gang zu.

»Umso besser. Du solltest jemand anderen einstellen, zumindest um …«

Oh Scheiße. Mein Magen schlägt einen Salto rückwärts und schnürt mir dann die Kehle zu. Ich breche mitten im Satz ab. Mein Mund bleibt offen stehen. Ich höre Tonis Stimme, die mich fragt, ob ich noch dran bin. Ich achte nicht darauf, sondern versuche, trotz meines armen, hämmernden Herzens zur Besinnung zu kommen.

Diese Augen würde ich überall erkennen. Diese grünen Augen, die mich verblüfft anstarren. Diese grünen Augen, von denen ich nicht gedacht hätte, dass ich sie je wiedersehen würde.

»Tori, ich rufe zurück«, flüstere ich und lege auf.

Andrew starrt mich mit aufgerissenen Augen an, während ich immer noch nicht weiß, was ich sagen soll. Er hat sich nicht verändert; seine helle Iris kontrastiert wunderbar mit seiner schwarzen, seidigen Haut. Vor vier Jahren habe ich ihn das letzte Mal gesehen … als ich von einem Tag auf den anderen fortging, ohne jemanden vorzuwarnen.

Klar, dass ich mich gleich in der ersten Stunde nach meiner Rückkehr Auge in Auge, oder besser Einkaufswagen an Einkaufswagen mit meinem ehemaligen besten Freund wiederfinde. *Anscheinend will mich das Schicksal wieder mal verarschen.*

»Azalea … Wow. Du … du bist zurück.«

Azalea. Nicht Aze. Aber eigentlich dürfte mich das nicht überraschen, oder? Und doch bebt mein Herz vor Traurigkeit.

Ich setze die Sonnenbrille ab, die mir offensichtlich nicht geholfen hat, und erwidere sein Lächeln. Erst jetzt merke ich, wie sehr ich ihn vermisst habe.

Dieser Mann und ich haben absolut alles zusammen gemacht.

»Schön, dich wiederzusehen, Loser.«

Sein Spitzname entlockt ihm ein unbehagliches Grinsen. Ungläubig schüttelt er den Kopf und mustert mich von oben bis unten. Ich hätte ihn lieber an einem Tag wiedergesehen, an dem ich nicht verkatert bin, aber es ist, wie es ist. Es sollte mir eine Lehre sein.

Ich bin schon froh, dass er überhaupt noch mit mir spricht, nach dem Schlag, den ich ihm versetzt habe – ihm und auch Josh. Sie wussten ja nicht einmal, ob ich überhaupt noch lebe.

Andrew durchbricht die peinliche Stille, während ich registriere, was in seinem Einkaufswagen liegt: Farbe, Rollen und Pinsel in allen Größen.

»Mein herzlichstes Beileid.«

Ich zucke zusammen und blicke zu ihm auf. Er schaut mich voller Mitgefühl an und reibt sich den Hals. Für einen kurzen Moment verwirrt mich seine Bemerkung.

Ach, stimmt ja. Ich bin in Trauer. Ich schätze, ich sollte eigentlich total niedergeschlagen sein … Warum bin ich es dann nicht? Wie es aussieht, sind andere Leute viel trauriger als ich. Dabei habe schließlich ich meine Mutter verloren. Wenigstens geht er nicht auf meine Abwesenheit bei der Beerdigung ein.

»Na? Renovierst du?«, frage ich ihn statt einer Antwort.

Er blickt mich fragend an. Ich zeige auf seine Einkäufe.

»Oh nein«, antwortete er, als er versteht, was ich meine. »Das ist für die Arbeit.«

»Bist du Anstreicher?«

»Innendekorateur, ja. Ich habe … Ich habe nach den Zwischenzeugnissen die Schule geschmissen«, gibt er verlegen zu. »Beruflich blieb mir da keine große Wahl.«

Ich nicke stumm, denn mir ist klar, dass sein Vater es sich nicht leisten konnte, ihm ein Studium zu finanzieren. Ich erinnere mich noch sehr gut an die Zeit, als Andrew die alten Klamotten seiner Cousins auftrug … und daran, dass ich meinem Stiefvater Pete Geld stahl und es meinem besten Freund heimlich in die Tasche steckte.

»Und was machst du so?«, wechselt er hastig das Thema.

»Mal dies, mal jenes. Im Moment arbeite ich in einem Café. Ich bereite Cupcakes zu.«

Ein trauriges Lächeln huscht über sein Gesicht. Er hatte wahrscheinlich wie alle anderen erwartet, dass aus mir eine Bardame oder ein Escort Girl würde.

»Schön, dass du klarkommst.«

Ich zucke entspannt die Schultern. Ich freue mich, ihn wiederzusehen. Und noch mehr, weil ich merke, dass er mir nichts nachträgt. Eigentlich müsste er mich hassen und mich beschimpfen.

Aber das ist natürlich ganz und gar nicht sein Stil. Er zieht es vor, seine Wut in Schweigsamkeit zu hüllen und mich mit unausgesprochenen Worten zu bestrafen.

»Dann bist du also zurückgekommen«, seufzt er angespannt. »Wie lange … willst du bleiben?«

Ich denke einige Sekunden über die Frage nach.

»Nicht sehr lange, glaube ich. Ich bin eigentlich nur gekommen, um das Haus zu verkaufen. Hier hält mich nichts.«

Eine Sekunde lang kommt es mir vor, als wäre er endlich sauer. Seine Lippen krümmen sich nach oben und er wirft mir einen verbitterten Blick zu.

»Du hast recht. Die ›Hinterwäldler, die dort seit drei Generationen leben‹, sind sicher ansteckend.«

Ah. Ich verziehe das Gesicht, ehe ich lospruste. Ich weiß, dass er sich ärgert, aber ich kann nicht anders.

»Tut mir leid, aber ich muss los …«, fährt er fort. »Pass auf dich auf. Und willkommen zurück.«

Ich nicke. Erleichterung überschwemmt mein verwundetes Herz. Ich schaue ihm nach. Andrew war immer mein Seelenverwandter und er wusste längst, was ich von Charleston hielt, ehe ich ihn ohne ein Wort des Abschieds hier zurückließ.

Klar habe ich egoistisch gehandelt, aber ich hatte meine Gründe. Wäre ich in dieser Stadt geblieben, hätte ich mich irgendwann aus dem Fenster gestürzt.

Daher entschied ich mich, mich selbst zu retten, anstatt darauf zu warten, dass jemand anderes es für mich tun würde.

2

Juni 2018

Eden

Ich bin in Schwierigkeiten.

Natürlich ist es nicht das erste Mal, dass es mir schwerfällt, den ganzen Monat über die Runden zu kommen, aber ein Vergnügen ist es nie. Mit einem tiefen Seufzer werfe ich einen düsteren Blick auf die Rechnungen, die sich auf dem Schränkchen neben der Haustür stapeln. Ich könnte sie natürlich wegwerfen. Wenn ich sie im Müll der Nachbarin entsorgen würde, könnte ich mir einbilden, sie hätten nie existiert, nicht wahr?

Na ja, ich hatte schon mal bessere Ideen. Und selbst wenn ich es zu ignorieren versuche, die Tatsache bleibt: Diesen Monat wird es verdammt eng. Vor allem wegen des kleinen Wahnsinns, den ich mir gegönnt habe: mir einen Anwalt zu nehmen, dessen Honorar es ihm vermutlich ermöglichen wird, sich ein drittes Haus in der Karibik zu kaufen.

Ich hätte mir natürlich auch irgendeinen Rechtsverdreher nehmen können, nur dass ich es mir absolut nicht leisten kann, diesen Fall zu verlieren.

»Die Sache ist ganz schön vertrackt«, hat er mir heute mit besorgtem Gesicht erklärt.

Was du nicht sagst. Gerade weil es so kompliziert ist, habe ich ihn ja hinzugezogen. Leider habe ich im Moment eine höchstens vierzigprozentige Chance, meinen Fall zu gewinnen. Anders ausgedrückt: »Ich mache mir Stress für nichts« – O-Ton Josh.

Ich schalte das Licht in der Küche aus, gehe nach oben, ziehe mein Hemd aus und putze mir die Zähne. Im Bad werfe ich einen neugierigen Blick auf das Fenster gegenüber. Es ist geschlossen und im betreffenden Zimmer brennt kein Licht. Aber als ich von der Arbeit nach Hause kam, habe ich Licht in Sylvias Haus gesehen. Daraus schließe ich, dass ihre Tochter angekommen ist.

Ich erinnere mich noch an die Beerdigung. Gott, ich dachte, dieser Tag würde nie enden. Aber das war ich Sylvia schuldig.

Sie war eine gute Nachbarin, und, soviel ich weiß, auch ein guter Mensch. Aber es hätte wohl jeder sofort bemerkt, dass sie unglücklich war.

Dass die Tochter nicht an der Beerdigung teilnahm, sorgte für viel Gerede. Mir persönlich ist es scheißegal. Soll sie doch machen, was sie will – es ist nicht mein Problem. Ich verurteile niemanden, den ich nicht kenne, und ihr Leben interessiert mich nicht weiter. Ich bemühe mich, mit meinem eigenen klarzukommen, und andere sollten das Gleiche tun.

Es klingelt.

Es gibt nur einen Menschen, der mich um diese Zeit stören würde.

»Scheiße, irgendwann bringe ich ihn um.«

Leise vor mich hin fluchend spüle ich mir den Mund aus, während mein Besucher den Daumen auf der Klingel hält. Dabei hatte ich ihm gesagt, dass er heute Abend nicht kommen soll, weil ich niemanden sehen will. Aber nein. Er hielt es wohl für eine Einladung.

Unten in meiner Küche treffe ich auf Alec. Er ist gerade dabei, sich ein Bier aus dem Kühlschrank zu holen. *What the …*

»Du hast nicht aufgemacht, da bin ich durch das Fenster hereingekommen«, erklärt er mit Unschuldsmiene.

Ja logisch.

»Fühl dich ganz wie zu Hause«, murmele ich.

»Danke schön.«

Alec ist einer meiner wenigen Freunde in Charleston. Zwar wohne ich schon zwei Jahre hier, aber meine wahren Freunde kann ich an einer Hand abzählen. Alec und Josh gehören dazu. Josh habe ich im Fitnessstudio kennengelernt; er studiert Jura, arbeitet aber nebenbei als Fitnesstrainer. Unter anderem gibt er die Kickbox-Kurse, die ich besuche.

Was Alec angeht, so ist er einer von diesen typischen schüchternen Künstlern, die man einfach mögen muss, selbst wenn sie es selbst gar nicht bemerken – ich selbst bin Mechaniker und bringe die Leute eher selten zum Träumen. Alec schreibt die Musik, die sein Zwillingsbruder Cameron mit seiner Rockband in der örtlichen Kneipe, dem *Royal American*, spielt. Meistens treffen wir uns dort, weil Joshs Verlobte Alyssa da kellnert.

»Alec, erinnerst du dich, was ich dir geantwortet habe, als du mich fragtest, ob du vorbeikommen kannst?«, erkundige ich mich und fahre mir mit der Hand übers Gesicht.

Er denkt nach, starrt auf meine Brust, und wiederholt meine Antwort Wort für Wort:

»Ja klar, nach einem langen Arbeitstag wünsche ich mir nichts sehnlicher, als dein Gesicht zu sehen.«

Plötzlich begreife ich das Missverständnis und muss zugeben, dass ich selbst schuld daran bin.

»Das war Sarkasmus, Mann.«

»Ah«, sagt er und runzelt verlegen die Stirn. »Dann willst du also nicht, dass ich hier bin?«

Wie immer lasse ich mich von seinen Gestiefelter-Kater-

Augen erweichen. Ich seufze und sage, er dürfe einen Moment bleiben.

Statt einer Antwort lächelt er nur, geht direkt zu meinem Plattenspieler und schaltet ihn ein. Alec und ich sind leidenschaftliche Musikliebhaber. Ich habe Musik immer schon geliebt, auch wenn ich ein schrecklicher Sänger bin. Jedes Mal, wenn ich aus einem der Waisenhäuser fortlief, in denen ich aufwuchs, gab ich mein Geld für neue CDs aus. Und im Gegensatz zu dem, was meine vielen Tattoos vermuten lassen, stehe ich auf klassische Musik. Geige und Gitarre spiele ich übrigens ganz gut.

Ich höre The Kinks und muss unwillkürlich lächeln. *All Day and All of the Night*, eine sichere Wahl.

»Die anderen kommen übrigens auch gleich«, verkündet Alec und lässt sich auf die Couch fallen.

»Das ist doch hoffentlich ein Witz, Alec?«

Er schaut mich verständnislos an, wendet aber schon eine Sekunde später den Blick ab.

»Nein, ich habe sie eingeladen.«

Alec hat ein Problem mit Sarkasmus und rhetorischen Fragen. Murrend kneife ich für eine Sekunde die Augen zusammen. Ich bin es wirklich leid, dass sie mein Haus zu ihrem Hauptquartier erklären, wenn sie sich abends langweilen.

»Ihr geht mir auf den Keks.«

Plötzlich fällt mir ein, dass ich vergessen habe, Chestnut zu füttern. Ich lasse Alec zwei kurze Minuten allein und gehe auf die Terrasse, wo mein kleiner Beagle liegt und ruhig dem Rauschen der Wellen lauscht. Als er mich sieht, hebt er den Kopf und schaut mich so desillusioniert an, als wolle er sagen: »Na endlich!«

Ich setze mich neben ihn, streichele ihm den Kopf, nehme ihn in die Arme und küsse seine Nase.

»Tut mir leid, Champ. Wo habe ich nur meinen Kopf? Dafür bekommst du heute die doppelte Portion …«

Aber ich unterbreche meinen Satz und runzele die Stirn. Seine Schüssel ist bereits voll. Dabei war sie gestern Abend halb leer, und bin mir ziemlich sicher, sie danach nicht mehr gefüllt zu haben.

Aber vielleicht erinnere ich mich auch einfach nur nicht mehr. Verwirrt setze ich den Hund ab. Ich brauche wirklich Schlaf. Ganz zu schweigen von den Bauchschmerzen, die mich wieder einmal plagen … Ich sollte vorsichtiger sein.

»Hör zu, Alec, ich bin heute Abend nicht in Stimmung«, sage ich, nachdem ich ins Wohnzimmer zurückgekehrt bin. »Könntest du jetzt nach Hause gehen?«

Er geht an mir vorbei, drückt mir ein Bier in die Hand und setzt sich auf der Terrasse in die Hollywoodschaukel. Ich schaue ihn einen Moment an und hoffe auf ein Wunder. Doch er zuckt nicht mal mit der Wimper.

»Bist du obdachlos oder was?«, seufze ich.

»Nein. Aber deine Wohnung ist ruhiger. Cameron spielt bis Mitternacht zu Hause Schlagzeug. Ich kann dabei nicht schlafen.«

Ich schüttele den Kopf, öffne das Bier, das er mir gegeben hat, und setze mich neben ihn. Ich gebe auf. Alec weiß, dass das Bier auf der Terrasse vor dem Schlafengehen mein kleines Ritual ist. Ich liebe es, am Ende des Tages in aller Ruhe das Meer zu betrachten.

Nach einigen Minuten höre ich ein Auto in der Einfahrt. Ich trinke mein Bier aus. Josh und Alyssa kommen Hand in Hand um das Haus und entdecken uns. Wenn ich daran denke, dass sie kurz davor sind, zu heiraten … Am liebsten würde ich sie warnen, sie zur Vorsicht aufrufen – dass man sich für sehr verliebt halten kann und dann eines Morgens aufwacht und feststellen muss, dass man sich geirrt hat. Aber ich denke, sie würden einen solchen Rat nicht zu schätzen wissen.

»Hi.«

Alyssa drückt Alec und mir einen Kuss auf die Wange und verkündet, sie müsse auf die Toilette.

»Könntest du auf dem Rückweg bitte nachschauen, ob noch Bier im Kühlschrank ist?«, bitte ich sie und tue so, als hätte ich Joshs unsicheren Blick auf das Nachbarhaus nicht bemerkt.

Alyssa verschwindet nach drinnen und Josh bleibt mit den Händen in den Taschen vor uns stehen.

»Nur, dass ihr es wisst: Ich habe euch nicht eingeladen. Dieser Depp hier war es«, sage ich im Konversationston und deute mit dem Kinn auf Alec.

Josh starrt ihn böse an.

»Alter, manchmal übertreibst du echt! Alyssa hasst es, sich aufzudrängen. Sagt es ihr bloß nicht, sonst lamentiert sie mindestens zehn Minuten lang auf Spanisch.«

Alyssa spricht immer Spanisch, wenn sie wütend ist; es ist ein Klischee, aber in diesem Fall zutreffend. Alec und ich lachen darüber, aber ich möchte in dieser Situation nicht in Joshs Haut stecken. Wenn es passiert, ist es wirklich beängstigend.

Als ich Alyssa kennenlernte, machte ich mir einen Spaß daraus, Josh zu beunruhigen, indem ich stichelte, sie sei vermutlich in einer mexikanischen Familie aufgewachsen, die zerstückelte Leichen in Koffern versteckt. Mit Stereotypen zu spielen kann ein echtes Talent sein.

Tatsächlich ist es so, dass ebenso viel libanesisches wie mexikanisches Blut in Alyssas Adern fließt.

»Was ist los?«, frage ich Josh, dessen Augen immer wieder zu Sylvias Haus zurückkehren.

Er schreckt aus seiner Träumerei, betrachtet mich unentschlossen und seufzt.

»Ich denke an Azalea … Ich meine, Azalée. Wie auch immer.«

Überrascht runzele ich die Stirn. Ich wusste nicht, dass er Sylvias Tochter kannte. *Seltsamer Vorname.* Ich habe in der Schule genügend Französisch gelernt, um seine Bedeutung zu verstehen. Die Azalee ist eine Blume. Eine sehr schöne Blume sogar.

»Kennst du sie?«

Die Frage scheint ihm Unbehagen zu bereiten. Mit diesem Gesichtsausdruck bin ich vertraut und das aus gutem Grund: Darin habe ich sozusagen meinen Meister gemacht. Er hat mit diesem Mädchen geschlafen, ganz sicher. Und da sie erst seit heute wieder da ist, schätze ich, dass es einige Jahre her sein muss. Sonst wäre er einer von der ganz schnellen Truppe.

»Ja. Ich sollte vielleicht bei ihr klingeln und sie willkommen heißen. Wir standen uns einmal ziemlich nahe.«

Bingo. In diesem Augenblick kommt Alyssa zurück und bringt Bier mit. Alec scheint nicht zu verstehen, dass wir das Gespräch an dieser Stelle schnell abbrechen müssen, denn er fragt:

»Wenn du ›nahestehen‹ sagst, meinst du das dann sexuell?«

Ich werfe ihm einen verärgerten Blick zu, denn ich habe auch keine Lust darauf, dass Alyssa heute Abend Spanisch spricht. Mein Kopf ist durcheinander genug, vielen Dank. Seltsamerweise bleibt Alyssa die Ruhe selbst. Merkwürdig, wenn man bedenkt, wie eifersüchtig sie sein kann. Sie begnügt sich damit, Alec von seinem Platz zu verscheuchen, um sich selbst dort niederzulassen, und kreuzt ihre nackten, gebräunten Beine.

Glücklicherweise ist Alyssa nicht mein Typ, sonst hätte ich Schwierigkeiten, den Blick abzuwenden. Sie hat dichtes braunes Haar, einen sinnlichen Mund und trägt Klamotten, die wenig Raum für Fantasie lassen.

Aber man darf keinesfalls den Fehler machen, sie für eine Draufgängerin zu halten, das könnte böse enden.

»Von wem redet ihr da?«

Ich beschließe, die Lage zu entspannen und antworte ganz cool:

»Von der Nachbarin.«

»Ach so«, meint sie gelangweilt. »Josh und sie waren auf der Highschool mal ein Paar.«

»Du warst mit der Nutte vom Bishop zusammen und ich wusste nicht einmal davon?«, ruft Alec echt überrascht.

Erneut runzele ich die Stirn. Die »Nutte vom Bishop«. *Was zum …?* Josh scheint betroffen zu sein, denn er errötet und antwortet entschlossen:

»Hör auf, sie so zu nennen. Azalea …«, fährt er fort und sucht nach Worten. »Sie ist schwierig einzuschätzen. Aber im Grunde ist sie kein schlechter Mensch.«

Alyssa schweigt, auch wenn sie möglicherweise nicht ganz einverstanden ist. Ich trinke schweigend mein Bier und beobachte. Nur Alec scheint nicht zu verstehen, dass das Thema erledigt ist – wie immer.

»Auch eine Schlampe muss nicht unbedingt böse sein.«

Josh beißt die Zähne zusammen. Sowohl er als auch ich wissen, dass Alec es nicht so meint; er spricht lediglich Fakten aus. Ich beschließe, einzugreifen, ehe es unangenehm endet, und lege ihm eine Hand auf die Schulter.

»Zwar hast du recht, aber was Josh meint ist, dass Azalée keines von beidem ist.«

»Wenn ihr meint«, antwortet er und zuckt mit den Schultern. »Ich kenne sie nicht.«

Josh entspannt sich und legt einen Arm um Alyssa. Die hübsche Brünette sagt noch immer nichts, was nichts Gutes verheißt. Vermutlich hat sie ein paar unausgegorene Dinge über dieses Mädchen gehört, das ihrem Verlobten früher einmal den Kopf verdreht hat. Ich frage mich, wie diese Azalée wohl sein mag, wenn sie so viele lebhafte Reaktionen hervorruft …

»Wir sollten sie zu unserer Hochzeit einladen.«

Alyssa und ich drehen uns gleichzeitig zu Josh um. Ich versuche, mein Erstaunen unter Kontrolle zu bringen; Alyssa bemüht sich deutlich weniger. Wie immer, wenn sie wütend ist, sich aber dem Drang widersetzt, etwas zu sagen, schnalzt sie mit der Zunge. Josh bemerkt es und reibt sich errötend den Nacken.

»*Fuera de discusión*«, sagt Alyssa hart.

Zwar lässt mein Spanisch ziemlich zu wünschen übrig, aber ich habe durchaus begriffen, dass Alyssa nicht gerade begeistert von dem Gedanken ist, die Ex ihres Liebsten bei ihrer Hochzeit dabei zu haben. Ich verstehe sie durchaus, auch wenn mir eine kleine Stimme zuraunt, dass es sehr interessant werden könnte.

»Schätzchen …«, versucht Josh es, ehe sie ihm das Wort abschneidet und Dinge sagt, die ich leider nicht wiedergeben kann.

Sie redet ungeheuer schnell in ihrer Muttersprache. Josh bittet mich mit Blicken um Hilfe, aber ich grinse nur verstohlen vor mich hin und überlasse ihn sich selbst.

»Warte, bis du sie kennengelernt hast«, fleht Josh. Alyssas Beine liegen auf seinem Schoß. »Du wirst sehen. Sie ist … cool.«

Eines ist sicher: Diese Diskussion hat mich sehr neugierig auf meine neue Nachbarin gemacht.

»Ich kenne diese Art von Mädchen«, kontert Alyssa unbarmherzig. »Und ich kenne dich, Josh! Du bist zu schwach, zu freundlich, zu … alles Mögliche.«

Josh runzelt die Stirn, widerspricht ihr aber nicht. Er weiß, dass er nicht diskutieren sollte.

»Sie ist mir wichtig, Al. Auch wenn es dir nicht gefällt, aber Azalée ist das erste Mädchen, das ich geliebt habe.«

»Sie hat dich gnadenlos abserviert und ist dann bei Nacht und Nebel verschwunden, ohne auch nur irgendjemanden zu informieren.«

Ein Schatten huscht über das Gesicht meines Freundes.

»Ich weiß. Trotzdem würde ich mich freuen, wenn sie käme.«

»Darüber sprechen wir später unter vier Augen«, entscheidet Alyssa.

Schweigend trinke ich mein Bier aus und betrachte das Haus nebenan. Eines muss man wirklich sagen: Die Rückkehr der verlorenen Tochter ist nicht unbemerkt geblieben.

Die ganze Woche über bereite ich mich darauf vor, meine neue Nachbarin zu treffen. Schlimmer noch: Ich warte sogar darauf. Aber weil ich jeden Tag zur Arbeit gehe, sehe ich sie nie. Ein paarmal nehme ich mir vor, an ihrer Tür zu klopfen und mich vorzustellen, aber dann lasse ich es doch.

Doch eines Tages geschieht das Undenkbare.

Ich lerne Azalée Green kennen. Zumindest ihre Stimme. Zwar kann ich sie nicht sehen, aber ich höre sie. Es ist Abend, als ich erschöpft aus der Werkstatt nach Hause komme und leise meine Terrassentüren öffne, um frische Luft zu schnappen.

Der Strand ist verlassen und der Wind pfeift über die Wellen, auf denen sich eine feurige Sonne spiegelt. In diesem Moment erreicht mich eine weiche, etwas heisere, geradezu betörende bezaubernde Stimme.

»Willkommen bei *Dear Patriarchy* … Diese Woche präsentiere ich euch einfach nur einen Song, an dem ich in letzter Zeit gearbeitet habe.«

Ich halte inne und lausche ihrem Gesang, als hätte ich eine göttliche Erscheinung. Aus Furcht, sie könnte mich bemerken, wage ich nicht, auf die Terrasse hinauszugehen. Azalées Stimme klingt durch die Stille, die unsere beiden Häuser umgibt, und lässt mein Herz höherschlagen.

Mama, you didn't want to see
Well I'm the one who's sorry
I wish my words had crossed the wall
But have I a voice at all?

Nachdem sie geendet hat, verschwinde ich ebenso diskret wie ich gekommen bin … Eine Gänsehaut überzieht meine Arme.

Noch nie habe ich eine solche Stimme gehört.

Ich brauche mehrere Minuten, bis ich mich, ganz allein in meinem Wohnzimmer, wieder erholt habe. An den folgenden Abenden passiert das Gleiche. Sie singt auf ihrer Terrasse und spielt Gitarre, aber ihr Anblick ist mir nach wie vor unbekannt. Ich habe den Eindruck, an einem zutiefst intimen und fast verbotenen Moment teilzunehmen. Als hätte ich kein Recht, dort zu sein oder sie singen zu hören.

Aber ich kann nicht anders. Jeden Abend bin ich dabei und öffne leise meine Fenster, um ihr heimlich zuzuhören.

Ihre sirenengleiche Stimme könnte Seeleute in einen süßen Tod locken, und die Worte, die sie singt, sind todtraurig. *Ich muss sie unbedingt sehen.*

Fast sofort und ohne sie überhaupt kennengelernt zu haben, begreife ich, dass Azalée Greens Stimme nur ein einzelnes Sandkorn ist, es aber die ganze Wüste bräuchte, um sie verstehen zu können.

3

Juni 2018

Azalée

Willkommen bei Dear Patriarchy,
wenn ihr das nächste Mal einer Feministin erklärt, sie beschwere
sich über Belanglosigkeiten, die Gleichstellung der Geschlechter
sei schließlich längst erreicht, oder dass Aktivistinnen übertrei-
ben und ihre Aktionen nur noch mehr Frauenfeindlichkeit erzeugen, dann solltet ihr wissen, dass diese Einwände einen Namen
haben. Wenn antifeministische Strömungen versuchen, die Bedeutung unseres Kampfes kleinzureden bezeichnet man das als
Backlash.
Ich persönlich nenne es Unsinn. Das passt auch.

Nach Charleston zurückzukehren war einfacher, als ich dachte.
In diesem verdammten Haus zu wohnen fällt mir zwar immer
noch schwer, aber ich versuche, so wenig Zeit wie möglich dort
zu verbringen.

Ehrlicherweise muss ich gestehen, dass ich bisher noch keinen Makler wegen des Verkaufs kontaktiert habe. Keine Ahnung, worauf ich warte.

Morgens jogge ich am Folly Beach, am Nachmittag mache
ich einen Spaziergang im Wald, und abends setze ich mich
auf meine Terrasse, um zu singen oder eine neue Episode von
Dear Patriarchy vorzubereiten, einem Podcast, den ich vor

zwei Jahren ins Leben gerufen habe. Am Anfang tat ich es, weil ich einsam war. Weil ich wissen wollte, ob ich eine Stimme habe oder nicht und was passieren würde, wenn ich sie benutze.

Heute vergeht keine Woche, ohne dass ich vor meinem Mikrofon über Feminismus und eine positive Haltung spreche. Ich habe herausgefunden, dass ich mit meinen Worten Menschen helfen konnte, dass es möglich ist, die Ungerechtigkeiten dieser Welt anzuprangern und aufzuzeigen, und dass man gewisse Veränderungen auch mit kleinen Taten ins Rollen bringen kann …

Aber vor allem habe ich gelernt, dass ich tatsächlich eine Stimme habe. Auch wenn sie noch anonym ist.

Dear Patriarchy ist zu einem Zufluchtsort geworden. Ob für meine Zuhörer oder für mich – ich weiß es nicht.

»Hallo, du. Wie geht es dir heute?«

Als ich von meiner morgendlichen Joggingrunde zurückkomme, bleibe ich für zwei Minuten stehen, um Frechdachs zu begrüßen, der mir die Hände leckt. Danach gehe ich nach oben, um zu duschen.

Im Badezimmer schalte ich das Radio ein und singe leise vor mich hin. Das Fenster ist offen. Plötzlich bemerke ich, dass auch das gegenüberliegende Fenster geöffnet ist. Ich will mich gerade abwenden, als sich die Duschtüre öffnet und ein Rücken sichtbar wird.

Oh. Ich stehe ganz still, während der Mann die Tür wieder schließt und nach einem weißen Handtuch greift. Glücklicherweise sehe ich nicht, was unterhalb der Taille passiert … Der Mann wendet mir weiterhin den Rücken zu und rubbelt seine nassen braunen Haare mit dem Handtuch ab.

Ich kann nicht anders: Mein Blick wandert verstohlen über seinen Körper. Breite Schultern, kraftvoll hervorspringende

Schulterblätter und Muskeln, die sich auf eine Art unter der Haut bewegen, die mich unwillkürlich erschauern lässt.

Sein ganzer Körper ist tätowiert.

Ohne die Augen von ihm abzuwenden strecke ich den Arm zum Radio aus, um es leiser zu drehen. Ich will keine Aufmerksamkeit erregen. Mit etwas Glück bewegt er sich ein paar Millimeter und ich kann sein Gesicht im Profil sehen ...

Leider greife ich daneben. Verärgert darüber, dass ich mich von dem tollen Anblick abwenden muss, drehe ich mich zu hastig um und mein Arm fegt das Radio auf den Boden, wo es mit einem lauten Scheppern zerschellt.

»Scheiße!«

Ich will gerade nachschauen, ob mein Nachbar etwas mitbekommen hat, als ich sehe, wie er sich umdreht. In heller Panik, gesehen zu werden und einen völlig falschen Eindruck zu erwecken, tue ich das Erste, was mir in den Sinn kommt:

Ich ducke mich.

Wie ein kleines, auf frischer Tat ertapptes Mädchen bleibe ich in der Hocke und ärgere mich über meine kindische Reaktion. Ich bin sicher, dass er genau gesehen hat, wie ich abtauchte. Vermutlich hält er seine neue Nachbarin jetzt für eine Spannerin.

»Toll«, flüstere ich und verberge mein Gesicht in den Händen.

Ich warte mehrere Minuten, ehe ich es wage, den Kopf zu heben und sicherzustellen, dass niemand mehr da ist. Meine Wangen brennen vor Scham, als ich feststelle, dass mein Nachbar nicht nur das Fenster geschlossen, sondern auch die Jalousie heruntergelassen hat.

Wow. Der Typ denkt jetzt sicher, dass er sich verbarrikadieren muss, damit seine perverse Nachbarin ihn nicht unter der Dusche anglotzt. Fünfzehn Minuten später höre ich ein Motorgeräusch in der Einfahrt und weiß, dass der Typ zur Arbeit aufbricht.

Ich nutze den Morgen für Hausarbeit. Ich erstelle ein riesiges Inventar und notiere, was ich behalten und was ich wegwerfen will, außerdem mache ich eine »Pro und Kontra«-Liste.

Auf meiner Runde durch das Haus komme ich auch in mein altes Zimmer. Am liebsten hätte ich alles sofort aus dem Fenster geschmissen. Dieser Raum war einmal mein Zufluchtsort, mein eigenes kleines Universum.

Er hat alles besudelt.

Ich kauere ganz hinten in meinem Schrank. Ich bin sechzehn Jahre alt. Pete und Mom sitzen oben, aber ich bin über den Balkon geklettert und sie wissen nicht, dass ich da bin. Sie sollen ruhig denken, ich wäre immer noch unterwegs, denn ich habe keine Lust, sie zu sehen. Also verstecke ich mich. Und ich esse. Ich sitze im Dunkeln, weine schweigend alle Tränen, die in meinem Körper sind, und ich esse wie noch nie zuvor in meinem Leben. Zu meinen Füßen liegen Tüten mit Keksen, Waffeln und Donuts mit Zuckerglasur. Ich stopfe immer schön den nächsten Bissen in mich hinein, noch ehe ich fertig gekaut habe. Ich fühle mich schwer und weiß, dass eigentlich nichts mehr in mich hineinpasst, dass ich nichts mehr hinunterschlucken kann, dass mein Magen völlig überfüllt ist, aber ich mache weiter, bis mir schlecht wird. Als ich würgen muss, zwinge ich mich, alles bei mir zu behalten.

Und ich weine noch mehr. So verbringe ich eine geschlagene Stunde in der Dunkelheit meines Schranks und ignoriere Andrews Anrufe. Meine Tränen vermischen sich mit dem Fett der Donuts, das an meinen zitternden Lippen klebt.

Nein, nein, nein, stopp. Ich will mich nicht daran erinnern. Ich bin nicht mehr die gleiche Person. Keuchend verlasse ich den

Raum und setze meine Runde im Obergeschoss fort. Dabei versuche ich, an etwas anderes zu denken.

Tori hat mir geraten, sorgfältig zu überlegen, ehe ich einen voreiligen Entschluss treffe, aber ich habe mich längst entschieden. Ich habe keine Lust, unter diesem Dach zu schlafen und mich an Petes Hände auf meinem Körper zu erinnern.

Es ist zweimal passiert. Beim ersten Mal war ich zwölf Jahre alt. Viele Leute glauben, dass sexuelle Übergriffe von irgendwelchen Unbekannten in dunklen, menschenleeren Gassen begangen werden.

Aber das stimmt nicht.

»Hast du mich lieb?«, fragte er mich und setzte sich neben mich auf mein Bett.

Ich machte den Fehler, die Frage zu bejahen, weil es stimmte. Er war wie ein Vater für mich.

Es geschah in aller Stille. Zunächst wich ich vor ihm zurück. Ich verstand nicht, was er vorhatte. Dann sagte er mir, ich solle ihm vertrauen. Ich hatte Angst, aber ich glaubte ihm, als er mir versprach, dass er mir niemals wehtun würde.

Ich hielt die ganze Zeit still, obwohl ich wusste, dass es falsch war. Ich habe nichts gesagt und ich habe auch nichts getan. Das ist es, was ich heute am meisten bedauere. Als er mein Zimmer verließ, war mir zunächst nicht klar, was da gerade passiert war. Stundenlang weinte ich stumm vor mich hin.

Von diesem Augenblick an war ich kein Kind mehr; indem er mir Erwachsenendinge antat, zwang er mich, zu schnell groß zu werden.

Ich hätte gern darüber geredet, doch schnell wurde mir klar: Niemand will hören, was man zu sagen hat.

»Es bleibt unser Geheimnis, okay? Deine Mutter würde es nicht verstehen«, sagte er am nächsten Tag, als er mich von der Schule abholte. Es war ein Fehler.

Danach habe ich mich komplett verändert. Andrew und Josh bekamen es von Anfang an mit. In den folgenden Jahren hielt Pete sich zurück. Bis ich sechzehn wurde. Er hatte zu viel getrunken und war wütend auf mich, weil ich mich im Auto vor dem Haus von Josh streicheln ließ. Ich hätte es wissen müssen.

»Du magst es, nicht wahr …«, sagte er. »Ich weiß, dass es dir gefällt, Aze. Schau mich an.«

Dieses Mal habe ich mich gewehrt. Er schaffte es trotzdem, mich erneut zu missbrauchen, indem er seine Hand auf meinen Mund legte und mir einschärfte, leise zu sein. Schließlich gab ich auf und betete leise, während ich hoffte, der Moment möge so schnell wie möglich vergehen.

Das Schlimmste sind die Schuldgefühle. Auch wenn völlig klar ist, dass es kein Verhalten gibt, das eine Vergewaltigung rechtfertigt, glaubt man felsenfest daran, dass es die eigene Schuld ist.

Und wenn man sich zunächst vielleicht noch nicht einmal wirklich verabscheut, passiert es spätestens dann, wenn man entsetzt erkennt, dass sich zwar der Verstand vor dem, was einem angetan wird, furchtbar ekelt, der verräterische Körper jedoch auf die monströsen Liebkosungen reagiert. In diesem Moment will man sich nur noch umbringen.

Mit Josh habe ich daraufhin Schluss gemacht. Ich fühlte mich zu schmutzig und zu schuldig; er verdiente etwas Besseres. Dann fing ich an, mich durch viele Betten zu schlafen, um die Erinnerung an den Kontakt mit Pete zu löschen. Es hat nicht funktioniert. Ich habe mich unterwegs selbst verloren.

Mittags reißt mich die Türklingel aus meinen Gedanken. Überrascht blicke ich auf, puste mir eine Haarsträhne aus dem Gesicht und öffne die Tür.

»Hey!«

Ich gebe mir Mühe, ungezwungen zu erscheinen, auch wenn sich mein Magen beim Anblick meiner unerwarteten Gäste verknotet. Vor mir stehen Andrew und Josh und lächeln mich verlegen an. Meine Vergangenheit höchstpersönlich; die beiden Männer meines Lebens. Ich schlucke, reiße mich aber sofort zusammen:

»Hallo, Loser. Hi, Josh.«

»Azalea. Schön, dich wiederzusehen.«

Wirklich?, würde ich gern fragen.

Aber ich nicke und erwidere das Kompliment. Nachdem der erste Schreck vorbei ist, trete ich zurück und öffne die Tür weit, um sie hineinzulassen. Nach meiner Rückkehr nach Charleston hätte ich Beleidigungen oder höchstens Gleichgültigkeit erwartet. Aber sicher kein so herzliches Willkommen.

»Welchem Umstand verdanke ich diese Ehre?«, scherze ich.

»Lasst mich raten. Ihr habt gehört, dass die Nutte vom Bishop zurück ist, und wolltet es mit eigenen Augen sehen. Ich warne euch, in den vier Jahren sind die Preise gestiegen.«

Okay, das war geschmacklos. Andrew verzieht keine Miene und hält sich wie immer im Hintergrund, während Josh bei der Erwähnung meines alten Spitznamens zusammenzuckt. Beide schweigen – ein Zeichen dafür, dass es ihnen unangenehm ist. Meinen eigenwilligen Humor versteht ohnehin nie jemand …

»Josh wollte vorbeikommen und Hallo sagen«, antwortet Andrew schließlich. »Und sehen, wie es dir geht.«

Mein ehemaliger bester Freund setzt sich auf einen der Hocker vor der Küchenzeile, während Josh stehen bleibt. Ich beobachte ihn heimlich. Er hat sich kein bisschen verändert. Immer noch ringeln sich die gleichen zerzausten Locken über den dunkleren Augenbrauen, allerdings trägt er jetzt einen Dreitagebart. Er steht ihm gut.

»Wollt ihr etwas trinken?«

Ich hole zwei Cola, die sie annehmen, und Andrew wirft einen neugierigen Blick auf die Papiere, die sich auf der Theke stapeln.

»Also?«, fahre ich fort und verschränke die Arme. »Was ist aus dem erotischsten Quarterback aller Zeiten geworden? Ehrlich gesagt wundere ich mich, dass du immer noch in diesem Kaff bist.«

Josh lächelt verhalten und trinkt einen Schluck Limo, ehe er die Schultern zuckt.

»Ich studiere Jura. Eigentlich wollte ich weggehen, aber … na ja, ich habe mich verliebt.«

Aha, in der Tat. Ich bemerke, dass Andrew mich anstarrt. Das ärgert mich. Glaubt er, er könne mich beeinflussen? Natürlich werde ich Josh immer lieben, aber es ist diese sanfte Zuneigung, die wir nur unserer ersten Liebe vorbehalten. Schließlich war ich diejenige, die ihn wie einen schmutzigen Lappen weggeworfen hat. Ich habe kein Recht, eifersüchtig zu sein.

»Wer ist die Unglückliche?«

»Alyssa. Ein wunderbares Mädchen. Sie ist Kellnerin im *Royal American* am Morrison Drive.«

»Sie heiraten im September«, mischt sich Andrew ein.

»Ihr heiratet?« Schockiert schnappe ich nach Luft. »Ist es so ernst?«

Josh grinst. Wow, das hätte ich nie gedacht. Josh heiratet. So jung! Am liebsten würde ich ihm sagen, er solle noch einmal darüber nachdenken, und dass es doch sicherlich nicht so eile, aber ausgerechnet von mir wäre das ziemlich unangebracht. Also gratuliere ich ihm von ganzem Herzen.

»Und was machst du so, Aze?«

Als ich höre, wie er mich bei meinem Kosenamen nennt, lächele ich innerlich. Es tut so gut.

»Ich backe Cupcakes in einem New Yorker Café. Meine Geschäftsgrundlage sind Rentner und reiche Stadtbewohner, die Pyjama-Partys im Blair-Waldorf-Stil organisieren.«

Josh lächelt und scheint sich an gemeinsame Erlebnisse zu erinnern. Ich weiß noch sehr gut, wie er mich manchmal anflehte, ihm Banana-Cheesecakes zu machen. Schwach wie ich war, habe ich mich stets überreden lassen.

»Das überrascht mich nicht. Du hast immer gern gegessen. Obwohl ich dich eigentlich eher als Sängerin gesehen hätte.«

Ich grinse.

»Ich habe übrigens einen Freund, der auch Texte schreibt. Du würdest ihn mögen. Die Band seines Bruders tritt im *Royal American* auf. Du solltest mal vorbeikommen, sie sind ziemlich gut.«

»Ach ja, das *Royal American* …«, entfährt es mir nostalgisch. »Ich hielt mich immer für ungeheuer erwachsen, wenn ich dort mit meinem gefälschten Ausweis abhing.«

Ich breche ab, als ich feststelle, dass Josh mir nicht zuhört. Im Gegenteil, er scheint an etwas sehr Ernstes zu denken. Ich sehe ihn mit hochgezogenen Brauen an, als er mit skeptischem Blick die Augen zusammenkneift.

»Aze, suchst du vielleicht gerade einen Job?«

»Äh, ich habe schon einen Job.«

»Ja, aber in New York. Alyssa arbeitet im *Royal American* und sie suchen dort eine Aushilfe für die Zeit der Sommerferien. Wenn du willst, rede ich mit Trent, dem Besitzer. Er ist cool. Du könntest dir etwas dazuverdienen, ehe … ehe du wieder gehst«, schließt er leiser.

Überrascht von seiner Aufmerksamkeit denke ich über den Vorschlag nach. Ich habe keine Ahnung, wie lange ich bleiben werde, und es stimmt, dass meine Ersparnisse nicht ewig halten werden. Außerdem würde ein Job mich beschäftigt halten …

»Das wäre echt nett. Danke, Josh.«

Er schenkt mir ein strahlendes Lächeln und scheint sich zu freuen, dass ich sein Angebot annehme. *Seltsame Situation. Warum ist er so freundlich?*

»Prima. Ich rede so bald wie möglich mit Alyssa und Trent.«

Ich lächele, ohne sein Verhalten zu begreifen. Dass Andrew sauer auf mich ist, sehe ich sofort. Er war noch nie gut darin, seine Gefühle zu verbergen. Aber Josh … Josh ist wirklich ein Schatz.

Die beiden sind zu gut für mich. Das waren sie schon immer.

Zehn Minuten später brechen sie wieder auf.

»Ich bin wirklich froh, dass es dir gut geht. Bis später, Azalea!«, verabschiedet sich Josh augenzwinkernd. »Schön, dass du wieder bei uns bist.«

Andrew bleibt stehen und schaut mich lange an, ehe er zu Josh sagt:

»Geh schon mal vor, ich komme gleich nach.«

Josh lässt sich nicht lang bitten und geht nach draußen. Den Ausdruck auf Andrews Gesicht kenne ich nur zu gut. Er ist im Begriff, etwas zu tun, das ihm peinlich ist, und weiß nicht genau, wie er anfangen soll. Ich verschränke meine Arme und warte mit hochgezogenen Augenbrauen. So war es auch früher schon. Er wagte nie, mir die Wahrheit ins Gesicht zu sagen; dazu war er zu freundlich.

»Andrew! Wenn du meine Preise erfahren willst, rede nicht um den heißen Brei herum.«

Er wirft mir einen wütenden Blick zu. Ich verdrehe die Augen. *Mann, schon gut!* Schließlich bin ich diejenige, die wegen dieser Gerüchte beleidigt sein sollte, aber offenbar bin ich die Einzige, die darüber lacht. Sie sind einfach nur blöd.

»Du kannst darüber scherzen, soviel du willst, ich weiß, dass es dir etwas ausmacht.«

Bei diesem Satz erlischt mein Lächeln sofort. Andrew ist tatsächlich immer noch derselbe. Er kümmert sich um Dinge, die er nicht versteht und die ihn obendrein nichts angehen. Das ist zwar nett von ihm, aber ich habe ihn nicht darum gebeten.

»Du hast vielleicht gelernt, deine Klamotten allein zu kaufen, aber dein Benehmen lässt immer noch zu wünschen übrig.«

Mag sein, dass er übers Ziel hinausgeschossen war, aber dumm ist er nicht. Als er feststellt, dass ich dem Problem ausweiche, schüttelt er enttäuscht den Kopf.

»Dann hat sich also nichts verändert?«

»Warum sollte ich mich ändern?«

»Du warst meine Freundin, Aze. Die beste Freundin auf der ganzen Welt«, sagt er leise. »Auch wenn du dich die meiste Zeit wie ein Biest benommen und mir vieles verschwiegen hast. Das war schon so, als du nach und nach populär wurdest, aber nach unserem sechzehnten Geburtstag ... Ich habe es einfach nicht verstanden. Erinnerst du dich an Regina in ›Girls Club – Vorsicht bissig!‹? Ungefähr so.«

Wie bitte?! Sprachlos starre ich ihn an. Er hat keine Ahnung, was ich durchgemacht habe oder warum ich mich mit einem Panzer umgeben musste. Natürlich ist das ganz allein meine Schuld, logisch, aber ich war immer zu feige, um darüber zu reden.

Und jetzt ist es zu spät dazu.

»Na und?«, antworte ich beiläufig. »Hast du geglaubt, du findest die freundliche Azalée unserer Kindheit wieder? Tja, da hast du dich wohl getäuscht. Tut mir leid, wenn ich eine Enttäuschung für euch bin, aber leider bin ich nun mal nicht wie Josh und lasse mir mit zweiundzwanzig den Strick um den Hals legen! Im Ernst, ist seine Freundin schwanger oder was?«

Andrew ist offenbar sprachlos. Verwirrt schüttelt er den Kopf und presst die Lippen zusammen.

»Warum musst du dich unbedingt so ekelhaft verhalten?«, fragt er mich unvermittelt.

Heute bekomme ich aber wirklich gehörig eins auf den Deckel. Biest und ekelhaft – wie nett von ihm. Ich sollte Tori sagen, dass sie das auf meinen Grabstein schreiben soll.

»Mein ekelhaftes Verhalten hat mich gerettet, okay? Hätte ich mich auf der Schule nicht so verhalten, wäre ich wahrscheinlich schon längst nicht mehr am Leben.«

Er verdreht die Augen, als hätte ich maßlos übertrieben. Wenn er wüsste …

»Weißt du, was ich denke?«

»Ich fürchte, das geht mir am Arsch vorbei.«

Mit angespanntem Kiefer schaut er mich an, sein Blick ist voller Härte. Ich bin überrascht, dass er mir derart die Stirn bietet. Auch wenn es mich ärgert, stelle ich fest, dass ich stolz auf ihn bin.

»Ich denke, du gibst dich biestig, damit man dir nicht zu nahe kommt. Du drehst durch bei dem Gedanken, jemand könnte deine kostbare Mauer durchbrechen«, fügt er hinzu und schaut mir direkt in die Augen. »Aber eines Tages wird genau das passieren, Azalea. Mach dich also bereit.«

4

Juni 2018

Azalée

Willkommen bei Dear Patriarchy,
Breaking news: Männer weinen. Frauen masturbieren. Männer können sich schminken. Frauen mögen Pornos. Männer können andere Männer lieben. Frauen können andere Frauen lieben. Männer können die Farbe Rosa mögen. Frauen können sich entschließen, sich nicht zu rasieren. Männer können Absätze tragen. Frauen können sich mit Wissenschaft auskennen. Männer müssen nicht muskulös sein. Frauen müssen keine bestimmten Körperformen haben. Männer müssen Sex nicht mögen. Frauen müssen nicht schlank sein.

Ich habe es immer geliebt, am Strand zu leben.

Es ist schön, friedlich und man ist sofort am Wasser. Ich habe eine herrliche Aussicht, sowohl morgens beim Aufwachen als auch abends beim Schlafengehen. Als Kind konnte ich schwimmen gehen oder Lagerfeuer machen, wann immer ich wollte.

Ganz zu schweigen von mitternächtlichen Bädern.

Nachdem die Sonne untergegangen ist, beschließe ich, meine alten Gewohnheiten wieder aufleben zu lassen. Entschlossen verlasse ich das Haus. Frechdachs liegt in seinem Korb und hebt überrascht den Kopf, bewegt sich aber ansonsten nicht.

Wahrscheinlich ist er sauer, weil ich ihn heute nicht gefüttert habe.

Ich überquere den Bootssteg, ziehe mich schon im Gehen aus und stehe nur mit einem Stringtanga bekleidet in der dunklen Nacht. Zitternd tauche ich meinen Fuß in das kalte Wasser, zögere eine Sekunde, ziehe dann auch den Tanga aus und stürze mich ins Meer, bevor ich Zeit habe, meine Meinung wieder zu ändern.

Das Wasser ist eisig und lähmt mich für einen Moment, doch ich versuche, mich intensiv zu bewegen, um warm zu bleiben. Die folgende Stunde verbringe ich mit Schwimmen und damit, an nichts zu denken. Ich weiß, dass niemand mich sehen kann, denn außer meinem Nachbarn und mir wohnt hier niemand.

Andrews Worte kommen mir in den Sinn, aber ich verdränge sie sofort wieder. Ich brauche keine moralischen Lektionen, auch wenn er es gut meint. Ich brauche niemanden.

Das Leben hat mich gelehrt, dass ich mich ohnehin auf niemanden verlassen kann. Man ist allein, egal wie viele Freunde man auf Facebook hat.

Als die nächtliche Brise stärker und mir kalt wird, schwimme ich zum Strand, um meine Klamotten einzusammeln. Doch mich trifft fast der Schlag.

»Scheiße. Nein. Nein, nein, nein …«

Meine Kleider schwimmen um mich herum. Der Wind hat sie ins Meer geweht. Leise fluchend versuche ich, sie aus dem Wasser zu fischen, ehe sie untergehen. Natürlich ist alles komplett durchnässt.

»Gut gemacht, Aze«, murmele ich.

Ich stelle sicher, dass mich niemand von einem der Fenster des Nachbarhauses beobachtet, presse den nassen Kleiderhaufen an meine Brust und haste schweigend über den Strand.

Nur dass …

Die Haustür sträubt sich, als ich versuche, sie zu öffnen. Ich habe meine Schlüssel drinnen vergessen. Wie angewurzelt stehe ich da und bete, dass alles nur ein schlechter Traum ist. Ich probiere es an den Terrassentüren, doch auch da ist nichts zu machen. Also beschließe ich, splitterfasernackt um das Haus herum zu gehen, um ein offenes Fenster zu finden. Mehrfach gleite ich auf dem rutschigen Gras aus, bis ich das Küchenfenster erreiche.

Ich streiche mir das triefende Haar aus dem Gesicht und führe einen kleinen Freudentanz auf.

»Gott sei Dank.«

Das Fenster ist tatsächlich offen, wenn auch etwas klein. Ich lege meine Klamotten auf das Fensterbrett und mache mich bereit, mich hinaufzuhieven, als ich am Rand meines Sichtfeldes einen Schatten wahrnehme. Voller Panik, dass mich jemand in dieser Stellung sehen könnte, mache ich sofort einen Rückzieher.

»Autsch!«

Ich bin in einen Blumentopf getreten und der Länge nach hingefallen.

Und so liege ich nackt im Gras. Die Erde aus dem zerbrochenen Blumentopf bedeckt meine Knöchel. Kaum ist mir das »Autsch« entschlüpft, als mir galant eine Hand entgegengestreckt wird.

»Hilfe gefällig?«

Meine Augen folgen dem Arm des zugehörigen Besitzers und bleiben an einem spöttischen Lächeln hängen. *Verdammt, das hat mir gerade noch gefehlt.* Ich ignoriere die helfende Geste und versuche, mich mit einer Hand über meinem Geschlecht und den anderen Arm über der Brust so gut wie möglich zu bedecken. Der Mann, der vor mir steht, sieht so ruhig aus, als läge ich nicht völlig nackt vor ihm. Er trägt ein lockeres Tanktop, unter dem ich seine Rippen sehen kann, dunkle Jeans und eine Baseball-Cap, die ihn sehr jung wirken lässt.

»Wer zum Teufel sind Sie?«, rufe ich mit brennenden Wangen.

Und was noch wichtiger ist: Warum lungert dieser fremde Mensch hinter meinem Haus herum? Mit schmerzverzerrtem Gesicht stehe ich auf und bemühe mich weiter, mich zu bedecken, während er seine Hand wieder zurückzieht. Da er nach wie vor sein Scheißlächeln aufgesetzt hat, scheint er mir offenbar nichts übel zu nehmen.

»Und Sie?«, kontert er, ohne meine Frage zu beantworten.

Ich glaube, ich drehe gleich durch. Natürlich hat es nur eines kurzen Blickes bedurft, um festzustellen, dass es sich um meinen verdammten Nachbarn handelt, aber ich habe nicht vor, ihn das wissen zu lassen; immerhin denkt er vermutlich, dass ich ihn unter der Dusche beobachte. Ich versuche, nicht auf die Tattoos zu schauen, die seinen Hals und seine nackten Arme bedecken. Trotz allem muss ich zugeben, dass er nicht übel aussieht.

Okay, ganz und gar nicht übel. Nicht wie ein Hollywood-Star, aber verdammt, er hat einen wahnsinnigen Charme. Einen Charme, der einen geradezu zwingt, die Augen nicht von seinem sinnlichen Mund abzuwenden.

Ich glaube, dass mir, obwohl ich diesen Mann sofort abgrundtief hasse, genau das am besten an ihm gefällt: sein Lächeln. Und auch seine Augen. Sie sind von einem intensiven Grün, das durch seine dichten Augenbrauen noch betont wird.

In diesem Moment zieht mein potenziell psychopathischer Nachbar amüsiert die Augenbrauen hoch, was mich sofort in die Wirklichkeit zurückholt.

»Ich habe zuerst gefragt«, erkläre ich patzig und bin wütend, dass er mich dabei erwischt hat, wie ich ihn anstarre – und das bereits zum zweiten Mal.

»Na und? Wir sind schließlich keine zwölf mehr.«

Halb tot vor Scham beiße ich die Zähne zusammen und erwidere viel zu laut:

»Ich bin die Eigentümerin dieses Hauses, nur damit Sie es wissen.«

Der Mann runzelt die Stirn, steckt die Hände in die Taschen und nickt langsam. Ich warte, dass er sich abwendet, damit ich in meine nassen Klamotten schlüpfen kann, aber er tut nichts dergleichen. Im Gegenteil, er gibt sich total entspannt.

»Verstehe … Und deshalb versuchen Sie auch, durch das Fenster einzusteigen. Türen sind für Sie vermutlich Schnee von gestern.«

Ich starre ihn böse an. Er hält mich offenbar für eine Diebin. Also wirklich! Als hätte ich mir überlegt: »Klar, dann breche ich doch mal in ein Haus ein!« Oder noch besser: »Heute mache ich es mal nackt! Das wird bestimmt besonders spaßig.«

»Ich habe meine Schlüssel vergessen«, rechtfertige ich mich. Meine Arme schmerzen immer stärker. »Und schauen Sie endlich weg, um Himmels willen, sehen Sie denn nicht, dass ich nackt bin?«

Aber sein Blick hält meinen fest, was mir vielleicht sogar gefallen würde, wenn ich sein Lächeln nicht so unausstehlich fände. Wie auch immer, ich bin ganz sicher, dass er auf seine Kosten gekommen ist, als ich noch auf dem Boden lag.

»Oh doch, sicher, das sehe ich sehr gut. Ich könnte Ihnen ja mein T-Shirt geben, aber … Nein, ich muss sagen, so ist es lustiger. Sorry«, gibt er zu und grinst mich breit an.

Dieser Blödmann verarscht mich. Ich werfe ihm den soundsovielten finsteren Blick zu, was ihn aber nur zum Lachen bringt. Als er damit fertig ist, neigt er den Kopf zur Seite und kräuselt spöttisch die Nase.

»Sie sind ja verlegen. Wie süß.«

Das ist zu viel. Dieser Kerl macht sich über mich lustig, ohne es auch nur ansatzweise zu verbergen. Er weiß eben nicht, dass man mich nicht auslacht. Allerdings muss ich zugeben, dass ich mich derzeit in einer ziemlich schwachen Position befinde.

Wenn ich mich jetzt umdrehe, ohne ihn weiter zu beachten, kann er nicht nur ganz nach Belieben meinen Hintern betrachten, sondern darüber hinaus bleibt mein Problem ungelöst. Irgendwie muss ich in dieses unglückselige Haus hineinkommen.

Kampfbereit hebe ich das Kinn und erkläre so kalt wie möglich:

»Erstens bin ich keineswegs verlegen. Verlegenheit ist nicht mein Ding, müssen Sie wissen. Zweitens finde ich es sehr unhöflich, dass Sie …«

»Wieso sind Sie überhaupt nackt?«, schneidet er mir das Wort ab und blickt mich neugierig an.

Das nimmt mir den Wind aus den Segeln. Ich bekomme kaum den Mund zu. Nicht nur, dass er ziemlich heiß aussieht, er ist auch einer der wenigen, die es wagen, mich zu unterbrechen.

Ich weiß nicht, ob er die Gerüchte über seine neue Nachbarin kennt, aber diesen Eindruck macht er eher nicht. Oder er kennt sie und glaubt deshalb, dass er einfach dastehen und mich ungestraft angaffen darf, während ich splitterfasernackt bin. Meine Wut wächst, aber ich beschließe, die Taktik zu ändern. Ich sehe keinen Grund, mich zu rechtfertigen.

»Und wieso schleichen Sie hier bei Nacht und Nebel um die Häuser anderer Leute?«

Wieder zuckt er mit den Schultern. Seine Hände stecken noch immer in den Taschen seiner Jeans, während es meinen

Händen mittlerweile schwerfällt, meine Brüste und meinen Intimbereich noch länger zu verbergen.

»Ich sehe gern Frauen unter der Dusche zu«, antwortet er gleichgültig. »Ein Hobby wie jedes andere.«

»Perversling.«

»Also ich habe nicht versucht, mit nacktem Arsch in ein Haus einzubrechen.«

Touché. Es wäre fast zum Lachen, wenn sich dieser Spott nicht gegen mich richten würde. Vergeblich suche ich nach etwas, das ich ihm ins Gesicht werfen könnte. Dass ich so nackt vor ihm stehe, beraubt mich sämtlicher Möglichkeiten. Ich schäme mich nicht für meinen Körper, aber … ich mag nun einmal nicht komplett unbekleidet vor Fremden stehen, ohne mich selbst dazu entschieden zu haben.

Ich öffne den Mund, um über ihn herzuziehen, aber irgendwie bleibt mir der Spott in der Kehle stecken. Ich fühle mich lächerlich. Echt traurig. Glücklicherweise redet er weiter:

»Außerdem finde ich diese Bezeichnung ganz schön frech von einer, die unschuldige Männer durch das Badezimmerfenster beobachtet.«

Ich erröte.

»Sie und ›unschuldig‹? Aber sicher. Damit das klar ist, ich habe Sie nicht …«

Erneut fällt er mir ins Wort und hebt beruhigend seine Hände.

»Sie brauchen sich nicht zu rechtfertigen, ich bin nicht prüde. Aber sicher verstehen Sie, dass es mich doch ein wenig stört … Wenn Sie also Ihre Triebe in Zukunft ein wenig zügeln könnten, wäre mir das sehr recht.«

Ich presse meine Zähne so fest zusammen, dass es knirscht. Fast befürchte ich, mein Kiefer würde explodieren. Meine Augen sind Rasierklingen, die ihn von allen Seiten durchdringen.

Er bemerkt es und lächelt heiter. Er macht sich tatsächlich über mich lustig. Und wie es aussieht, hat er einen Riesenspaß dabei.

Ich beschließe, meine scharfe Antwort herunterzuschlucken, um Zeit zu gewinnen:

»Es ist mir wichtig, laut auszusprechen, was wir beide insgeheim denken, nämlich dass dieses Gespräch mehr als peinlich ist. Deshalb schlage ich vor, dass Sie Ihr billiges Lächeln aufgeben und ich ›meine Triebe zügele‹. Vielleicht könnten Sie mir ja auch dabei helfen, ins Haus zu kommen?«

Er scheint über die aufgezählten Optionen nachzudenken. Schließlich seufzt er und nimmt seine Hände aus den Taschen. Ehe er zum Fenster geht, habe ich Zeit zu bemerken, dass sie groß und einigermaßen abgearbeitet sind.

»Gehen Sie zur Haustür, ich lasse Sie rein.«

Zunächst will ich mich weigern, denn schließlich kenne ich ihn nicht einmal, aber dann stelle ich fest, dass es wohl die beste Lösung ist. Er nimmt meine Klamotten von der Fensterbank und wirft sie auf den Küchenboden, dann zwängt er sich mit einiger Mühe durch die Öffnung. Sobald er im Haus ist, eile ich wieder nach vorn. Der Mann, dessen Namen ich noch immer nicht kenne, öffnet die Tür in dem Augenblick, als ich die Treppe zur Veranda hinaufsteige.

Ich beiße mir auf die Lippen, als ich sehe, wie er sich an den Türrahmen lehnt und den schwarzen String, den ich zum Schwimmen abgelegt hatte, um seinen Finger wirbeln lässt.

»Sehr hübsch«, kommentiert er feixend.

Wie eine Furie stürme ich an ihm vorbei, reiße ihm meine Unterwäsche aus der Hand und renne nach oben. Hastig streife ich einen XXL-Pullover über, der meine Schenkel bedeckt, und werfe meine nasse Kleidung in die Waschmaschine. Als ich, immer noch rot vor Scham und Wut, wieder nach unten komme, hat sich der Nachbar nicht von der Stelle bewegt.

Jetzt gibt es kein Pardon mehr.

»Sie sind ja immer noch hier!«

Er dreht sich ruhig um und ich sehe, dass er seine Hände wieder in die Taschen gesteckt hat. Ob das eine Manie ist?

»Ich warte auf ein Dankeschön«, sagt er und deutet mit dem Kopf auf meinen roten Pulli: »Diese Farbe steht Ihnen übrigens ausgezeichnet.«

Ich muss über diese Antwort so sehr lachen, dass ich fast ersticke. Mein Gegenüber lächelt angesichts meiner Reaktion sanft und etwas überrascht und mustert mich intensiv. Seine Augen durchbohren und sondieren mich. In ihnen funkelt etwas, das mir einen Schauer über den Rücken jagt. Sein Blick wandert nach unten und wieder nach oben, als wäre es das Normalste auf der Welt.

»Ein Dankeschön? Dafür, dass Sie mich angegafft haben? Ich denke, das können wir uns sparen.«

Er schaut mich ernst an. Ausnahmsweise ignoriert er meine Bemerkung und wechselt abrupt das Thema.

»In Anbetracht der Tatsache, dass ich Sie nackt gesehen habe, denke ich, dass Sie und ich eine gewisse Schwelle in unserer Bekanntschaft überschritten haben. Mein Name ist Eden. Eden Weiss.«

Ich schüttele den Kopf und runzele mit offenem Mund die Stirn. Also das ist ja nun wirklich der Gipfel!

»Aber mir ist scheißegal, wie Sie heißen!«

Unwillkürlich prustet er los, senkt aber sofort den Kopf und hält sich die Faust vor den Mund, um sein Lachen zu verbergen. Zumindest einer von uns scheint die Situation zu genießen. Er reißt sich zusammen und nickt mit gerunzelter Stirn, wobei er nicht gerade glaubwürdig rüberkommt.

»Das ist charmant. Wirklich sehr charmant.«

Ich verschränke die Arme. Jetzt, wo ich angezogen bin, fühle ich mich einigermaßen wohl.

»Wieso habe ich den Eindruck, dass Sie und ich wohl keine Freunde werden?«

»Ich habe keine Ahnung«, antwortet er aufrichtig. »Also ich finde Sie eigentlich ganz nett.«

»Na, wenigstens einer in dieser Stadt«, spotte ich mit heuchlerischem Lächeln. »Sie werden noch früh genug erkennen, dass ich nicht gerade die ideale Nachbarin bin. Und sobald die Bewohner von Charleston Sie von dieser Ansicht überzeugt haben, können wir dann richtig Krieg gegeneinander führen.«

Ich weiß nicht genau, warum ich mich immer gezwungen fühle, mich selbst so runterzumachen, sobald ich jemanden zum ersten Mal treffe. Eine Angewohnheit, die Andrew vermutlich kritisieren würde.

Für den Bruchteil einer Sekunde habe ich den Eindruck, einen Schimmer von Mitgefühl in Edens Augen zu erkennen. Bei seiner Antwort aber hat er sein charmantes Lächeln gegen ein Pokerface ausgetauscht.

»Das wäre unnötige Zeitverschwendung. Ich gebe nichts darauf, was die Menschen in dieser Stadt reden.«

Das hatte ich nicht erwartet.

»Ich meine es ernst«, betone ich.

Jetzt imitiert er mich und verschränkt ebenfalls die Arme. Der Typ geht mir langsam auf den Zeiger. Er sieht gut aus. Aber das irritiert mich noch mehr.

»Ja und? Haben Sie vor, meine Mülleimer zu verstecken, meinen Hund zu entführen und meine Blumen platt zu fahren?«, spottet er mit ernstem Gesicht.

»Wenn Ihnen das nicht zusagt, werde ich mich bemühen, erfinderischer zu sein.«

Ein authentisches Lächeln breitet sich auf seinem Gesicht aus. Ich habe solche Angst, dass es mich anstecken könnte, dass ich mich auf dem Absatz umdrehe. Er bekommt weder ein Dankeschön noch meinen Namen. *Na? Wer ist hier wohl der Boss?*

Ich gehe durch die Tür, als seine Stimme zum letzten Mal die Stille durchdringt:

»Ich behalte Sie im Auge, Azalée Green.«

Ja klar. Wie hatte ich auch nur eine Sekunde lang glauben können, dass er meinen Namen nicht kennt? Ich ignoriere die Gänsehaut auf meinen Armen und antworte siegesgewiss, während ich die Tür mit meinem Fuß zuschlage:

»Dann werde ich dafür sorgen, dass ich immer angenehm anzusehen bin, Eden Weiss.«

5

Juni 2018

Eden

Ich weiß nicht, was mit mir los ist, aber dieses Mädchen lässt mir keine Ruhe.

Es ist keine Verliebtheit, nicht einmal Anziehung – obwohl ... – sondern schiere Neugier. Ich hatte schon so viel über sie gehört, dass unser Zusammentreffen alle meine Erwartungen über den Haufen warf. Azalée Green ist ganz und gar nicht so, wie ich sie mir vorgestellt habe.

Trotz ihres beißenden Spotts und ihres trotzigen Gehabes erkannte ich sofort die unsichtbaren Spuren auf ihrem Gesicht – Spuren eines Schmerzes, den nur wenige Menschen in ihrem Leben ertragen. Dieser tiefe Schmerz, den ich nur allzu gut kenne.

Sie verbirgt etwas.

Und weil mich Geheimnisse schon immer magisch angezogen haben, stürze ich mich Hals über Kopf hinein. Die Tatsache, dass sie absolut atemberaubend aussieht, ist im Übrigen auch nicht zu verachten. Mit ihrer nackten, glänzenden Haut und den Wasserperlen um ihren Bauchnabel hätte man sie für eine Nymphe halten können, ganz zu schweigen von ihren langen, triefenden roten Haaren, die über ihre kleinen Brüste fielen.

Leider geht sie an diesem Wochenende nicht aus dem Haus,

um bei Sonnenuntergang zu singen. Ich hätte nicht gedacht, dass mich das so enttäuschen würde.

Als ich am Montagmorgen aus der Dusche komme, muss ich lachen, denn sie hat nicht nur ihr Badezimmerfenster geschlossen, sondern auch die Jalousie heruntergelassen.

»Als wäre ich hier der Spanner!«

Morgens am Strand sehe ich sie joggen. Sie trägt eine Jogginghose und einen Sport-Bustier von Nike. Ich beschließe, während ihrer Abwesenheit tätig zu werden und ihr als Zeichen eines Waffenstillstands Schokolade vor die Tür zu legen. In meinen Vorräten befindet nur ein Schokoladenhäschen – irgendwie albern, aber der Zweck heiligt schließlich die Mittel.

Nach einem äußerst deprimierenden Montag komme ich völlig erschöpft nach Hause. Das liegt daran, dass meine Nächte immer kürzer werden. Beim Heimkommen streichele ich Chestnut mit meinen schmutzigen Händen, mit denen ich den ganzen Tag an Motoren herumgewerkelt habe. Genau wie letzte Woche ist seine Schüssel noch voll. Ich runzele die Stirn.

»Was um alles in der Welt …«

Aber ich habe keine Zeit, mich näher mit dem Thema zu befassen, denn vor meiner Tür liegt etwas. Ich steige die Stufen zur Veranda hinauf, schaue in die Plastiktüte und finde das Schokoladenhäschen.

Allerdings nur noch seinen Kopf. Daneben liegt ein Zettel mit der Aufschrift: »Sie sind der Nächste.« Witzig ist sie, das muss man ihr wirklich lassen. Beängstigend, aber witzig.

Danach setzt eine gewisse Routine zwischen uns ein. Unsere Fehde erfolgt hauptsächlich via Post-it. Ich fange mit einem versöhnlichen »Wollen wir Frieden schließen?« an. Ihre Antwort finde ich nach meiner Rückkehr von der Arbeit an meiner Haustür.

Gespannt trete ich näher, als ich sehe, wie sie ihren Mülleimer hinausrollt. Ich bleibe stehen und folge ihr mit Blicken. Sie hat mich noch nicht gesehen. Als sie sich umdreht und mich entdeckt, schenke ich ihr ein breites, spöttisches Lächeln.

Verflixt, bei diesem Feuerhaar werde ich noch irgendwann blind.

»Hallo, Nachbarin!«, rufe ich und winke ihr zu. »Heute Abend kein nächtliches Bad geplant?«

Azalée Green trägt nur ein großes, weiß-blaues American-Football-T-Shirt und ein Paar Turnschuhe. Verdammt sexy.

»Die sind gestrichen, seit irgendein Perverser – möglicherweise ein Zuhälter – die Gegend hier unsicher macht. Also nein.«

Autsch. Das ist harter Tobak. Damit sind wohl die Spiele eröffnet.

Nachdem sie wieder im Haus ist, lese ich die Nachricht, die sie mir hinterlassen hat: »Danke, aber lieber ertrinke ich. Mit freundlichen Grüßen.«

Lachend schüttele ich den Kopf. Sie ist kratzbürstig, und das finde ich einfach toll.

Tatsächlich empfinde ich dieses Kräftemessen mit einer heißen Unbekannten mit französischem Vornamen als die nahezu aufregendste Sache in diesem Jahr. Ich liebe Charleston, kann aber weiß Gott etwas Abwechslung gebrauchen.

Die Woche vergeht wie im Flug. An guten Tagen liefere ich mir eine Wortschlacht mit Azalée. Als ich mich neulich auf den Weg zur Werkstatt machte, frühstückte sie gerade auf ihrer Terrasse. Während ich auf meinen Pick-up zusteuerte, lächelte sie mich spöttisch an:

»Ich habe letzte Nacht von Ihnen geträumt!«

Überrascht lächelte ich zurück.

»Ach ja?«

»Sie lagen im Sterben.«

Ah.

Sie singt immer noch nicht. Ich verbringe absolut jeden Abend mit offenen Fenstern und betrachte das aufgewühlte Meer, aber es ist, als hätte ich es mir nur eingebildet.

Eines Abends bekomme ich Lust, sie ein wenig zu ermutigen. Ich setze mich mit nacktem Oberkörper auf die Treppe vor meiner Terrasse und hebe meine Geige ans Kinn. Ich weiß, dass ihre Fenster geöffnet sind; ich weiß, dass sie mir zuhört.

Also atme ich tief ein, richte den Blick auf die endlose Wasserfläche vor mir und beginne zu spielen. Ich weiß nicht, ob sie die Melodie von *Tennessee* von Hans Zimmer erkennt, aber insgeheim hoffe ich es.

Sobald die ersten Töne erklingen und jede Faser in mir zum Schwingen bringen, denke ich an nichts mehr. Die Musik durchdringt meine Seele. Jetzt existieren nur noch meine Finger und die Saiten meines Instruments. Ich verliere mich im Fluss der Noten, während die Abendluft meinen nackten Oberkörper streichelt.

Nachdem die Melodie zu Ende ist, brauche ich ein paar Sekunden, ehe ich wieder weiß, wo ich bin. Als ich aufstehe, um ins Haus zu gehen, schlägt mein Herz immer noch wie wild. Plötzlich sehe ich eine Gestalt auf der Terrasse nebenan und bleibe stehen.

Halb versteckt von der Mauer starrt Azalée mich an. Stumme Tränen laufen über ihr regloses Gesicht. Ich bezweifle, dass sie sich dessen überhaupt bewusst ist. Für einige lange Sekunden schauen wir uns an, ohne etwas zu sagen.

Als ich den Mund öffne, verschwindet sie in ihrem Haus und schließt die Terrassentür hinter sich. Der Austausch ist abgeschlossen und ehrlich gesagt weiß ich nicht, was ich davon halten soll.

In den folgenden Tagen arbeite ich bis zum Umfallen in der

Werkstatt. So intensiv, dass ich Alecs und Joshs Einladungen zum Ausgehen ablehne, um Schlaf nachzuholen. Sicher würden sie verstehen, wenn ich ihnen sagte, dass ich einfach nur k. o. bin, denn schließlich gibt es Gründe dafür. Aber ich will nicht, dass sie sich Sorgen machen. Schließlich habe ich keinen Krebs, sondern Epilepsie.

Was meiner Ansicht nach wirklich reicht. Seit ich sprechen konnte, wurde mir eingebläut, dass ich noch Glück gehabt habe. Dass es nach dem, was mir passiert ist, durchaus schlimmer hätte sein können. Vermutlich stimmt das.

Ich schätze, die vielen Narben auf meinem Körper sind ein Beweis dafür, dass ich am Leben bin und demzufolge Glück gehabt habe.

»Eden, kannst du dich darum kümmern?«, fragt mich Otto kurz vor dem Ende meiner Schicht.

Ich nicke und widme mich meinem letzten Kunden, einem Mr Westford, den ich schon ganz gut kenne. Er ist absoluter Autoliebhaber und im Übrigen ein ziemlich großer Fisch.

»Wo drückt der Schuh, Chef?«, frage ich ihn mit ruhiger Stimme und werfe mir meinen Lappen über die Schulter.

Er schüttelt mir die Hand und seufzt hilflos.

»Auf Höhe der Räder gibt es ein Geräusch, das ich nicht zuordnen kann.«

»Schauen wir uns das mal an.«

Ich fahre das Auto auf die Hebebühne in der Halle und werfe einen kurzen Blick auf den Fahrzeugboden. Schließlich drehe ich die Räder, um festzustellen, ob das Geräusch tatsächlich auf das Rollen zurückzuführen ist.

»Das Geräusch klingt metallisch«, verkünde ich.

Ich überprüfe, ob die Bremsbeläge in Ordnung sind, während er seine Arme verschränkt. Nachdem ich mein Werkzeug geholt habe, lege ich sofort los und ignoriere dabei Mr Westfords Blick.

»Sie wohnen doch neben den Greens, nicht wahr?«

Ich runzele die Stirn und antworte beiläufig:

»Ja, sie sind meine Nachbarn.«

»Arme Sylvia …«

Unwillkürlich halte ich in meinen Bewegungen inne. Der Ton, in dem er das gesagt hat, gefällt mir nicht. Und den Gedanken dahinter mag ich erst recht nicht. Zwar weiß ich bereits, was er meint, aber ich kontrolliere weiter seine Räder, während ich frage:

»Wieso?«

»Ihre Tochter war früher ein ziemliches Flittchen«, antwortet er. Offenbar gefällt es ihm, dass ich ihm die Frage gestellt habe. »Man sagt, dass sie sich nicht verändert hat und dass sie nach ihrer Rückkehr als Erstes eine Runde durch die Bars gedreht hat. Sylvia war eine nette Frau … Es wäre schlimm für sie, zu sehen, was aus ihrer Tochter geworden ist. Sie wohnen doch nebenan, haben Sie nichts Verdächtiges bemerkt?«

»Verdächtiges«? Sie ist doch keine Serienmörderin, verkneife ich mir zu antworten. Stattdessen beiße ich die Zähne zusammen. Ich hasse Klatsch und Tratsch und habe nie verstanden, warum sich einige Menschen gezwungen fühlen, sich für das Leben anderer zu interessieren, anstatt vor ihrer eigenen Tür zu kehren. Aus Erfahrung weiß ich, dass im Allgemeinen diejenigen am meisten reden, die am wenigsten wissen.

Unwillkürlich muss ich an den gequälten Ausdruck denken, den ich vor einer Woche in Azalées Augen gesehen habe. Sie hat zwar versucht, die Gefühle zu verbergen, aber ich war schnell genug, um sie zu erkennen.

»Also, ich finde Sie eigentlich ganz nett.«

Na, wenigstens einer in dieser Stadt.

Verärgert richte ich mich auf und heuchele ein Lächeln.

»Sie werden sicher irgendwann feststellen, Mr Westford, dass die Quantität nicht die Qualität einer Information ausmacht. Nur weil die ganze Stadt diesen Mist glaubt, heißt das noch lange nicht, dass es stimmt.«

Ich wische mir die schmutzigen Hände an meiner Arbeitskleidung ab, während er errötet und verteidigend erwidert:

»Ich verurteile niemanden ohne Beweise, Eden! Mein Sohn war mit ihr auf der Highschool Er hat mir erzählt, dass sie viele Freunde hatte und ständig auf Partys ging.«

»Und das macht Azalée Green zur Schlampe?«, will ich wissen und hebe eine Augenbraue. »Weil sie mehrere Liebhaber hatte? Nun, in diesem Fall bin ich das schlimmste Flittchen der Gegend.«

Er presst die Lippen zusammen und hebt das Kinn. Er ist nicht von seiner Ansicht abzubringen.

»Das ist etwas ganz anderes. Sie sind ein Mann.«

Ich lache gezwungen. Diesen Einwand hätte ich voraussehen müssen.

»Klar, das verändert natürlich alles.«

Ich lasse ihm keine Zeit zum Auftrumpfen, sondern werfe meinen Lappen in eine Kiste und sage ihm, dass sein Auto fertig ist. Mit diesen Worten drehe ich mich um und erkläre Otto, dass ich Feierabend mache. Ich kann es kaum erwarten, dass dieser Tag endlich vorbei ist.

Trotz meiner Müdigkeit gehe ich direkt ins *Royal American*, um den Abend mit meinen Freunden zu verbringen. Auf dem Parkplatz vor der Kneipe setze ich meine Kappe auf mein wirres Haar. Beim Eintreten sehe ich Alyssa, die eine Gruppe hübscher Mädchen bedient.

»Ist mein Whiskey fertig, Weib?« frage ich sie und stütze die Ellbogen auf die Theke.

Sie wirft mir einen bitterbösen Blick zu und schnalzt mit der Zunge.

»Sag das noch mal, *gilipollas.*«

Ich lache herzlich, greife über der Theke nach ihrem Arm und streichele ihn. Sie versucht zu entkommen, aber ich halte sie fest.

»Du liebst mich, nicht wahr?«, lächele ich und flüstere ihr zu: »Komm schon, lass uns verschwinden. Gib diesem Idioten Josh den Laufpass und wir gehen nach Australien, wo wir von Luft und Liebe leben.«

»Hör mit dem Quatsch auf. Dein Whiskey steht längst auf dem Tisch. *Gilipollas.*«

»Du weißt nicht, was dir entgeht …«

Ich werfe ihr eine Kusshand zu und gehe zu den Jungs, die wie immer am selben Tisch sitzen. Alec hat seine Kopfhörer auf und trommelt mit den Fingern auf seine Oberschenkel. Ich setze mich zu ihnen, begrüße sie und greife nach meinem halb vollen Glas.

»Wer hat meinen Whiskey getrunken?«

»Ich«, antwortet Alec ein wenig zu laut. »Du kannst ihn trinken, er ist gut.«

Ich werfe ihm einen bösen Blick zu, ehe ich sein Unbehagen bemerke. Er blinzelt ein wenig zu schnell.

»Geht es dir gut?«, erkundige ich mich.

Er scheint mich nicht zu hören, also hebe ich seinen Kopfhörer an und wiederhole meine Frage.

»Hier sind sehr viele Leute«, sagt er einfach und reibt sich die Finger.

Ich antworte nicht darauf, sondern bemitleide ihn stumm. Zwar sagen wir Alec immer wieder, dass er nicht mitkommen muss, wenn es ihm zu viel ist, aber er zwingt sich dazu, auch wenn es bedeutet, dass er mitten am Abend die Nerven verliert und allein nach draußen geht. Menschenmassen sind nicht sein Ding.

Sein Zwillingsbruder Cameron steht bereits auf der Bühne und regelt sein Mikrofon. An den Abenden, an denen seine Band spielt, ist es immer voll.

Ich will gerade etwas sagen, als Joshs Gesicht plötzlich aufleuchtet.

»Azalea! Wow, du bist tatsächlich gekommen.«

Azalée.

Verblüfft drehe ich mich um. Sofort treffen sich unsere Blicke. Ihre Augen sind so blau und rein wie der Ozean. Sie scheint fast angenehm überrascht, mich zu sehen. An diesem Abend trägt meine bewunderungswürdige Nachbarin eine Jeans mit hoher Taille zu einem entengrünen T-Shirt, dessen Schnitt ihre Kurven keineswegs betont. Auf dem Shirt steht in Großbuchstaben: ASOZIAL.

Echt toll.

»Ich kann es selbst kaum glauben«, murmelt sie, kann aber ihr Lächeln nicht unterdrücken.

Sie ist in Begleitung von Andrew. Er nickt mir zu und legt seine Hand um Azalées Taille.

»Setzen Sie sich. Ich sage Alyssa, sie soll Ihnen etwas zu trinken bringen. Was möchten Sie?«

»Lass nur, ich mach das schon«, antwortet Andrew mit unsicherer Stimme. »Aze, willst du einen Cocktail?«

Ich zwinge mich, angesichts dieses Kosenamens nicht die Augen zu verdrehen. Schließlich heißt sie Azalée, aber bisher habe ich noch nie gehört, dass jemand sie so nennt. Warum amerikanisiert man einen so schönen Namen?

»Ein Bier bitte«, antwortet sie. »Ein Bud Light.«

Ich muss unwillkürlich lächeln, während sie den Tänzern zusieht. Andrew geht zur Bar. Alyssa begrüßt ihn, nicht ohne einen neugierigen Blick auf Azalées Rücken zu werfen. Das wird bestimmt ein amüsanter Abend …

»Ich freue mich, dass du gekommen bist«, sagt Josh lächelnd. Ich rutsche näher. »Oh, tut mir leid, ganz vergessen! Eden, darf ich vorstellen …«

»Azalée«, schneide ich ihm das Wort ab und schaue ihr tief in die Augen. »Wir kennen uns bereits.«

Ich grinse ihr zu, worauf sie die Lippen zusammenpresst. Ich wünschte, sie würde so wütend werden wie neulich! Das war echt komisch. Aber sie antwortet nicht, sondern begnügt sich damit, ihre Arme zu verschränken und sich auf die Lippen zu beißen, um nicht zu lächeln.

Ich weiß, dass sie mich tief im Inneren auch mag.

Josh, der die Bedeutung meines stummen Grinsens versteht, hebt überrascht die Augenbrauen.

»Oh … Ich verstehe.«

»Nicht so, du Depp«, faucht Azalée und knufft Josh in die Seite.

»Noch nicht«, scherze ich.

»Träum weiter.«

Sie schenkt mir ein honigsüßes Lächeln und zeigt mir den Mittelfinger.

»Muss ich erst nachfragen?«, erkundigt sich Josh zögernd.

Azalée zuckt spielerisch die Schultern und lächelt mich spöttisch an.

»Ach, so interessant war es auch wieder nicht. Eden schlich um mein Haus, um mich unter der Dusche zu beobachten, und ich habe ihn auf frischer Tat ertappt.«

Josh wendet sich an mich und will wissen, ob ich sie wirklich unter der Dusche belauert habe.

»Ich hätte es zwar gern getan, aber leider nein. Sie hingegen hat sich da weniger geniert.«

Azalea und ich fordern uns gegenseitig mit intensiven Blicken heraus. Die Folge ist, dass ich unter meinem T-Shirt zittere. Im Ernst ... so umwerfend auszusehen sollte verboten werden. Es ist gefährlich und könnte einen zu Verrücktheiten verführen.

Für eine Sekunde frage ich mich, ob sie die Spuren ebenfalls sieht. Erkennt sie meine so, wie ich ihre erkenne? So, wie zwei Flächen desselben Spiegels.

Alyssa unterbricht uns. Josh, immer noch verwirrt, wendet sich an die beiden Frauen und stellt sie einander vor. Die Stille zwischen ihnen ist mehr als angespannt. Ich grinse wie ein Honigkuchenpferd, bis sie einander die Hand geben. In diesem Moment sehe ich *sie*.

Mein Lächeln verschwindet und meine gute Laune verfliegt sofort. Ich merke nicht, dass ich sie anstarre, bis Azalées Stimme meine Gedanken unterbricht:

»Was guckst du so?«

Ich wende ihr einen ernsten Blick zu. Ihr Tonfall verrät alles. Sie lacht nun auch nicht mehr. Sie weiß nicht nur genau, was ich gesehen habe, sondern sie verbietet mir auch, Mitleid mit ihr zu haben.

Ihr kühler Blick fordert mich heraus, eine Bemerkung zu machen.

Aber ich sage nichts ... und wende mich ab von den weißen Narben auf der Innenseite ihres Handgelenks.

6

Juni 2018

Azalée

Willkommen bei Dear Patriarchy,
Hinweis für alle weißen, heterosexuellen Männer, die in Seelen-
ruhe vor dem Fernseher herumhängen und denken, dass die
Frauen den Männern längst gleichgestellt sind: Caroline, ein siebenjähriges Mädchen aus Kenia, musste eine Genitalverstümme-
lung durch ihre eigene Mutter erleiden, ehe sie mit einem sech-
zigjährigen Mann zwangsverheiratet wurde. Es blieb ihr nichts
anderes übrig, als zu fliehen, um dem Albtraum ein Ende zu bereiten.
Glauben Sie immer noch, dass in dieser Welt alles in Ordnung
ist?

»Also, Azalea«, beginnt Alyssa mit ihrem leichten spanischen
Akzent. »Womit verdienst du deinen Lebensunterhalt?«

Ich weiß nicht mehr, warum ich zugestimmt habe, mich
an diesem Abend mit den anderen zu treffen. Wahrscheinlich, weil Josh am Telefon so dringend darauf bestanden hatte.
Und klar, dass er von allen Leuten in Charleston ausgerechnet
meinen sexy, tätowierten, Geige spielenden Nachbarn kennen
musste. Na ja, schließlich ist Charleston auch ein Dorf …

Edens verstohlene Blicke ignoriere ich geflissentlich. Allerdings muss ich zugeben, dass er trotz seiner lästigen und manch-

mal leicht psychopathischen Art ziemlich süß sein kann … besonders wenn er mit Frechdachs auf dem Bootssteg vor seinem Haus spielt. Noch mehr Spaß macht es, ihm zuzusehen, wenn er früh am Morgen nur mit seinen markanten Muskeln und schwarzen Boxershorts bekleidet aus dem Haus kommt.

»Ich bin Stripperin«, erkläre ich schließlich mit hoch erhobenem Kinn.

Josh erstickt fast an seinem Drink, während Eden nur verschmitzt lächelt, weil er meine Spielchen längst kennt.

Während der ganzen Woche hat er es darauf angelegt, mich echt wütend zu machen, und obwohl ich ihn ein- oder zweimal am liebsten erstochen hätte, fand ich seine Taktik ziemlich originell. Dazu muss ich sagen, dass es mir schon immer schwerfiel, einem Musiker zu widerstehen.

»Sehr witzig«, kommentiert Alyssa trocken.

»Nicht immer, aber es bringt eine Menge ein.«

»Sie scherzt«, mischt sich Josh mit gezwungenem Lächeln ein. »Azalea backt Cupcakes.«

Stumm trinke ich einen Schluck Bier. Mir wäre es lieber gewesen, wenn er den Mund gehalten hätte, denn das klingt wirklich erbärmlich.

»Aber nur vorübergehend.«

»Aber sie kocht wirklich gern!«, insistiert Josh, der es unbedingt richtig machen will. »Azalée liebt, soweit ich mich erinnern kann, zwei Dinge ganz besonders: Süßes zu backen und die Musik. In beidem ist sie echt gut.«

Ich lächele gequält. Mir ist unbehaglich zumute. Irgendwie wirkt das Ganze, als versuche er, alle meine Vorzüge herauszustellen, aber das wirkt so dubios. Oder liegt es vielleicht an mir? Ich habe nämlich Probleme mit Komplimenten.

»Ich verstehe«, antwortet Alyssa. »Im Grunde genommen bist du also arbeitslos.«

Ganz schön gemein. Ich lächele ihr zu, um ihr zu zeigen, dass ich keineswegs betroffen bin.

»Genau. Und Trent ist einverstanden, dass sie es heute Abend einmal hier probiert. Bist du bereit, Azalée?«, fragt Josh mit einem ermutigenden Lächeln.

Bei dem Gedanken, im *Royal American* zu kellnern, habe ich zwar nicht gerade Freudensprünge gemacht, trotzdem möchte ich gern Alyssas Gesicht sehen, wenn ich den Test bestehe. Also folge ich ihr hinter die Bar und treffe kurz den berühmten Trent. Mürrisch erklärt er mir die Regeln, wirft mir eine Uniform zu und wünscht mir viel Glück.

Das Outfit besteht aus einem leicht ausgeschnittenen schwarzen Tanktop und einem kurzen Jeansrock. Rasch ziehe ich mich im Umkleideraum um.

»Trent gibt sich anfangs etwas unzugänglich, aber solange du Geld in die Kasse bringst, lässt er dich in Frieden«, informiert mich Alyssa, als ich wieder zurück bin.

Nun sind es schon zwei Stunden, seitdem ich unter den peinlichen Ermutigungen meiner neuen Freunde mein Probekellnern im *Royal American* begonnen habe. Es ist wirklich einfach und ich stelle zufrieden fest, dass ich trotz mehrerer Monate, in denen ich nur Cupcakes gebacken habe, meine Geschicklichkeit nicht verloren habe.

Jedes Mal, wenn ich aufblicke, sehe ich, dass Eden Weiss mich beobachtet. Manchmal lächele ich ihn an, manchmal zeige ich ihm den Mittelfinger.

Drei Stunden und zwanzig Dollar Trinkgeld später kommt Alyssa mit zusammengepressten Lippen zu mir hinter die Bar.

»Du hast den Job. Du arbeitest jeden Tag von 16:00 bis 2:00 Uhr morgens. Immer in Uniform. Dienstags hast du frei und dein Trinkgeld darfst du behalten. Ach ja: Die Kunden dürfen gucken, aber nicht anfassen, kapiert?«

Ich habe keine Zeit, darauf einzugehen, denn sie ruft unserer Kollegin Leslie zu, dass wir jetzt Pause machen.

»Los komm, wir spielen Billard.«

Ich unterdrücke ein triumphierendes Lächeln, trockne mir die Hände ab und folge ihr. Ich habe nicht nur einen Job gefunden, sondern auch das Gefühl, dass ich in Alyssas Achtung gestiegen bin. Nicht dass mir das wichtig wäre.

Wir erreichen den letzten freien Billardtisch, an dem Josh, Eden und Andrew die Kugeln vorbereiten. Mein Nachbar wählt einen Queue, ohne mich zu beachten, also nutze ich die Gelegenheit, ihn für einen Moment zu mustern. Heute Abend hat er seine Jeans in nicht zugeschnürte Stiefel gesteckt und sein dunkles T-Shirt betont seine Brustmuskeln. Nicht zu vergessen die ewige Kappe, die ich ihm unbedingt abluchsen möchte.

Ich ignoriere die Gänsehaut auf meinen Armen, trinke mein Bier aus und lasse die Augen nicht von der Bühne. Wo mag sich dieser berühmte Alec herumtreiben?

»Okay, los geht's!«, ruft Josh grinsend. »Frauen gegen Männer!«

»Ganz schön macho«, kommentiere ich.

»Cool, dann macht Azalée bei uns mit«, lächelt Eden und legt einen Arm um meine Schultern.

Ich werfe ihm einen missbilligenden Blick zu und schiebe ihn weg.

»Du hast wirklich Glück. Wenn ich dir jetzt sagen würde, dass ich genderqueer bin, stündest du da wie ein Idiot.«

Sein Lächeln verschwindet, und er wird ein wenig blass.

»Scheiße, tut mir leid. War nicht böse gemeint …«

»Entspann dich«, sage ich und grinse ihn amüsiert an. »Als Wiedergutmachung hätte ich gern deine Kappe.«

Er lacht leise und verspricht, sie mir zu überlassen, falls ich ihn schlagen sollte. Sollte ich aber verlieren, würde er mich um einen Gefallen seiner Wahl bitten. Das ist zwar riskant, aber ich bin nicht der Typ, der eine Herausforderung ablehnt.

»Abgemacht.«

Ich hole mir ebenfalls einen Queue und stelle mich neben Alyssa.

Josh nimmt das Dreieck fort. Den besonderen Ausdruck in seinem Gesicht kenne ich nur allzu gut.

»Los geht's, Mädels«, imitiert er.

Genau wie vor vier Jahren muss ich natürlich auch jetzt lachen. Ganz ehrlich, ich habe es vermisst. Ich habe es vermisst, Freunde zu haben.

»Was machst du denn für ein seltsames Gesicht?«, fragt Alyssa. Sie scheint ihn für verrückt zu halten.

»Das war Sylvester Stallone! Rocky, mein Schatz.«

Eden grinst leise vor sich hin, genau wie ich.

»Also ehrlich, Josh, hast du seit damals nichts mehr dazugelernt?«

»Rocky ist der Einzige, den er je imitieren konnte«, feixt Andrew spöttisch.

Die Partie läuft ziemlich gut. Die Clique ist nett und ich ertappe mich dabei, wie ich immer wieder lache. Trotzdem ist die Anspannung deutlich spürbar. Eden will unbedingt gewinnen, genau wie ich. Unsere verstohlenen Blicke täuschen niemanden; wir sind wild entschlossen. Ich werde diese Kappe bekommen.

Während der Partie gesellt sich Alec zu uns. Einen Moment ist er nirgends zu sehen und im nächsten steht er mit dem Kopfhörer um den Hals unmittelbar hinter mir. Eden fragt ihn, ob alles in Ordnung sei, und er antwortet, dass er nur etwas frische Luft schnappen musste.

»Du magst Musik, Azalea?«, fragt er mich plötzlich, ohne mir ins Gesicht zu schauen.

Ich werfe ihm einen amüsierten Blick zu.

»›Mögen‹ trifft es nicht mal ansatzweise; ich liebe sie mehr als alles andere. Am liebsten höre ich ältere Rockmusik. Die Stones, die Kinks und die Sex Pistols. Ansonsten gefallen mir The Weeknd, die Arctic Monkeys, Green Day …«

Eden gelingt ein guter Stoß, und er erlaubt sich ein zuversichtliches Lächeln. Alec gibt sich überrascht:

»Du hast einen guten Geschmack.«

»Tatsache«, sagt Eden und trinkt ein Glas Cola. »Die Musik, das Backen, mitternächtliches Schwimmen … Jetzt fehlen nur noch Roadtrips, dann heirate ich sie vom Fleck weg.«

Wenn er wüsste, was ich in den letzten vier Jahren gemacht habe, könnte er früher als erwartet zu Potte kommen.

»Wusstest du, dass keiner der Beatles eine Partitur lesen konnte?«, fährt Alec fort, ohne auf die Bemerkung seines Freundes einzugehen.

»Ernsthaft?«, lache ich beeindruckt.

Er schüttelt begeistert den Kopf, und ein Lächeln umspielt seine Lippen.

»Genau, und John Lennon schrieb *Good Morning, Good Morning* nachdem er eine Werbung für Müsli gehört hatte, was eine Menge über seine kreativen Methoden aussagt, aber ich glaube, dass es funktioniert hat, weil sie fast so bekannt waren wie Jesus höchstpersönlich.«

Er macht sich nicht einmal die Mühe, zwischendurch Luft zu holen. Die detailreichen Informationen über Strawinskys Musik und den Skandal deswegen sprudeln nur so aus ihm heraus, ehe Eden ihm beruhigend eine Hand auf die Schulter legt. Sofort hört Alec auf.

»Entschuldige«, sagt Alec mit einem schüchternen kleinen Lächeln, die Augen auf den Billardtisch gerichtet. »Hast du … hast du schon immer Musik geliebt?«

»Nein. Zuerst war ich in die Sänger verknallt«, lächele ich.

Mehr sage ich nicht dazu. Ich habe keine Lust, auf die Details einzugehen. Preiszugeben, dass der einzige Weg, den schlimmsten Momenten meiner Jugend zu entkommen, darin bestand, in meinem Kopf zu singen, hätte die Atmosphäre eindeutig verdorben.

Wie auch immer, ich könnte es ohnehin nicht wirklich erklären. In meinem Inneren zu singen hat es mir immer erlaubt, mich selbst davon zu überzeugen, dass ich gar nicht anwesend war, dass es sich nicht um meinen Körper handelte. Die Musik ermöglichte es mir, mich ganz woanders zu fühlen. Ich habe keine normale Verbindung zur Musik. Meine Verbindung zu ihr ist heilig, intim und geheim.

Die Partie geht weiter. Heimlich flüstere ich meinem Nachbarn zu: »Sind seine Kopfhörer eine Art Star-Accessoire wie die Helme bei Daft Punk?«

Mit einem amüsierten Lächeln neigt er sich zu mir hinüber und raunt mir über die Musik hinweg zu:

»Alec hat Probleme mit Lärm und vielen Menschen, das ist alles. Die Kopfhörer helfen ihm, in solchen Situationen nicht den Verstand zu verlieren.«

Überrascht schaue ich zu Alec hinüber.

»Oh … dann hört er also gar keine Musik.«

»Nein. Einige Leute denken, er wäre unhöflich, aber es ist genau das Gegenteil. Er bemüht sich. Er bemüht sich wirklich.«

Ich nicke, ohne etwas hinzuzufügen, und spare mir meine Fragen für einen anderen Tag auf. Ich bin nicht die Einzige, die triumphierend lächelt, als Alyssa und ich die Partie gewinnen – ziemlich knapp, wie ich zugeben muss.

»Ganz schön ätzend«, kommentiert Alec an Josh gewendet.

Eden hört nicht hin, sondern schaut mich nur an. Ein halb besiegtes, halb amüsiertes Grinsen breitet sich auf seinem Gesicht aus. Es ist großartig. Ich baue mich vor ihm auf und drücke meinen Billardqueue gegen seine Brust. Eine seltsame Spannung entsteht zwischen unseren Körpern und verhindert, dass ich weitergehe

Plötzlich muss ich an seinen verlorenen und leidenschaftlichen Ausdruck denken, als er am Meer Geige spielte. Noch nie habe ich etwas so Schönes und Kraftvolles in einer so reinen Form gesehen und bin mir nicht sicher, ob mir das gefällt.

Mein Flüstern streift sein Kinn, als ich sage:

»Trotzdem gut gemacht.«

Als ich mich abwenden will, hält er mich am Handgelenk zurück. Ich kann nicht verhindern, dass meine Narben unter dem Kontakt mit seinen Fingern erbeben. Sein Griff ist sehr sanft, sein Daumen streichelt zögernd über meine Haut.

»Das letzte Wort ist hier noch nicht gesprochen«, raunt er mir ins Ohr, ehe er seine Kappe abnimmt, sie mir auf den Kopf drückt und mir bei dieser Gelegenheit eine widerspenstige Strähne aus dem Gesicht streicht. »Gib gut auf sie acht.«

Er zwinkert mir zu und schließt sich den anderen an, die bereits an unseren Tisch zurückkehren.

Andrew macht sich kurze Zeit später auf den Heimweg. Alyssa kehrt zu ihrer Arbeit zurück, und wir verbringen den restlichen Abend mit Gesprächen, bei denen ich Alec und Eden besser kennenlerne, auch wenn ich wenig von mir preisgebe.

Um ein Uhr morgens küsse ich Josh auf die Wange und winke Alec zu. Ich bin müde.

»Soll ich dich nach Hause fahren?«

»Nein, ich laufe. Danke, Stallone.«

Als ich an der Bar vorbei zur Tür gehe, entdecke ich Eden im Gespräch mit einem hübschen blonden Mädchen. Sie verschlingt ihn buchstäblich mit den Augen. Ich muss innerlich lachen. Plötzlich kommt mir eine verrückte Idee.

Ich zerzause meine Haare, schiebe meine Brüste an ihren Platz, setze ein wütendes Gesicht auf und stürze auf die beiden zu.

»Sag mal, willst du mich verarschen?!!«

Erschrocken und fassungslos drehen sie sich zu mir um. Ich stütze die Fäuste auf die Hüften und mustere sie abwechselnd.

»Hast du mir nicht gesagt, du würdest heute lange arbeiten?«, brülle ich Eden an, auf dessen Gesicht ein unsicheres Lächeln erscheint.

Die Blondine weiß offenbar nicht, wie sie sich verhalten soll. Mit offenem Mund mustert sie mich von Kopf bis Fuß. Ich bleibe am Ball, Schauspielerin durch und durch.

»Du flirtest hier also mit heißen Mädels, während ich zu Hause dein verdammtes Football-Spiel aufnehme?«

»Warte mal, redet die da gerade von mir?«, erkundigt sich das Mädchen bei Eden, der jedoch nicht antwortet.

Er hat nur Augen für mich, sein Blick ist ebenso amüsiert wie bewundernd. Ich mache eine vage Handbewegung.

»Das war ein Kompliment, Darling. Du bist eine heiße Braut, das sieht doch jeder.«

Eden lässt sich keine Sekunde meiner Show entgehen, das andere Mädchen scheint für ihn gar nicht mehr zu existieren. Und ich muss zugeben, dass die Art, wie er mich beobachtet, mein Herz auf den Kopf stellt – im besten Sinn des Wortes. Weil das Mädchen noch immer keine Anstalten macht, zu verschwinden, setze ich noch einen drauf, indem ich mich ihr zuwende:

»Was hat er dir versprochen? Schmuck? Ein Leben mit Luft und Liebe?«

»Hey!« wehrt sie sich und hebt die Hände. »Er hat nie erwähnt, dass er eine Freundin hat. Ehrlich.«

»Es ist nicht deine Schuld, keine Sorge. Männer sind doch alle gleich. Ich schätze, er hat dir auch nicht gesagt, dass seine Freundin schwanger ist, oder? Und dieses Mal will ich nicht wieder abtreiben!«

Das fassungslose Gesicht des Mädchens lässt meine Maske fast bröckeln. Eden reibt sich mit der Hand über den Mund und versucht, sein besiegtes Grinsen zu verbergen.

»Du Arsch«, faucht das Mädchen endlich und schüttet meinem Nachbarn den Inhalt ihres Glases ins Gesicht.

Ups. Ich hatte eine Ohrfeige erwartet, aber das Glas Wasser hat auch eine ganz nette Wirkung. Sie steht von ihrem Hocker auf und geht. Sobald sie außer Sichtweite ist, erhellt ein Lächeln mein aufgesetzt wütendes Gesicht. Ich nehme ein Handtuch von der Theke und reiche es ihm, doch er bewegt sich nicht.

»Das war ja mal was.«

Ich greife nach seinem Glas und trinke ganz entspannt einen Schluck. Leider ist nichts Alkoholisches darin.

»Dann werde ich also Vater?«, fragt Eden, ohne sein friedliches Lächeln aufzugeben.

Ich sehe ihm dabei zu, wie er sich das Gesicht abwischt, und zucke mit den Schultern.

»Das war dafür, dass du nicht weggeschaut hast, als ich nackt vor dir stand.«

Er lacht herzlich, steht auf und legt einen Schein auf den Tresen.

»Eins zu null für dich. Komm, ich nehme dich mit.«

Er lässt mir keine Zeit, den Vorschlag abzulehnen. Wir treten hinaus auf den Bürgersteig, wo sein Pick-up auf ihn wartet. Ich lasse mich auf den Beifahrersitz plumpsen und lasse seinen charakteristischen Duft auf mich einwirken. Der ganze Fahrerraum riecht nach ihm. Eine beruhigende Mischung aus

Zimt und Nelken. Seltsamerweise erinnert es mich an meine Kindheit.

»Darf ich dir eine Frage stellen?«, erkundige ich mich.

Er lässt den Motor an, nickt und wirft mir einen Seitenblick zu. Ich bin mir nicht ganz sicher, ob es richtig ist, aber ich tue es trotzdem.

»Was läuft schief bei Alec?«

Ich sehe, wie er die Stirn runzelt, und erkenne meinen Fehler sofort.

»Bei Alec läuft alles sehr gut.«

»Ich habe mich falsch ausgedrückt«, gebe ich zu. »So wollte ich es nicht … Es tut mir leid. Vergiss es.«

Ein Schweigen folgt. Ich lasse das Thema fallen und beschließe, sein Handschuhfach zu durchsuchen, was ihn nicht besonders zu stören scheint. Stumm verfluche ich mich für meinen Fauxpas und betrachte den Schatz, den ich gefunden habe: Kirschbonbons, eine Sonnenbrille, einen iPod mit Kopfhörern, Sonnenschutz mit Lichtschutzfaktor 50 und …

Edens Hand erscheint plötzlich in meinem Blickfeld und schließt das Handschuhfach ohne Vorwarnung. Ich werfe ihm einen erstaunten Blick zu. Ich fühle mich, als hätte er mich bei einem Fehler erwischt.

Eden räuspert sich, ohne mich anzusehen, und sagt schließlich: »Hat dir schon mal jemand gesagt, dass du schlecht erzogen bist?«

Ich blicke ihn finster an. Wenn er in seinem Auto etwas zu verbergen hat, hätte er nicht anbieten dürfen, mich nach Hause zu fahren. Den Rest des Wegs legen wir in tiefstem Schweigen zurück. Als Eden vor seinem Haus parkt, sagt er mit ruhiger Stimme:

»Alec ist Autist. Asperger. Aber mit ihm ist alles in bester Ordnung.«

»Das weiß ich doch«, sage ich sanft und folge ihm nach draußen.

Frechdachs stürmt sofort auf mich zu, um seine Streicheleinheiten einzufordern. Ich kraule ihn und er leckt mir die Hände. Eden betrachtet uns reglos und offensichtlich verblüfft.

»Danke fürs Mitnehmen, Eden Weiss«, verkünde ich und schiebe den Schirm meiner neuen Kappe leicht nach unten.

»Mit Vergnügen, *Beauté*«, antwortet er mit tiefer Stimme. »Siehst du, wir müssen uns nicht gegenseitig bekämpfen.«

Ich schaue ihn fragend an. So etwas hat noch nie jemand zu mir gesagt, und es kommt so unerwartet, dass ich lospruste. Mein Französisch ist zwar miserabel, aber das Wort für »Schönheit« kenne ich.

»Beauté?«

Er kneift die Augen zusammen und lehnt sich gegen seine Balustrade. Ich weiß, dass ich nach Hause gehen sollte, denn der weitere Abend würde sicher in einer Katastrophe enden, wenn ich dort stehen bliebe und ihn mit Blicken herausfordere. Und doch …

»Was denn, gefällt es dir nicht?«

»Es ist total kitschig.«

Nachdenklich neigt er den Kopf zur Seite und kommt mit langsamen, zögernden Schritten näher. Ich weiß, dass er auf eine Geste von mir wartet, auf ein Zeichen. Er rechnet damit, dass ich ihn zurückstoße, aber ich tue es nicht. In seinen Augen erkenne ich Neugier und einen unstillbaren Hunger nach neuen, verlockenden Geheimnissen.

Er will mich unbedingt knacken. Er will in meinen Kopf und in mein Herz eindringen, alles darin vermasseln, alles nehmen und alles *verstehen*. Etwas nicht zu wissen macht ihn nahezu wahnsinnig.

Also lasse ich ihn näher kommen, auch wenn es bedeutet,

dass er sich die Finger verbrennt. Ich kann meine Augen nicht von seinen abwenden. Bald schon steht er unmittelbar vor mir. Ich möchte etwas sagen, aber die Buchstaben vermischen sich und schmelzen unter der Intensität seines Blicks. Er streckt die Hand aus und sein Daumen berührt meine Wange, als würde er versuchen, sie neu auf mein Gesicht zu zeichnen. Der Kontakt ist federleicht, fast als fände er gar nicht statt.

Er sollte damit aufhören.

Schließlich legt er seine Hand auf meine Hüfte und ich öffne den Mund in der schmerzlichen Erwartung eines Kusses oder von irgendetwas anderem – was auch immer, solange es mein aufgeregt pochendes Herz zufriedenstellt.

Meine Haut brennt, während Eden seinen Blick über mein Gesicht wandern lässt. Er wirkt verwirrt, ja sogar erstaunt bei dem Gedanken, dass ich ihn immer noch nicht zurückgestoßen habe. Tatsächlich würde es genügen, mich auf die Zehenspitzen zu stellen, damit meine Lippen unschuldig auf seine träfen. Ich sehne mich danach, und der Gedanke schockiert mich, aber ich kann ihn nicht aufhalten. Am liebsten würde ich ihn um Erlaubnis bitten, aber stattdessen tue ich das Einzige, was ich wirklich gut kann.

»Wenn du vorhast, die Nutte vom Bishop zu ficken, verschwendest du deine Zeit«, flüstere ich an seinem Kinn. »Denn sie wird bestimmt nicht mit dir schlafen, Eden.«

Überraschenderweise lächelt er nicht. Im Gegenteil, er schaut mich sehr ernst an. Sein Finger folgt langsam der Linie meiner Nase, gleitet über meine Wange, und seine Lippen pressen sich aufeinander, als wollten sie sich zurückhalten.

»Einverstanden.«

Seine Zustimmung enttäuscht mich fast. Ich will mich gerade aus seinen Armen lösen, als er mich zurückhält und meine schmale Taille umschlingt. Unsere Nasen berühren sich. Ein heftiger Schauder läuft über meinen Rücken.

»An dem Tag, an dem du aufhörst, dich selbst so zu bezeichnen, sollten wir noch einmal darüber reden«, sagt er dicht an meiner Unterlippe.

Ohne Vorwarnung tritt er einen Schritt zurück. Der Sauerstoff in meinem Gehirn reicht nicht mehr für eine ordnungsgemäße Funktion aus. Mit brennenden Wangen stehe ich da wie eine Idiotin. Was genau ist da gerade passiert?

Eden lächelt mich freundlich an, dreht sich um und ich kann angesichts seiner fast perfekten *Beauté* kaum atmen.

»Gute Nacht, *Beauté*.«

7

Juni 2018

Eden

Wenn es etwas gibt, das jeder über mich weiß, dann ist es die Tatsache, dass ich ein hartnäckiger Typ bin. Schlimmer noch: Ich hasse Niederlagen. Und Azalée Green ist zu einer Herausforderung geworden, denn alles, was sie mir zeigt, ist Fassade und Lüge.

Logisch, dass ich nur eines will: die echte Azalée sehen, die sie niemanden sehen lässt.

Aus diesem Grund zerbreche ich mir den Kopf, um Dinge zu finden, die sie aus der Reserve locken könnten. Ich will sie wütend machen und an ihre Grenzen bringen. Ich will, dass sie explodiert, dass ihre Maske zerbröckelt und dass sie so sehr außer sich gerät, dass sie alle Barrieren vergisst.

Für den Anfang habe ich mich dazu entschieden, sie beim morgendlichen Joggen zu begleiten. Ich stehe in der Morgendämmerung auf, warte darauf, dass sie das Haus verlässt und laufe ihre Runde mit, ehe ich zur Arbeit gehe. Beim ersten Mal hat sie mir böse Blicke zugeworfen, aber nach einigen Tagen ist ihr klar geworden, dass ich nicht vorhabe, allzu bald zu verschwinden.

Seither laufen wir jeden Morgen in aller Früh Seite an Seite am Folly Beach entlang. Auch wenn wir nicht reden, muss ich sagen, dass es mir gut gefällt. Der Anblick der aufgehenden Sonne über dem Strand ist ebenso großartig wie der der Schweißperlen auf Azalées Hals.

Jedes Mal, wenn wir zu unseren Häusern zurückkehren, lasse ich sie bis zu ihrer Haustür gehen, ehe ich ihr ein vielversprechendes: »Bis morgen, *Beauté!*« zurufe.

Ich versäume keinen einzigen Morgen.

Tief im Inneren hoffe ich, dass sie nichts dagegen hat, weil sie insgeheim meine Anwesenheit schätzt.

Heute bin ich früher aus der Werkstatt zurückgekommen und verstehe jetzt, warum Chestnut in den vergangenen zwei Wochen ordentlich zugenommen hat. Azalée steht tatsächlich auf meiner Veranda und füllt seinen Napf. Grinsend steige ich aus meinem Pick-up und schlage die Tür extralaut zu.

»Jetzt weiß ich endlich, mit wem der Mistkerl mich betrügt.«

Azalée hebt den Kopf, macht sich aber nicht die Mühe aufzustehen. Mein ganzer Körper erbebt. Ihre Haare haben die Farbe eines Sonnenuntergangs, und sie fallen in Locken auf ihre zierlichen Schultern.

»Ich will dich nicht beunruhigen, aber ich denke, dein Hund liebt mich.«

Ich hocke mich neben die beiden und lege die Ellbogen auf meinen Knien ab. Chestnut frisst wie ein Verhungernder, während sie ihn zwischen den Ohren krault. Wie schon neulich Abend bin ich überrascht, dass sich mein Hund von ihr anfassen lässt. Normalerweise hat er Angst vor allem und jedem.

»Du bist schuld, wenn er fett wird.«

Sie hält ihm die Ohren zu und setzt eine empörte Miene auf: »Hör auf! Er bekommt sonst noch Komplexe!«

Ich streichle ihn nun ebenfalls. Es ist ein besonderer Moment. Azalée sitzt in einem kurzen Jumpsuit über einem weißen Bikini neben mir. Sie hat meine Kappe auf dem Kopf, und das bewegt mich.

Wir schweigen. Meine tätowierten Finger berühren ihre Hände auf Chestnuts Fell. Ich fühle, wie sie erschaudert. Trotzdem weigert sie sich, mir ins Gesicht zu sehen.

Schau mich an, verdammt noch mal.

»Also – es ist nicht so, als ob ich mich langweile, aber ich habe noch andere Dinge zu tun. Ciao.«

Mit diesen Worten steht sie auf und macht sich auf den Weg zu ihrem Haus. Verlegen und ein wenig verloren sehe ich ihr nach.

»Alles klar, Azalée Green … Ich werde versuchen, die Musik nachher nicht allzu laut zu machen. Ich bin nämlich ein vorbildlicher Nachbar.«

»Das hoffe ich für dich. Sonst wachst du vielleicht eines Morgens auf und hast ein Ei weniger!«, ruft sie mir von Weitem zu. Ich muss lachen.

Ich will nicht lügen: Ich habe absolut keine Lust, eines Morgens mit einem fehlenden Ei aufzuwachen. Trotzdem beschließe ich, es darauf ankommen zu lassen und sie heute Abend ein bisschen zu nerven. Gibt es einen besseren Weg dafür als Musik?

Nachdem ich vor dem Fernseher gegessen habe, setze ich mich auf meine Couch und verbinde meinen iPod mit den Lautsprechern. Ich überlege, was die passende Musik sein könnte und wähle einen Titel, der für sich spricht: *Troublemaker* von Olly Murs.

Ich öffne die Terrassentüren weit, drehe die Lautstärke hoch und genieße ein Glas Cola, während ich darauf warte, dass etwas passiert.

Ich bin kein Schriftsteller. Schreiben ist etwas, was ich überhaupt nicht kann. Daher bin ich froh, dass es Menschen gibt, die talentiert genug sind, zusammenhängende Worte für das zu finden, was ich fühle.

Als ich Azalée nackt und zerzaust vor mir sah, hat sie mir den Kopf verdreht. Ich weiß, dass ich mit ihr geradewegs in die Hölle fahre und habe keine Ahnung, ob ich unbeschadet davonkomme. Trotzdem will ich es unbedingt herausfinden.

Immer mit der Ruhe, Weiss, raunt mir eine schlaue kleine Stimme zu. *Du kennst sie doch kaum.*

Als der Song vorbei ist, warte ich eine Weile. Nichts geschieht. Keine Azalée erscheint vor meiner Tür, kein wütender Anruf, *nada.* Also beschließe ich, den Song ein zweites Mal abzuspielen. Nach dem vierten Mal will ich gerade aufgeben, als ich Vibrationen aus ihrer Küche höre. Ich kenne den Song zwar nicht, aber der Text ist eindeutig, um es vorsichtig auszudrücken: Die Sängerin versichert ihrem Gegenüber, dass sie – genau wie er – nach einem Idioten sucht. Und dass sie – genau wie er – eine Schlampe ist.

Ich verstehe. Meine Nachbarin ist nicht bereit, die Sache einfach laufen zu lassen. Mit gerunzelter Stirn denke ich nach. Warum versucht sie, Menschen von sich fernzuhalten, indem sie sich selbst als »Schlampe« bezeichnet? Ist das ein verdrehtes Spiel ihrer Einbildung? Ich beschließe, mit *Next* von The Weeknd anzugreifen, um ihr deutlich zu machen, dass sie mir nichts vormachen kann und ich genau weiß, was sie da versucht.

Während ich warte, räume ich den Tisch ab und muss bei der Vorstellung grinsen, dass sie jetzt ihre Playlist auf der Suche nach dem perfekten Song durchforstet. Chestnut kommt angetrottet und kuschelt sich zu mir auf die Couch.

»Deine Freundin verflucht mich sicher gerade«, sage ich zu ihm.

Er schaut mich lange Zeit mit seinem sehnsüchtigen Hundeblick an, als wolle er sagen: »Du übertreibst, Mann.«

Es dauert nicht lange, da erreicht mich eine weiche, vertraute Stimme. Sie singt darüber, dass sie ein böses Mädchen ist und weder berührt noch geliebt werden will. Ich weiß, dass ich den Song vor langer Zeit schon mal gehört habe, aber ich kann nicht sagen, wer ihn singt.

Dann habe ich also noch einen langen Weg vor mir, ehe ich sie verführen kann? *Das werden wir ja sehen, Azalée Green.*

Ich werde bestimmt nicht aufgeben, das darf sie mir glauben. Und um es ihr zu beweisen, beschließe ich, ihr einen letzten Song vorzuspielen, nämlich *Kid in Love* von Shawn Mendes. Hoffentlich versteht sie die Botschaft. Ich werde mir viel Zeit nehmen und sehr geduldig sein, aber ich werde sicher nicht aufgeben.

Der Song ist noch nicht ganz vorüber, als ich eine Nachricht von einer unbekannten Nummer erhalte. Ich weiß bereits, dass sie von Azalée ist, ehe ich sie überhaupt öffne.

Unbekannt: Viel Glück.

Ich spüre sofort, dass es kein guter Tag ist.

Es beginnt damit, dass ich gegen sieben Uhr morgens durch das schrille Klingeln meines Telefons geweckt werde. Eigentlich wollte ich sowieso aufstehen, um mit Azalée laufen zu gehen, aber angesichts der Neuigkeiten streiche ich dieses Vorhaben sofort. Ich stehe hastig auf und ziehe die erstbeste Jogginghose an, die mir in die Hände fällt.

»Ich bin gleich da«, antworte ich und lege auf.

Ich greife nach den Schlüsseln und verlasse leise fluchend das Haus, um das Auto zu holen. Ich hasse es, wenn so etwas passiert, auch wenn es selten vorkommt. Und dabei sollte mein beschissener Anwalt doch eine Lösung für meine Probleme finden! Hoffentlich verläuft unser heutiges Treffen einigermaßen gut.

Der »Notfall« kostet mich etwa zwei Stunden Zeit. Ich schicke Azalée keine Nachricht, um mich für meine Abwesenheit zu entschuldigen, denn ich schätze, dass es ihr ohnehin egal ist. Sie hat mich um nichts gebeten, sondern ich war derjenige, der sich aufgedrängt hat.

Danach wird der Tag nur noch schlimmer. Ich verletze mich beim Hantieren mit elektrischen Drähten und bekomme unvermittelt einen Wutanfall. Otto fragt mich, ob es mir gut gehe, als er mich dabei ertappt, wie ich der Wand einen heftigen Schlag versetze.

»Klar, ganz großartig«, knurre ich und lege ihm nah, nicht weiter zu fragen.

Gestern war noch alles in Ordnung. Heute fühle ich mich aller Illusionen beraubt. Obwohl ich gehofft hatte, dass mein Anwalt meine Angelegenheiten in den Griff bekommt, geht der Abstieg in die Hölle weiter.

»Und? Irgendwelche neuen Informationen?«

»Ich bemühe mich ja, Eden. Aber ich muss Ihnen leider sagen, dass es, je tiefer ich bohre, immer …«

»Ich verstehe nicht ganz«, sage ich und meine Stimme wird lauter. »Aber das ist doch Ihr Job, oder? Ich weiß, dass mein Fall schwierig ist, aber er ist nicht unlösbar. Finden Sie einen Ausweg!«

Enttäuscht lehne ich mich zurück.

»Es ist nur …«

»Sehen Sie sich mein Leben doch an! Seit sechs Jahren schufte ich wie ein Ochse genau dafür, dass man mich nicht mit dieser Art von vorgefertigter Antwort abspeist! Ich habe eine anständige Arbeit, ein geregeltes Einkommen, ein ruhiges Zuhause … Natürlich auch Probleme, aber die hat ja wohl jeder.«

Er kratzt sich an der Stirn ohne mir in die Augen zu sehen, öffnet den grünen Schnellhefter, der vor ihm liegt, und schiebt mir ein paar Blätter zu. Was ich lese, entlockt mir einen tiefen Seufzer. Allmählich verstehe ich … Es liegt an meiner Vergangenheit. Meine Vergangenheit hindert mich daran, ernsthaft für meinen Fall eintreten zu können. Dass ich einmal ein Kleinkrimineller war, wirkt sich nicht gerade zu meinem Vorteil aus. Ebenso wenig wie die Tatsache, dass ich meine Aggressionen nicht in den Griff zu bekommen scheine.

»Es tut mir leid, Ihnen das sagen zu müssen, aber Ihr Strafregister ist alles andere als jungfräulich. Einige Ihrer Eskapaden machen sich nicht gut in Ihrer Akte, und dagegen kann ich nicht viel tun«, erklärt er mir, ehe er alle meine Straftaten aufzählt: Autodiebstahl mit vierzehn, Ladendiebstahl mit fünfzehn, zwei Anzeigen wegen Körperverletzung …

»Ich war jung, verzweifelt und wütend«, verteidige ich mich und reibe mir die Augen. »Ich habe meine Zeit auf der Straße verbracht und mir die falschen Freunde gesucht …«

»Ich weiß, dass Sie keinen leichten Start ins Leben hatten, Eden«, seufzt er. »Es ist nicht Ihre Schuld. Aber vor Gericht lässt Sie Ihre Akte wie einen instabilen und gewalttätigen Mann dastehen.«

Ich nehme den Kopf zwischen die Hände und schließe die Augen, um nachzudenken. Mein Gehirn kocht geradezu. Ich darf diesen Fall nicht verlieren. Um keinen Preis. Ich muss eine Lösung finden, ganz gleich, wie sie aussieht. Es kann nicht sein, dass ich diesen Mann weiter bezahle, wenn er mir keinen Erfolg garantieren kann.

»Bitte … Finden Sie irgendetwas«, flehe ich ihn mit müder und resignierter Stimme an. »Bitte.«

»Im September sehen wir weiter. Ich verspreche, mein Bestes zu geben.«

Als ich nach Hause komme, gehe ich geradezu auf dem Zahnfleisch. Der Tag war in jeder Hinsicht katastrophal. Selbst der wunderbar teuflische Anblick von Azalée, die sich in einem tief ausgeschnittenen Badeanzug auf einem Liegestuhl sonnt, reicht nicht aus, um meine Verbitterung zu lindern. Im Gegenteil: Sie schürt sie noch.

Ich schließe die Tür auf und schaue auf die Uhr. Ihre Schicht beginnt erst in einer halben Stunde. Fast bereue ich, dass ich so früh nach Hause gekommen bin. Meine Nachbarin wendet mir den Kopf zu und schiebt neckisch ihre Sonnenbrille auf die Stirn.

»Was war los?«, ruft sie, als ich wortlos ins Haus gehen will. »Warst du heute Morgen noch zu betrunken, um joggen zu gehen? Schwächling!«

Ich lächele nicht. Wenn sie wüsste, warum ich nicht mit ihr gejoggt bin, würde sie sich nicht so aufspielen. Ihr spöttisches Grinsen macht mich so wütend, dass ich es ihr am liebsten brutal von den rosigen Lippen küssen möchte.

Ohne mich umzudrehen, antworte ich ihr in möglichst neutralem Ton:

»Warum? Hast du mich etwa vermisst?«

»Quatsch.«

Schließlich drehe ich mich doch noch um und betrachte sie für ein paar Sekunden. Okay, ihr Badeanzug steht ihr wirklich sehr, sehr gut … Leider hat sie sich den falschen Zeitpunkt ausgesucht.

»Aber du hast meine Abwesenheit registriert.«

»Das ist wahr. Ausnahmsweise ist mir mal niemand hinterhergerannt, um meinen Arsch anzustarren, während er denkt, ich merke es nicht.«

»Du verwechselst wohl deine Träume mit der Realität.«

Ich war der Meinung, dass ich allein sein und mich selbst geißeln wollte, aber Azalée verschafft mir die ideale Gelegenheit, meinen Ärger an jemandem auszulassen. Geradezu perfekt. Also warte ich darauf, dass sie mir ordentlich einheizt, um loslegen zu können – aber sie begnügt sich damit, ihre Brille wieder auf die Nase zu schieben und mich zu ignorieren.

Komm schon, verdammt, beleidige mich. Nach fünfzehn endlosen Sekunden verliere ich die Geduld.

»Wie, du gibst mir keine Widerworte? Eine echte Premiere.«

»Nein«, lächelt sie heiter. »Mir wurde immer gesagt: ›Widersprich nie einem Blödmann. Warte eine Minute, und er wird es ganz von selbst tun.‹«

Das ist der Tropfen, der das Fass zum Überlaufen bringt. Normalerweise hätte ich ihren Spott mit einem beeindruckten Lächeln zur Kenntnis genommen. Der Hieb saß wirklich gut. Aber heute ist mir nur danach, ihr wehzutun und sie dazu bringen, mich anzugreifen. Aus diesem Grund halte ich es für angebracht, ihr zu antworten:

»Mag sein. Oder du hast dafür einfach den Mund zu voll. Das ist ja anscheinend dein Ding.«

Ich weiß sofort, dass ich zu weit gegangen bin. Ich habe den Witz schon bereit, als ich ihn noch nicht ganz ausgesprochen hatte.

Azalées Reaktion kommt keineswegs überraschend. Obwohl … Eigentlich hätte ich ein giftiges Lachen von ihr erwartet; immerhin ist sie immer die Erste, die über solche Dinge scherzt. Aber dieses Mal ist es anders. Mit einer tiefen Falte auf der Stirn starrt sie mich durch die dunklen Brillengläser an. Diese Anspielung hatte sie nicht erwartet. Jedenfalls nicht von mir.

Sie steht auf, nimmt ihr Handtuch von der Liege und lächelt mir zu. Es ist ein künstliches Lächeln, das mein Verderben bedeutet.

»Volltreffer.«

Ich bin wirklich ein Arschloch.

8

Juni 2018

Azalée

Willkommen bei Dear Patriarchy,
ja, ich bin von Natur aus schlank. Nein, ich muss nicht mehr essen. Ich mag meinen Körper so, wie er ist. Ich bin eine Göttin und wenn euch das stört, ist es euer Problem.
Denn eine »richtige Frau« muss weder unbedingt schlank sein noch muss sie unbedingt bestimmte Formen haben. Behandelt euren Körper, als ob er jemandem gehört, den ihr liebt, und ihr werdet sehen, dass nicht er das Problem ist, sondern ihr selbst. Geheimnisvoll, nicht wahr?

Heute Morgen laufe ich allein.

Umso besser, denn ich möchte Eden auch überhaupt nicht sehen. Ich gebe zu, dass es mir anfangs gefiel, mit ihm zu joggen – ich fühlte mich weniger allein. An dem Morgen, als er nicht auftauchte, fand ich es seltsam. Ich habe mir sogar Sorgen gemacht. Aber heute kann er meinetwegen zur Hölle fahren.

Mir wurden schon schlimmere Dinge gesagt, aber ich war so naiv gewesen, zu glauben, dass Eden mich anders sieht. Ich bin nicht dumm und weiß natürlich, dass er von meinem Ruf gehört hat. Aber bis jetzt hat er nie darüber gesprochen. Er ist eben doch wie alle anderen, und ich weiß nicht einmal, warum mich das überrascht.

Keine Ahnung, ob es Edens Kommentar gewesen war, der mich schwach gemacht hat, oder ob ich mich längst unbewusst entschieden hatte, hinzugehen, aber jetzt bin ich schon seit einer Stunde hier. Ich stehe an der Straßenecke und beobachte *seine* Haustür. Es war nicht schwer, herauszufinden, wo er wohnt. Das Internet ist der beste Freund des Psychopathen.

Dort lebt Pete also, in einem todschicken Haus, das mich sofort anekelt. Ich dachte, er hätte Charleston vielleicht verlassen, aber das ist nicht der Fall. Er lebt friedlich weiter – ohne sich Gedanken darüber zu machen, was er mir angetan hat. Manchmal frage ich mich, ob ihn seine Taten nachts ebenso verfolgen wie mich.

Als der Albtraum begann, habe ich nicht richtig reagiert – aber wer könnte mir das verübeln? In den Tagen nach dem ersten Übergriff musste ich mich ständig übergeben. Wochenlang hatte ich Angst. Ich zuckte zusammen, sobald er an mir vorbeiging, ich erstarrte, sobald ich Schritte vor meiner Zimmertür hörte … Wie besessen wusch ich mich ununterbrochen, in der Hoffnung, eines Tages wieder sauber zu sein, und in mir war dieses schreckliche Gefühl, nichts mehr zu verlieren zu haben.

Trotzdem überlebte ich mehr schlecht als recht.

Bis zum zweiten Mal. Das zweite Mal hat mich ins Verderben gestürzt.

Hysterie, Verwirrung, Tränen und Gleichgültigkeit gegenüber meiner Umgebung wurden zu meinem Alltag. Ich löste mich von allem um mich herum und verachtete mich zutiefst. Ganz offensichtlich hatte ich irgendetwas falsch gemacht, warum sonst würde er denken, dass er das Recht hatte, mir so etwas anzutun?

Ich bekam Depressionen. Aber ich habe nie darüber gesprochen. Außer einmal, mit meiner Mutter.

Ich dachte, sie könnte mich retten.

Ich frage mich noch immer, ob ich eines Tages gerettet werden kann.

Heute hat mich Eden wieder beim Joggen am Strand begleitet. Das sagt viel über seine Hartnäckigkeit aus, denn der Wind pfiff heftig und drohte sich zu einem ausgewachsenen Sturm zu entwickeln.

Ich habe ihn nicht ein einziges Mal angesehen. Dafür bin ich zu nachtragend. Auch er sagte nichts, nicht einmal sein übliches »Bis morgen, *Beauté!*«. Ich weiß, dass er ein schlechtes Gewissen hat, aber das ist kein Grund, ihm so schnell zu vergeben.

Gestern hörte ich Musik aus seinem Wohnzimmer. Ich erkannte sofort John Mayers Stimme, der darüber sang, wie leid es ihm tat, dass ihn seine zu große Klappe mal wieder in Schwierigkeiten gebracht hatte. Ich schloss mein Fenster und lehnte Edens Entschuldigung ab.

Den heutigen Vormittag habe ich damit verbracht, Joshs Lieblings-Cupcakes mit Erdnussbutter und Fleur de Sel zu backen. Die meisten habe ich dann selbst gegessen, aber es ist die Geste, die zählt, oder? Josh hat mir vorgeschlagen, ihn im Fitnessstudio zu besuchen, wo er im Sommer Vollzeit arbeitet, und da ich nicht allein sein wollte, hab ich die Einladung angenommen.

»Ich möchte zu Josh«, sage ich zu dem Mädchen am Empfang, woraufhin sie mir erklärt, wo ich ihn finde.

Ich liebe Kickboxen. In New York belege ich auch einen Kurs. Ich habe damit angefangen, als ich achtzehn war, zuerst um mich auszutoben, später dann aus echtem Interesse. Ich wollte sichergehen, dass ich mich, egal wann und egal wo, selbst verteidigen kann.

Ich gehe den Flur entlang und spähe durch die Glasscheiben, bis ich Josh im allerletzten Raum entdecke. In einem verschwitzten T-Shirt feuert er einen seilspringenden Mann an. Leise öffne ich die Tür, ohne sie zu unterbrechen. Josh bemerkt mich, lächelt und winkt mir zu.

»Azalée! Bleib, wo du bist, ich komme.«

Alle Gesichter wenden sich mir neugierig zu. Ich will Josh gerade sagen, dass er sich ruhig Zeit nehmen kann, als ich ein bestimmtes Augenpaar erkenne. Mein Lächeln erlischt. Eden ist da. Auch er ist verschwitzt und atmet schwer. Und es ist, als würde in meinem Unterleib eine Bombe explodieren. Sein Blick hält meine Augen fest und scheint mir sagen zu wollen, wie leid es ihm tut, aber ich wende mich ab – dabei läuft mir allerdings ein wohliger Schauder über das Rückgrat.

Scheißegal. Er bekommt jedenfalls keinen von meinen Cupcakes.

Eden nimmt sein Training wieder auf. Er wendet die Augen ab und schlägt weiter auf seinen Punchingball ein. Weil ich weiß, dass er mich nicht sehen kann, nutze ich die Gelegenheit, ihn heimlich zu beobachten. Er trägt nur eine weite Jogginghose und weiße Bandagen um seine geballten Fäuste.

In Kampfstellung schlägt er mit Kraft und Präzision auf den Sack ein. Schweißperlen rinnen an seiner Wirbelsäule hinunter. Seine Brustmuskeln rollen und ziehen sich bei seinen Schlägen so sehr zusammen, dass es mir vorkommt, als erwachten seine Tattoos vor meinen Augen zum Leben. Er ist überall tätowiert.

»Du bist wirklich gekommen«, freut sich Josh, als er schließlich vor mir steht.

Ich richte meine Aufmerksamkeit auf meinen Kumpel und bemühe mich um ein lässiges Lächeln.

»Wie versprochen. Und nicht mit leeren Händen.«

Ich halte ihm den Teller mit den Cupcakes vor die Nase, was sein ganzes Gesicht zum Strahlen bringt.

»Du lieber Gott … Du bist meine Prinzessin.«

»Nenn mich noch einmal Prinzessin und ich schlage dich k.o., Josh«, scherze ich.

Er zwinkert mir zu und drückt mir einen Kuss auf die Wange, ehe er in einen der Cupcakes beißt. Natürlich ist Josh so selbstlos, den Teller herumzureichen. Ich muss mich zurückhalten, um nicht wie eine Löwenmutter mit gebleckten Zähnen aufzuspringen, als Eden sich einen Cupcake nimmt und ihn in seinen schönen – *fuck!* – Mund steckt.

»Ich wollte dich etwas fragen«, verkündet Josh lächelnd.

Ich werfe ihm einen misstrauischen Blick zu.

»Ja?«

»Darf ich dich zu meiner Hochzeit einladen?«

Gut, dass ich nicht gerade einen dieser verdammten Cupcakes im Mund habe, sonst wäre ich vermutlich daran erstickt. Verblüfft starre ich ihn an und weiß nicht, was ich sagen soll. Je länger ich stumm bleibe, desto mehr verblasst sein hoffnungsvolles Lächeln. *Du lieber Gott, was soll ich jetzt nur sagen?*

»Äh … na ja … Ich weiß nicht, ob ich dann noch hier bin.«

Ich mag Josh wirklich, aber diese Einladung ist nicht gerade sein bester Einfall. Alyssa bekommt vermutlich einen Herzinfarkt, wenn sie davon erfährt, und eigentlich bin ich mir auch nicht ganz sicher, ob mir die Vorstellung zusagt, dass meine erste große Liebe ein anderes Mädchen heiratet.

»Die Hochzeit ist am 15. September. Wenn du bis dahin noch in Charleston bist … Ich würde mich freuen, wenn du dabei wärst.«

Kacke. Aber schließlich muss ich Wiedergutmachung leisten, oder?

»Einverstanden«, gebe ich lächelnd nach. »Wenn ich noch in der Stadt bin, komme ich gern. Ich würde sogar ein Kleid anziehen … aber ich warne dich, damit hätte ich mein Maß an Gefälligkeiten dir gegenüber für alle Zeiten erfüllt!«

Er lacht und nimmt mich fest in die Arme. Ich drücke ihn an mich und freue mich, dass ich ihn glücklich machen konnte. Eden beobachtet uns von der anderen Seite des Raumes aus so intensiv, dass es mich stört. *Vielleicht sollte ich morgen Abend in seinen Bourbon spucken?*

In diesem Augenblick dreht Josh sich um und ruft begeistert: »Sieh mal einer an, Eden ist auch da!«

Ich will ihn aufhalten, aber er packt seinen Freund an der Schulter und zwingt ihn, zu uns zu kommen. Mein Nachbar unterbricht sein Training und nickt mir zu.

»Hast du das schon einmal probiert, Aze?«, fragt Josh und zeigt auf den Ring.

Ich lächele bescheiden. Ich würde wahrscheinlich ein Viertel der Männer in diesem Raum locker auf die Matte schicken, aber das sage ich ihm nicht. Ich möchte ihr männliches Selbstvertrauen nicht bedrohen.

Okay, rein physisch wirke ich nicht sonderlich imposant. Aber mein Körper besteht sozusagen nur aus Muskeln. Zumindest so gut wie. Der Rest sind viele Waffeln mit Schlagsahne. *Waffeln sind mein Leben.*

»Kann man durchaus sagen«, nicke ich und verschränke die Arme.

»Warum überrascht mich das jetzt nicht?«, mischt sich Eden mit verhaltenem Grinsen ein.

Ich werfe ihm einen bösen Blick zu, der ihn sofort verstummen lässt.

Josh antwortet ihm irgendetwas, aber ich achte nicht auf ihr Gespräch. Ich konzentriere mich auf Edens Tattoos. Ich kann nicht alles in diesem Gewirr aus Tintenlinien verstehen, aber einiges erkenne ich: eine Geige unter seinem Ohr; ein Datum in römischen Ziffern direkt unter seiner Brustwarze; eine Schlange, die sich um seinen Bizeps ringelt; das Wort L.I.V.E., ein Buchstabe auf jedem Finger seiner rechten Hand, und so weiter. Hauptsächlich handelt es sich um verschiedene Mandalas, die über seine Unterarme, Flanken und Schultern verteilt sind. Ich finde es toll.

Es ist, als erzählten die Bilder eine Geschichte.

Seine Geschichte.

»Lust auf eine kleine Runde?«, reißt Eden mich aus meiner Träumerei.

Ich konzentriere mich auf sein Gesicht und beobachte, wie er die Bandagen um seine abgeschürften Fingerknöchel löst. Er testet mich. Ich lächele erbarmungslos.

»Ich hätte Angst, dir wehzutun.«

Josh stößt einen Pfiff aus, genau wie die beiden Jungs, die uns aus ein paar Metern Entfernung mit spöttischen Mienen belauschen. Eden lächelt ebenfalls. Er kommt mir so nah, dass seine Nase meine berührt. Seine beeindruckende Muskulatur ist meiner an Größe und Volumen deutlich überlegen. Verdammt, er kann wirklich einschüchternd wirken, wenn er will.

»Ich verspreche, nicht zu hart zuzuschlagen«, flüstert er.

Tja … Damit hat er sein Todesurteil unterschrieben. Ein sadistisches Lächeln erscheint auf meinem Gesicht, und ich bitte Josh um ein Paar Handschuhe. Auch Eden besorgt sich welche und wendet mir für ein paar Sekunden den Rücken zu.

Im Gegensatz zum Rest seines Körpers ist dieser makellos. Keine Tattoos, bis auf ein einziges, das wie vergessen und verloren mitten im Nirgendwo prangt. Oder es befindet sich im Gegenteil wie vor den anderen geschützt an einer privilegierten Stelle. Es ist ein einziges Wort zwischen seinen Schulterblättern: »Faith«.

Glaube.

Ich ziehe meine Stan Smiths aus, betrete den Ring und bemerke Edens amüsierten Blick auf meine Füße. Meine Socken passen nicht zusammen, eine ist gelb, die andere blau.

»Originell«, kommentiert er.

Sobald wir in Kampfstellung sind, taxieren wir uns. Nur wir beide wissen, was dieser Kampf wirklich bedeutet. Es handelt sich um eine Abrechnung, nicht mehr und nicht weniger.

»Tu ihr nicht weh, Eden, ich warne dich«, knurrt Josh.

Ich verdrehe die Augen. Natürlich glauben alle, dass Eden gewinnt. Und genau das ist mein Vorteil.

»Du unterschätzt sie«, murmelt mein Nachbar, was mich ein wenig überrascht.

In den ersten Sekunden schleichen wir nur umeinander und lassen uns dabei nicht aus den Augen. Die Spannung erreicht ihren Höhepunkt. Ich lasse ihn näher kommen, damit er denkt, ich wäre angreifbar. Er versucht es mit einer Geraden, die ich bewusst mit einer gewissen Ungeschicklichkeit abfange.

Komm schon, Weiss. Zeig mir, was du draufhast.

Nach ein paar unschuldigen Schlagwechseln wird es endlich ernst. Ich versetze ihm einen Cross mit der hinteren Faust, den er im letzten Moment abfängt. Er trumpft mit ein paar klassischen Schlägen auf, aber ich ahne, dass er seine Stärke zügelt. Und so versetze ich ihm einen ungewöhnlicheren Schlag: eine Backfist, also einen Schlag mit der Rückseite der Faust. Ich setze meine ganze Kraft ein.

»Überraschung, Cowboy …«

In Edens Blick mischen sich Erregung und Erstaunen, während ich mich zurückziehe. Überrascht stelle ich fest, dass er dreinblickt wie ein kleiner Junge. Es ist, als wäre er sich meiner Stärke bewusst, als motiviere sie ihn, als wolle er mehr und immer mehr davon, auch wenn er weiß, dass es ihn vernichten könnte.

Aber damit halte ich mich nicht lang auf, sondern greife an. Ich schaffe es, ein paar lange Punchs zu platzieren, was sein spielerisches Lächeln zerbröckeln lässt. Ich erwarte seine Verteidigung, verstehe aber schnell, dass er mich nicht verletzen will. Also bringe ich ihn ans Limit. Nach einem Haken, der ihn destabilisiert, versetze ich ihm einen Uppercut.

Sein Schweiß vermischt sich mit meinem, sein Atem kommt mir ganz nah, und es ist, als widmeten wir uns für ein paar Sekunden einem sinnlichen, hasserfüllten Tanz. Ein Ballett mit der Bedeutung: Ich hasse dich, ich bitte dich um Verzeihung – alles auf einmal. Er grunzt genervt, während meine Schläge ohne Unterbrechung auf ihn niederprasseln.

»Hör auf!«, keucht er mir ins Ohr – so leise, dass nur ich ihn hören kann.

Ich weiß, dass es ihm nicht um den Kampf geht. Er will, dass ich aufhöre, ihm böse zu sein. Schließlich stößt Eden mich zurück, und ich nutze die Gelegenheit, um zu Atem zu kommen. Plötzlich wirkt er wütend. Sein Kiefer ist angespannt und ein seltsamer Ausdruck liegt auf seinem Gesicht.

»Willst du vielleicht einen Schluck Wasser?«

Er setzt zu einer Antwort an, doch dann kneift er die Augen zusammen und verzieht schmerzhaft das Gesicht. Ich runzele die Stirn. Josh mahnt:

»Vorsichtig, Aze!«

»Lass sie«, antwortet Eden mit tiefer Stimme.

Er kommt mir jetzt sehr genervt vor. Josh schweigt trotz seiner offensichtlichen Besorgnis. *Weicheier, echt jetzt!*

Wir setzen unseren Tanz fort, aber jetzt hält sich Eden nicht mehr zurück. Seine Augen sprühen Blitze, und seine Schläge werden immer härter. Als ich einen Seitwärtshaken versuche, entweicht ihm ein heiseres Geräusch aus der Kehle und er platziert einen kräftigen Sidekick in meine Magengegend. So schwungvoll, dass ich unter Schmerzen nach vorn sacke.

Verdammt, er hat mich umgebracht. Ich halte mir den Bauch und kneife die Augen zusammen. Bloß keine Tränen zeigen. Ich höre ihn panisch »Scheiße!« schreien, halte es aber für einen Trick. Mit unter meinem Haar verborgenem Gesicht lasse ich ihn näher kommen. Sobald er nah genug ist, um seine Hände auf meine Schultern zu legen und mich zu fragen, ob alles okay ist, reagiere ich schnell.

Ich richte mich auf und versetze ihm – Paff! – einen Hook Kick und einen Fußfeger. Ich schiebe mein gestrecktes Bein zwischen seine, und er fällt wie ein Sack auf den Rücken. Ich setze mich rittlings auf ihn und blockiere seine Brust mit dem Unterarm.

»Was sagst du dazu, Champion?«, flüstere ich in sein halb wütendes, halb bewunderndes Gesicht.

Nur seine Erektion an meinen Oberschenkeln antwortet mir.

Ah.

Mein gesamter Körper bebt, weil Eden hart geworden ist, während ich vor etwa fünfzehn anderen Männern auf ihm sitze. Ich habe ihn gerade auf die Matte geschickt, und seine einzige Reaktion darauf ist sexuelle Erregung? Andererseits sollte die Frage vielleicht lauten: Warum macht mir das etwas aus? Ich lächele zwar nicht mehr, aber ich ziehe mich auch nicht zurück. Im Gegenteil, ich bleibe genau da, wo ich bin.

Er weiß, dass ich ihn unter mir spüre, aber es scheint ihm nicht peinlich zu sein. Trotz der Wut, die ich auf ihn hatte, ist es jetzt nur noch ein reines, hartes Begehren, das mich überkommt und sich in meinen Bauch schraubt. Ich habe Angst, mich zu bewegen und etwas auszulösen, das ich nicht mehr beherrschen kann.

Plötzlich murmelt er zärtlich: »Es tut mir leid. Ich denke das nicht von dir, Azalée.«

Ich sehe ihn überrascht an. Er fährt fort.

»Wir sticheln gegenseitig aufeinander herum, seit wir uns kennen. Ich hatte einen echt miesen Tag und bin zu weit gegangen … Ich wusste, dass es dich treffen würde. Ich bin ein Arsch.«

Ich muss zugeben, dass ich das nicht erwartet habe. Mein Hochmut gerät angesichts von so viel Aufrichtigkeit ins Wanken. Es tut ihm leid, na gut, aber das wäre zu einfach. Ich will nicht, dass er denkt, er hätte mich verletzt. Ich darf jetzt nicht schwach erscheinen, denn sonst stehen gleich wieder alle Türen offen, und jeder wird versuchen, davon zu profitieren.

Auf keinen Fall.

»Du irrst dich«, antwortete ich mit unsicherer Stimme. »Wenn du mich wirklich verletzen willst, musst du schon härter zuschlagen.«

Er runzelt die Stirn, aber kaum habe ich meinen Satz beendet, packt mich Josh an der Taille und zieht mich hoch. Verärgert steige ich aus dem Ring und entledige mich der Handschuhe, damit ich meine Schuhe wieder anziehen kann.

Dabei sehe ich, wie Josh Eden die Hand hinhält, um ihn aufzurichten. Er flüstert ihm etwas zu; ich glaube, er erkundigt sich, ob es ihm gut geht. Eden nickt, und ich merke ihm an, dass er sich bemüht, einem Gespräch mit Josh auszuweichen.

Josh insistiert: »Bist du sicher? Du weißt, dass du …« Aber er holt sich eine Abfuhr, denn Eden wiederholt nur müde:

»Alles gut, Josh. Danke.«

Ich mache mir nicht einmal die Mühe, mich zu verabschieden, sondern mache mich direkt vom Acker. Meine Wut weicht einer gewissen Traurigkeit.

Ich kann mich verstellen, so viel ich will, aber wirklich sauer bin ich nicht mehr auf Eden. Er hat sich entschuldigt, das ist die Hauptsache. Eigentlich weiß ich sehr gut, dass er es nicht so gemeint hat. An diesem Ruf, der mich überall zu verfolgen scheint, bin ich im Grunde ja selbst schuld.

Die Nutte vom Bishop habe ich ganz allein erschaffen. Nicht er.

9

Juni 2018

Eden

Der Himmel sieht nach Gewitter aus, als ich kurz nach Aza-lée das Fitnessstudio verlasse. Der Wind ist so stark, dass mir die Augen tränen. Als ich im Auto sitze, werfe ich noch einmal einen besorgten Blick zum Himmel. In Charleston gibt es oft Hurrikans und schwere Gewitter, weshalb wir zwangsläufig ziemlich vorsichtig sind. Das heute ist kein gutes Zeichen.

Aus Angst vor Staus beschließe ich, das Stadtzentrum zu meiden und über eine Abkürzung durch den Wald nach Hause zu fahren. Kaum fünf Minuten später prasselt ein sintflutartiger Regen heftig auf das Autodach. Sofort wird die Straße rutschig. Durch die Windschutzscheibe kann ich kaum noch etwas sehen.

Ich war mir sicher, dass es ein Gewitter geben würde. Ich nehme mein Handy und schreibe Natalie eine kurze Nachricht.

Ich: Alles in Ordnung bei euch? Hier zieht ein Unwetter auf. Seid bitte vorsichtig.

Als ich aufblicke, sehe ich unmittelbar vor mir eine Gestalt, die mir den Weg versperrt. Mir bleibt fast das Herz stehen. Reflexartig trete ich das Bremspedal durch. Der Pick-up bleibt mit einem Ruck stehen. Mit einem Mordsschrecken sitze ich wie gelähmt hinter dem Steuer. Azalée steht völlig durchnässt und mit angstweiten Augen vor meiner Motorhaube.

Scheiße ... *Scheiße!*

Mit zitternden Händen löse ich den Sicherheitsgurt und öffne die Tür, um zu ihr zu gehen. Brutaler Regen peitscht mir ins Gesicht.

»Was um alles in der Welt ...«

»Du hättest mich fast überfahren!«, wirft sie mir vor, klingt dabei aber nicht überzeugt.

Ich bin ratlos und sage nichts. Ihr Auto steht ein paar Meter weiter mitten auf der Straße. Azalée trägt nur Jeans und ein Tanktop, ihr nasses Haar klebt an ihrem Gesicht. Sie trieft. Ich inzwischen auch.

»Du wolltest mich wohl umbringen, du Idiot!«, schreit sie und hämmert mir auf die Brust. Ich kann es nicht fassen.

Immer noch unter Schock packe ich ihre Hände, damit sie aufhört. Eigentlich hat sie recht, ich hätte sie beinahe überfahren.

»Nein, ich ... ich habe dich nicht gesehen. Was machst du hier mitten in diesem Unwetter?«, entgegne ich. »Das ist völlig verrückt, also wirklich!«

In diesem Moment zerreißt ein Blitz den Himmel und gleißt in Azalées blauen Augen. Sie beruhigt sich sofort und schluckt schwer. Das gefällt mir überhaupt nicht.

»Ich habe das Auto meiner Mutter genommen, um ins Studio zu fahren, aber ich fürchte, es funktioniert nicht mehr richtig seit ... dem Unfall.«

Ich nicke und treffe die logischste Entscheidung.

»Okay, komm mit, ich bringe uns nach Hause.«

Bibbernd vor Kälte drehe ich mich um, merke aber schnell, dass sie mir nicht folgt. Ungeduldig schaue ich sie an.

»Jetzt sag bloß nicht, dass du nicht bei mir einsteigen willst, weil du mir böse bist?!!«

»Quatsch«, faucht sie. Offenbar ist ihr unbehaglich zumute. »Es ist nur … Ich will das Auto nicht im Stich lassen.«

»Azalée, das ist doch jetzt egal. Es ist nur ein Auto.«

»Es ist das Auto meiner Mutter.«

So gesehen … Azalée presst die Lippen zusammen und wird puterrot. Ich verberge meine Überraschung darüber, dass sie eine Erinnerung an ihre angeblich verhasste Mutter behalten möchte, und nicke.

»Okay. Dann haben wir ja Glück, dass gerade zufällig ein Automechaniker hier ist, oder?«

»Du bist Mechaniker?«, wundert sie sich. »Das wusste ich nicht.«

Wie so viele andere Dinge, würde ich am liebsten sagen. Wir laufen zu ihrem Auto, während der Himmel über uns heftig seine Wut austobt. Ich liebe Gewitter, aber nur, wenn ich gerade unter meiner warmen Decke liege. Deutlich weniger, wenn die Bäume um mich herum im Sturm umzukippen drohen.

Mit pitschnassem Gesicht öffne ich die Motorhaube und versuche zu erkennen, wo das Problem liegt. Ich berühre einige Drähte und bitte Azalée, sich ans Steuer zu setzen. Mehrfach versucht sie, den Wagen zu starten, allerdings ohne Erfolg.

Nach dem vierten Versuch beginnt das Auto laut zu röhren. Aus dem Motor steigt Rauch auf. Aus Sicherheitsgründen weiche ich sofort zurück. Das ist überhaupt kein gutes Zeichen. Ich halte meiner Nachbarin die Hand hin.

»Steig aus, Azalée.«

»Warte, ich versuche es noch ein…«

Etwas explodiert genau in dem Moment, als ein weiterer Blitz die Erde trifft. Azalée schreit erschrocken auf. Um sie in

Sicherheit zu bringen, eile ich zu ihr und dränge darauf, dass sie aussteigt.

»Nein, warte …«

»Aze, das Ding ist hin!«, schreie ich und zerre an ihrem Arm. »Wenn sich das hier zu einem Tropensturm auswächst, müssen wir uns in Sicherheit bringen.«

»Lass mich!«, antwortet sie und reißt sich los.

Leise vor mich hin fluchend packe ich sie um die Taille, um sie mit Gewalt herauszuziehen. Zu lange hierzubleiben, wäre eine ziemlich schlechte Idee. Ich versuche, ihr das zu erklären, aber sie schreit und zittert in meinen Armen.

Immerhin gelingt es mir, sie aus dem Fahrzeug zu holen und ein paar Meter zurückzuziehen. In dem Augenblick, als Azalée sich aus meinen Armen reißt und wieder zum Auto rennt, erfolgt eine weitere Explosion und ich sehe kleine Flammen im Innern der Motorhaube.

»Zurück, Azalée!«

Ich erwische sie gerade noch an der Hüfte und ziehe sie so heftig an mich, dass ich nach hinten umfalle. Mit den Händen auf dem nassen Asphalt versuche ich, trotz ihres Gewichts auf mir aufzustehen. Ich werfe einen Blick auf das Auto, wo der Regen die Flammen schnell erstickt.

Etwas außer Atem wende ich mich an Azalée.

»Entschuldige … habe ich dir wehgetan?«

Erschrocken stelle ich fest, dass sie weint. Es sind nicht die gleichen stummen Tränen wie neulich Abend auf ihrer Terrasse. Ganz und gar nicht. Mit geschlossenen Augen und schmerzverzerrtem Gesicht schluchzt sie leise über den Verlust ihres Autos.

Natürlich ist mir völlig klar, dass es nicht das Auto ist, um das sie weint, und frage mich, ob es ihre ersten Tränen um ihre Mutter sind.

»Es tut mir so leid«, stöhnt sie schluchzend.

Ich kann Tränen und Regen auf ihren Wangen nicht mehr unterscheiden. Vorsichtig nähere ich mich ihr wie einem verwundeten Tier und werfe einen Blick auf ihre Knie in den zerrissenen Jeans. Sie in einem solchen Zustand zu sehen, verursacht mir starke und lebhafte Gefühle in der Magengegend.

»Alles wird gut«, sage ich leise und streiche ihr sanft die Haare aus dem Gesicht. »Ich bin da.«

Ständig wiederholt sie, wie leid es ihr tut, immer und immer wieder, und ich weiß nicht genau, wen sie damit meint. Zum ersten Mal, seit sie Sylvia verloren hat, stellt sich Azalée ihrer Trauer. Ich habe keine Ahnung, wie ich sie trösten könnte.

Ich nehme ihr kaltes, nasses Gesicht in meine Hände und zwinge sie, mir in die Augen zu schauen. Ihre blauen Augen heften sich auf meine wie zwei tiefe Brunnen mit wohlgehüteten Geheimnissen. Mit den Daumen streiche ich über ihre Wangen und flüstere:

»Nichts von alledem ist deine Schuld, *Beauté*. Du bist nicht mehr allein. Ich bin bei dir, okay?«

Azalée zittert noch immer, nickt aber müde. Ich hebe sie hoch und drücke sie an mich. So überraschend es auch scheinen mag, sie kuschelt sich an meine Schulter und umklammert meinen Hals mit ihren kleinen Händen.

Sie lässt mich nicht mehr los, bis ich sie eine halbe Stunde später auf mein Bett lege. Dort darf sie sich umdrehen und in aller Ruhe weinen. Leise schließe ich die Tür hinter mir.

Als Azalée endlich aufwacht, ist es Mittag.

Ich bin schon seit drei Stunden auf den Beinen und hatte Zeit, das Wohnzimmer aufzuräumen und vor der Nachrichtensendung das Mittagessen vorzubereiten – glücklicherweise scheint das Unwetter nur ein Fehlalarm gewesen zu sein.

Allerdings wurde die Bevölkerung aufgerufen, während der kommenden Wochen vorsichtig zu bleiben.

Außerdem habe ich Otto angerufen, damit jemand Azalées Auto abholt und in Sicherheit bringt, obwohl ich weiß, dass es nichts nutzt. Der Wagen ist nicht mehr zu retten.

Chestnut folgt mir schwanzwedelnd, als hätte er bemerkt, dass seine Busenfreundin hier geschlafen hat. Mein Hund hat mir in dieser Nacht auf der Couch Gesellschaft geleistet.

»Kleines Hüngerchen?«

Azalée sitzt auf einem der Hocker, ein Bein unter ihrem Po. Sie weicht meinem Blick aus.

»Ich muss dir etwas gestehen«, sagt sie mit müder Stimme. »Ich bin immer hungrig. Hör also mit der Fragerei auf und fahr auf, Cowboy.«

Ich lächele, erleichtert, die mir bekannte Azalée vor mir zu haben. Schweigend essen wir nebeneinander an der Küchenbar zu Mittag. Ich stelle fest, dass sie tatsächlich einen gesegneten Appetit hat. Ich liebe Naschkatzen. Es heißt, dass sie viel Liebe zu geben haben.

Mehrmals füttert sie Chestnut, der zu ihren nackten Füßen liegt, mit Stückchen von ihrem Speck. Die Stille stört mich nicht, aber ich frage mich, ob ich den Vorfall vom Vortag erwähnen soll. Immerhin haben wir uns im Streit getrennt … Will sie mir immer noch die Eier abschneiden?

»Frechdachs.«

Ich sehe sie überrascht an. Nach einigen angespannten Sekunden dreht sie sich zu mir um und schaut mir in die Augen. Mein Herz erbebt, als sie die Lippen langsam zu einem Lächeln verzieht.

»Dein Hund. Ich habe ihn Frechdachs genannt.«

Frechdachs. Amüsiert erwidere ich ihr Lächeln. Ich muss zugeben, dass der Name viel besser zu ihm passt als Chestnut. Zu meiner Verteidigung ist zu sagen, dass nicht ich den Namen ausgesucht habe.

»Gefällt mir.«

»Musst du nicht zur Arbeit?«

»Heute ist mein freier Tag«, verkünde ich. »Worauf hättest du Lust?«

Mit stumpfem Blick zuckt sie die Schultern. Ich denke rasch nach und suche nach einer Möglichkeit, sie in meiner Nähe zu halten. Plötzlich kommt mir die perfekte Idee.

»Du kannst jetzt erst einmal duschen. In fünfzehn Minuten treffen wir uns am Strand.«

Und tatsächlich geht Azalée auf meinen Vorschlag ein.

»Also gut, und was machen wir jetzt hier?«, fragt sie und stützt ihre Hände auf die Hüften.

Ich habe ihre schier endlose Dusche dazu genutzt, um alle paar Meter leere Konservendosen in Richtung Meer aufzustellen.

»Auch wenn es dir vielleicht nicht gefällt, aber allmählich lerne ich dich kennen, Azalée Green«, beginne ich. Sie verdreht die Augen. »Ich weiß, dass du nicht über gestern reden möchtest und das müssen wir auch nicht tun. Wenn du aber nach einem Weg suchst, um dich auszutoben …«

Sie scheint es nicht zu verstehen, also ziehe ich das aus meiner Jeanstasche, was ich aus einer Schublade in meinem Zimmer geholt habe. Sie wird blass, weicht aber nicht zurück. Azalée ist nicht der Typ zum Zurückweichen.

»Du hast eine Waffe im Haus?«

Ich halte die Pistole flach auf meiner Hand, um sie nicht zu erschrecken. Die Waffe habe ich gekauft, als ich in Charleston ankam. Zum Selbstschutz. Ich habe sie noch nie benutzt. Es war nie nötig.

»Ich möchte bereit sein, falls einmal das Leben der Menschen, die ich liebe, in Gefahr sein sollte. Es sind nicht viele, aber für sie würde ich im Notfall sterben.«

Azalea schaut mich mit undurchdringlicher Miene an. Für einen Sekundenbruchteil kann ich sehen, dass sie versteht, was ich meine.

»Und in diesem Fall also auch töten.«

Über diese Schlussfolgerung denke ich für ein paar Sekunden nach. Mir ist unbehaglich. Sie hat recht, so habe ich es noch nie gesehen. Ihr Blick gibt mir zu verstehen, dass sie es nicht gutheißt, aber sie wechselt schnell das Thema.

»Und was genau ist das für ein Ding?«

»Eine halbautomatische Beretta 92. Kaliber 9 mm.«

Sie streckt die Hand aus und ich lege die Waffe zwischen ihre Finger.

Sie wiegt die Pistole in der Hand, ehe sie richtig danach greift und den Finger an den Abzug legt. Sofort nehme ich ihr die Waffe wieder weg. Sie wirft mir einen bitterbösen Blick zu.

»Wow, immer locker bleiben, *Beauté* ... Hast du schon einmal geschossen?«

»Lust dazu hätte ich schon manchmal gehabt.«

»Okay, aber zuerst solltest du ein paar Dinge wissen. Wir sind hier schließlich nicht beim Film.«

Ich erkläre ihr, wie man die Pistole benutzt. Es fehlte noch, dass sie mich aus Versehen erschießt – oder auch nicht aus Versehen. Azalée nickt während meiner Erklärungen ununterbrochen, brav wie ein Lamm.

»Füße und Schultern bleiben in einer Linie«, flüstere ich schließlich mit meinen schwieligen Händen auf ihren Hüften. »Weißt du, wie man zielt?«

»Ja.«

Ich trete ein paar Meter zurück. Reglos konzentriert sie sich auf ihre Aufgabe, schließt ein Auge und zielt so genau wie möglich. Ich weiß nicht, warum, aber sie mit einem derart entschlossenen Blick und einer Waffe in der Hand zu sehen, ruft in mir einen Schauder der Erregung hervor.

Sie hat diese Kraft, diese Macht und diese Wut in sich. Eigentlich müsste es mir Angst machen, aber ich bin einfach nur fasziniert und neugierig auf das, was sie vorhat.

Ein Schuss peitscht über den Strand und eine der Konservendosen rollt in den Sand. Ich nicke bewundernd. Azalée dreht sich zu mir um und nimmt Helm und Brille ab. Angesichts ihres Triumphs lächelt sie ein wenig unsicher.

Sofort wird mir klar, dass die Schießübungen eine gute Idee waren.

»Hat es dir gutgetan?«

»Ja, sehr … Vielen Dank.«

Ich lobe sie, wie gut sie sich geschlagen hat. Daraufhin zuckt sie mit den Schultern.

»Eigentlich war es gar nicht schwer. Man muss sich nur die Person vorstellen, die man am meisten auf der Welt hasst. Und dann schießt man.«

Ich starre sie einige Sekunden an, während sie die noch unversehrten Dosen betrachtet. *Ich verstehe.* Azalée trägt also eine große Bitterkeit in sich. Es gibt Menschen, die sie so sehr hasst, dass sie sie gerne tot sehen würde.

Obwohl ich die Antwort bereits kenne, frage ich sie:

»Wenn du die Möglichkeit dazu hättest, wärst du in der Lage, der von dir meistgehassten Person in den Kopf schießen?«

In ihren klaren blauen Augen kann ich lesen, dass sie an einen bestimmten Menschen denkt. Zu gern hätte ich gewusst, wer es ist.

»Oh ja. Ja, ohne zu zögern.«

Wir lassen das Thema fallen.

Schweigend schießen wir auf die restlichen Konservendosen. Erst eine Stunde später kehren wir nach Hause zurück. Ich gehe unter die Dusche und leihe ihr ein Paar Socken von mir, ohne zu bemerken, dass eine davon schwarz und die andere weiß ist. Sie passen nicht zusammen. Mit einem Grinsen zieht sie sie an, dann widmet sie ihre Aufmerksamkeit meiner Vinylsammlung. Einige Platten scheinen ihr zu gefallen, denn sie lächelt mehrmals.

Nachdem ich Plätzchen aus dem Schrank geholt habe, bitte ich sie, etwas für mich zu singen. Azalée runzelt die Stirn und fragt, woher ich wüsste, dass sie singt. Ich antworte ein wenig vage, dass mir Josh davon erzählt habe.

»Ohne meine Gitarre singe ich nicht.«

»Soll ich sie dir holen?«

Nachdem ich ihr schon heimlich zugehört habe, will ich sie unbedingt nicht mehr hinter dem Fenster versteckt singen hören, sondern ihr dabei direkt in die Augen schauen.

»Nicht heute Abend«, lehnt sie ab und stopft sich einen ganzen Keks in den Mund.

Ich nehme das als Versprechen. Zwar wird sie heute Abend nicht singen, aber eines Tages wird sie es tun – ganz bestimmt.

Die Zeit, die uns vor ihrem Arbeitsbeginn beim *Royal American* noch bleibt, verbringen wir gemeinsam. In der tröstlichen Dunkelheit des Wohnzimmers schauen wir uns die ersten Episoden von *Shameless* an und unterhalten uns darüber. Azalée liebt Frank, den alkoholkranken und drogenabhängigen Vater, und beschwert sich ständig über »diesen idiotischen Lip!«.

Was mich betrifft, so macht es mir vor allem Spaß, sie dabei zu beobachten. Sie erzählt mir, dass sie nicht häufig fernsieht, aber eine Schwäche für Serien hat. *The Walking Dead, Hannibal, Breaking Bad, American Horror Story* … All dieses psychopathische Zeug. Aber mir gefällt es.

Um vier Uhr setze ich sie an der Bar ab und frage sie, ob sie wirklich sicher ist, an diesem Abend arbeiten zu wollen. Sie beruhigt mich, indem sie mir einen unerwarteten Kuss auf die Wange drückt.

»Ich bin doch kein verletzter Vogel, Eden Weiss. Schon deshalb nicht, weil ich anfange, dich zu mögen.«

Ich lächele. Blöd, oder? Und doch irgendwie verständlich. Azalée mag nicht jeden. Sie liebt nur ganz bestimmte Menschen. Sie mag nicht jeden, aber mich schon. Sie mag mich.

Und so ist es nur natürlich, dass ich sie um zwei Uhr morgens abhole und wir die erste Staffel von *Shameless* auf meiner Couch zu Ende schauen. Zu meiner großen Freude streckt sie sich irgendwann neben mir aus, beugt die Beine und legt ihren Kopf auf meinen Schoß.

Ich wage es, mit ihren Haaren zu spielen. Ich persönlich liebe es, wenn mein Haar berührt wird, daher nehme ich an, dass es Azalée ebenso geht. Das ist natürlich dumm. Sie hat noch Zeit, mir zu berichten, dass sie nicht pfeifen kann, dann schläft sie auf mir ein.

Ihr leichtes Schnarchen finde ich blöderweise ganz bezaubernd. Ich seufze und flüstere in die Stille:

»Mist, worauf lasse ich mich da ein?«

Bis vor einem Monat kannte ich Azalée noch gar nicht.

Inzwischen habe ich zwar das Gefühl, dass ich sie schon ewig kenne, spüre aber gleichzeitig, dass sie trotzdem ein echtes Geheimnis für mich bleibt. Als ob meine Seele ihre Seele kennen würde und das genug sei.

10

Juli 2018

Azalée

Willkommen bei Dear Patriarchy,
wisst ihr, was kognitive Dissonanzen sind? Einfach ausgedrückt
geht es darum, im Widerspruch zu den eigenen Überzeugungen
zu handeln. Und wir alle tun es. Auch ich kann mich davon nicht
ausnehmen.
Zum Beispiel betrachte ich mich selbst als Feministin und erkläre
immer wieder laut und deutlich, dass Frauen sich nicht für Männer anziehen. Natürlich ist das richtig. Und doch – was mache ich
wohl bei einem ersten Date? Ich ziehe ein Kleid und hochhackige
Schuhe an, obwohl ich beides hasse. Um »Freude zu machen«.
Um »schön zu sein«.
Und dabei rede ich mir ein, dass ich es für mich selbst tue.
Was, wenn wir wirklich damit anfangen würden, es für uns selbst
zu tun?

Meine Mutter ist tot.

So, endlich habe ich es geschnallt. Meine Mutter ist tot und
trotz der Unstimmigkeiten, die zwischen uns standen, habe
ich sie geliebt. Was auch sonst? Ich bedaure, dass ich es ihr
nicht mehr sagen konnte, ehe es zu spät dazu war – ganz ehrlich.

Du hast mich schier umgebracht, aber ich liebe dich, Mama.

Seitdem ich endlich klarsehe, bedrückt mich eine schreckliche Last – noch eine. Zwar würde ich es nie laut aussprechen, aber ich bin froh, dass Eden im Moment in meiner Nähe ist. Er ist freundlich. So traurig es klingen mag – ich bin es nicht gewohnt, freundliche Männer zu treffen. Aber auch er verbirgt ganz klar irgendwelche Geheimnisse.

Nach zweiundsiebzig gemeinsam verbrachten Stunden habe ich ihn gefragt, was er an diesem Wochenende vorhat. Seine Antwort: »Ich habe schon etwas geplant, tut mir leid. Wir sehen uns Montag, *Beauté*«. Ich muss zugeben, dass mich das ein wenig abgekühlt hat. Allerdings hatte ich seine Tendenz, sich gerne einmal zurückzuziehen, längst bemerkt. Vielleicht doch ein kleiner Psychopath, oder? Gestern Abend im Bett habe ich ihn mir in dem einzigen, ständig verschlossenen Raum im Erdgeschoss vorgestellt, umgeben von an die Wand gepinnten Fotos, die in rotes Licht getaucht waren.

Okay, ich schaue wohl zu viele Serien. Aber dieser Raum ist der einzige im Erdgeschoss. Am Mittwoch wollte ich ihn betreten, aber er bat mich, den Gedanken fallen zu lassen.

»Warum? Versteckst du da drin Frauenleichen?«

»Nicht nur die von Frauen«, antwortete er sehr ernsthaft. »Auch Kinder. Ich liebe Kinder.«

»Wow. Das ist gruselig, Eden, besonders wenn man weiß, dass du im Handschuhfach deines Pick-ups Kirschbonbons aufbewahrst.«

Trotz seines lockeren Tons hat er mir die Tür nicht geöffnet. Ganz zu schweigen davon, dass er in seinem Zimmer eine Waffe versteckt … ich bin mir immer noch nicht ganz sicher, ob mir der Gedanke behagt. Zwar verstehe ich seine Beweggründe, aber ich glaube nicht, dass der Besitz einer Pistole die beste Lösung ist.

Dafür haben wir doch die Polizei, oder?

Als ich vor dem Laden ankomme, den mir Alyssa per SMS beschrieben hat, hätte ich beinahe wieder kehrtgemacht. Ich weiß, dass Josh hinter alledem steckt; er hat sie höchstwahrscheinlich gezwungen, mich heute einzuladen.

Als hätte ich Interesse daran, Kleider anzuprobieren.

Leider ist Alyssa schon drinnen und sieht mich durch das Schaufenster. Also trete ich mit verbissenem Lächeln ein.

»Grüß dich …«

»Du kommst spät.«

»Schon, aber dafür mit guter Laune«, antworte ich fröhlich.

Sie stößt einen Schwall spanischer Begriffe aus, die ich nicht verstehe – bestimmt nennt sie mich eine Schlampe –, bittet mich dann aber, ihr zu folgen. Der Laden ist sehr hübsch, da kann ich nichts Gegenteiliges sagen. Alles ist weiß und pastellfarben, zart und raffiniert. Und überall hängen Kleider. Kleider, nur Kleider. Ich ersticke fast. Ich bin hier wirklich fehl am Platz.

Es soll durchaus kein Urteil sein; ich wünschte, ich wäre so adrett wie Alyssa, aber das bin einfach nicht *ich*. Schon als Kind haben mich alle einen »halben Jungen« genannt. Ich habe diesen Ausdruck, der für mich keinen Sinn ergab, nie wirklich verstanden.

»Die Kleider, die Sie haben zurücklegen lassen, sind hier. Ich lasse Sie beide jetzt allein«, sagt die Verkäuferin mit freundlichem Lächeln.

Alyssa bedankt sich. Kaum ist die Verkäuferin weg, seufzt sie tief.

»Okay, wo liegt das Problem?«, erkundige ich mich und lasse mich in einen der weichen Sessel fallen. »Ich dachte, ein Brautkleid sucht man mit seiner Mutter oder den besten Freundinnen aus. Du willst mir doch wohl nicht sagen, dass du mich für deine Freundin hältst, oder?«

»Ganz sicher nicht. Aber ich habe nicht viele Freundinnen ...«

»Sag bloß.«

»... die heute Zeit hätten, und meine Mutter ist gegen diese
Ehe«, fügt sie mit trockener Stimme hinzu. Mir verschlägt es
die Sprache. »Du bist also ziemlich perfekt für den Job.«

Interessiert ziehe ich die Augenbrauen hoch. Irgendetwas
muss sie missverstanden haben, denn in Sachen Mode bin ich
nicht gerade bewandert. Oder vielleicht doch, aber wie schon
gesagt: Ich bin eher *Tomboy* als Sexbombe.

»Mode macht mir Spaß, aber ich hasse Marshmallows. Ich
möchte sicher sein, dass ich kein Kleid aussuche, das nach einem Landei aussieht, das unbedingt mit der Mode gehen will.«

Ich muss lachen, denn ich verstehe ganz genau, was sie
meint.

»Ich muss zugeben, das wäre wirklich der Super-GAU.«

Ich denke an Josh und beschließe, mir Mühe zu geben. Die
ersten drei Kleider sind eine echte Katastrophe. Puffärmel,
Disney-Prinzessinnen-Schleppen und haufenweise Vintage-
Spitzen. Es mag ja hübsch sein, aber definitiv nichts für sie.

Ich nehme kein Blatt vor den Mund und kritisiere sofort:
»Schrecklich«, »*Next one*«, »Hilf Himmel ...«. Nicht ein einziges Mal erteilt sie mir eine Abfuhr. Im Gegenteil, meine Of-
fenheit ist genau das, was sie zu brauchen scheint. Eine Stunde
später zieht sie das vierte Kleid an und stelzt an mir vorbei. Das
Kleid sieht nicht übel aus, aber ...

»Kannst du mal aufhören, dein Gesicht zu verziehen?«,
schnauze ich sie mit dem Mund voller Kuchen an. »Das färbt
nämlich auf die *Beauté* dieses Kleides ab.«

»Schon gut, tut mir leid, aber ich habe die Nase voll. Das
ist jetzt das vierte, und ich habe gestern schon zehn anpro-
biert.«

Ich werfe ihr einen grimmigen Blick zu. Sie seufzt und setzt ein strahlendes Lächeln auf. Kritisch neige ich den Kopf. Das Kleid mit den schmalen Trägern formt perfekt ihre üppige Büste und schmiegt sich ihrer schmalen Taille an; es ist mit transparenten Perlen besetzt, lässt den Rücken frei und fällt ihr glockig auf die Füße.

»Es steht dir wirklich gut.«

Sie vergisst ihren Sarkasmus und dreht sich um, um sich im Spiegel zu bewundern. Ein besonderes Schweigen breitet sich aus. Alyssa betrachtet sich noch einige Sekunden, dann erscheint ein unerwartetes Lächeln auf ihren vollen Lippen.

»Stimmt. Es sieht ein bisschen aus wie das Hochzeitskleid meiner Mutter ...« fügt sie hinzu. »*Gracias a Dios** etwas moderner.«

»Warum ist sie gegen die Hochzeit?«

Alyssa seufzt und dreht sich zu mir um. Entgegen meiner Erwartung antwortet sie mir ganz offen.

»Sie haben sich wohl jemand anderen als Josh für mich vorgestellt. Außerdem sind sie überzeugt, dass wir es zu eilig haben. Bei uns heiratet man eben nur einmal ... Du verstehst.«

Ich nicke langsam und frage mich, wie Josh darüber denken mag ... Es tut mir weh. Alyssa legt das fragliche Kleid beiseite und kehrt zurück in die Umkleidekabine.

»Falls du dich irgendwie langweilst, kannst du schon einmal die Brautjungfernkleider anprobieren. Ich muss welche für meine Cousinen aussuchen und will mir ein Bild machen, wie sie am lebenden Objekt aussehen.«

Ich schlendere also durch den Laden und suche – nur um sie zu ärgern – nach dem scheußlichsten Kleid. Schon bald wer-

* Gott sei Dank

de ich fündig. Es handelt sich um ein bodenlanges, schlecht geschnittenes Ballkleid, dessen Muster drei unterschiedliche Orangetöne vereint. Schnell streife ich es über und …

»Oh. Mein. Gott.«

Wie ertappt drehe ich mich um. Alyssa hat sich wieder angezogen und trägt ihr Kleid über dem Arm. Sie mustert mich von oben bis unten. Stille breitet sich aus, bis wir beide angesichts der Lächerlichkeit dieses Kleides und meines darin eingezwängten schlanken Körpers in schallendes Gelächter ausbrechen.

»Dieses Kleid ist zum Kotzen«, erkläre ich.

»Und wie«, nickt sie, ehe sie hinzufügt: »Ich nehme es. Dreimal.«

Verblüfft runzele ich die Stirn.

»Hast du etwas gegen deine Cousinen oder was?«

»Ganz genau. Ich kann sie nicht leiden.«

An diesem Abend ist es an der Bar recht ruhig. Die Jungs kommen gegen neun Uhr abends, drücken mir einen Kuss auf die Wange und gehen zu ihrem Tisch – mit Ausnahme von Alec, der nur kurz stehen bleibt und mich mit einem Lächeln begrüßt.

»Hallo.«

»Dem Astrofotografen Michael Jäger ist es gelungen, den Kometen C/2017 S3 mit bloßem Auge zu sehen«, sagt er unvermittelt. Sein Tonfall verrät, wie aufgeregt er ist. »Seine Helligkeit hat vor Sonnenaufgang innerhalb weniger Stunden von +9 auf +12 zugenommen. Er ist grün. Wir sollten ihn in den nächsten Tagen sehen können.«

»Wow. Das ist ja … unglaublich«, antworte ich überrascht, aber fasziniert. »Würdest du ihn mir zeigen? Ich bin total neugierig. Ich habe noch nie einen Kometen gesehen.«

Ein bedächtiges Lächeln erscheint auf seinem Gesicht. Er nickt, ohne mir in die Augen zu sehen.

»Ja, wenn du das möchtest.«

»Cool. Könntest du den Jungs ihre Gläser bringen?«

»Ja.«

Ich warte, aber er bewegt sich nicht, sondern kratzt sich nur ein wenig hinter dem Ohr. Ich formuliere meine Bitte anders und reiche ihm dabei die Gläser:

»Ich hätte gern, dass du den Jungs ihre Drinks bringst. Bitte.«

»Oh. Tut mir leid«, sagt er und nimmt mir die Drinks aus den Händen.

Ich lächele gerührt. Ich mag Alec wirklich sehr. Er ist klug, sensibel und ehrlich. Mal was ganz anderes.

Während ich die verschiedenen Kunden bediene, wandert mein Blick immer wieder zum Tisch meiner Freunde. Edens Lachen hypnotisiert mich.

Was um alles in der Welt mache ich hier? Ich bin erst seit einem Monat zurück und merke, dass Charleston bereits anfängt, mich zu verändern. Ich weiß nicht recht, ob mir das gefällt. Was ich jedoch weiß, ist, dass Eden mein Herz höherschlagen lässt. Auch wenn ich ihn anfangs arrogant fand, ist mir inzwischen längst klar geworden, dass wir uns ähnlicher sind, als ich dachte.

Auch er hat Mühe, sich zu öffnen. Auch er verbirgt gewisse Dinge hinter seiner verführerischen Art und seinen ironischen Witzen. Plötzlich muss ich an die Hautmale denken, die ich gestern auf seinen Händen und seinem Bizeps gesehen habe. Wegen der Tattoos, die sie bedecken, waren sie mir bisher nicht aufgefallen – vielleicht war das seine Absicht? –, aber ich konnte sie klar erkennen, als ich neben ihm auf der Couch lag. Es waren viele … in allen möglichen Formen.

Eden hat viel mehr Narben als ich.

Ohne lange zu überlegen nehme ich das Handy aus der Tasche meines Minirocks und tippe seinen Namen in die Google-Suchleiste ein:

Eden Weiss. Natürlich erscheinen unzählige Ergebnisse auf dem Bildschirm. Nachdenklich beiße ich mir auf die Lippen und füge »Charleston« hinzu. Immer noch nichts sehr Überzeugendes … Er ist nicht einmal auf Facebook. Ich sehe nur Zeitungsartikel aus der Rubrik »Diverses«, die völlig gruselig sind.

Ich klicke auf einen der Links, als Cameron auf der Bühne einen neuen Song anstimmt. Der Artikel handelt von einem Paar, das wegen der Misshandlung seines einjährigen Babys vor Gericht erscheinen musste. Der Bericht stammt aus dem Jahr 1995.

»Oh mein Gott«, murmele vor mich hin, als ich lese, dass das betreffende Baby in seinen ersten beiden Lebensjahren nicht weniger als vierzehnmal ins Krankenhaus eingeliefert werden musste.

»Sprichst du von mir?«

Wie auf frischer Tat ertappt zucke ich so heftig zusammen, dass mir mein Handy aus den Händen gleitet. Eden erwischt es im letzten Moment. Er grinst mich amüsiert an, setzt sich auf den Hocker mir gegenüber und stützt die Ellbogen auf die Theke. Mein beschämtes Gesicht verrät mein schlechtes Gewissen.

»Hast du dir Pornos angesehen oder so?«

»So ein Quatsch«, schimpfe ich, reiße ihm das Telefon aus den Händen und werde puterrot.

Ich will nicht, dass er erfährt, dass ich ihn gegoogelt habe, und frage ihn, was er hier macht.

»Wenn Cameron mit seiner Show fertig ist, gibt es Karaoke. Ich dachte, wir könnten als Duo auftreten, so in der Art von

Danny und Sandy, aber ohne Lederkombi«, sagt er und blättert in einer Kladde auf dem Tresen. »Ich muss dich allerdings warnen, ich singe ganz miserabel. Warte mal … was hältst du von *Total Eclipse Of The Heart?* Nein, vergiss es, daran hängen sie sich sicher gleich auf«, unterbricht er sich, ohne mir Zeit für eine Antwort zu lassen. »Oh, ich weiß! Ich weiß! *Gives You Hell* passt perfekt für uns.«

»He, immer mit der Ruhe, Cowboy!«, kann ich endlich verblüfft von seiner Begeisterung einwerfen. »Erstens singe ich kein Duett. Schon gar nicht Bonnie Tyler. Und zweitens trete ich nicht in der Öffentlichkeit auf, das weißt du genau.«

Ich kann nicht glauben, dass er auch nur für einen Moment denken konnte, dass ich vor all diesen Leuten singen würde. Eden betrachtet aufmerksam und mit halb geöffneten Lippen mein hochrotes Gesicht. Nach ein paar nachdenklichen Sekunden schließt er langsam die Kladde.

»Warum willst du nicht singen?«

»Weil ich nicht für jeden x-Beliebigen singe«, kontere ich sofort.

Um ehrlich zu sein, ich weiß es nicht einmal selbst. Musik ist mir heilig, das ist alles. Wenn ich singe, gebe ich etwas von mir preis. Und ich will auf gar keinen Fall, dass er mein wahres Gesicht sieht. Weder er noch sonst jemand.

»Aber ich bin niemand x-Beliebiges«, gibt er zurück und schaut mir tief in die Augen.

Ich zittere am ganzen Körper. Um uns herum existiert nichts mehr: weder Cameron, der in sein Mikrofon krakeelt, noch Leslie, die zu meiner Rechten Kunden bedient, und auch nicht Andrews misstrauischer Blick von ganz hinten im Raum.

»Ach nein?«

»Nein«, lächelt er ruhig und dreht sich zum Gehen. »Du weißt es nur noch nicht, das ist alles.«

Am Ende meiner Schicht beschließe ich, über den Strand nach Hause zu gehen. Mit den Schuhen in der Hand wandere ich in der dunklen Nacht den Folly Beach entlang. Als ich vor meinem Haus ankomme, bemerke ich einen Kleiderhaufen im Sand.

Ich gehe näher heran und suche nach einer Gestalt in den ruhigen Wellen. Plötzlich taucht ein paar Meter entfernt ein Kopf auf. Eden schüttelt sich energisch. Ich bleibe stehen und sage leise:

»Ich dachte, die Mitternachtsbäder wären mein Ding.«

»Was glaubst du wohl, was ich gemacht habe, ehe du hier aufgeschlagen bist?«, antwortet er. Das Wasser reicht ihm bis zur Brust.

Die Stille wird nur gestört durch die Wellen, die gegen Edens Körper plätschern. Ich setze mich in den Sand. Das Wasser kriecht an meinen Oberschenkeln empor. Ich stütze meine Hände hinter mir auf und wende mein Gesicht zum Himmel. Es ist eine sternklare Nacht. In New York sieht man deutlich weniger.

Ohne Vorwarnung lässt sich Eden wie ein Sack neben mir in den Sand fallen. Er trägt nur schwarze Boxershorts. Ich schwöre, dass mein Herz einen Schlag aussetzt, als sein nasser Mund einen keuschen Kuss auf meine Schulter drückt.

»Was ist das dort?«, fragt er mich leise.

Ich folge seinem Blick auf meine Handgelenke. Die Magie des Augenblicks verfliegt sofort. *Warum muss er immer alles verderben?*

»Das geht dich nichts an, Eden …«

»Wenn du dir weiterhin so etwas antust, bin ich der Meinung, dass es mich sehr wohl etwas angeht.«

Genau aus diesem Grund ist Eden gefährlich. Ihm entgeht nichts. Er ist zu aufmerksam, zu neugierig, zu entschlossen. Ich erinnere mich an den Tag, an dem meine Mutter in der High-school die Spuren an meinen Handgelenken bemerkte. »Für so etwas habe ich keine Zeit, Azalea«, seufzte sie. Ich nehme an, sie bereute ihre Worte, als ich zwei Monate später einen Sui-zidversuch unternahm.

Ich habe nicht die geringste Lust, über meine alten Narben zu sprechen, deshalb drehe ich den Spieß um und gehe zum Gegenangriff über:

»Und was ist das bei dir?«

Er weiß, was ich meine, ohne hinzusehen, worauf ich deute. Mit dem Zeigefinger erforsche ich seine Schultern, seinen Bi-zeps, seine Brustmuskeln, seine Hände. Guter Gott, er hat sie überall. Die Male auf seiner Haut fühlen sich rau an, was be-weist, dass sie alt sind.

»So hat eben jeder seine Narben«, weicht er aus.

Wenn ich richtig verstehe, ist keiner von uns beiden bereit, sich zu offenbaren. Wir fordern uns so lange gegenseitig mit Blicken heraus, bis Eden schließlich einknickt.

»Du sollst ein für alle Mal wissen, dass mir völlig egal ist, was die Leute reden. Ich weiß nur allzu gut, dass der Schein gern trügt.«

Jetzt ist es also so weit. Obwohl ich versuche, das Thema zu wechseln, kommt Eden immer wieder auf den Kern der Sa-che zurück. Er will meine Gewohnheiten verändern, er drängt mich, meine Regeln über den Haufen zu werfen, und ich hasse es. *Oder?*

»Ich habe ein bisschen recherchiert, weißt du.«

Eden lacht laut auf und lehnt sich zurück.

»Und, Sherlock? Was hast du herausgefunden?«

Ich verdrehe die Augen und ziehe die Knie bis zum Kinn hoch. Vermutlich macht er sich gleich über mich lustig, aber das ist in Ordnung.

»Nichts wirklich Interessantes. Du bist ein echtes Phantom, herzlichen Glückwunsch! Die einzigen Links zum Namen Weiss, die ich in Charleston finden konnte, führten zu ein paar kleinen Zeitungsmeldungen. Es ging um ein Baby, das jahrelang von seinen Eltern misshandelt wurde, blablabla …«

Ich wische die Sache mit einer lässigen Handbewegung vom Tisch. Unnötig, sich weiter mit meinen unzulänglichen Anfängen als Privatdetektivin zu beschäftigen.

»Es waren drei Jahre.«

Ich schaue Eden an, der mich intensiv ansieht.

»Was?«

»Die Misshandlungen«, erklärt er. »Es hat genau drei Jahre gedauert.«

Oh nein. Ich verstumme erschüttert. Was bin ich doch für eine blöde Kuh. Ich stelle mir Eden als Baby vor, mollig und glücklich, ein kleines Baby, das nichts als Liebe und Liebkosungen verdient. Es drückt mir fast das Herz ab.

»Gehen wir nach Hause?«, schlägt er mit leiser Stimme vor. Ich stimme zu und folge ihm wie selbstverständlich in sein Haus.

Er geht nach oben und zieht eine Pyjamahose und ein weißes T-Shirt an. Ich nutze die Gelegenheit, um mir seine alte Gitarre zu schnappen und mich auf den Couchtisch zu setzen. Mir ist melancholisch zumute. So habe ich mir das Ende dieser Woche nicht vorgestellt. Ich zupfe einige Töne. Das Instrument ist perfekt gestimmt.

Ich spiele weiter und höre auch nicht damit auf, als Eden herunterkommt und mich sieht. Er setzt sich mir gegenüber auf die Couch und hört mir aufmerksam beim Spielen zu. Meine Kehle kratzt und meine Zunge wird unruhig. Ich würde gern singen. Ich sehne mich so sehr danach, dass mir Tränen in die Augen treten. Ich möchte singen, aber darf ich das vor Eden tun? Was, wenn er erkennt, wie ich wirklich bin? Es wäre wie eine offene Tür zu meiner Seele.

Aber davor fürchte ich mich zutiefst, denn ich habe erleben müssen, was Männer wie Pete tun, wenn man diese Tür offen lässt.

Ich muss an Edens Hände in meinem Haar und an seinen Mund auf meiner Schulter denken und plötzlich passiert etwas Außergewöhnliches. Ich singe.

Nachdem die ersten Worte über meine Lippen gekommen sind, bin ich nicht mehr in der Lage, ihnen Einhalt zu gebieten. Ich singe eine meiner eigenen Kompositionen, ohne den Blick von seinen Augen abzuwenden. Kalte Schauder überlaufen meinen Körper. Eden hört mir zu, schaut mich dabei unverwandt an und ich weiß nicht, was in seinem Kopf vor sich geht. Ich weiß auch nicht, ob sein Herz ebenso schnell schlägt wie meins und ob es tatsächlich Bewunderung ist, die ich in seinen Augen lese – aber so etwas habe ich noch nie gespürt.

Es dauert nur einen Song, bis alles zusammenbricht – meine Maske, meine Abwehr, mein Spott. Nackt, verletzlich und schutzlos stehe ich vor Eden, obwohl ich nicht weiß, ob ich ihm vertrauen kann.

Nachdem die letzten Töne verklungen sind, bleibt eine unglaubliche Stille. Ich rühre mich nicht, sondern warte darauf, dass alles an seinen angestammten Platz zurückkehrt. Edens Blick hat mich noch immer nicht losgelassen.

Verstört warte ich darauf, dass meine Maske zurückkehrt. Doch sie taucht nie wieder auf. Und Eden nutzt die Situation aus. Langsam streckt er seine Hand aus, greift nach der Gitarre und legt sie lautlos auf den Tisch.

Unsere Augen sind immer noch unfähig, einander loszulassen. Seine Stimme klingt heiser, als er flüstert:

»Azalée.«

Ich antworte nicht. Ich weiß längst, was er sagen will.

»Darf ich dich küssen?«

Die Tatsache, dass er mich um Erlaubnis bittet, weckt ein starkes Gefühl in mir. Ich zögere keine Sekunde. Ich nicke einmal, zweimal, und schon bald kann ich gar nicht mehr aufhören zu nicken. Er greift nach meiner Hand und zieht mich zärtlich an sich. Seine Brust hebt sich im Rhythmus seines hastigen Atems. Ich sitze kaum auf seinem Schoß, als er mich bereits küsst.

Unwillkürlich stöhne ich vor Lust. Zunächst glaube ich, dass seine Lippen zittern, aber es sind seine Hände, die er um meine Wangen gelegt hat. Ich lasse mich gehen, weil ich gar nicht mehr anders kann. Irgendwann schließe ich die Augen. Seine Hand umschließt meinen Nacken und seine Zunge streichelt den Eingang meiner Lippen. Es ist der sanfteste Kuss, den ich je bekommen habe und …

… ich falle.

Ein, zwei, drei, vier Herzschläge.

Edens Mund ist gleichzeitig zart und hart, seine Zunge umschlingt meine zu einem weichen, sinnlichen Tanz. Seine Hände sind überall. Sie umschlingen meinen Nacken, streicheln mein Haar und gleiten dann schmachtend und etwas frech über den Stoff meines Tanktops. Schließlich ziehen sie mich immer wieder eng an seinen Körper, bis ich nur noch ihn, ihn, ihn fühle, und oh mein Gott

es tut so gut

Eden schmeckt wie die Sonne. Keine Ahnung, wie die Sonne schmeckt, aber verdammt, so muss es sein. Ich kann nämlich meine Augen nicht mehr öffnen, ich kann nicht mehr atmen, ich kann ihn nur noch küssen und hoffen, dass das reicht; ich kann nur seine Schultern mit meinen Armen umklammern und seine Taille zwischen meine Knie klemmen und mich an seinen Lippen betrinken.

Zumindest heute Abend.

11

Juli 2018

Eden

Liebesbeziehungen waren mir lange Zeit ein Rätsel. Ich hatte weder einen Vater, der mir sagte, dass »Liebe nur etwas für Mädchen ist«, noch eine Mutter, die ihm widersprach und mir zuflüsterte, wie wichtig es sei, »Frauen zu respektieren«. Ich musste mit dem zurechtkommen, was ich hatte.

Aber obwohl ich immer als der kleine Gauner mit dem frechen Lächeln und den geballten Fäusten galt, war ich trotzdem neugierig. Ich habe mich gefragt, was an der Liebe so besonders war, dass man Lieder und Tragödien darüber schrieb. Was an der Liebe war so außergewöhnlich, dass Menschen bereit waren, dafür zu töten oder sich ihretwegen zu opfern?

Meine Eltern haben mich ganz offensichtlich nicht geliebt, oder zumindest nicht genug, denn ich habe gelernt, dass man diejenigen, die man liebt, nicht verletzt. Was nun Charlie angeht … das war etwas anderes.

Wir lernten uns auf der Highschool kennen, auf einer Studentenparty, für die wir eigentlich noch viel zu jung waren. Ich war sechzehn Jahre alt. Als dieses wunderschöne Mädchen den Raum betrat, fiel sie mir sofort auf. Sie sah aus wie ein Engel. Blondes Haar fiel in Locken auf ihre schmalen Schultern, die langen Wimpern ihrer braunen Augen brachten mich gleich in der ersten Minute fast um den Verstand.

Sie trug ein weißes, geradezu jungfräulich wirkendes Kleid. Das Gegenstück zu mir.

Eine Sekunde lang glaubte ich, sie sei das Zeichen für meine Erlösung.

Charlie war freundlich, schön und klug. Aber sie war nicht die Richtige für mich. Wir haben es beide schnell begriffen, auch wenn wir es nicht wahrhaben wollten. Ich habe sie seit sieben Jahren aus den Augen verloren. Sie verschwand über Nacht ohne Nachricht für mich oder ihre Eltern. Ich hätte mir Sorgen machen können, aber irgendwann beschloss ich, mich nicht darum zu kümmern. Ohne sie geht es mir viel besser, das weiß ich.

Und ich bin mehr denn je bereit, ein neues Kapitel zu beginnen.

»Hi«, antwortet Josh, als ich ihn anrufe. »Willst du …«

»Ich möchte Azalée um ein Date bitten. Hast du etwas dagegen?«

Am anderen Ende der Leitung bleibt es still. Ich habe lange gezögert, bevor ich mich zu fragen traute, aber ich wollte es nicht hinter seinem Rücken tun und einen Streit riskieren. Wenn er nein sagt, wird er trotzdem damit klarkommen müssen.

»Äh, also ich … Was?!«

Geduldig wiederhole ich meine Frage. Er braucht ein paar Sekunden, ehe er seufzt:

»Wenn du mir schwörst, ihr nicht das Herz zu brechen, dann hast du meine Erlaubnis.«

Und was ist mit meinem Herzen? Ich lache, weil es eigentlich fast komisch ist. Der Tag, an dem jemand in der Lage wäre, Azalées Herz zu brechen, ist sicher noch in weiter Ferne. Bei mir hingegen interessiert es niemanden.

»Deine Erlaubnis brauche ich nicht, Mann, nur deinen Segen. Ich hätte es ohnehin getan. Aber danke! Wir sehen uns später, ciao.«

Er verabschiedet sich stotternd. Ich lege auf und betrachte mein Gesicht im Wohnzimmerspiegel. Es ist zwei Tage her, seit Azalée und ich uns auf meiner Couch geküsst haben. Zwei Tage, in denen ich ständig über die Gefühle nachdenke, die ihre Zunge in meinem Mund und ihre heißen Lippen an meinem Hals verursacht haben. Es ist diese diabolische Süße und dieser Bonbongeschmack, die mich unermüdlich verfolgen.

Ich will mehr, viel mehr.

Aus diesem Grund gehe ich zu ihr hinüber. Sie sitzt auf der Terrasse und schreibt etwas Geheimnisvolles in ein Notizbuch. Bestimmt ein neuer Song. Ich lehne mich mit den Händen in den Hosentaschen ans Geländer, bis sich ihr glühender Blick endlich auf mich richtet.

Sie ist so wunderbar und wirkt so natürlich, dass ich sofort jegliches Selbstvertrauen verliere. In ihren Augen erkenne ich die Erinnerung an unseren Kuss und die Unsicherheit darüber, was er für uns bedeutet.

»Hi.«

»Erzähl mir von dir«, sagt sie plötzlich.

Das ist mal was ganz Neues. Erst nach geraumer Zeit frage ich sie, warum. Nachdenklich betrachtet sie ihr Notizbuch.

»Weil es mich vom Denken abhält. Nur eine Minute.«

Ich verstehe noch immer nicht, was sie meint, aber das spielt keine Rolle. Ich tue, was sie sagt, weil ich hoffe, dass auch sie sich später offenbart.

»Ich möchte nicht prahlen, aber ich bin ziemlich berühmt in Charleston. Und das nicht nur, weil ich nett bin und gut aussehe.«

»Ach wirklich?«, entgegnet sie ironisch und verkneift sich das Lachen.

»Wirklich. Du weißt es ja schon, aber ich bin eben immer noch ›das Baby, das überlebt hat‹.«

Etwas verlegen, wie immer, wenn ich darüber spreche, achte ich auf ihre Reaktion. Als die Geschichte meiner Eltern in die Schlagzeilen kam, wurde in der Stadt lange darüber diskutiert. Ich bin mir nicht einmal sicher, ob Azalée da bereits auf der Welt war.

»Was, so wie bei Harry Potter?«

»Ungefähr in der Art, ja. Nur ohne Horkruxe.«

Nun muss sie doch lächeln. Zu meinem Glück fragt sie nicht nach Details über meine Eltern. Ich will nicht mehr daran denken, sondern nach vorne blicken.

»Wurdest du deinen Eltern weggenommen?«

»Ja. Sie mussten ins Gefängnis. Ich wurde sehr früh in einem Waisenhaus untergebracht und dann von Familie zu Familie durchgereicht.«

»Wie traurig«, flüstert Azalée kaum wahrnehmbar.

Ich zucke mit den Schultern.

»So schlimm war es auch wieder nicht. Ich war glücklich. Die Pflegefamilien, bei denen ich untergebracht war, kümmerten sich gut um mich und gaben mir ein Gefühl von Geborgenheit. Sie wollten mich nur nicht für immer behalten … was ich durchaus verstehe. Zu ihrer Verteidigung: Ich habe mich nie wirklich bemüht. Ich trieb mich tagelang herum und kam nicht immer nach Hause … Ich machte Dummheiten. Manchmal wurde ich dabei erwischt, manchmal nicht.«

»Du bist also nie adoptiert worden?«

Mit undurchdringlicher Miene schüttele ich den Kopf. Sie darf auf keinen Fall sehen, dass es mich berührt. Ich habe mir angewöhnt, so zu tun, als wäre es mir egal, und manchmal glaube ich es sogar selbst. Aber mit zwölf Jahren holt einen die Realität immer wieder ein und man erkennt, dass eine liebevolle Familie das Einzige ist, wovon man Tag für Tag träumt.

»Jetzt bist du dran.«

»Netter Versuch«, lacht sie und weicht der impliziten Frage aus.

Unzufrieden grummelnd setze ich mich neben sie und nehme ihr das Notizbuch aus der Hand. Ihr Oberschenkel presst sich gegen meinen, aber sie wirft mir einen bösen Blick zu.

Gott, wie schön sie ist.

»Hör zu, ich bitte dich schließlich nicht um den Mond. Du hast mir eine Frage gestellt und ich habe dir geantwortet. Jetzt bist du dran. Bitte«, füge ich weicher hinzu.

Sie fixiert mich mit ihren großen blauen Augen. Meine Hand gleitet an ihrem nackten Arm entlang und schmuggelt sich verstohlen unter den Saum ihres T-Shirts. Ihre rosenblätterweiche Haut erbebt und ihr Bauch zieht sich unter meinen Fingern zusammen.

Und wenn sie sich noch so sehr als harte Nuss gibt – ich bin sicher, sie träumt nur davon, einmal so viel Vertrauen in jemanden zu haben, dass sie loslassen kann. Und ich bin da. Verdammt, ich bin da.

»Meine Kindheit …«, seufzt sie. »Na ja, ich habe bei meiner Mutter gelebt, die du gekannt hast. Eine Zeit lang gab es auch einen Stiefvater, Pete. Er … Er war kein guter Mensch.«

Ich verziehe das Gesicht.

»Wieso?«

»Ihm habe ich die Hölle auf Erden zu verdanken«, sagt sie schlicht und starrt ins Leere. Einen Moment lang stelle ich mir die schlimmsten Horrorszenarien vor. »Schwamm drüber. Ansonsten liebte ich es, auf Bäume zu klettern, Videospiele mit

Andrew zu spielen, Karaoke zu singen und Waffeln zu essen. Bitte sehr.«

»Was war dein Lieblings-Geschmack? Hattest du ein Haustier? Welches Schulfach mochtest du am wenigsten? Dein erster Kuss? Welche Farbe hatte dein Bett? Komm schon, gib mir ein paar Hintergrundinfos, damit ich dir Liebeslieder schreiben kann, *Beauté*.«

Zunächst runzelt sie die Stirn, dann lacht sie hell auf.

»Du bist irgendwie verdreht, Eden. Aber wenn es dich interessiert: Vanille, nein, Mathe, Andrew in seinem Gartenhäuschen, und Blau. Blau war meine Lieblingsfarbe. Zufrieden, Columbo?«

»Dein erster Kuss war mit Andrew?«, erkundige ich mich entrüstet mit halb angewiderter, halb neidischer Miene.

So musste es ja kommen. Nicht, weil ich nicht an Freundschaft zwischen Frauen und Männern glaube, sondern weil ich bemerkt habe, wie er sie ansieht. Dieser Spinner ist wie verrückt in sie verliebt.

»Ja, wir waren zehn Jahre alt und wollten wissen, wie es sich anfühlt«, sagt sie und verdreht die Augen.

Zerstreut streichele ich ihre Hüfte mit den Fingerspitzen.

»Und?«

»Wir fanden es natürlich ekelhaft.«

Ich lache leise. Sekundenlang bleiben wir stumm. Ich weiß, dass eine Beziehung mit Azalée nicht einfach sein wird, und ich weiß auch, dass ich sowohl mit dem Besten als auch mit dem Schlimmsten rechnen muss, wenn ich sie irgendwann vollständig verstehen möchte. Trotzdem gibt es nichts, was ich mehr will als das.

Sie schaut mich mit ihren großen blauen Augen an. Eine rote Strähne klebt an ihren feuchten Lippen. Ich kann nicht mehr widerstehen.

»Wie wäre es mit einem Date?«, flüstere ich.

Ihr Körper erstarrt augenblicklich. Mit dieser Reaktion hatte ich gerechnet, daher greife ich nach ihrer Hand und sage lässig:

»Nur ein Abendessen zu zweit, nichts Offizielles. Du kannst deinen Overall tragen und sogar barfuß kommen. Ich mag deine Füße, ich sehe sie gern.«

Ich lächele sie an wie ein Idiot und versuche, sie zu erweichen.

»Eden …«

»Denk einfach drüber nach, okay? Es hat keine Eile.«

»Ich suche nichts Festes. Ich dachte, das wäre klar«, murmelt sie.

Ich nicke, stehe auf und lasse ihre Hand los. Ihre Wärme verlässt mich sofort und beinahe bereue ich es. Sie offenbar auch, denn sie runzelt die Stirn und klemmt ihre Hand zwischen die Knie.

»Was denn?«, schmunzele ich. »Hast du etwa Angst, dass wir uns super miteinander amüsieren und du dich am Ende wie verrückt in mich verliebst?«

Ich fordere sie heraus. Ich fordere sie heraus, einem Date zuzustimmen und den Genuss eines romantischen Abends mit mir zuzulassen. Und da Azalée niemals eine Herausforderung ablehnt, antwortet sie mit einem frechen Grinsen:

»Aber ganz und gar nicht. Und willst du wissen, warum? Weil der Mann, in den ich mich verliebe, erst noch geboren werden muss.«

Na, das werden wir ja sehen. Offenbar scheint ihr nicht klar zu sein, dass auch ich niemals eine Herausforderung ablehne.

»Super. Dann also morgen Abend um 19 Uhr.«

»Super«, wiederholt sie.

Mit diesen weisen und vielversprechenden Worten drücke ich ihr einen Kuss auf die rosa Lippen – nur, weil ich mich seit zwei Tagen unendlich danach sehne.

Azalée

Der Blödmann hat sich verspätet.

Seit zehn Minuten warte ich auf ihn – ich wollte nicht, dass er mich im Auto mitnimmt, nur so, der Form halber. Ich habe mich sogar zu einem Kleid aufgerafft. Es ist schwarz und vorne so tief ausgeschnitten, dass ich mich gegen einen BH entschieden habe. Es hat kurze Ärmel, ist unten ausgestellt und lässt meinen Rücken komplett frei, bis auf ein Seidenband, das mit einer Schleife über meinen Schulterblättern zusammengebunden ist.

Natürlich gehört es mir nicht. Ich habe es mir von Alyssa geliehen. Sie war es auch, die mir den Rat gegeben hat, meine roten Locken offen zu tragen. Ich wollte mir eben Mühe geben.

Und er hat die Nerven, zu spät zu kommen! Wütend drehe ich mich um und will den Waterfront Park gerade verlassen, als ich Eden entdecke, der mit seinem Telefon am Ohr gemächlich in meine Richtung läuft. Als er mich sieht, bleibt er stehen. Mit ein paar Metern Abstand stehen wir uns reglos gegenüber.

Schließlich flüstert er seinem Gesprächspartner etwas zu und legt auf. Mit hoch erhobenem Kinn gehe ich auf ihn zu.

»Du hast Glück. Ich wollte gerade gehen.«

Er räuspert sich. »Es tut mir wirklich leid, aber es war so viel Verkehr. Du siehst … wunderschön aus«, sagt er. »Ist das Lipgloss oder träume ich?«

Ich verdrehe die Augen und verschränke die Arme.

140

»Ja, ja. Aber du machst auch ganz schön was her.«

Eden hebt überrascht eine Augenbraue. Lieber hätte ich mir die Zunge abgebissen, als es zuzugeben, aber in manchen Kämpfen muss man sich ergeben. Eden, wie immer mit seiner DC-Kappe, trägt ein schwarzes, elegantes aber gleichzeitig legeres Hemd, dessen Ärmel er über seinen geäderten Unterarmen aufgekrempelt hat. Mehr sexy geht kaum noch.

Etwas verlegen blicke ich mich um, sehe aber nur eine schäbige Bar. Um mein Unbehagen zu überspielen, kommentiere ich:

»Wow, wirklich originell. Bist du geizig oder wie läuft das hier?«

Sein Blick vertreibt meinen Sarkasmus sofort. Er sieht unglaublich verlegen aus. Eden fährt sich mit der Hand über den Nacken und öffnet zögernd den Mund.

»Um ehrlich zu sein … ich bin im Moment tatsächlich ein bisschen knapp bei Kasse. Ich war seit Monaten nicht mehr in einem Restaurant … glaubst du, sie akzeptieren Essensmarken? Ich habe drei zu je acht Dollar.«

Sofort schäme ich mich zu Tode. *Scheiße … Ich blöde Kuh.* Peinlich berührt sage ich nichts, sondern denke darüber nach, wie ich es am besten wiedergutmachen kann. Woher hätte ich auch wissen sollen, dass er von Restauranttickets lebt?! Ich stammele »Oh … entschuldige, das wusste ich nicht …«, als mir sein verkniffenes Gesicht auffällt. Plötzlich lacht er so laut auf, dass ich zusammenzucke.

»Das war ein Witz, *Beauté*«, prustet er. »Du hättest mal dein Gesicht sehen sollen!«

»Idiot«, murre ich, rot vor Scham.

Er verdreht die Augen und zieht neckisch an meinem Haar.

»Wir essen nicht hier, was denkst du denn? Los, ab ins Auto.«

Nach einer halben Stunde Fahrt halten wir vor einem kleinen italienischen Restaurant. Es ist einfach, aber sehr gastfreundlich, und niemand starrt uns an, als wir Hand in Hand nebeneinander eintreten.

»Isst du gern Italienisch?«, fragt Eden und setzt sich an einen Tisch.

Ich hocke mit gekreuzten Beinen angespannt auf meinem Stuhl. Das Kleid ist alles andere als bequem, vielleicht bin ich es auch einfach nur nicht gewohnt. Ich fühle mich nackt. Zu erreichbar. Ich hasse es, mich erreichbar zu fühlen; ich hätte meine Jeans anbehalten sollen.

»Italienisch ist perfekt.«

»Großartig. Wie auch immer, hier essen wir nur die Vorspeise.«

Verwirrt öffne ich den Mund, aber er lässt mir keine Zeit, eine Frage zu stellen. Der Kellner kommt und fragt nach unseren Wünschen. Ich lasse Eden für uns beide wählen und beginne mich zu entspannen.

Wir sprechen über die Hochzeit von Alyssa und Josh und ich eröffne ihm, dass ich vorhabe, bis zu diesem großen Tag in Charleston zu bleiben. Der Gedanke scheint ihm zu gefallen.

Als unsere Vorspeise kommt, schlägt er mir eine Partie Darts vor. Während wir unsere Zucchiniblüten genießen, spielen wir und verbringen eine nette Zeit miteinander. Es ist vollkommen ungezwungen, lustig und überhaupt nicht peinlich. Ich habe nicht den Eindruck, dass er etwas von mir erwartet, und das gefällt mir.

»Was ist dein aktueller Lieblingssong?«, fragt er mich etwas später mit vollem Mund.

Ich muss nicht lange nachdenken.

»*Bad at Love*, von Halsey. Er passt zu mir.«

»Nicht sehr beruhigend. Und dein Lieblingsbuch?«

»Ich lese nicht gern. Mein Gehirn ist ständig in Aktion, und deshalb lasse ich mich zu leicht ablenken. Aber in der Highschool mochte ich *Todesmarsch* von Stephen King.«

»Hm, da hätte ich auch selbst drauf kommen können. Was ist mit deinem Lieblingsfilm?«

»Eden, du bist eine Nervensäge.«

»Komm schon«, besänftigt er mich. Ich werfe einen Pfeil, der kläglich zu Boden fällt.

»*Stirb langsam*«, gebe ich schließlich zu. »Als kleines Mädchen wollte ich Bruce Willis heiraten.«

Ich drehe mich zu Eden um und sehe ein breites Grinsen. Ich warte, dass er etwas sagt, aber er verschlingt mich einfach nur mit Blicken und dreht dabei den Zahnstocher, den er zwischen den Lippen hält.

»Warum grinst du so blöd?«

»Je mehr ich dich kennenlerne, desto mehr gefällt mir das, was ich entdecke.«

Unwillkürlich erröte ich wie ein Schulmädchen. Erst jetzt fällt mir auf, dass Eden der Erste ist, der mich fragt, was mir gefällt. Der Erste, der mich und meinen Geschmack kennenlernen und nicht nur mit mir schlafen will. Es ist … angenehm.

Nachdem wir unsere Teller leer gegessen haben und er bezahlt hat, gehen wir. Kaum sind wir draußen, als ich nach seiner Hand greife, als wäre es schon immer so gewesen. Er verkündet:

»Heute Abend führe ich dich zu genau drei Locations.«

»Verstehe. Willst du es mir erklären, oder muss ich raten, was in deinem verdrehten Verstand vor sich geht?«

»Wir essen unsere Vorspeise, unser Hauptgericht und unser Dessert an drei unterschiedlichen Orten«, antwortet er, ohne den Blick von der Straße zu wenden. »Lass es auf dich zukommen, es wird dir gefallen.«

Im Moment macht es mich hauptsächlich neugierig. Die Idee ist originell und gefällt mir tatsächlich. Drei Dates auf einen Streich – ein witziges Konzept.

Das nächste Restaurant heißt *Hominy Grill* und befindet sich näher an der Stadt, an der Rutledge Avenue. Eden bittet um den Tisch am Fenster, in der Nähe des Bildschirms, über den ein Boxkampf flimmert.

Wir bestellen zwei Bier, beobachten das Match und geben unsere Kommentare dazu. Mit einem romantischen Abendessen hat das absolut nichts zu tun, aber das ist mir egal. Im Gegenteil, ich freue mich, dass er verstanden hat, was mir wichtig ist. Ist es möglich, dass Eden mich schon so gut kennt?

»Pass auf, wir machen jetzt ein Spiel«, sagt Eden und wischt sich die Hände an seiner Serviette ab. »Erzähl mir drei Dinge über dich selbst, und zwar zwei Wahrheiten und eine Lüge.«

Ich runzele die Stirn und stecke mir eine Fritte in den Mund. Das Spiel erscheint vielleicht auf den ersten Blick harmlos, aber ich finde es sehr gefährlich.

»Komm schon. Ich fange an«, sagt er, als er meine Zurückhaltung bemerkt. »Ich liebe das Angeln; ich bin ein geborener Sänger; und ich habe in meinem Leben nur ein Mädchen geliebt. Du bist dran.«

Ich lehne mich zurück und beobachte ihn, während ich meine Pommes frites kaue. Geduldig fordern seine Augen mich heraus. Da er mir irgendwann einmal gestanden hat, dass er nicht singen kann, nehme ich an, dass das die Lüge ist.

»Du angelst gern? Das ist doch Opi-Sport.«

»Angeln ist cool«, widerspricht er empört.

»Gut, dann bin ich jetzt dran. Also … Ich werde gern gekitzelt; ich hasse Kinder; und ich bin noch Jungfrau.«

»Was bist du für ein Monster, dass du keine Kinder magst?«, begehrt er lachend auf.

Mit gespielter Empörung werfe ich ihm meine Serviette ins Gesicht.

»Du hättest wenigstens so tun können, als würdest du glauben, dass ich noch Jungfrau bin!«

Er lacht so laut, dass einige Restaurantbesucher den Kopf zu uns umdrehen. Seine Heiterkeit ist derart ansteckend, dass ich ebenfalls lachen muss. Nachdem er sich endlich beruhigt hat und sich die Lachtränen aus den Augen wischt, fordere ich ihn auf, weiterzumachen.

Ich erfahre, dass er als Kind ausgelacht wurde, weil er seltsam war, dass er sich das Geigenspielen mit Internetvideos beigebracht hat und dass er Tiere liebt. Ich dagegen gestehe ihm, dass meine Nippel gepierct sind (was er vermutlich schon wusste), dass ich von einer offenen Veranda träume, wo ich bei Regen essen kann, und dass ich für Josh und Andrew sterben würde.

Als die Sonne untergeht, beugt er sich mit einem schelmischen Gesichtsausdruck zu mir:

»Komm, wir verschwinden.«

Ich bestehe darauf, zu bezahlen, und fünf Minuten später sind wir wieder unterwegs.

12

Juli 2018

Azalée

Willkommen bei Dear Patriarchy,
falls es euch heute noch niemand gesagt hat: Ihr seid stark, und
sei es auch nur, weil ihr diesen Tag überlebt habt. Allem Anschein
zum Trotz ist das nicht immer einfach.

Ich gehe davon aus, dass wir ein drittes Restaurant ansteuern,
aber Eden parkt vor einem Lebensmittelgeschäft, das noch geöffnet hat.

»Zwei Sekunden. Lauf mir nicht weg.«

Ein paar Minuten später kommt er zurück und packt seine
Einkäufe auf die Ladefläche. Ich kann meine Neugierde kaum
zügeln.

»Wir sind da«, sagt er mit schelmischem Blick, nachdem wir
auf der Rückseite eines Gebäudes geparkt haben. »Folge mir
ganz leise, okay?«

Die Umgebung kenne ich zwar, aber ich habe keine Ahnung, wo er mich hinführen will. Eden nimmt die Einkaufsta-
sche von der Ladefläche und greift nach meiner Hand, aber ich
bleibe erst einmal stehen, um meine blöden Schuhe auszuziehen. Als er amüsiert eine Augenbraue hebt, brumme ich:

»Die Dinger drücken, ich hasse sie.«

»Ich wäre enttäuscht, wenn es nicht so wäre, glaub mir.«

Barfuß folge ich ihm über die leere Straße. Auf dem Bürgersteig gegenüber schickt er eine SMS und wir warten ein paar Sekunden, bis sich eine isolierte Tür öffnet. Ein kahlköpfiger, breitschultriger Typ begrüßt Eden und lässt uns eintreten.

»Eine Stunde, mehr nicht. Und dafür habe ich etwas gut bei dir.«

»Hundert pro. Danke, Mark.«

Ich habe keine Ahnung, wo es hingeht, aber Edens Hand leitet mich. Ich spüre seinen warmen Atem in meinem Nacken, seine Nähe und muss mich mit jeder Faser dem Wunsch widersetzen, mich umzudrehen und ihn in der uns umgebenden Dunkelheit zu küssen.

»Jetzt nach rechts … Hier … Noch ein paar Schritte, wir sind fast da«, flüstert er mir ins Ohr.

Mit hellwachen Sinnen gehorche ich. Es herrscht völlige Stille, bis auf das Pochen meines Herzens und das Geräusch meiner feuchten Füße auf dem Boden. Plötzlich drückt Eden mir leicht auf die Hüfte. Immer noch blind bleibe ich stehen.

»Nach links.«

Ich gehorche. Plötzlich entdecke ich einen goldenen Lichtschein und kann endlich sehen, was mich erwartet. Ich bin so überrascht, dass mir ein kleiner Schrei entfährt. Ich weiche einen Schritt zurück und trete Eden auf die Füße.

Natürlich sehe ich sofort, dass ich nichts zu befürchten habe. Es sind nur Fische. Viele bunte Fische.

Wir befinden uns tatsächlich im großen Aquarium von Charleston. Eden und ich stehen vor einer riesigen Glasscheibe, hinter der enorm viele Fische kreuz und quer schwimmen. Wow. Es ist schön und auch ein bisschen beängstigend.

»Ich habe Waffeln und Wein eingekauft. Ist das in Ordnung?«, flüstert Eden mit dem Kinn auf meiner Schulter.

Ich bemühe mich, seine Lippen auf meiner Haut zu ignorieren und nicke langsam. Natürlich ist das in Ordnung. Es ist sogar perfekt. Noch nie hat sich jemand so sehr bemüht, mir zu gefallen. Ich weiß nicht, was ich davon halten soll. Ich empfinde einen gewissen Druck. Was, wenn er sich irrt? Was, wenn ich es nicht wert bin?

»Man könnte meinen, wir wären bei ihnen im Meer. Echt verrückt.«

Obwohl ich flüstere, habe ich das Gefühl, dass meine Worte durch den ganzen Raum hallen. Ohne uns zu bewegen stehen wir ganz nah beieinander; mit dem Rücken lehne ich mich an seine muskulöse Brust, sein Mund berührt meine Schulter, seine Hände liegen auf meinem Bauch. Noch nie zuvor habe ich mir so sehr gewünscht, dass ein Mann mich berührt. Meine Haut bebt vor Verlangen, was mir – im Gegensatz zu dem, was die Leute denken – nur sehr selten passiert.

»Ich mag dich sehr, *Beauté*.«

Langsam drehe ich mich um, was ihn kurz überrascht, und lasse meine Arme unter sein Hemd gleiten, um seine Taille zu umarmen. Als meine kalten Finger seine brennende Haut berühren, überläuft ihn ein kurzer Schauder, aber er schiebt mich nicht weg. Vertrauensvoll lege ich mein Kinn an seine Brust und schaue ihm direkt in die Augen. Zärtlich streicht er mir ein paar Haarsträhnen aus dem Gesicht.

Eine Geste, die seit der Highschool niemand mehr für mich gemacht hat.

»Küss mich jetzt.«

Eden hält einen Augenblick inne. In seinem Gesicht spiegeln sich Verlangen und Zögern. Schließlich beugt er sich zu mir hinunter und drückt mir einen leichten Kuss auf den Mund. So leicht, dass ich mir nicht sicher bin, ob er sein Ziel wirklich erreicht hat. Mit einer Hand streichelt er die nackte Haut auf meinem Rücken und lässt sie an meiner Wirbelsäule entlang nach oben wandern. Tief in meinem Innern spüre ich ein Verlangen, das die Kontrolle zu übernehmen droht.

»Aze …«, haucht er in unmittelbarer Nähe meiner halb geöffneten Lippen. »Du bringst mich um.«

Seine magischen Finger erreichen schließlich die Schleife, die verhindert, dass mir das Kleid auf die Füße fällt. Ich gebe nickend meine Zustimmung und lasse meine High Heels fallen, während er mich sehnsüchtig küsst und an dem Seidenband zieht.

Ich presse mich eng an ihn. Mein Kleid gehorcht seinen geübten Händen und ich begrüße seine warme Zunge in meinem Mund. Ich hätte diesem Abend keinen besseren Namen geben können; es ist ganz einfach das Paradies. Aber auch der Ort vieler Versuchungen.

»Das ist das beste Date der Welt …«, höre ich ihn lächelnd sagen. »Und auch das beste Dessert.«

Amüsiert schüttele ich den Kopf und presse mein Becken gegen seins. Er stöhnt auf; seine Zunge wird immer fordernder. Als wir Luft holen, stelle ich fest, dass mein Kleid auf meine Taille hinabgeglitten ist. Meine mit Gänsehaut bedeckte Brust scheint Eden zu faszinieren.

Ich nutze die Gelegenheit, um seinen Hals zu küssen und die zarte, tätowierte Haut zu lecken und zu knabbern. Ich will ihn so sehr, dass sich mein Magen zusammenzieht.

Vermutlich geht es nicht nur mir so, denn er tritt einen Schritt zurück, um sich auf eine Bank zu setzen und stolpert dabei über meine Schuhe.

»Verflixte Pumps«, murmelt er.

Ich muss lachen, aber er bringt mich zum Schweigen, indem er mich auf seinen Schoß zieht. Plötzlich geht alles ganz schnell. Ich bestehe nur noch aus Händen und Lippen und – Himmel – mir ist so heiß.

Als meine Hand über die Wölbung seiner Hose gleitet, was ihm einen verblüfften Seufzer entreißt, klingelt ein Telefon. Atemlos von einem Begehren, das wir nur schwer unterdrücken können, schauen wir uns an.

Ich sehe, dass er zögert, das Gespräch anzunehmen. Schließlich entschuldigt er sich und kramt verärgert über die Unterbrechung in seiner Jeanstasche herum. Als er die Anruferkennung sieht, wird er blass und nimmt das Gespräch sofort an.

»Hallo?«

Es ist ganz still, während er mit plötzlich ernst gewordener Miene aufmerksam zuhört. Noch ehe er auflegt, fängt er bereits an, sich hastig anzuziehen. Fassungslos richte ich mich ungeschickt auf und verberge meine Brust hinter meinen verschränkten Armen.

»Ich bin gleich da«, erklärt er am Telefon und beendet damit definitiv unseren gemeinsamen Abend.

Wir sitzen im Auto. Die Stille ist geradezu ohrenbetäubend. Eden fährt zwar vorsichtig, aber deutlich schneller als sonst. Ohne zu wissen, was los ist, gerate ich in Panik.

»Sag mir doch bitte, was los ist, Eden.«

Glücklicherweise scheint er sich an meine Existenz zu erinnern und antwortet ohne mich anzusehen:

»Ein Notfall. Ich bringe dich später nach Hause, versprochen.«

»Etwas Ernstes?«

Er seufzt frustriert und kneift sich den Nasenrücken. Er wirkt so besorgt, dass es mir Gänsehaut verursacht. Ich bin es nicht gewohnt, ihn so zu sehen.

»Es tut mir unendlich leid …«

»Entschuldige dich nicht«, beruhige ich ihn sofort.

Ich widersetze mich dem Drang, sein Haar zu streicheln.

Zwar weiß ich, dass er das mag, aber ich schätze, dass es jetzt gerade das Letzte ist, wonach ihm der Sinn steht. Stattdessen lege ich tröstend eine Hand auf seinen Bizeps, und ein paar Minuten später erreichen wir das Krankenhaus von Charleston.

Für einen schrecklichen Moment stelle ich mir das Schlimmste vor. Ich versuche, mich zu beruhigen, während mein Nachbar auf dem Parkplatz der Notaufnahme parkt.

Die Rezeption ist leer. Eden lässt den Blick durch das Wartezimmer gleiten. Ich tue dasselbe, auch wenn ich keine Ahnung habe, nach wem ich eigentlich Ausschau halte. Schließlich scheint mein Nachbar fündig geworden zu sein. Er stürmt auf eine Frau in den Fünfzigern zu, die mit einer Krankenschwester spricht.

Ich bleibe ein paar Schritte zurück und verschränke die Arme. Meine Füße sind noch immer nackt.

»Natalie!«

Die betreffende Frau schaut zu Eden auf und scheint erleichtert, ihn zu sehen.

»Eden, da bist du ja. Es ist alles in Ordnung, keine Sorge.«

»Natürlich bin ich da«, antwortet er trocken. »Ich bin immer da.«

Sofort bemerke ich, dass trotz des mütterlichen Tons der Frau eine gewisse Spannung zwischen den beiden besteht. Sie setzt gerade zu einer Antwort an, als sie mich entdeckt. Mit zusammengepressten Lippen mustert sie mich von Kopf bis Fuß. Verlegen schenke ich ihr ein höfliches Lächeln.

»Was gibt es für ein Problem?«, will Eden wissen.

»Sie ist heute auf dem Pausenhof ziemlich heftig hingefallen. Zunächst dachte ich, es wäre keine große Sache, aber jetzt hat sie starke Kopfschmerzen …«

Die Krankenschwester stellt sich Eden vor und schüttelt ihm die Hand.

»Gehören Sie zur Familie?«

Eden antwortet mit fester Stimme:

»Ich bin ihr Vater.«

Ich erstarre. Ihr ... Vater? *Wie bitte? Was? Wessen Vater?* Vergeblich versuche ich, meine Verblüffung zu verbergen. Glücklicherweise dreht er mir den Rücken zu, denn ich bin eine miserable Schauspielerin.

»Wir haben zwar heute Abend ziemlich viel zu tun, aber Sie müssen wahrscheinlich nicht allzu lange warten ...«

Sie wird von einem kindlichen Ausruf am Ende des Ganges unterbrochen:

»Papa!«

Alle drehen sich um. Oh, mein Gott. Ein kleines Mädchen mit weizenblonden Haaren löst sich aus den Armen eines Mannes mittleren Alters und läuft auf Eden zu. Sie wirft sich an seinen Hals und mein Nachbar umarmt sie liebevoll. In seinen Augen spiegelt sich eine unsägliche Erleichterung.

Diese Szene lässt mir das Blut in den Adern gefrieren. So etwas hatte ich nicht im Traum erwartet. Gleichzeitig überkommt mich ein weiches Gefühl. Ich werde Eden wohl nie mehr mit den gleichen Augen sehen wie früher.

»Alles in Ordnung mit dir, mein Engel?«, flüstert er der Kleinen ins Ohr und streichelt ihre Haare.

Das kleine Mädchen macht sich los und nickt. Er drückt ihr einen Kuss auf die Stirn. Sie muss zwischen fünf und zwölf Jahren alt sein – ich habe keine Ahnung von Kindern. Ihr langes, welliges Haar betont ihr helles Porzellangesicht. Nur ihre smaragdgrünen Augen sind mir vertraut.

Wahrscheinlich ähnelt sie mehr ihrer Mutter. Ja, denn wo es eine »Tochter« gibt, gibt es auch eine »Mutter«, oder?

»Was war denn da los?«, fragt Eden, der das kleine Mädchen mühelos trägt. »Was soll das heißen, du bist gefallen?«

Seine Tochter zuckt die Schultern. Ihre Augenlider sind schwer. Sie sieht unendlich müde aus.

»Martin hat mir ein Bein gestellt ... Weil ich nämlich schneller laufen kann als er.«

»Ich verstehe. Gut, ich bin sicher, es ist nichts Ernstes, okay?«, fügt er hinzu und schiebt zärtlich eine Haarsträhne zurück. »Ich bleibe bei dir und Waffle.«

»Ich habe Waffle zu Hause vergessen ...«

Ich verstehe sofort, dass Waffle ihr Kuscheltier sein muss und deute es als Zeichen, dass sie und ich uns perfekt verstehen könnten – ich gehe von der Voraussetzung aus, dass jeder Mensch Waffeln liebt. Nachdem Eden sie gefragt hat, ob sie eine Weile ohne Waffle auskommen kann, nickt sie und strahlt ihn an wie ein Engel.

»Muss ich dann morgen nicht zur Schule gehen?«

Schlaues Mädchen! Ich muss grinsen, denn irgendwie ist sie mir ein wenig ähnlich. Grundgütiger, ich kann immer noch nicht fassen, dass Eden Vater ist.

»Nicht am Vormittag, weil du dann noch zu müde bist, aber am Nachmittag bringt Omi dich hin. Es ist wichtig, weißt du – auch wenn das Schuljahr bald zu Ende ist.«

Gott, meine Hormone spielen verrückt. Der attraktive und scherzhafte Mann verwandelt sich vor meinen Augen in einen liebevollen, aber konsequenten Vater, und ich entdecke gerade, dass es nichts Erregenderes gibt.

Die Kleine nickt wieder – nicht ohne zuvor die Augen zu verdrehen – und vergräbt ihren blonden Kopf in der Vertiefung seines Halses. Eden redet leise mit den Leuten, die seine Schwiegereltern zu sein scheinen. Nachdem sie sich verabschiedet haben, wendet sich Eden an mich. Er hat seine Tochter noch immer auf dem Arm.

Ich fühle mich plötzlich sehr klein. Wie ein Kind angesichts eines bereits erwachsenen Mannes. Spielen Eden und ich noch immer in der gleichen Liga?

Schließlich wühlt er mit der freien Hand in seiner Tasche und kommt näher, um mir etwas zu geben.

»Hier, meine Autoschlüssel. Fahr nach Hause, ich komme schon irgendwie zurecht. Und bitte entschuldige … Ich wünschte, der Abend wäre anders verlaufen.«

Ein bisschen neben der Spur betrachte ich die beiden. Was glaubt er wohl? Dass ich nach alledem gemütlich nach Hause fahre?

»Eden, ich gehe ganz bestimmt nicht schlafen, solange deine Tochter in der Notaufnahme ist«, antworte ich.

Er seufzt. Er ist sich nicht sicher, ob er mir das antun will. Er scheint nicht zu verstehen, dass ich nichts anderes zu tun habe, und vor allem, dass ich nicht die geringste Lust habe, zu gehen.

»Aber es kann stundenlang dauern …«

»Dann warten wir eben stundenlang und ich erkläre dieses Date zum schlimmsten meines Lebens. Was soll's?«

Wie vermutet lächelte er traurig. Ich will, dass er versteht, dass ich nicht zu den Mädchen gehöre, die bei der ersten Schwierigkeit sofort davonlaufen. Es stimmt schon, dass ich nichts Festes suche, aber das hindert mich nicht daran, seine Leistung anzuerkennen. Sie sogar sehr anzuerkennen.

»Ich wünschte, du hättest es auf andere Weise erfahren. Ich wollte noch warten, ehe ich es dir sage.«

»Wir haben alle unsere Vergangenheit, Eden.«

Er nickt und wirft einen Blick auf das kleine Mädchen, dessen Kopf auf seiner Brust liegt. Wir setzen uns zu den vielen anderen Patienten und warten. Nach einigen Minuten, in denen Edens Tochter sich unruhig herumwälzt, ohne in den Schlaf zu finden, wage ich, Eden nach ihrem Namen und ihrem Alter zu fragen.

»Sie heißt Faith und ist sieben Jahre alt. Normalerweise steht ihr Mundwerk selten still, aber im Moment ist sie wahrscheinlich ziemlich durch den Wind.«

Plötzlich wird mir einiges klar. Sein Tattoo bedeutet nicht »Glaube«, sondern es ist der Vorname seiner Tochter. Faith. Schnell rechne ich in Gedanken nach: in Anbetracht seines Alters muss er mit gerade einmal siebzehn Jahren Vater geworden sein.

Ich frage mich, wo die Mutter bleibt. Schließlich ist es ihre Tochter, die an diesem Abend in der Notaufnahme wartet. Aber ich stelle die Frage nicht. Ich nehme an, sie wäre nicht angebracht.

»Wissen die anderen Bescheid?«

»Josh und Alyssa wissen es. Ich habe leider nicht das Sorgerecht für Faith …«, erklärt er düster. »Zumindest noch nicht. Sie hat von Anfang an bei meinen Schwiegereltern gelebt und kommt nur jedes zweite Wochenende zu mir nach Hause.«

Ich nicke. Jetzt verstehe ich besser, warum wir Eden an manchen Wochenenden nicht zu Gesicht bekommen. Und auch die Kirschbonbons in seinem Auto und das verschlossene Zimmer im Erdgeschoss bekommen einen Sinn. Ich verstehe jetzt auch, warum Freitag sein Lieblingstag ist. Weil er nämlich an diesem Tag seine Tochter sieht.

Danach stelle ich keine weiteren Fragen mehr, denn seine Schwiegereltern tauchen wieder auf und setzen sich auf die leeren Stühle gegenüber von uns. Wir warten eine halbe Ewigkeit.

»Azalée … Jetzt, wo du auf dem Laufenden bist«, flüstert Eden und achtet darauf, dass Faith uns nicht hört, »es gibt da etwas, das du wissen musst.«

Er blickt mich ernst an und ich nicke. Ich weiß bereits, was er mir jetzt sagen will.

»Faith wird für mich immer an erster Stelle stehen. In jeder Hinsicht und für ewig.«

Es ärgert mich, dass er glaubt, mir das extra sagen zu müssen. Es handelt sich schließlich um seine Tochter. Um sein eigenes Fleisch und Blut; um einen Teil von ihm. Natürlich wird sie immer an erster Stelle stehen.

»Alles gut. Du wärst mir deutlich weniger sympathisch gewesen, wenn das nicht der Fall wäre«, flüstere ich.

Ein Lächeln breitet sich auf seinem Gesicht aus.

»Ich bin dir also sympathisch?«

Statt einer Antwort verdrehe ich die Augen.

13

Juli 2018

Azalée

Willkommen bei Dear Patriarchy,
wie wäre es mit einem Spielchen? Stellt euch vor, ihr sitzt ganz
friedlich in eurem Auto und hört Radio, aber die hochmütige Stimme eures Navis unterbricht die Musik alle zwei Minuten, um euch
zu erklären, wie ihr aus der Gegend herauskommt, in der ihr seit
zwanzig Jahren lebt.
Nervtötend, oder?
Nun, genau so funktioniert Mansplaining.

»Nicht zu fassen.«
Tori am anderen Ende der Leitung ist sprachlos. Sie hatte
mich angerufen, um zu erfahren, wie es mir geht. Eigentlich
wollte ich mein Date mit Eden geheim halten, aber sie kitzelte
es ganz schnell aus mir heraus. Ich habe fast keine Geheimnisse vor Tori, außer denen, die zu wehtun. Wie auch immer, ich
musste mich jemandem anvertrauen.
Eden ist Vater, verdammt noch mal. So sehr ich mir auch einreden will, es völlig cool zu sehen – es stimmt einfach nicht.
Hatte Eden nicht zugehört, als ich sagte, dass ich Kinder hasse?
Natürlich war es zu diesem Zeitpunkt schon zu spät.
Glücklicherweise fanden die Ärzte bei seiner Tochter nichts
Ernstes.

»Ganz ehrlich: Ich hätte alles Mögliche erwartet, aber das nicht«, fügt Tori hinzu. »Wie dem auch sei: Der Typ scheint ja ganz bezaubernd zu sein. An deiner Stelle läge ich längst vor ihm auf den Knien.«

»Tori.«

»Warte, der Typ ist nett, witzig und charismatisch. Außerdem ist er Vater … und offenbar auch noch absolut heiß.«

»Woher willst du das wissen? Ich habe nie gesagt, dass er heiß ist!«

»Reine Vermutung.«

Ich verdrehe die Augen, weil ich nicht zugeben will, dass sie recht hat. Ja, Eden sieht wirklich verdammt gut aus. Ganz besonders morgens, wenn er mit mir joggt, obwohl er noch todmüde ist. Diese Schläfrigkeit verleiht ihm schwere Augenlider und einen süßen Schmollmund.

»Und warum liegst du dann nicht schon vor ihm auf den Knien, Azalea?«

»Wie bitte?«, lache ich ungläubig. »Was soll diese Frage? Und warum sollte ich überhaupt mit Eden schlafen?«

»Darum. Wäre er einfach nur ein Kerl wie alle anderen, hättest du es schon längst getan. Stattdessen schiebst du es immer weiter auf. Ich würde sogar die Behauptung aufstellen, dass du eine Heidenangst davor hast. Also frage ich mich schon das eine oder andere.«

Innerlich bin ich stinksauer. Vor allem, weil sie recht hat, ich aber im Moment noch nicht bereit dazu bin, mich dieser Wahrheit zu stellen.

»Hör schon auf. Das geht nur mich etwas an. Und außerdem hast du sehr zu Recht festgestellt, dass er Vater ist. Das verkompliziert alles. Seine Tochter mag ja ganz niedlich sein, aber damit habe ich nichts am Hut. Es wäre eine Riesen-Verantwortung …«

»Aber nachdem du ihm gesagt hast, dass du nichts Ernstes willst, sollte eigentlich klar sein, dass du dich nicht um seine Tochter kümmern musst. Oder?«

»Ich … ich schätze schon.«

Nach einem langen, peinlichen Schweigen, während dessen ich meinen Ton bereue, bringt meine beste Freundin wieder einmal unser Dauerthema zur Sprache:

»Du bist viel mehr wert als das.«

»Was meinst du mit ›das‹?«

»Das, was man in New York normalerweise macht. Ein Fick und *bye-bye*. Das, was andere glauben lässt, dass man eine »Schlampe« sei. Das, was einen dazu bringt, nicht an sich selbst zu glauben. Ich weiß nicht, wer dir weisgemacht hat, dass du nichts wert bist, denn es stimmt verdammt noch mal nicht. Du bist so viel mehr wert, als du denkst«, flüstert sie mit tränenschwerer Stimme. »Du bist die Azalea, die auf meinem Bett tanzt und lauthals singt, wenn ich traurig bin. Die Azalea, die mich zwingt, mich selbst zu respektieren, wenn ich um die Häuser ziehe. Die Azalea, die meinen dämlichen Ex immer wieder in seine Schranken gewiesen hat, auch noch nach einer Ohrfeige mitten ins Gesicht. Du verdienst einen Typ wie Eden, der dich schätzt. Also hör bitte endlich auf zu denken und nimm die Dinge einfach so an, wie sie kommen.«

Nie hätte ich gedacht, dass Tori mich derart berühren könnte. Jeder Tag bietet eben eine neue Überraschung. Ziemlich verdutzt atme ich tief durch. Ich weiß nicht, ob sie recht hat, und ich weiß nicht, ob ich mehr wert bin, als ich mir selbst eingestehe, aber es lohnt sich, darüber nachzudenken.

»Danke, Tori. Ich liebe dich auch.«

Damit beenden wir das Thema. Die nächsten Stunden verbringe ich damit, auf meiner Terrasse ein neues Lied zu schreiben. Frechdachs liegt bei meinen Füßen. Gegen Abend stelle ich fest, dass meine Gedanken sich ausschließlich um Eden drehen. Er hat es tatsächlich geschafft, die Herrschaft über meinen Kopf zu gewinnen.

Und zum ersten Mal, seit ich in Charleston bin, zwinge ich mich, mich gehenzulassen. Vielleicht hat Tori ja recht.

Vielleicht ist es wirklich so, dass die anderen sich geirrt haben, als sie behaupteten, ich wäre für den Arsch.

Vielleicht hat meine Mutter gelogen, als sie sagte, dass ich selbst schuld gewesen sei. Dass ich nur eine kleine Scharfmacherin war, die ihr den Mann abspenstig gemacht hat.

Ich möchte so gern glauben, dass man auch mich so lieben kann, wie ich bin.

Nach einer langen Dusche ziehe ich mich für die Arbeit um und beschließe, an Edens Tür zu klopfen und ihn zu bitten, mich zu begleiten. Mein Herz schlägt wie wild. Er braucht ein paar Sekunden zu lange, um mir zu öffnen.

»Oh, Azalée. Hi.«

»Hi.«

Als ich seine Verlegenheit bemerke, zögere ich. Er öffnet die Tür nur einen Spalt – ein Detail, das mir sofort auffällt. Ganz klar, dass er nicht will, dass ich einen Blick hineinwerfe.

»Störe ich?«

Er muss den trockenen Ton meiner Stimme bemerkt haben, denn er runzelt zwar die Stirn, lächelt aber.

»Absolut nicht. Du siehst sehr hübsch aus.«

Ein Geräusch aus der Küche straft seine Worte Lügen. Er tut so, als hätte er nichts gehört. Ich beiße die Zähne zusammen. Er scheint mich wirklich für blöd zu halten.

»Danke. Eigentlich wollte ich dich nur fragen, ob du mit mir zum *Royal American* gehst oder später dazustößt.«

»Ah … Ich glaube nicht, dass ich heute Abend Lust auf Party habe.«

»Verstehe.«

Meine kühle Reaktion scheint ihn zu überraschen. Sofort nimmt er sich zusammen und schenkt mir ein verheerendes Grinsen mit Grübchen in den Wangen.

»Aber morgen können wir uns gern treffen.«

Ich will ihn gerade in die Schranken weisen, als ich höre, wie im Wohnzimmer der Fernsehkanal gewechselt wird und eine Mädchenstimme ruft:

»Papa, der Film fängt gleich an. Beeil dich mit dem Popcorn!«

Ich betrachte Eden, der zerknirscht lächelt. *Mensch bin ich doof!* Natürlich ist er mit einem Mädchen zusammen. Mit seiner Tochter. Das einzige Mädchen, auf das ich wirklich nicht eifersüchtig sein kann.

»Tut mir leid«, entschuldigt er sich, ehe er Faith zuruft, dass er kommt. »Heute fangen ihre Sommerferien an, deshalb ist sie heute Abend bei mir.«

Ich lächele und nicke. Ich habe ganz entschieden noch Schwierigkeiten, mich an die Idee zu gewöhnen.

»Kein Problem. Was schaut ihr euch an?«

»*Die Schöne und das Biest* … Sie sieht ihn zwar jeden Samstagmorgen, aber offenbar genügt ihr das nicht.«

Ich muss lachen, gehe einen Schritt auf ihn zu und lege eine Hand auf seine Brust. Sein Eau de Toilette steigt mir in die Nase und sein begehrlicher Blick macht mich nervös. Etwas atemlos drücke ich ihm einen Kuss auf den Mundwinkel.

Tori hat recht; ich habe Eden nichts Ernstes versprochen, also liegt seine Tochter nicht in meiner Verantwortung.

»Morgen Abend gibt es ein Lagerfeuer am Strand. Kommst du?«, schlägt er plötzlich vor und starrt auf meinen Mund. »Die anderen haben auch zugesagt.«

»Warum nicht?«

»Super. Jetzt beweg deinen süßen kleinen Arsch hier raus. Und fahr vorsichtig.«

Damit schenkt er mir ein letztes strahlendes Lächeln und drückt mir einen Kuss auf die Wange.

Auf dem Weg zur Arbeit stelle ich mir immer wieder die eine Frage: Warum er? Warum ist er nach all den Jahren der einzige Mann, der mich dermaßen aus der Fassung bringen kann?

Weil er mich nicht einfach gewähren lässt. Er gibt mir Kontra und zögert nicht, mir die Wahrheit ins Gesicht zu sagen, andererseits scheint er mich bedingungslos so zu akzeptieren, wie ich bin – sogar meine Schattenseiten. Besonders die Schattenseiten.

Natürlich weiß er noch nicht, worauf er sich eingelassen hat.

Der Abend vergeht schnell. Alec, Andrew und Josh plaudern am Tisch, während Alyssa und ich die Bestellungen unter uns aufteilen. Es macht weniger Spaß, wenn Eden nicht hier ist. Die Nachricht, die ich gegen Ende meiner Schicht erhalte, hilft mir nicht, meinen Nachbarn aus meinen Gedanken zu verbannen. Im Gegenteil, sie sorgt bei mir für ein dämliches Grinsen.

Es ist ein Selfie von Eden, der auf seinem Sofa sitzt, und Faith, die zusammengerollt an seiner Brust schläft. Darunter steht: »Rate mal, wer sich Mulans Ende ganz allein reinziehen darf?« Die beiden sind wirklich süß.

Amüsiert schüttele ich den Kopf, während ich mich in der Mitarbeiterumkleide umziehe.

Ich: Ich dachte, ihr schaut Die Schöne und das Biest?
Eden: Ja, als Erstes. Danach kam Die Eiskönigin. Olaf ist wirklich ein witziger Kerl.
Ich: Autsch. Aber jetzt: Let it go, let it gooooo!

Als Antwort kommt ein Emoji-Revolver.

Als Eden mich zum Lagerfeuer am Folly Beach einlud, hatte ich nicht erwartet, das halbe Stadtviertel dort vorzufinden. Als ich eintreffe, fühle ich mich nicht sehr wohl, trotzdem gehe ich erhobenen Hauptes zur improvisierten Bar.

Dort steht eine Gruppe junger Leute. Eines der Mädchen scheint mich zu erkennen. Sie flüstert den anderen etwas zu, was alle dazu bringt, sich zu mir umzudrehen.

Mein giftiger Blick sorgt allenfalls für ein dümmliches Lachen. *Was für Pappnasen.*

Ich bestelle ein Bier und suche in der Menge nach meinen Freunden. Mitten auf dem Strand brennt ein großes Feuer, das die Gesichter der Feiernden erhellt. Es gibt auch ein paar Stände, meist für irgendwelche Trinkspiele, aber auch Hüpfburgen für Erwachsene.

Plötzlich glaube ich, ein Gesicht zu erkennen. Verwirrt runzele ich die Stirn und steuere lächelnd auf einen ehemaligen Klassenkameraden zu. *Nicht zu fassen!*

»Noah?«

Überrascht wendet er sich von seinen Freunden ab. Seidige, olivfarbene Haut, lockiges schwarzes Haar, goldbraune Augen und ein muskulöser, aber schlanker Körper.

Er ist es wirklich. Ich würde ihn überall wiedererkennen, und das aus gutem Grund: Im letzten Schuljahr haben wir unter den Tribünen des Footballfeldes ein paar ungeschickte Küsse ausgetauscht.

»Grundgütiger, was ist denn mit dir passiert?«, grinse ich und mustere ihn von Kopf bis Fuß. »Du bist ja ein echt heißer Feger geworden!«

Noah schaut mich mit offenem Mund an und blickt etwas fassungslos, aber auch ziemlich amüsiert drein.

»Ich weiß nicht, was du meinst, Azalea Green. Ich sah schon immer mega aus«, erklärt er schließlich fröhlich.

»Wenn du es sagst. Schließlich haben wir zusammen die erste Base erreicht.«

Er lacht laut auf und ich stelle erleichtert fest, dass er keine schlechten Erinnerungen an mich zu haben scheint. Ich bemerke auch, dass er an Charme und Charisma gewonnen hat, was perfekt zu ihm passt. Noah war Footballspieler, sang aber auch im Chor; er hätte durchaus in *Glee* mitspielen können. Eigentlich kannten wir uns eher flüchtig, aber Josh lud ihn oft zu unseren Partys ein.

»Und? Was gibt's Neues? Hast du eine Freundin? Oder einen Freund?«, frage ich im Plauderton.

»Warum? Bist du interessiert?

Ich habe keine Zeit, das Angebot abzulehnen, denn Alec steht plötzlich neben mir und unterbricht mich:

»Das ist doch offensichtlich.«

Ich zucke zusammen. *Verdammt, wie lange stand er schon da, ohne dass ich es bemerkt habe?* Noah hebt überrascht eine Augenbraue, als mein Kumpel sich einmischt. Sein Blick verweilt auf den Kopfhörern und auf dem Gummiband, das Alec zwischen seinen Fingern schnippen lässt. Er scheint sich in der Menge ein wenig verloren zu fühlen.

»Glaubst du?«, erkundigt sich Noah.

Alec legt die Stirn in Falten und erklärt, ohne auf mich zu achten:

»Sie hat damit angefangen, dir zu sagen, dass du attraktiv bist und dann fragte sie dich sofort, ob du in einer Beziehung mit jemandem bist. Wenn man die Geschwindigkeit kennt, mit der Azalea mit einem Mann im Bett landet, ist es offensichtlich, dass sie interessiert ist.«

Ich werfe ihm einen ärgerlichen Blick zu.

»Hey! *So* schnell geht es bei mir nun auch wieder nicht. Und selbst wenn.«

Mein Kumpel blinzelt und zuckt die Schultern, als könne er meine Reaktion nicht verstehen.

»Das sollte kein Urteil sein. Ich kenne eine Menge Mädchen, die schnell bereit sind, mit einem Mann zu schlafen. Erst gestern …«

»Schluss jetzt!«

Beschämt murmele ich vor mich hin. Noah sagt nichts, sondern ist damit beschäftigt, Alec freundlich anzuschauen. Plötzlich streckt er ihm die Hand entgegen.

»Ich heiße Noah.«

Alec schlägt mit unbewegter Miene ein, auch wenn ich feststelle, dass der Kontakt nicht lang andauert.

»Ich weiß. Azalea hat es gerade gesagt.«

Noahs Lächeln wird breiter, aber durchaus nicht spöttisch, was ich sehr zu schätzen weiß. Fast habe ich den Eindruck, hier überflüssig zu sein.

»Und wie heißt du?«

»Alexander. Alec für meine Freunde.«

Ich nutze die gegenseitige Vorstellung, um mich schweigend zurückzuziehen, und mache mich auf die Suche nach Eden. Wachsam schlendere ich zwischen den feiernden Bewohnern von Charleston umher und stelle fest, dass auch Polizisten anwesend sind, die wohl sicherstellen sollen, dass es an diesem Abend nicht drunter und drüber geht.

Plötzlich legt sich ein Paar warmer Hände auf meine Augen. Erschrocken zucke ich zusammen, ehe ich die Stimme in meiner Halsbeuge erkenne:

»Rate, wer hier ist.«

Ich lächele erleichtert.

»Bradley Cooper?«

Zur Strafe beißt er mir ins Ohrläppchen.

»Könnte sein, dass du enttäuscht wirst.«

Immer noch mit seinen Händen auf den Augen drehe ich mich um, stelle mich auf die Zehenspitzen und küsse ihn.

»Das war meine Nase, *Beauté*.«

Ich verziehe das Gesicht. Endlich lässt er mich los und legt seine Hände auf meine Hüften. Ich frage ihn, wo die anderen sind. Plötzlich fühle ich mich unwohl in meiner Haut. Ich weiß, dass einige der Anwesenden hier mich erkennen, und seltsamerweise möchte ich nicht, dass sie Eden mit mir in Verbindung bringen.

Das hat er nicht verdient.

»Alyssa und Josh sind hier irgendwo und fummeln rum«, sagt er und verdreht die Augen. »Es macht keinen Spaß, wenn es die anderen sind. Apropos Fummeln, hast du dieses Wochenende Zeit? Vorschläge für ein zweites Date werden dankend angenommen, und ich möchte noch viel an dir entdecken.«

Zweites Date. Mir fehlen die Worte. Ich bemerke den interessierten Blick eines Jungen in der Nähe – es ist mein ehemaliger Mitschüler Chuck, wenn ich mich richtig erinnere –, und sehe rot. Ich muss dieses Techtelmechtel beenden und darf Eden auf keinen Fall weiter ermutigen. Besonders jetzt, seit ich herausgefunden habe, dass er ein Kind hat. Dieses Leben ist nichts für mich.

»Warum willst du mich unbedingt kennenlernen, Eden?«

Er zuckt die Schultern. Sein gestraffter Körper verrät jedoch seine Anspannung. Er weiß, wohin dieses Gespräch führt.

»Wie soll ich mich in dich verlieben, wenn ich dich nicht kenne?«

Ich unterdrücke die Emotion, die diese einfache Frage in mir hervorruft. Genau hier liegt der Grund, warum ich nicht auf Knien vor Eden liege, wie Tori so nett gesagt hat. Weil er nämlich die Art Mann ist, die man heiratet. Wir spielen einfach nicht in der gleichen Liga.

Ich schlucke. Mir ist unbehaglich zumute. Ich kann das nicht.

»Weißt du, das, was zwischen uns läuft, gefällt mir zwar, aber mehr kann ich dir nicht geben. Es tut mir leid. Glaub mir, wenn du die Wahrheit wüsstest, würdest du das Risiko auch nicht eingehen wollen …«

Jetzt lächelt er nicht mehr. Ich dachte, ich wäre auf alles vorbereitet, aber ich habe ihn wieder einmal unterschätzt. Denn Eden ist nicht wie die anderen, und er ist es nie gewesen.

Sein Blick durchdringt mich ganz und gar, als er sagt:

»Ich verbiete dir, an meiner Stelle zu entscheiden. Wenn du dich nicht verlieben willst, ist das dein Problem. Was mich betrifft, so beschließe ich ganz allein, was es wert ist, ein Risiko einzugehen, und was nicht.«

»Wir haben noch nicht einmal miteinander geschlafen!«

Verwirrt und verärgert runzelt er die Stirn.

»Seit wann muss man miteinander schlafen, um sich zu verlieben? So ein Quatsch, Aze.«

»Was?«, fahre ich auf. Ich fühle mich zutiefst getroffen.

Er seufzt und fährt sich mit der Hand durch das Haar.

»Warum gibst du dich mit dem absoluten Minimum zufrieden? Es ist in Ordnung, sich nicht festlegen zu wollen und unverbindliche One-Night-Stands zu haben. Aber bei dir geschieht es nicht, weil du es so möchtest. Du tust es, weil du nichts anderes kennst. Du verdienst so viel mehr … doch du merkst es nicht einmal.«

Rot vor Scham schweige ich und werfe ihm unter meinen Wimpern einen finsteren Blick zu. Auf keinen Fall werde ich jetzt klein beigeben. Doch er lässt sich nicht beeindrucken. Das nervt ungemein, ist aber auch irgendwie aufregend.

»Hör auf, mich so anzusehen«, sagt er und klingt amüsiert. »Du machst mir keine Angst, Azalée Green.«

»Selbst wenn das, was du sagst, wahr ist, verschwinde ich am Ende des Sommers von hier. Ich werde mein Haus verkaufen, schon vergessen?«

»Dann bleibt mir noch Zeit, um deine Meinung zu ändern.«

»Aber ich will meine Meinung nicht ändern«, antworte ich, was ihn offenbar beunruhigt. »Ich kann nicht bleiben, Eden. Ich habe zu viele schlechte Erinnerungen an Charleston. Bitte ... lass es einfach.«

Er betrachtet mich lange. Sein Blick ist intensiv und wie zerrissen. Er weiß ebenso gut wie ich, dass die Angelegenheit zum Scheitern verurteilt ist. Ich kann ihm lediglich eine Affäre ohne Zukunft anbieten, doch dafür ist Eden nicht zu haben.

Nicht mit einer Tochter, um deren Sorgerecht er streitet.

»Ich werde dich nicht zwingen, aber ich werde auch nicht aufgeben. Würdest du mich nicht mögen, wäre das eine Sache, aber dass du dich verschließt, weil du Angst hast? Ohne mich.«

Ich weiß nicht, ob seine Hartnäckigkeit mich erleichtert oder meine Wut noch zusätzlich schürt.

»Wie du willst, Eden«, seufze ich. »Aber ich habe dich gewarnt.«

Ich reiche ihm die Hand, ohne zu wissen, warum – als würden wir eine Vereinbarung besiegeln, an die nur ich glaube. Aber anstatt sie zu nehmen, kommt Eden näher und umarmt mich.

»Oh. Okay.«

Mir fällt auf, dass es weniger peinlich ist, als ich dachte. Also umarme ich ihn ebenfalls, mit geschlossenen Augen. Lange Sekunden verharren wir so. Beide wollen wir nicht loslassen. Mit einem Mal spüre ich, wie Edens Körper in meiner Umarmung versteift. Er zieht sich zurück, dreht sich zu Chuck um, ballt die Fäuste und wirft dem Typ einen mörderischen Blick zu.

»Sag das noch mal!«

Ich kapiere nicht. Bei Chuck sind zwei seiner Freunde, die hämisch grinsen.

»Ich rede mit dir«, faucht Eden mit wutverzerrtem Blick und deutet mit dem Finger auf ihn. »Wiederhole, was du gerade gesagt hast, falls du Mumm in den Knochen hast, du Mistkerl.«

Wow. Überrascht blicke ich ihn an. Er erwidert meinen Blick nicht, denn er ist viel zu beschäftigt damit, meinen ehemaligen Schulkameraden mit kalten Augen anzustarren.

»Vergiss es, Eden. Was hast du denn?«

Der Kontrast zwischen Edens ruhiger Haltung und seinem gefährlichen Tonfall verursacht mir eine Gänsehaut. Chuck und seine Freunde kichern nur.

»Tu nicht so, als wüsstest du nicht, wovon ich rede, Mann«, meint Chuck. »Wir haben sie alle gefickt. Wir alle wissen, welche Geräusche sie macht, wenn …«

Ich bin nicht schnell genug, um Eden zurückzuhalten. Seine Faust trifft Chuck so hart, dass er zu Boden geht. Ich rufe Edens Namen, aber er ist noch nicht fertig. Er beugt sich über seinen Kontrahenten und packt ihn am Hemdkragen, um ihm einen weiteren harten Schlag zu verpassen. Das Geräusch seiner Fingerknöchel auf Chucks Nase hallt in meinen Ohren wider; Chuck blutet so stark, dass seine Zähne rot werden.

»Eden, hör auf!«

Ich versuche, ihn zurückzuhalten, aber Chucks Freunde mischen sich nun auch ein und stürmen auf Eden ein. Ich spüre, wie Eden versucht, mich zurückzuschieben, aber ich bleibe an seiner Seite. Sehr schnell bildet sich eine Gruppe um uns herum. Ich kann kaum noch erkennen, wo Eden ist. Die Bullen tauchen auf und schnauzen uns an. Nun weiche ich doch lieber ein Stück zurück.

Besorgt suche ich nach Eden und rufe seinen Namen. Plötzlich stolpere ich über eine Bierdose im Sand. Im letzten Moment ergreift mich ein Paar Hände und verhindert, dass ich kopfüber hinfalle.

»Scheiße«, fluche ich beim Aufstehen. Meine Hände klammern sich an die meines Retters. »Vielen Dank, ich …«

Ich erkenne sein Aftershave, noch ehe ich ihn überhaupt gesehen habe.

Nein

N e i n

N e i n

Als ich zu ihm aufblicke, erstarrt instinktiv mein gesamter Körper. Ich schnappe nach Luft, mir wird übel und meine Haut brennt dort, wo sie mit ihm in Kontakt kommt. Zum ersten Mal seit langer Zeit fühle ich mich wieder wie versteinert. Ich bin bewegungsunfähig und völlig *machtlos*.

Meine Kehle wird eng. Ich bekomme keine Luft mehr. Ich gerate in Panik. Ich zittere. Gleich werde ich ohnmächtig.

Ich kenne diese Augen. Ich kenne diese Hände. Ich kenne diesen Mund.

Mein Herz rast in meiner Brust und meine Beine zittern. Ich habe eine Panikattacke. *Bloß nicht weinen, nicht weinen, nicht weinen …*

»Gern geschehen«, antwortet Pete. »Pass auf, wo du hintrittst.«

Ich kann meine Augen immer noch nicht von ihm abwenden. Er lässt meine Hände erst los, als sein Kollege ihm auf die Schulter klopft und ihm mitteilt, dass alles geregelt ist.

»Schönen Abend«, wünscht der Officer.

Ich lasse seine Polizeiuniform nicht aus den Augen, bis er meinen Blicken entschwindet. In der nächsten Sekunde breche ich in Tränen aus.

Zweiter Teil

Konfrontation

14

Juli 2018

Eden

Ich bin kein gewalttätiger Mann.

Zumindest jetzt nicht mehr. Früher einmal hat Gewalt mich begeistert, das stimmt. Es gab Zeiten, in denen ich so heftige Wutanfälle hatte, dass ich sie nur mit den Fäusten beruhigen konnte. Aber nachdem ich Charlie kennengelernt hatte, tat ich alles, was ich konnte, um die Gewalt aus meinem Leben zu verbannen.

Inzwischen macht meine Wut mir Angst. Sie macht mir Angst, weil ich genau weiß, dass ich keine Grenzen kenne, wenn jemand Menschen angreift, die ich liebe. Sie macht mir Angst, denn solange ich sie nicht ganz und gar überwinde, gelte ich als Gefahr für meine Tochter.

Um meine Wut irgendwie zu kanalisieren, habe ich mit dem Kickboxen angefangen. Aber manchmal taucht sie immer noch auf, ohne dass ich es will. Wie neulich Abend am Strand. Heute bedauere ich, dass ich so heftig reagiert habe.

Als ich Azalée auf dem Bordstein sitzend vorfand, habe ich sie um Entschuldigung gebeten. Meine aufgeschürften Fingerknöchel schmerzten und ich war noch immer außer Atem. Ich war mir sicher, dass ich es vermasselt hatte, aber sie antwortete nur völlig abwesend:

»Schon gut.«

Ich brachte sie nach Hause. Auf dem Heimweg herrschte peinliches Schweigen. Meine Fäuste pochten vor Schmerz, aber ich ließ mir nichts anmerken. Nur eine Minute, nachdem ich versprochen hatte, dass sie meinem Charme irgendwann erliegen würde, habe ich ihr den schlimmsten Teil von mir gezeigt. *Wie blöd kann man sein?*

Als ich das Auto vor meinem Haus parkte, stieg keiner von uns sofort aus. Ich wartete auf eine Zurechtweisung von ihr, aber sie nahm nur eine meiner Hände und führte sie langsam an ihren Mund.

Mir stockte der Atem.

»Du hast wirklich keine Ahnung, worauf du dich einlässt«, flüsterte sie über meinen wunden Knöcheln.

Ich wusste nicht, was ich sagen sollte. Schließlich ließ sie meine Hand los und ging ohne ein weiteres Wort nach Hause. Ich habe es nicht verstanden. Ehrlich gesagt verstehe ich es noch immer nicht.

Seitdem verhält sie sich, als ob nichts passiert wäre. Irgendetwas stimmt nicht, das ist mir klar, aber ich habe keine Ahnung, was es ist. Also vertraue ich ihr und lasse mich leiten. Sie machte den Vorschlag, heute schwimmen zu gehen, aber ich hatte Faith bereits versprochen, den Tag mit ihr zu verbringen.

Ich treffe sie daher erst abends in der Bar, wo sie an unserem Stammtisch bedient. Sie lächelt mir zu und reicht mir einen Whiskey. Es scheint ihr besser zu gehen, was mich ein wenig beruhigt.

»Hi, Cowboy. Wie geht es deiner Tochter?«

»Wessen Tochter?«, fragt Alec.

Alle verstummen. Alyssa verschränkt die Arme, während Azalée mich fragend anschaut. *Oh stimmt ja. Alec weiß als Einziger nicht Bescheid.*

»Meine«, sage ich. »Sie heißt Faith und ist sieben Jahre alt.«

Alec runzelt die Stirn und mustert uns einen nach dem anderen. Niemand sagt etwas und alle warten darauf, dass er es schnallt. Als es so weit ist, schaut er mich staunend an.

»Warte, du hast eine Tochter?«

»Die schönste, die es gibt.«

»Aber wenn du ›Tochter‹ sagst, meinst du … ein Kind? Hast du ein Baby bekommen? Du?«

»Ja, Alec. Ein Kind. Was hast du sonst erwartet? Einen Gremlin?«

Alec starrt mich mit offenem Mund an, ehe er etwas einfältig erklärt:

»Gremlins gibt es nicht. Ich bin doch nicht blöd.«

»Das weiß ich, Alec«, lächele ich. »Das war ein Witz.«

»Aber ein Kind mit wem?«

»Mit deiner Mutter.«

Alyssa, Azalée und Josh prusten los. Der musste einfach raus. Aber sofort schüttele ich lächelnd den Kopf, während Alec seufzt und mich offenbar erleichtert ansieht.

»Ach so, Sarkasmus. Jetzt habe ich verstanden. Du bist doof, ich habe wirklich geglaubt, du hättest ein Kind.«

Azalée wirft mir einen Blick zu und beißt sich auf die Lippen, um nicht wieder lachen zu müssen.

»Bitte, lass mich es ihm sagen.«

Schließlich nimmt Alec die Neuigkeit besser auf, als ich dachte. Nachdem er mehrfach um Beweise gebeten hat, dass ich ihn wirklich nicht zum Narren halte, glaubte er mir schließlich.

»Willst du ein Foto von ihr sehen?«

»Nein, danke.«

Gut. Azalée presst die Lippen zusammen, um ernst zu bleiben. Auf Alec kann man sich in Sachen Ehrlichkeit wirklich immer verlassen. Der Abend geht weiter. Bald bin ich der letzte Kunde an der Bar und warte geduldig darauf, dass Azalée ihre Schicht beendet.

Es ist schon tiefe Nacht. Ich habe mir angewöhnt, sie heimzufahren, seit ihr Auto den Geist aufgegeben hat. Die Vorstellung, dass sie um zwei Uhr morgens allein nach Hause geht, behagt mir nicht.

»Wir können gehen«, sagt sie und greift nach ihrer Tasche.

Auf dem Heimweg schweigen wir. Wie immer spielt Azalée an meinem Autoradio herum und sucht einen anderen Sender. Schließlich erklingt Rockmusik, zu der sie leise summend die Lippen bewegt. Es scheint ihr besser zu gehen, aber ich lasse mich nicht täuschen.

»*Beauté?*«, frage ich, als wir schließlich zu Hause sind.

Sie steigt aus dem Auto und schaut mich fragend an. Ich bleibe im Mondlicht stehen und stecke die Hände in die Hosentaschen.

»Ist zwischen uns alles in Ordnung?«

Azalée scheint über etwas nachzudenken und ich bedaure zutiefst, dass ich nicht weiß, was in ihrem Kopf vor sich geht. Wann hört sie endlich auf, immer nur ein Geheimnis für mich zu sein?

»Sollen wir an den Strand gehen? Ich habe noch keine Lust, schlafen zu gehen.«

Ich zögere. Sie hat meine Frage nicht beantwortet, aber zumindest geht sie der Diskussion nicht aus dem Weg. Ich beschließe, ihr zu folgen, als sie ihre Schuhe auszieht und ihre Füße in den Sand gräbt.

Das Meer ist heute Abend ganz ruhig, fast wie das Klopfen meines Herzens. Als ob es schliefe. Ich setze mich neben Azalée, deren Blick über den Horizont wandert. Wir schweigen lange. Schließlich sagt sie:

»Möchtest du über das reden, was neulich passiert ist?«

»Ich möchte …«

»Hör auf, dich zu entschuldigen. Ich sage doch, dass es mir egal ist. Ich hatte mehr Angst um dich als um *Chuck*«, fährt sie leicht angewidert fort. »Aber du scheinst ein Problem damit zu haben, also … Ich weiß nicht. Wenn du darüber reden willst, ich bin da.«

Ich wende ihr mein Gesicht zu und versuche, meine Überraschung zu verbergen. Sie wirkt aufrichtig; sie ist mir wegen meiner heftigen Reaktion tatsächlich nicht böse. Und weder verurteilt sie mich noch hält sie mich für verrückt.

Stattdessen versucht sie zu verstehen.

Azalée

»Ich habe … gewisse Probleme«, gibt Eden widerwillig zu. »Mit Wutausbrüchen. Mit fünfzehn Jahren war ich bei einem Psychologen, weil meine Pflegefamilie darauf bestand. Eigentlich hat es niemanden überrascht; offensichtlich ist eine solche Entwicklung bei Gewaltopfern üblich.«

Beim Sprechen vermeidet er, mich anzusehen, was ich verstehe. Ich finde es wirklich sehr mutig von ihm, dass er über seine Schwächen spricht. Ich möchte ihm zeigen, dass ich ihn unterstütze, daher höre ich ihm mit der Wange auf meinen angewinkelten Knien aufmerksam zu. Mein Blick ruht auf ihm.

»Es fällt mir oft sehr schwer, meine Wut zu beherrschen. Deshalb ist es auch so problematisch, Faith zurückzubekommen.«

Ich zögere lange, bevor ich die Frage stelle, die meine Neugier schon seit Langem quält.

»Und … was ist mit der Mutter?«

»Die Mutter von Faith ist nicht mehr da, *Beauté*.«

»Oh. Das tut mir leid«, flüstere ich. »Du hast nie von ihr gesprochen, also …«

Er lächelt traurig, ehe er meiner unausgesprochenen Bitte nachgibt.

»Wir haben uns kennengelernt, als ich sechzehn war. Charlie war das genaue Gegenteil von mir und ich dachte, sie wäre die Frau meines Lebens. Aber nach einem Jahr wurde mir klar, dass ich mich geirrt hatte«, fährt er fort und blickt zu mir auf. »Sie hat mir geholfen, mit vielem fertig zu werden, das ist sicher. Aber einige ihrer Persönlichkeitsmerkmale traten erst nach und nach zutage, als ob ich aus einem langen Traum erwachte … und sie gefielen mir nicht.«

»Hast du sie verlassen?«

»Nein. Ich spielte zwar mit dem Gedanken, aber es tat zu weh, weil sie mir immer noch wichtig war. Ich habe es nie in die Tat umgesetzt. Sie wurde schwanger.«

Ich unterdrücke die Schauder, die mir über die Arme laufen. Inzwischen bedauere ich, die Frage gestellt zu haben. Was, wenn sie gestorben ist? Arme Faith …

»Also bist du bei ihr geblieben.«

»Ja. Ich wollte zu meiner Verantwortung stehen. Ich hielt es für ein Zeichen des Schicksals; vielleicht waren wir ja doch füreinander bestimmt. Ich begleitete sie durch alle Phasen der Schwangerschaft, auch wenn man uns immer wieder warnte, dass wir zu jung seien. Naiv, wie ich war, glaubte ich, das Baby könnte unsere Liebe wieder zum Leben erwecken.«

Er hält inne, seufzt und gräbt die Finger in den feinen Sand. Seine Augen sind erfüllt von einer seltsamen Melancholie.

»Was ist passiert?«, flüstere ich.

»Sie hat das allerschönste Baby zur Welt gebracht«, sagt er lächelnd. »Ich hielt ihre Hand und versprach ihr, dass alles gut werden würde. Dann wurde meine Tochter geboren. Als ich sie in die Arme nahm und ihr beim Schreien zusah … von der ersten Sekunde an war ich verrückt nach ihr.«

Ich lächele, ohne es direkt zu bemerken. Ich selbst will zwar keine Kinder, aber das bedeutet nicht, dass mich die Geschichte nicht berührt. Ich frage mich, ob sich auch meine Mutter auf den ersten Blick in mich verliebt hat. Mein biologischer Vater jedenfalls hat es nicht getan, sonst wäre er geblieben. Wie Eden.

»Die ersten Wochen waren hart. Ich bin bei ihren Eltern eingezogen. Du hast sie neulich im Krankenhaus gesehen. Nachts half ich Charlie, so gut ich konnte, tagsüber habe ich gearbeitet. Sie schien mit den Gedanken ganz woanders zu sein. Ständig schaute sie aus dem Fenster, als ob sie sich weit weg wünschte – weg von mir … und weg von ihrer Tochter. Wie recht ich mit meiner Vermutung hatte, erkannte ich, als ich eines Tages von der Arbeit nach Hause kam und sie nicht mehr da war.«

Es dauert einige Sekunden, bis ich verstehe. Automatisch wandern meine Gedanken zu Faith. Ohne einen Elternteil aufzuwachsen ist schon schrecklich genug. Aber von der eigenen Mutter zurückgelassen zu werden … das ist unmenschlich.

»Sie ist weggegangen?«, hauche ich wie betäubt.

»Ja. Sie hinterließ lediglich eine Nachricht für ihre Eltern, um ihnen zu sagen, dass es ihr leid tue, aber dass es ihr einfach zu viel wäre. Sie ist mit einem Kerl durchgebrannt, dessen Namen ich nicht einmal kenne, aber ehrlich gesagt ist es mir auch egal. Damals dachte ich nicht einmal an mich selbst, sondern nur an Faith. Daran, was ich ihr sagen würde, wenn sie alt genug wäre, um es zu verstehen. Und daran, wie ich ihr beibringen sollte, dass ihre Mama sie verlassen hat.«

Wut steigt in mir auf, aber ich schiebe sie weg. Ich habe in dieser Geschichte nicht mitzureden. Ich kann verstehen, dass

Charlie vielleicht Angst hatte, mit sechzehn Mutter zu werden. Aber aufzugeben und seine kleine Tochter im Stich zu lassen ... Das tut weh. Auch meine Mutter hat mich im Stich gelassen ... Körperlich war sie zwar anwesend, aber seelisch rannte ich gegen eine Wand an.

Und ich weiß ganz sicher, dass Charlie es eines Tages bereuen wird.

Ich schaue Eden an, und zum soundsovielten Mal seit ich ihn kenne entdecke ich eine neue Facette an ihm. Dieser Mann ist alles, wovon ich träume, wenn ich mich dabei überrasche, mir eine bessere Zukunft vorzustellen.

Süße Utopie.

»Und ihre Eltern?«

»Sie nahmen mich unter ihre Fittiche. Immer wieder versuchten sie mir einzureden, dass es für alle besser wäre, wenn sie das Sorgerecht bekämen. Sie hielten mich für zu jung und mittellos, um mich allein um das Kind zu kümmern, und ohnehin würde kein Richter zu meinen Gunsten entscheiden. Ich begann dagegen zu rebellieren, aber genau das zeigte mir, dass sie recht hatten. Für Faith war es wirklich das Beste. Also machten wir einen Deal: Sie bekamen das Sorgerecht und ich durfte meine Tochter so oft sehen, wie ich wollte. Und zwar bis ich in der Lage wäre, auch finanziell für sie zu sorgen.«

Ganz in seine Erinnerungen versunken schüttelt er den Kopf.

»Für dieses Ziel habe ich wirklich Tag und Nacht gearbeitet und mit allen Dummheiten aufgehört. Vor einem Jahr kam ich zurück. Sie weigerten sich, mir das Kind anzuvertrauen. Sie behaupteten, dass ein schneller Umzug zu mir das Gleichgewicht ihres Alltags stören würde. Also habe ich mir einen Anwalt genommen. Ende September ist der Gerichtstermin.«

Ich erinnere mich an das rundliche, bezaubernde Gesichtchen von Faith und an die Art, wie sie sich im Krankenhaus in die Arme ihres Vaters gekuschelt hat. Eden ist ein guter Kerl. Mutig, kämpferisch und verantwortungsbewusst. Und noch wichtiger ist, dass er Faith bedingungslos liebt. Ich hoffe aufrichtig, dass er das Sorgerecht für seine Tochter bekommt. Die beiden verdienen es, wieder vereint zu werden.

»Danke, dass du mir die Geschichte anvertraut hast«, sage ich und lege meine Hand auf seine.

Seine Haut glüht fast. Ich lehne mich an ihn. Unsere Finger verschlingen sich sofort und er neigt mir sein Gesicht zu. Ich spüre, wie seine Nase erst meine Wange, dann meine Schläfe streichelt und sich dann in meinem Haar vergräbt. Mein Herz rast, und das macht mir Angst.

»Die Moral von der Geschichte lautet«, flüstert er mit heiserer, tiefer Stimme, »dass ich kein stabiler Charakter bin. Ich würde dich nie verletzen, aber was gestern Abend passiert ist ... es bringt mich um, es auszusprechen, aber es könnte wieder passieren.«

Ich lege einen Finger unter sein Kinn und zwinge ihn, mich anzusehen. Er atmet in mein Haar, ehe er gehorcht. Plötzlich sieht er sehr verletzlich aus. Er und ich sind uns ungeheuer ähnlich. Aber ich wüsste nicht, warum mich das überraschen sollte.

Gequälte Seele gesellt sich zu gequälter Seele.

»Eden, ich will keinen Couchtisch. Mag sein, dass du nicht stabil bist und ich gebe zu, das ist übel. Aber wenn ich dich deswegen wegstoßen würde, wäre das wie ein Krankenhaus ohne Nächstenliebe.«

Er verdreht die Augen und macht Anstalten, mir zu widersprechen. Ich unterbreche ihn:

»Du weißt noch nichts über mich, Eden Weiss ... Du siehst nur die Spitze des Eisbergs.«

»Dann zeig mir endlich auch den Rest.«

Wie gern täte ich das, denke ich, während ich ihn betrachte. Wie gern wäre ich so mutig wie du und würde dir das ganze Ausmaß meines verwundeten Herzens offenbaren. Ich wünschte, ich könnte dir sagen, dass ich mich verstecke, weil es so viel einfacher ist, während andere reden und statt meiner rebellieren.

Ich tue es nicht, weil ich mich schäme. Aber vor allem, weil ich Angst habe.

»Warum lässt du mich nicht den Rest sehen?«, insistiert er, fast als spräche er für sich allein.

Ich fürchte, dass ich nachgebe, wenn er mich weiterhin so ansieht, also küsse ich ihn, um die Debatte abzuschließen. Er stößt einen erleichterten Seufzer aus. Mein Daumen gleitet über seine kurzen Haare, während seine Zunge mir auf halbem Weg entgegenkommt. Es ist lange her … zu lange. Edens Hände packen plötzlich meine Oberschenkel und schieben mich mit dem Rücken zu den sanften Wellen auf seinen Schoß. Er wiederholt seine Frage immer wieder, er fleht über meinen Lippen, bis er eine verzweifelt zwischen zwei Küssen gehauchte Antwort bekommt:

»Weil ich nicht will, dass du untergehst.«

15

Juli 2018

Azalée

Willkommen bei Dear Patriarchy,
bitte denkt immer daran, dass Menschen vielleicht innere Dämonen bekämpfen, die ihr nicht sehen könnt, und Dinge erleben, von denen ihr keine Ahnung habt. Seid also freundlich.

Am Samstag komme ich gerade aus der Dusche, als ich eine SMS von Andrew erhalte. Während ich mich anziehe, lege ich mein Telefon beiseite und entscheide mich für ein Kleid – eines der wenigen, die ich besitze. Es ist aus weißer Baumwolle mit dünnen Trägern und so weit ausgeschnitten, dass es einen großen Teil meines Rückens freilässt. Äußerst bequem.

Andrew: Gehen wir heute ins Kino?
Ich: Abgemacht, Loser. Treffen uns dort.

Seit dem großen Lagerfeuer am Strand beschäftige ich mich so gut ich kann, weil ich es weiß. Wenn ich mehr als fünf Minuten ausruhe, muss ich an Pete denken, an das abstoßende Gefühl seiner Hand auf meinem Arm, und dann mache ich vielleicht eine Dummheit.

Ich setze Edens DC-Kappe auf, die jetzt mir gehört, und mache mich zu Fuß auf den Weg ins Stadtzentrum. Früher gingen Andrew und ich gern gemeinsam ins Kino. Es ist ein altes Gebäude, wo nur Schwarzweißfilme gezeigt werden, und man ging eigentlich nur hin, um sich mit Popcorn vollzustopfen und die Hauptszenen auf der großen Bühne nachzuspielen.

Dabei haben wir niemanden gestört, denn wir waren meistens allein.

Als ich ankomme, hat Andrew bereits unsere Eintrittskarten gekauft. Gut gelaunt gebe ich ihm einen Kuss auf die Wange.

»Also, was gibt es heute?«

»Sprichst du von dem Film?«

»Klar meine ich den Film. Was sonst? Deine Klamotten? Bei denen mich übrigens ein gewisses Déjà-vu überkommt. Hattest du die Hose nicht schon in der Highschool?«

Er seufzt, verzieht das Gesicht und zieht mich am Arm.

»Du machst mich fertig.«

Schließlich einigen wir uns auf *Das Leben ist schön*. Wie in den guten alten Zeiten kaufe ich Popcorn und wir setzen uns in die letzte Reihe des winzigen Kinosaals. Bis auf eine alte Frau drei Reihen vor uns sind wir allein.

»Ist das etwa die nette Mrs Whitman?«

Ich erinnere mich an sie, weil sie sich jede Woche bei meiner Mutter beschwerte, weil ich aus ihrem Garten Blumen klaute.

Ich beschließe, mich zu rächen, indem ich sie nach und nach mit meinem Popcorn bombardiere, bis sie aufsteht und mich als »respektloses und kindisches Weibsbild« beschimpft.

Sie hat recht.

Damit sind Andrew und ich für den Rest des Films allein. Ich nutze die Gelegenheit, um alles zu kommentieren, was auf der Leinwand passiert, und er lacht kopfschüttelnd. Er hält mich auch nicht zurück, als ich auf die Bühne klettere und die berühmtesten Szenen nachspiele.

»Du hast mir gefehlt, Aze«, gesteht mir Andrew, als wir das

Kino verlassen. Er legt mir den Arm um die Schultern. »Warum musstest du überhaupt weggehen?«

Wir schlendern den Bürgersteig entlang, während ich versuche, eine zufriedenstellende Antwort zu finden. Damals hätte ich ihm von Pete erzählen können. Aber ich habe es nicht getan und nun ist es zu spät. Er würde sich Vorwürfe machen, und ich weigere mich, dieses Schuldgefühl mit ihm zu teilen. Obwohl ich unsere Freundschaft ruiniert habe, indem ich diese Geheimnisse für mich behielt.

Nichts wird je wieder so sein wie früher, und das wissen wir beide.

»Anderswo warteten andere Dinge auf mich.«

Eine Weile schweigen wir, bis er endlich den Mut findet, das Thema anzusprechen, das ihn beschäftigt:

»Also ... du und Eden, ja?«

Ich ziehe überrascht die Augenbrauen hoch und frage ihn, woher er das weiß. Andrew lacht freudlos auf.

»Ich bin schließlich nicht blind. Man erkennt es sofort.«

»Immer schön den Ball flachhalten. Es ist nichts Ernstes.«

Andrew antworte lange nicht, sondern betrachtet mich nur aus dem Augenwinkel. Ich hasse das, lasse mir aber nichts anmerken, sondern schaue in die Ferne.

»Wenn du es sagst«, meint er schließlich. »Pass einfach nur auf dich auf.«

Ich verstehe nicht sofort, was er damit meint. Ich weiß, dass Andrew und ich Dinge mit uns herumschleppen, die noch nicht erledigt sind, aber er ist und bleibt mein bester Freund und Beschützer.

Und etwas sagt mir, dass er Eden nicht besonders mag. Ich frage mich ernsthaft, wie so etwas möglich ist. Eden ist wie ein süßer kleiner Welpe, den man am liebsten dauernd knuddeln möchte.

Wenig später gehe ich allein und mit verworrenen Gedanken nach Hause.

Als ich vor Edens Veranda vorbeikomme, springt Frechdachs aus seinem Korb und begrüßt mich fröhlich. Ich bücke mich und lasse mir von ihm die Finger ablecken.

»Normalerweise mag er keine Fremden.«

Überrascht zucke ich zusammen, drehe mich um und erstarre mit offenem Mund.

Faith.

Kleine Person in Sicht, möglicherweise gefährlich. Grundgütiger, was soll ich jetzt tun? Das letzte Mal habe ich sie im Krankenhaus gesehen. Jetzt sitzt sie brav auf Edens Terrasse, umgeben von Filzstiften, und malt. Sie trägt ein blaues Kleid mit Blümchenmuster und schaut mich mit ihren großen, wachen Augen an. Innerlich gerate ich in Panik.

»Hallo«, sage ich einfältig.

»Du warst neulich im Krankenhaus. Ich erinnere mich.« Ich räuspere mich und trete zögernd einen Schritt näher. *Wo ist Eden, um Himmels willen?*

»Ja, das war ich.«

»Du bist hübsch. Ich mag deine Haare.«

Verblüfft schaue ich sie an. Schließlich schenkt sie mir ein aufrichtiges Lächeln.

»Danke … aber deine gefallen mir besser.«

Tatsächlich ist dieses kleine Mädchen mehr als bezaubernd. Goldenes Haar, die gleichen grünen Augen wie ihr Vater, eine Haut wie Porzellan und Wangen zum Knutschen. Wie konnte ihre Mutter das alles zurücklassen?

»Wo ist dein Vater, Faith?«

Bisher schlage ich mich eigentlich ganz gut.

»Und wie heißt du?«

»Äh … Azalée. Oder Azalea, ganz wie du willst.«

»Azalée, das gefällt mir. Papa macht einen Mittagsschlaf«, erklärt sie mir und schiebt sich eine Haarsträhne hinter das Ohr. »Wir haben uns *Mulan 2* angesehen, aber er ist eingeschlafen und da bin ich mit Chestnut hinausgegangen.«

Ich nicke und unterdrücke ein Lächeln. *Kein Wunder, dass er eingeschlafen ist.* Er hat sich nicht nur bereit erklärt, schon wieder *Mulan* anzuschauen, sondern war auch die ganze Woche schon erschöpft gewesen. Eine Pause kann er gut gebrauchen.

Beruhigt setze ich mich neben Faith und ziehe meine Beine unter mich. Eigentlich wirkt sie gar nicht so gefährlich. Sie ist sogar verflixt klein.

»Ich glaube nicht, dass es deinem Papa gefällt, wenn du ganz allein hier draußen bist, während er schläft.«

»Aber ich bleibe doch in der Nähe. Und am Strand ist nie jemand, nicht hier.«

»In Ordnung, umso besser. Was machst du denn?«, wage ich mich vor.

Ein breites Lächeln erhellt ihr Kindergesicht und sie zeigt mir ihr Werk. Es soll wohl – zumindest glaube ich das – ihr Haus und den hölzernen Bootssteg darstellen, und nicht zu vergessen Frechdachs, der etwas krakelig gezeichnet neben dem Meer steht.

Man sieht, dass das Bild von einem Kind stammt, aber ich muss zugeben, dass sie es wirklich gut hinbekommen hat. Ehrlich gesagt bin ich mir nicht einmal sicher, ob ich es besser könnte.

»Es ist … wirklich schön.«

»Es ist für Papa. Ich weiß, dass er gerne das Meer anschaut. Und weil ich noch nicht erwachsen bin und deshalb kein Geld habe, kann ich ihm kein Geburtstagsgeschenk machen. Glaubst du, dass ihm mein Bild gefällt? Ich will nicht, dass er mich für ein Baby hält. Ich bin groß, weißt du? Ich bin sieben

Jahre alt und kann schon lesen seit ich vier bin. Granny** denkt, dass ich hochbegabt bin, aber Papa sagt, dass ich genau so klug bin wie er.«

Das sind zu viele Informationen auf einmal. Erstens: Wie war das? Geburtstagsgeschenk? Zweitens: Dieses Mädchen ist in der Tat ausgesprochen intelligent. Furchtsam betrachte ich Faith aus dem Augenwinkel.

»Weißt du was? Du machst mir eine Gänsehaut.«

»Willst du meine Jacke?«, schlägt sie mir mit Engelsstimme vor.

»Nein danke, geht schon. Um deine Frage zu beantworten: Ja, ich denke, dass Eden … also dein Papa … diese Zeichnung ganz bestimmt toll findet.«

Sie lächelt mich noch einmal an, steht auf und klopft ihr hübsches Kleid ab. Ich schaue ihr zu. Sie hebt das Kinn. Zwar habe ich nicht unbedingt eine Schwäche für Kinder, aber irgendetwas an Faith bringt mich dazu, mir Mühe geben zu wollen.

»Er hat mir versprochen, für heute Abend Cupcakes zu kaufen. Das machen wir samstags nämlich immer.«

Ich werfe einen Blick auf die offene Tür, mein Gehirn rotiert.

»Weißt du was? Ich bin Konditorin. Wenn du willst, können wir die Cupcakes selbst machen.«

Ihre Smaragdaugen leuchten so hell, dass ich grinsen muss.

»Au ja! Ich wecke Papa, dann kann er uns helfen!«

»Nein, Süße, warte«, sage ich und halte sie zurück. »Wir lassen Papa ausruhen, okay? Wir schreiben ihm einen Zettel, dann kann er kommen und sie mit uns essen, sobald er aufgewacht ist.«

** Oma

Ich betrete Edens Haus und widerstehe dem Drang, ihn zu küssen, als ich ihn vor dem Nachspann von *Mulan* schlafen sehe. Ich schalte den Fernseher aus und hinterlasse ihm eine Nachricht auf einem Blatt Papier, das ich neben ihn lege. Dann nehme ich Faith mit zu mir nach Hause. Frechdachs folgt uns.

Den Rest des Nachmittags verbringen wir damit, in meiner Küche mit Musik im Hintergrund zu backen. Faith erzählt mir, wie sie lebt, von der Schule bis zum Tanzunterricht, und erweist sich als kluges und lustiges kleines Mädchen. Sie erinnert mich ein wenig an mich in ihrem Alter … es ist beunruhigend.

Ganz am Rande erfahre ich, dass Eden am kommenden Dienstag vierundzwanzig Jahre alt wird – eine Information, die er mir vorenthalten hat.

»Faith? Azalée?!«

Wenn man vom Teufel spricht … erscheint er eine Stunde später in meinem Hausflur. Edens besorgtes Gesicht entspannt sich, als er sieht, wie wir beide vor dem Backofen auf dem Boden sitzen und geduldig warten. Er seufzt erleichtert, und mir wird klar, dass er sich Vorwürfe macht, weil er eingeschlafen ist.

»Wir backen Cupcakes!«, ruft Faith. »Schau mal, wie sie aufgehen!«

Eden fährt sich mit der Hand durch die Haare und nickt mir dankbar zu. Statt einer Antwort lächele ich schüchtern.

»Toll«, sagt er mit ärgerlicher Stimme. »Aber beim nächsten Mal verlässt du das Haus nicht ohne mich, ist das klar?«

»Aber du hast geschlafen«, antwortet sie.

»Das ist völlig egal«, gibt Eden nachdrücklich zurück. »Dann weckst du mich eben auf. Dein Glück, dass Azalée zufällig vorbeikam. Hast du mich verstanden?«

Faith schluckt ihre Antwort, murmelt ein »Ja« und verdreht dabei die Augen. Ich sage nichts, aber Eden wird böse:

»Faith, hör auf, die Augen zu rollen. Das nervt! Ich sage das nicht, um dich zu ärgern, sondern weil es sehr wichtig ist. Also entweder, du hörst auf mich oder ich schließe beim nächsten Mal das Haus ab. Was ist dir lieber?«

Autsch. Verlegen, dass ich bei der Standpauke dabei sein muss, beiße ich mir auf die Lippen. Ich erkenne sofort, dass Eden es hasst, seine Tochter zurechtzuweisen; sie ist so selten bei ihm …

Endlich senkt Faith den Kopf und nickt. Mein Nachbar entspannt sich sofort.

»Gut … Gibt es etwa blaue Glasur?«, erkundigt er sich und zeigt auf unsere Lebensmittelfarbe.

Ich lächele ihn an und Faith, die sein Donnerwetter bereits vergessen hat, erklärt jeden Schritt der Vorbereitung. Eden hilft uns, die Cupcakes zu verzieren, und wir genießen sie auf dem hölzernen Bootssteg mit Blick aufs Meer.

Als Faith anfängt, mit dem Hund zu spielen, wende ich mich an Eden. Seine Gereiztheit ist noch immer nicht ganz verschwunden. Weil ich genau weiß, was ihn quält, streiche ich ihm mit der Hand über den Mund, um ihn zum Lächeln zu bringen.

»Alles ist in Ordnung, Cowboy.«

Statt einer Antwort greift er nach meiner Hand, sein Gesichtsausdruck ist immer noch verschlossen. Er weiß, dass ich recht habe, aber das hindert ihn nicht daran, sich Vorwürfe zu machen.

Weil Eden nun einmal so ist.

Ich weiß ganz genau, dass er sich ständig fragt, ob er wirklich in der Lage ist, sich um seine Tochter zu kümmern.

16

Juli 2018

Eden

Azalée flirtet wie keine andere.

Meine Nachbarin hat sich sehr deutlich dazu geäußert, welche Art von Beziehung sie mir zu geben bereit ist, aber das hindert mich nicht daran, ein wenig nachzuhelfen. Und weil sie mich ganz offensichtlich nicht ausbremst, mache ich weiter. Ich habe Blut geleckt.

Höchstwahrscheinlich werde ich mir dabei die Finger verbrennen, aber was soll's? Das ist schließlich mein Problem.

Ich bin gerade dabei, mit Kopfhörer auf den Ohren an einem alten Chevrolet zu schrauben, als mir einfällt, dass ich ihr noch meine tägliche SMS schicken könnte. Normalerweise informiere ich mich während meiner Arbeitszeit über Azalées Podcasts. Ich habe es ihr nicht verraten, aber ich höre mir die Folgen regelmäßig an und finde sie einfach toll.

Wenn sie nicht singt, spricht sie über Themen wie *Body Positivity*, toxische Beziehungen und falsche Vorstellungen von Sex oder dem Einverständnis dazu. Manchmal teilt sie auch Erfahrungsberichte anderer Frauen. Ich finde es sehr inspirierend.

Ich: Du bist heute wunderschön.

Sie antwortet mir fast sofort. Ich stelle mir vor, wie sie in ihrer Hängematte mit Blick aufs Meer sitzt, barfuß und mit ihrer Gitarre. Chestnut liegt sicher neben ihr und ich muss unwillkürlich lächeln.

Azalea: Du hast mich doch noch gar nicht gesehen.
Ich: Nicht nötig.

Sie antwortet mir mit einem kotzenden Emoji. Ich muss laut lachen.

»Eden, da ist jemand für dich.«

Mit schmierigen Händen drehe ich mich zu Otto um und stecke mein Telefon ein.

»Danke, Chef.«

Ich wische mir die Hände an einem alten Tuch ab, schalte den Podcast aus und verlasse die Werkstatt. Draußen steht Josh und wirft mir einen zögernden Blick zu. Das ist ungewöhnlich.

»Grüß dich. Alles okay?«

»Ja, keine Sorge«, antwortet er unbehaglich. »Hast du mal zwei Minuten?«

»Kann das nicht bis heute Abend warten? Wir haben ziemlich viel zu tun …«

»Es dauert nicht lange«, beruhigt er mich.

Ich seufze, denn ich verstehe, worum es geht. Ich kenne Josh in- und auswendig; er will mir ins Gewissen reden.

»Wenn du vorhast, mit mir über Azalée zu sprechen, dann dauert es ganz bestimmt nicht lange.«

Er starrt mich an und versucht zu begreifen, wie ich es erraten habe. Geduldig hebe ich eine Augenbraue. Plötzlich fragt mich Josh ohne Vorwarnung, ob ich mit Azalée geschlafen hätte. Seine Frage löst in mir eine Welle der Empörung aus, mit der ich nicht gerechnet habe.

Ich presse die Zähne zusammen, um mich zurückzuhalten, aber er erkennt an meiner Reaktion, dass er einen Nerv getroffen hat.

»Das geht dich nichts an, Josh.«

Aber er weicht keinen Deut zurück.

»Im Gegenteil. Hör zu, ich weiß, dass ich dir gesagt habe, dass es für mich in Ordnung ist … egal, was zwischen euch beiden passiert. Aber ehrlich gesagt dachte ich nicht, dass es dir ernst ist. Aber jetzt verbringt ihr immer mehr Zeit miteinander …«

»Glaubst du ernsthaft, ich würde über so etwas scherzen?«

»Nein, du verstehst nicht«, seufzt er und weicht meinem Blick aus. »Eden, ich dachte, du wolltest nur mit ihr schlafen. Wenn ja, ist es mir egal. Ich kenne Aze, und zwar besser als du, falls du das vergessen haben solltest. Solange es zwischen euch rein körperlich bleibt, habe ich kein Problem damit.«

Verwirrt runzele ich die Stirn. Soll das ein Witz sein? Auf jeden Fall habe ich so etwas wirklich nicht erwartet. Ich beiße die Zähne zusammen und versuche, ruhig zu bleiben.

»Willst du etwa behaupten, dass dir ein Kerl lieber wäre, der sie gelegentlich flachlegt, anstatt einem, der sie liebt?«

»Nein. Aber wenn du ihr tatsächlich mehr als Sex versprechen willst, solltest du es verdammt ernst nehmen.«

»Ich …«

»Azalée ist anders als andere Mädchen. Sie … sie hat einiges erlebt«, sagt er in einem gerührten Tonfall, der mich zum Blinzeln bringt. »Wenn sie sich entscheidet, sich dir zu öffnen und du ihr das Herz brichst, fürchte ich, dass sie nicht wieder auf die Beine kommt.«

Wütend wende ich mich zum Gehen. *Du kannst mich mal kreuzweise!*

»Auf Wiedersehen, Josh.«

»Ich meine es ernst.«

Er folgt mir und ich drehe mich um.

»Ich meine es auch ernst.«

»Eden, du bist mein bester Freund. Ich will dir wirklich nicht drohen, sondern nur gewisse Dinge klarstellen.«

Ich seufze und schüttele ratlos den Kopf. Was will er denn hören? Ich habe Azalée gern. Sehr sogar. Ich wünsche mir nichts mehr, als mich in sie zu verlieben. Ich bin dreiundzwanzig Jahre alt, habe eine Tochter und führe ein geordnetes Leben. Ich habe nichts mehr mit dem leichtfertigen, arroganten Bengel zu tun, der ich noch vor einigen Jahren war.

Ich will eine Frau, kein Sexabenteuer.

»Hör zu, Josh … Im Moment ist zwischen Azalée und mir alles klar. Sie ist diejenige, die sich nicht binden will, also quatsch mich nicht voll.«

Er nickt halb beruhigt. Ich habe ihn noch nie so gesehen. Josh ist eigentlich immer der geduldige und diplomatische Typ, der selten laut wird. Das letzte Mal ist es an dem Abend passiert, als ich den Namen von Azalée Green zum ersten Mal hörte. Möglicherweise haben wir einen gemeinsamen wunden Punkt.

»Ich liebe Azalea, okay?«, flüstert er müde. »Ich bin nicht in sie verliebt, sondern ich liebe sie, verdammt noch mal. Sie ist meine *Familie*. Sie fängt an, sich dir anzunähern. Ich bin schließlich nicht blöd, ich kann es sehen. Aber ihre Seele ist zerbrechlich. Zwar gibt sie sich stark, doch das ist nur vorgetäuscht.«

Jetzt werde ich doch sauer. Ich habe es satt, dass alle glauben, sie besser zu kennen als ich. Es nervt mich, dass alle versuchen, sie zu beschützen, obwohl sie durchaus in der Lage ist, auf sich selbst aufzupassen.

»Schon kapiert. Aber ihr geht es gut, okay? Azalée ist stärker, als ihr alle glaubt. Und ich bin da. Ich bin für sie da, und wenn sie fällt, fange ich sie auf. Also lass mich bitte damit in Ruhe.«

»Ich wollte dich einfach nur warnen. Wenn du es vermasselst und sie fällt, ohne dass jemand sie auffängt, werde ich dir höchstpersönlich die Fresse polieren.«

Ich nicke und muss unwillkürlich lächeln. Das Gespräch war zwar schwierig, aber ich kann es ihm nicht verübeln. Er hält der ersten Frau, die er je geliebt hat, den Rücken frei.

»Ich bin stolz auf dich, Mann«, sage ich und klopfe ihm auf die Schulter.

»Stolz auf mich?«, wiederholt er verwirrt. »Ich habe dir gerade erklärt, dass ich deinen kleinen Epileptikerarsch in der Luft zerreißen werde!«

»Ich weiß. Und ich bin erleichtert, dass es Leute gibt, denen Azalée Green am Herzen liegt. Soweit ich weiß, hat ihr das sehr gefehlt.«

Er widerspricht mir nicht. Er weiß, dass ich recht habe.

Diese Woche ist definitiv keine gute. Abgesehen von Joshs gestrigem Höflichkeitsbesuch sind es meine Schwiegereltern, die mir Schwierigkeiten bereiten.

Sie kommen gegen elf Uhr und bringen mir Faith, die heute Abend unbedingt hier schlafen will. Jack und Natalie akzeptieren den Kaffee, den ich ihnen anbiete, während die Kleine mit Chestnut auf den Fersen in ihr Zimmer stürmt.

»Hop, hop, hop«, rufe ich. »Der Hund gehört nicht in dein Zimmer, Faith!«

»Hast du gehört, Chestnut? Los, raus mit dir«, sagt sie und zeigt mit dem Finger auf die Tür.

Der Hund fiepst, senkt den Kopf und verkriecht sich in seinem Korb. Charlies Eltern schweigen, solange ich den Kaffee mache – zu freundlich.

Aber dann ist die Zeit der Höflichkeit vorüber und Natalie ist die erste, die ihre Reißzähne zeigt. Wie immer.

»Faith hat uns erzählt, dass sie den Samstagnachmittag mit deiner Nachbarin verbracht hat.«

»Ach ja?«

»Ja.«

»Okay.«

Ich weigere mich, das Spiel mitzuspielen. Ich lehne mich an den Küchentresen und führe scheinbar lässig meinen Becher an die Lippen. Zwischen Natalie und mir ist es immer so. Jack sagt meistens nichts. Es scheint ihn nicht zu kümmern. Seine Frau hat die Hosen an, das merkt man sofort. Ich glaube, er hat einen Teil von sich verloren, als seine Tochter fortlief und nie wieder zurückkam.

In den ersten Jahren haben wir uns sehr gut verstanden. Völlig normal, schließlich habe ich ihnen alle Rechte an meiner Tochter überlassen. Aber als ich dann selbst Verantwortung übernehmen wollte, war ich plötzlich nicht mehr der gefügige Schwiegersohn, der ich in ihren Augen hätte bleiben sollen.

Seitdem sind unsere Zusammentreffen eher angespannt.

»Ist das wahr?«

»Warum fragst du mich, wenn Faith es doch erzählt hat? Meine Tochter ist keine Lügnerin.«

Sie kneift missbilligend die Lippen zusammen.

Kein Zweifel, sie kennt Azalées Namen und heißt das, was hier geschieht, überhaupt nicht gut.

»Sie war neulich Abend auch im Krankenhaus.«

»Ich erinnere mich.«

»Barfuß«, murmelt sie herablassend.

»Ist es das, was dich stört, Natalie? Unter diesen Umständen kann ich dir versprechen, dass sie am Samstag Schuhe trug. Sogar sehr hübsche.«

Natalie wirft mir einen düsteren Blick zu. Jack schnalzt mit der Zunge und spricht mich schließlich an, ohne seinen Kaffee auch nur berührt zu haben:

»Eden, wir haben nichts gegen dich. Du bist ein guter Junge. Wir wollen lediglich sicherstellen, dass Faith in guten Händen ist.«

»Natürlich ist sie in guten Händen, nämlich in denen ihres Vaters«, antworte ich, zutiefst betroffen. »Ich bin zwar jung, aber man braucht mir nicht beizubringen, wie ich meine Tochter zu erziehen habe.«

»Diese Azalée, wir ...«

»Wir mögen sie nicht«, vollendet Natalie den Satz.

»Oh, dann kennt ihr sie also?«

Typisch Natalie. Sie beurteilt Menschen, ohne sie zu kennen. Oder vielleicht ist es ihr auch egal. Vielleicht versucht sie nur, meine Glaubwürdigkeit zu untergraben, damit sie Faith bei sich behalten kann. Diese Vorstellung macht mich echt sauer.

»Jeder in der Stadt kennt sie. Du kannst tun, was du willst und mit wem du willst, Eden. Ich mache dir bestimmt keine Vorwürfe. Aber zieh meine Enkelin nicht mit da hinein.«

Meine Faust knallt auf den Küchentresen. Sie zuckt zusammen. Mein wütendes Gesicht kommt ihrem ganz nah.

»Faith ist *meine* Tochter! Wenn ich der Meinung bin, dass Azalée Green ein guter Mensch ist, dann ist es so. Wenn ich denke, dass Faith mit ihr allein bleiben kann, dann kann sie es auch. Ende der Diskussion.«

Die folgende Stille lastet schwer. Ich lasse Natalie nicht aus den Augen, um sicherzugehen, dass sie mich verstanden hat. Ich bin sauer. Sauer, weil jeder meint, meine Beweggründe kommentieren zu müssen, und sauer, weil sich alle für berufen halten, mir zu sagen, was ich tun soll.

»Komm Nat, wir gehen. Schönen Abend, Junge«, verabschiedet sich Jack und nimmt den Arm seiner Frau.

Sie verzieht das Gesicht und steht mit hoch erhobenem Kinn auf. Beide verabschieden sich von Faith und gehen zur Tür, die ich ihnen aufhalte. Auf der Treppe der Veranda wendet sich Natalie noch einmal an mich.

»Ich hoffe um deinetwillen, dass sie es wert ist, Eden. Allerdings frage ich mich, ob die Richter es für sinnvoll halten, dass sich ein Vorbestrafter und eine selbstmörderische Schlampe um ein Kind kümmern.«

Mir gefriert das Blut in den Adern. Nicht zu fassen, dass sie es wagt, so etwas zu sagen. Blind vor Wut trete ich unwillkürlich einen Schritt vor, bleibe aber sofort stehen.

Halt die Klappe. Dreh dich um. Ich balle meine Fäuste und bemühe mich um Ruhe. Ich bin nicht wie meine Eltern.

Eine selbstmörderische Schlampe. Natalies Worte hallen in meinem Kopf nach.

Am liebsten würde ich irgendetwas kurz und klein schlagen.

Ich beobachte, wie sich ihr Auto von Folly Beach entfernt. Mein Herz schlägt wie verrückt in meiner Brust. Ich versuche noch immer, mich einigermaßen zu beruhigen, als ich höre, wie Faith aus dem Wohnzimmer ruft:

»Papa! Wo ist die DVD *Die Eisprinzessin?*«

Grundgütiger, dieser Tag ist wirklich eine Tortur.

17

Juli 2018

Azalée

Willkommen bei Dear Patriarchy,
Sex ist nicht vulgär. Aber eine Frau auf ihre Sexualität zu reduzieren, ist es sehr wohl.

Sich von Eden fernzuhalten, wird zu einem harten Kampf, und der Mistkerl weiß es genau. Besonders heute. Ich sehe ihn in der Ferne, die Augen gegen die Sonne zusammengekniffen, und kann den Blick keine Sekunde von ihm abwenden.

Gemeinsam mit unseren Freunden haben wir uns dazu entschieden, den heutigen Tag am Strand zu verbringen. Nur Andrew muss arbeiten. Sogar Noah und Leslie haben sich der Gruppe angeschlossen.

Alyssa und Leslie liegen auf ihren Strandtüchern in der Sonne, während Alec neben mir steht und die Jungs anstarrt.

»Gehst du nicht surfen, Alec?«, erkundige ich mich lächelnd. »Sport ist nicht so dein Ding, oder?«

Er verzieht das Gesicht, ohne mich anzuschauen.

»Nein. Ich verstehe den Sinn nicht.«

Mein Lächeln wird immer breiter. Ich persönlich hätte nicht übel Lust, zu surfen. Früher hatte ich wegen seiner Unendlichkeit immer Angst vor dem Meer, aber wie Eden da so lässig auf seinem Board sitzt und mir zwischen zwei Wellen zuwinkt, würde ich mich ihm am liebsten sofort anschließen. Josh und Noah sind auch in seiner Nähe. Beide lachen. Als ich zum Surfen eingeladen wurde, war ich offen gesagt ziemlich skeptisch. Aber ich begriff, wie wichtig es für Eden war, und daher zog ich meinen einteiligen Badeanzug an und schloss mich den anderen an.

Ich habe versucht, mich von ihm fernzuhalten, ehrlich … Aber es ist schwieriger, als ich dachte. Ich weiß nicht so ganz genau, wie wir zueinander stehen; ich schätze, wir improvisieren.

Plötzlich nähert sich eine etwa drei Meter hohe Welle und mein Herz schlägt schneller, als ich sehe, wie sich die Jungs vorbereiten. Eden setzt sofort eine konzentrierte Miene auf und entfernt sich ein Stück von den anderen. Mit verschränkten Armen schaue ich zu, wie er sich mit straff angespanntem Körper auf seinem Brett aufrichtet und sich von der Welle einhüllen lässt.

»Wahnsinn, das ist ja verrückt«, hauche ich bewundernd.

»Noah kann es nicht gut. Schau mal, er ist umgefallen«, kommentiert Alec.

Fasziniert von Eden höre ich ihm kaum zu. Eden beugt sich vor und greift stolz und majestätisch mit einer Hand den Rand seines Boards. Schon bricht sich die türkisfarbene Welle über ihm und ich kann ihn nicht mehr sehen. Wenige Sekunden später taucht er wieder auf, beschreibt mit seinem Brett einen Halbkreis, und ich kann sehen, wie er lächelt und fröhlich schreit.

Er wirkt so glücklich, dass ich fast ein wenig eifersüchtig werde. Dieses Gefühl möchte ich auch kennenlernen.

Schließlich taucht er zwischen den Wellen unter und ich kehre in die Realität zurück. Noah und Josh kommen zu uns. Sie sind klatschnass. Noah lächelt breit und wendet sich direkt an Alec.

»Hast du das gesehen? Es war unglaublich.«

»Du solltest mehr üben«, antwortet mein Freund. »Du hast gerade einmal zehn Sekunden durchgehalten. Ich habe mitgezählt.«

Noah gerät keineswegs aus der Fassung, sondern lächelt weiter.

»Ich weiß. Aber es waren die tollsten zehn Sekunden meines Lebens.«

Diese Bemerkung scheint Alec zu verunsichern. Aber das ist noch gar nichts im Vergleich zu der Verwirrung, die ihn zu überkommen scheint, als Noah dicht an ihm vorbeigeht und ihm dabei die Hand auf die Schulter legt. Ihre Gesichter sind nur wenige Zentimeter voneinander entfernt.

Überrascht von dieser Nähe ziehe ich die Augenbrauen hoch.

Was genau geschieht hier gerade?

»Du solltest es wirklich versuchen, Alexander. Vielleicht gefällt es dir ja.«

»N… nein, danke.«

Ich bemerke, dass er Noahs Blick ausweicht und blinzelt.

»Na ja … wirklich schade. Jedenfalls verspreche ich dir, beim nächsten Mal länger als zehn Sekunden durchzuhalten. Du zählst mit, okay?«, sagt er augenzwinkernd.

Okay, definitiv flirtet er mit Alec. Ich habe aber keine Zeit, mich weiter mit dem Thema zu befassen. Eden kommt mit seinem Board unter dem Arm im Laufschritt auf uns zu. Ich halte die Arme immer noch verschränkt und versuche, nicht allzu beeindruckt zu wirken. Er lächelt mich voller Freude an und schüttelt sein nasses Haar.

»Und? Wie war ich?«

»Keine Ahnung, ich habe nicht hingeschaut. Ich war zu sehr auf Noah konzentriert, tut mir leid.«

Er schüttelt den Kopf, ohne seine gute Laune zu verlieren und wischt sich mit dem Handtuch die Stirn ab.

»Du bist eine schlechte Lügnerin, *Beauté*. Ich habe gesehen, wie du mich mit Blicken verschlungen hast.«

Ich verdrehe die Augen und er legt mir lachend einen Arm um den Hals. Josh lässt sich auf Alyssa fallen, die ihn anschreit, weil seine Haut eiskalt ist.

»Willst du es mal versuchen?«

Ich brauche ein paar Sekunden, ehe ich verstehe, dass Eden mit mir spricht. Ich bitte ihn, seine Frage zu wiederholen.

»Ich habe so etwas noch nie im Leben gemacht«, antworte ich. »Keine Ahnung, ob es das Richtige für mich ist.«

»Du wirst es nie erfahren, wenn du es nicht probierst. Ich zeige es dir.«

Er lässt mir keine Wahl. Zehn Minuten später verlasse ich McKevlin's Surf Shop in einem Surfanzug, der meinen Körper wie eine zweite Haut umschließt. Eden hält mich kurz an, um mein Haar zu einem Pferdeschwanz zu binden. Sein Gesicht ist nur wenige Zentimeter von meinem entfernt.

Er sieht, wie ich ihn durch die Wimpern mustere, und lächelt. Dann greift er entschlossen nach meiner Hand.

Nebeneinander gehen wir zum Meer hinunter. Mir wird flau im Magen. Ich schlucke meine Angst hinunter und frage Eden, warum ich mir kein Board geliehen habe. Eden antwortet, dass er mich auf seinem mitnimmt. Ich schweige und vertraue ihm, denn mir bleibt schließlich keine andere Wahl, oder?

Zunächst erklärt er mir die Grundlagen, ehe er mir zeigt, wie man auf dem Brett steht. Ich probiere es auf seinem, das flach auf dem Sand liegt, um ihm zu zeigen, dass ich verstanden habe. Als er glaubt, dass wir bereit sind, laufen wir in die Brandung.

»Steig auf, solang wir noch Boden unter den Füßen haben«, befiehlt er.

Er setzt sich hinter mich. Seine Brust presst sich gegen meinen Rücken und ich zittere. Das Wasser ist eisig.

Ich will nicht sterben. Sind da irgendwelche Haie drin? Was zum Teufel mache ich hier?

»Alles wird gut. Vertrau mir einfach, okay?«

Ich nicke, weil ich mich nicht traue, den Mund zu öffnen. Bloß keine Angst zeigen. Stumm paddeln wir langsam mit den Händen und bewegen uns so vorwärts.

»Wir nehmen erst einmal eine kleine Welle«, erklärt Eden, legt seine Hand auf meine Hüfte und hinterlässt dort ein warmes Gefühl. »Wenn sie ankommt, rudern wir so schnell wie möglich. Ich stehe als Erster auf, dann bist du dran. Ich lasse dich nicht los. Wenn du das Gefühl hast, zu fallen, lass es zu. Es ist nur Wasser, es bringt dich nicht um. Im schlimmsten Fall schluckst du ein oder zwei Fische.«

»Wie beruhigend …«

Ich spüre, wie er an meiner Wange lächelt. Mit einem spielerischen Leuchten in den Augen drehe ich meinen Kopf gerade so weit, dass sein Mund meinen berührt. Er küsst mich nicht, aber seine Lippen liegen fast auf meinen, als er flüstert:

»Leg dich auf den Bauch.«

Eine heiße Woge trifft mich hart. Ich blinzele überrascht.

»Was?«

»Da kommt eine Welle. Leg dich hin«, sagt er unvermittelt und entfernt sich von mir.

Ich habe keine Zeit für Angst. Ich tue, was er sagt und lege mich auf die Oberfläche des Boards. Er tut dasselbe über mir, sein Kopf liegt auf der Höhe meines unteren Rückens.

»Oh, die ist wunderschön«, raunt er mit einem Lächeln in seiner Stimme. »Erinnerst du dich an alles, was ich dir gesagt habe?«

»Ich denke schon«, rufe ich und rudere im gleichen Tempo wie er. »Verdammt, erinnere mich daran, dich zu ohrfeigen, wenn wir hier fertig sind.«

»Versprochen«, lacht er.

Das Board folgt der Welle trotz des Gewichts unserer beiden Körper mit einer kaum vorstellbaren Geschwindigkeit.

Adrenalin strömt durch meine Adern, als Eden hinter mir aufsteht. Ich tue es ihm nach und fühle, wie sich sein Arm um meine Taille legt, um mir aufzuhelfen. Ich gerate ins Rutschen und schreie leicht auf, was mich aus dem Gleichgewicht bringt, doch Eden hält mich wie in einem Schraubstock.

»Die Beine beugen!«, ruft er mir zu.

Oh. Mein. Gott. Wir stehen wie aneinandergeklebt noch immer auf dem Board. Ich muss laut lachen. Eden auch. Ich surfe. Ich, Azalée Green. Ich weiß, dass es keine große Welle ist, sie ist nicht einmal so groß wie ich, und doch entdecke ich dieses berauschende und kraftvolle Gefühl, von dem Eden gesprochen hat.

Es ist überwältigend. Ich fühle mich frei, ich habe alles unter Kontrolle. Ich bin so begeistert, dass ich sofort meine Konzentration und damit mein Gleichgewicht verliere.

Ich merke gar nicht, dass wir fallen, bis ich die Wasseroberfläche berühre, die fast so hart ist wie Beton. Mir bleibt noch kurz Zeit, Edens Hand zu spüren, die vergeblich versucht, nach mir zu greifen. Dann verliere ich ihn.

Ich schlucke Wasser und schließe die Augen. Die Welle trifft mich mit voller Wucht. Mit einem leichten Panikgefühl stoße ich mich mit den Beinen ab, um an die Oberfläche zu gelangen. Ich habe den Eindruck, dass es eine halbe Ewigkeit dauert.

Als mein Kopf auftaucht, schnappe ich erst einmal kräftig nach Luft. Die Welle hat uns längst überholt und bricht sich am Strand. Unsere Freunde pfeifen und applaudieren in unsere

Richtung. Ich bemerke Eden ein paar Meter entfernt. Mit besorgtem Gesicht schwimmt er auf mich zu.

»Hey«, ruft er und spuckt Wasser. »Geht es dir gut?«

Ich nicke grinsend.

»Eden.«

»Ja?«, fragt er und streicht mir nasse Haarsträhnen aus dem Gesicht.

»Ich würde es gern noch einmal tun.«

Laut lachend rubbelt er sich durch die Haare. Sein unterschwelliges Lächeln lässt mich unter meinem Anzug erschaudern.

»Mir war klar, dass du süchtig danach werden würdest.«

Für einen Moment bin ich mir nicht sicher, ob er wirklich das Surfen meint.

»Du hattest recht«, flüstere ich.

Ich weiß es übrigens auch nicht.

»Was gibt es da zu sehen?«

Alyssa imitiert meine Haltung, stützt das Kinn in die Hände und beugt sich über den Tresen des *Royal American*. Es ist ein Uhr morgens und mir fällt nichts Besseres ein, als auf das Ende meiner Schicht zu warten und dabei ein bisschen zu spionieren.

»Noah. Ich glaube, er flirtet mit Alec.«

Alyssa lacht wie ein Schulmädchen. Ich muss lächeln.

»Er könnte enttäuscht werden.«

»Wieso?«

»Alec wird nie verstehen, dass Noah ihn anmacht. Noah müsste schon sehr direkt werden, ansonsten verschwendet er seine Zeit.«

»Das stimmt … Glaubst du, er hat eine Chance?«

Alyssa scheint für ein paar Sekunden nachzudenken.

»Ich habe zwar immer angenommen, dass Alec hetero ist, aber mir wird gerade klar, dass es keinerlei Veranlassung dafür gibt. Wer weiß?«

Schweigend beobachten wir die beiden weiter und knabbern Erdnüsse hinter der Bar. Noah lässt seinen ganzen Charme sprühen und berührt Alec, wann immer er Gelegenheit dazu hat. Alec scheint nicht sehr empfänglich dafür zu sein, weicht aber keineswegs zurück. Die Möglichkeit besteht, da bin ich mir ganz sicher.

Plötzlich lehnt sich Noah zu Alec hinüber und flüstert ihm etwas ins Ohr. Mein Freund runzelt die Stirn und errötet von Kopf bis Fuß. Alyssa und ich sehen uns verblüfft an.

»Du liebe Zeit! Glaubst du, er hat ihm gerade etwas Schmutziges zugeflüstert?«

»Unmöglich«, verneine ich mit vollem Mund. »Noah geht behutsamer vor. Außerdem weiß er, dass Alec so nicht tickt.«

Alyssa nickt nachdenklich.

»Ich shippe die beiden.«

»Absolut.«

»Wer shippt hier wen?«, unterbricht uns eine männliche Stimme.

Wir zucken gleichzeitig zusammen und entdecken Eden, der uns amüsiert betrachtet. Er hat sich neben mich an die Theke gestellt und imitiert unsere Haltung. Ich lächle und erkläre ihm die Situation. Überrascht folgt er unserem Blick auf die beiden Jungs.

»Ich mag diesen Noah. Ich shippe die beiden auch.«

Schon bald ist meine Schicht zu Ende. Ich ziehe mich um und gehe zu Eden, der vor dem Eingang auf mich wartet. Ich verabschiede mich von Alyssa, die verspricht, mir am nächsten Abend alle pikanten Details zu berichten.

Mein neues Leben gefällt mir. Mir gefällt, dass Eden mich

jeden Morgen um zwei Uhr abholt, auch wenn er den Abend nicht mit uns verbringt.

Mir gefällt, dass jemand Lust hat, sich um mich zu kümmern. Ist das falsch?

»Das ist aber nicht unser Heimweg«, sage ich, als ich das falsche Viertel erkenne.

Ich schaue ihn fragend an. Er lächelt und fährt mit geheimnisvoller Miene weiter, ohne den Blick von der Straße zu wenden.

»Ich weiß.«

»Wo fahren wir hin, Eden?«

»Das wirst du schon sehen …«

Minutenlang fahren wir schweigend weiter. Ich kann es kaum erwarten, zu erfahren, was er geplant hat. Mein Innerstes sprudelt geradezu. Ich habe definitiv aufgehört, mich ihm gegenüber zurückzuhalten; je mehr Zeit vergeht, desto mehr zerbröckelt meine Entschlossenheit. Ich möchte ihn berühren, riechen, schmecken. Ich möchte ganze Nächte mit ihm auf der Couch liegen und Filme anschauen, nur für ihn Gitarre spielen und mit seiner Tochter Cupcakes backen.

Was ist nur los mit mir?

»Wir sind da«, murmelt er. »Ich lade schnell ein paar Sachen aus und du bleibst hier, bis ich komme und die Tür öffne, okay? Bin gleich zurück.«

Ich nicke abgelenkt und blicke aus dem Fenster. Eden hat den Wagen unmittelbar vor dem Lake Wylie geparkt. Ringsum stehen Bäume und der Himmel ist voller Sterne, die ihn funkeln und glitzern lassen. Alles ist ruhig und friedlich.

Wie versprochen warte ich, bis er mich abholt. Als er die Tür öffnet, nimmt er meine Hand. Ich folge ihm nach hinten zur Ladefläche, verstehe aber nicht, was wir hier tun.

Doch dann sehe ich das gemütliche kleine Nest, das er für

uns vorbereitet hat, und beiße mir auf die Lippen, um nicht zu lächeln. Eden hat auf der Ladefläche des Pick-ups Decken und Kissen verteilt. Außerdem sehe ich einen Korb mit Hotdogs, Gürkchen, einer Wassermelone und Bierflaschen.

In einer Ecke liegen sogar meine Gitarre und … seine Geige?

»Was hat das zu bedeuten?«, erkundige ich mich, während er mir beim Hochklettern hilft.

Wir setzen uns und er zündet eine Öllampe an, damit wir etwas sehen können. Irgendwie ist das alles ziemlich spießig, und doch finde ich es ganz toll. Schließlich ist es das erste Mal, dass er so etwas durch und durch Romantisches für mich vorbereitet hat … und das alles nur, um mir eine Freude zu machen.

»Ich wollte mit dir unter den Sternen picknicken.«

»Klar doch, das ist ein ganz normaler Wunsch für einen Samstagabend«, spöttele ich.

Er zwinkert mir amüsiert zu.

»Ich bin eben ein impulsiver Typ. Daran musst du dich gewöhnen.«

Ich würde es nie laut zugeben, weil ich einfach zu stolz bin, aber Eden ist gefährlich. Wenn er solche Dinge tut und sagt, bekomme ich Lust, zu bleiben.

»Sollte heute Abend nicht deine Tochter bei dir schlafen?«

»Sie ist zu einer Pyjama-Party bei einer Freundin eingeladen«, antwortet Eden und öffnet ein Bier. »Das tut ihr bestimmt gut. Hier, bedien dich.«

Ich trinke einen Schluck, ohne ihn aus den Augen zu lassen, und strecke meine Beine neben ihm aus. Er greift nach meinen Knöcheln, zieht mir die Sandalen aus und legt meine Füße auf seinen Schoß. Ich hasse das Gefühl, das diese einfache Geste in mir hervorruft.

»Und du genießt es in vollen Zügen«, scherze ich, während er die Wassermelone aufschneidet.

Er hält plötzlich inne und wendet sich mir mit schuldbewusstem Gesichtsausdruck zu.

»Schrecklich, oder?«

»Wieso schrecklich?«, frage ich verwirrt.

»Wenn man es so ausdrückt, könnte man denken, dass ich froh bin, meine Tochter nicht bei mir zu haben. Und wozu? Um es einmal unter freiem Himmel zu treiben?«

Ich pruste los und werfe ihm einen verschmitzten Blick zu.

»Zunächst scheinst du eine ganz schön überzogene Erwartung in das Ergebnis dieses Abends zu setzen – etwas zu viel für meinen Geschmack. Zweitens ist das absoluter Quatsch. Auch du hast das Recht zu atmen und neben dem Leben eines Vaters auch das Leben eines Mannes zu führen. ›Genießen‹ ist kein schlechtes Wort.«

»Ich weiß …«, seufzt er und steckt mir ein Stück Melone in den Mund. »Schmeckt sie?«

Ich fahre mir mit der Zunge über die Lippen und berühre dabei seine Finger.

»Köstlich. Du bist ein guter Vater, Eden«, füge ich etwas ernster hinzu. »Zwar habe ich dich noch nicht sehr oft mit Faith erlebt, aber es ist offensichtlich.«

»Ich gebe mein Bestes. Auf jeden Fall tröste ich mich damit, dass ich immerhin besser bin als meine eigenen Eltern.«

Ich schweige zu diesem Eingeständnis. Bei den letzten Worten wird seine Stimme härter. Zu gern möchte ich ihm viele Fragen stellen und alles erfahren. Aber habe ich das Recht dazu, solange ich selbst mich weigere, ihm alles von mir zu erzählen?

Plötzlich streifen meine Finger eine runde Narbe zwischen Daumen und Zeigefinger. Ich denke nicht länger nach. Jetzt oder nie.

»All deine Narben … Waren sie das?«

Ich schwöre, dass ich bisher versucht habe, das Thema zu vermeiden. Einfach deshalb, weil ich selbst ebenfalls Narben habe und nicht danach gefragt werden möchte. Aber ich kann nicht anders: Ich möchte alles über ihn wissen. Heute Nachmittag am Strand habe ich seinen halb nackten Körper betrachtet und in meinem Kopf drehte sich nur eine einzige Frage: Wie kann man seinem Kind so etwas antun?

Einige der Narben werden durch die Tattoos verdeckt, andere sind viel zu deutlich, um sie verstecken zu können.

»Ja.«

»Und mit all dieser Tinte willst du sie verbergen?«

»Zuerst wollte ich das, ja«, bestätigt er mit heiserer Stimme.

Ich beiße in einen Hotdog und schaue ihm geradewegs in die Augen. Ich bin so sehr auf meine eigenen Gespenster fokussiert, dass ich manchmal vergesse, dass ich nicht die Einzige bin, die von welchen heimgesucht wird.

Ich lehne mich an die Blechwand und streichele seine Hand. Seine Augen verschlingen mich, aber nicht auf diese animalische Art, die ich schon einmal erlebt habe; nein, er sieht mich an, als ob … als ob er versuchte, etwas zu verstehen. Seine Augen leuchten in der Dunkelheit so hell, dass sich etwas in mir zusammenkrampft.

Ich beuge mich vor und küsse jede einzelne Narbe, die ich an seinen Fingern entdecke. Er lässt mich gewähren, nur sein abgehackter Atem unterbricht die Stille.

»Willst du darüber reden?«

Träume ich, oder bin ich wirklich diejenige, die um die Enthüllung bittet? Ich nehme an, er wundert sich ebenfalls, denn er zieht die Augenbrauen hoch. Doch er lässt sich die Chance nicht entgehen und seufzt.

»Das hier war mein erstes Tattoo«, sagt Eden und zeigt mir

seine Finger mit dem Wort L.I.V.E. »Ich glaube, das brauche ich nicht weiter zu erklären. Meine Eltern ... waren zu jung. Sie waren noch nicht bereit, ein Baby zu bekommen.«

Ich weiß, dass keine Absicht dahintersteckt, aber ich höre einen gewissen Schmerz in seiner Stimme. Der Schmerz, jemandem nicht genügt zu haben.

»Du warst es auch nicht.«

»Das stimmt«, gibt er zu. »Ich schätze, ich versuche, Erklärungen für sie zu finden ... Irgendwie muss es doch einen Grund für das geben, was sie getan haben, oder? Ich möchte mir lieber einreden, dass sie noch nicht bereit waren, als mir vorzustellen, dass sie mich nicht geliebt haben.«

Wie gut ich ihn doch verstehe! Noch ohne die ganze Wahrheit gehört zu haben, schmerzt es mich tief in meinem Herzen, dass dieser so vollkommene Mensch nicht die Liebe erfahren hat, die er verdient hätte. Und dann trifft er ausgerechnet auf mich: eine Frau, die Probleme hat, Gefühle zuzulassen; eine »Nutte«, die Männerherzen bricht.

»Du weißt aber, dass nichts davon deine Schuld ist, oder?«

Ich warte geduldig und lege seine Hand auf meinen geschlossenen Mund, aber er beantwortet meine Frage nicht. Er schaut mich nicht mehr an. Ich bemerke, dass seine Finger leicht zittern und so seine Gefühle verraten.

»Sie brachten mich ins Krankenhaus, sobald die Dinge außer Kontrolle gerieten«, fährt er nach einem tiefen Atemzug fort. »Ich wurde nie wegen der gleichen Sache eingeliefert. Hämatome auf den Wangen, Schnittwunden, Verbrennungen von Zigaretten an den Händen, Quetschungen an den Ohren, Schädeltraumata ...«

Verdammt. Ich würde gern etwas sagen, aber ich habe Angst davor, mich zu sehr aufzuregen und ihm so ein noch schlechteres Gefühl zu geben. Wie soll man auf so etwas reagieren?

»Ich war so oft im Krankenhaus, dass das medizinische Personal schließlich hellhörig wurde. Sie entdeckten, dass meine Eltern mich immer wieder schüttelten und … mich auf den Boden warfen«, schließt Eden. Er räuspert sich. Sein Puls rast unter meinen Fingern. »Vor Gericht gestand meine Mutter, dass sie mich manchmal in die Waschmaschine steckte, um mein Weinen nicht mehr zu hören.«

Mir bleibt fast das Herz stehen. Oder nein, es pocht in meinen Ohren, in meinem Hals, in meinem Kopf. Eisige Schauder laufen über meinen Körper, während ich versuche, nicht zu reagieren.

Aber mein Herz blutet. Er blutet so sehr, dass es meine Lungen zu überfluten droht und ich fast überzeugt bin, das Blut an meinen Beinen hinuntertropfen zu spüren. *Oh, Eden …* Zu spät bemerke ich, dass mir stumme Tränen über die Wangen laufen. Ich will sie abwischen, aber ich traue mich nicht, mich zu bewegen, aus Angst, dass er es merkt.

Wie kann man seinem Baby so etwas antun? Dem eigenen Fleisch und Blut? Einem Teil von sich selbst. Ich kann Charlie noch irgendwie verzeihen, dass sie ihre Tochter verlassen hat, aber das … Das ist etwas, das mir einfach nur Übelkeit verursacht.

»Eines Tages warfen sie mich gegen eine Wand, weil mein Vater fernsehen wollte und mein Weinen ihm zu laut war«, fährt Eden mit einem traurigen Lächeln fort. »Als meine Mutter erkannte, dass er zu heftig gewesen war, brachte sie mich als Notfall ins Krankenhaus. Die Ärzte ließen mich nie mehr zu meinen Eltern zurückkehren. Tja, so ist es. Das ist mein Leben.«

Tatsächlich sind Eden und ich uns viel ähnlicher, als ich dachte. Wir wurden beide gemobbt, missbraucht und misshandelt. Der einzige Unterschied ist, dass Eden stark genug ist, sich von dieser Tragödie nicht in seinen Entscheidungen beeinflussen zu lassen.

Er ist mutig und dafür bewundere ich ihn. Als ich schließlich sprechen will, kann ich nur hoffen, dass meine Stimme nicht versagt.

»Hast du irgendwelche Folgeschäden davongetragen …? Psychisch, meine ich.«

Zwar hatte ich mich für diskret gehalten, aber er wischt mir mit den Daumen die Tränen von der Haut. Ich senke den Kopf, entziehe mich seinem Blick und trinke einen Schluck Bier. Er nickt ruhig.

»Ich bin Epileptiker. Aber ich glaube, mir geht es ganz gut. Mein Leben ist keineswegs dramatisch, *Beauté*. Ich bin ein glücklicher Mensch.«

Ich blicke zu ihm auf und erkenne, dass er mich arrogant anlächelt. Allerdings bin ich jetzt in der Lage, weit darüber hinaus zu sehen. Und mein Herz schmerzt noch immer. Am liebsten würde ich das alles aus seinem Gedächtnis löschen. Ich möchte seine Schmerzen und seine Narben auf mich nehmen und sie an seiner Stelle ertragen. Ein paar mehr oder weniger, was spielt das schon für eine Rolle?

Da ich dazu aber nicht in der Lage bin, nehme ich stattdessen sein Gesicht in meine Hände und sage:

»Das, was mit dir passiert ist, hast du nicht verdient, Eden Weiss. Denke nie, dass du nichts wert bist, denn das wäre der größte Fehler, den du begehen kannst. Und fürchte nie, dass man dich nicht lieben könnte. Die Schuld liegt allein bei ihnen. Du hast dir nichts vorzuwerfen. Du bist richtig, wie du bist, und das wird immer so sein.«

Er schaut mich an, er schaut mich *wirklich* an, als wäre es das erste Mal, dass er mich *tatsächlich* sieht … und er versteht. Er versteht, dass dies die Worte sind, die ich in der Highschool gerne gehört hätte. Die Worte, die noch nie jemand zu ihm gesagt hat und die er wahrscheinlich für den Rest seines Lebens nicht mehr vergessen wird.

»Du hast keine Ahnung, wie sehr ich das gebraucht habe«, flüstert er zurück.

Ich lächele ihn traurig an. Je besser ich Eden kennenlerne, desto stärker scheine ich in seinen Bann zu geraten.

»Was ist mit den anderen Tattoos?«

Er zieht sein Hemd aus und ich stehe auf, um einen besseren Blick auf seinen göttlichen Körper zu haben. Er zählt sie mir auf und erklärt mir die Bedeutung jedes einzelnen. Die Geige unter seinem Ohr symbolisiert seine Liebe zur Musik, und das Datum in römischen Ziffern unter seiner Brustwarze ist der Geburtstag von Faith. Hinsichtlich der verschiedenen Mandalas an Armen und Seiten antwortet er mir schulterzuckend:

»Ich fand sie einfach cool. Genau wie die Schlange auf meinem Bizeps. Es war die Zeit, in der ich den starken Mann spielen wollte.«

Ich verdrehe die Augen, lächele dann aber und streichele langsam die Konturen des Tattoos auf seinem linken Oberschenkel, das unter seinen Shorts hervorlugt. Er erbebt.

»Wofür steht das hier?«

Eden erstarrt fast unmerklich. Das Tattoo stellt einen Revolver dar, dessen Lauf zu Boden weist. Es ist schön und beängstigend zugleich.

»Vielleicht für die Male, wo ich jemanden erschießen wollte, es aber nicht tun konnte?«, antwortet er. Seine Erklärung klingt mehr wie eine Frage. Als wolle er mich herausfordern, ihm zu glauben.

Er hat mir diese Frage schon früher gestellt, aber ich habe damals nicht gewagt, sie ihm ebenso zu stellen.

»Wenn du könntest, würdest du es tun?«

»Wenn die betreffende Person jemanden angegriffen hat, der mir mehr bedeutet als mein eigenes Leben, dann ja.«

Ich zittere.

»Faith.«

Nachdenklich wendet er den Blick ab.

»Unter anderem … So ist die Liebe, Azalée. Sie macht Menschen gefährlich.«

Ich verstumme. Wir sind eigentlich nur Kinder, die über Leben und Tod diskutieren und überzeugt sind, zu wissen, wozu wir fähig sind. Aber wissen wir es wirklich?

Das Schweigen umhüllt uns. Schließlich strecke ich mich neben ihm auf den Kissen aus und versuche, die neuen Informationen zu verarbeiten. Jetzt kenne ich Eden wirklich. Ich bin sicher, dass die Einzelheiten, die er mir heute Abend anvertraut hat, gegenüber Josh, Alec oder Alyssa noch nie über seine Lippen gekommen sind.

Und ich? Ich bleibe ein Rätsel für ihn.

»Wie soll ich mich in dich verlieben, wenn ich dich nicht kenne?«

Ich wünschte, ich könnte ihm alles sagen … aber er hat recht. Liebe macht gefährlich. Vielleicht ist es doch besser, wenn er mich nicht kennt. Sowohl für ihn als auch für mich.

»Habe ich dir Angst gemacht?«

Die Verunsicherung in seiner Stimme reißt mich aus meinen Überlegungen. Ich schenke ihm ein beruhigendes Lächeln. Ich möchte ihm lieber nicht sagen, dass ich, wenn ich Pete vor mir hätte, so oft wie nötig schießen würde, um den Klang seiner flüsternden Stimme in meinem Ohr zu vergessen.

Zumindest glaube ich das.

»Aber nein.«

Ich krieche auf ihn zu und füttere ihn mit einem Stück Wassermelone, um meine Worte zu unterstreichen. Anschließend dreht sich unser Gespräch um seichtere Themen. Naschend und lachend reden wir über unsere Arbeit, über Faith und über unsere Freunde.

An diesem Abend brauche ich meinen Panzer nicht, und nur Eden und die Sterne sind Zeugen davon. Es tut mir unendlich gut. Ich kann mich entspannen und den Moment genießen, bis ich tatsächlich meine Gitarre nehme und eine kleine Melodie spiele.

»Magst du etwas singen?«

»Träum weiter, Weiss«, lache ich leise und spiele ein paar zufällige Akkorde. »Das weißt du doch.«

»Aber du hast es schon einmal getan.«

»Das ändert nichts an der Tatsache, dass ich es nicht gern mache.«

Er scheint nachzudenken, blinzelt und macht mir schließlich ein Zeichen, zu warten. Er geht nach vorn und holt etwas von der Rückbank des Pick-up. Als er zurückkommt, erkenne ich einen Kopfhörer wie den von Alec. Er kommt näher und flüstert:

»Wir probieren jetzt etwas.«

»Eden …

»Vertrau mir. Dein Problem ist, dass du dich nicht hören willst, wenn du für andere singst.«

Ich werfe ihm einen blasierten Blick zu, der ihn jedoch nicht beeindruckt.

»Ich kapiere noch immer nicht.«

»Wenn du dich selbst nicht singen hörst, singst du dann wirklich?«

Seufzend schließe ich die Augen. *Was für ein Philosoph.*

»Du meine Güte.«

Eden ignoriert meine Proteste und setzt mir den Kopfhörer auf. Alle Außengeräusche sind plötzlich wie abgeschnitten. Ich fühle mich wie in einem schalldichten Raum oder in meinem eigenen Kopf eingeschlossen. Eden sagt etwas, aber ich höre es nicht; ich höre gar nichts außer dem Schlag meines Herzens. Allerdings begreife ich, dass er mich auffordert, anzufangen.

Es ist blöd. Es ist blöd und doch gehorche ich. Ich zupfe die Saiten meiner Gitarre, beginne mit einer selbst komponierten Melodie, und der vibrierende Klang an meinen Fingern verbindet sich mit dem Pochen meines Herzens.

Als ich anfange zu singen, erreicht mich kein Geräusch. Aber ich kann meine Stimme wahrnehmen, oder zumindest die Vibration, die meine Stimmbänder in den Tiefen meines Körpers erzeugen. Die Mischung dieser Klänge breitet sich in mir aus, dumpf und doch kraftvoll, wie das unermüdliche Echo einer Bongo.

Ich singe, ohne meine Stimme zu vernehmen, und doch habe ich das Gefühl, mir zum ersten Mal in meinem Leben wirklich zuzuhören. Mein Blick hängt an Edens Augen, während ich singe, und ich habe Gänsehaut auf den Armen. Ich weiß nicht, wie es von außen wirkt, aber ich glaube, eine gewisse Emotion in Edens Augen zu erkennen. Ich verbiete mir, zu weinen.

Nach einer langen Minute greift er nach seiner Geige und kommt näher. Keine Sekunde unterbricht er den Blickkontakt, auch nicht, als er das Instrument unter sein Kinn klemmt und zu spielen beginnt.

Ich weiß nicht, wieso, aber plötzlich bekomme ich Lust, ihn zu küssen und niemals damit aufzuhören – noch nicht einmal, um Luft zu holen. Er war noch nie so schön und begehrenswert wie in diesem Augenblick.

Als ich mein Stück beende, nehme ich langsam den Kopfhörer ab, um die letzten Töne unter seinen Fingern verklingen zu hören. Er senkt die Arme und sieht mich nur an. Er scheint völlig fasziniert, als hätte er eine Sirene vor sich.

Lange Zeit fordern wir uns wortlos mit Blicken heraus.

»Es ist unglaublich, Aze«, haucht er über das Zirpen der Grillen hinweg.

»Was meinst du?«

»Die Art und Weise, wie du dich in der Musik verlierst. Wenn du anfängst zu spielen … zu singen … Siehst du mich dann überhaupt noch?«, erkundigt er sich neugierig.

Die Frage klingt zwar seltsam, aber ich verstehe sie sofort. Es ist schrecklich, aber wenn ich singe, sehe ich mich wieder in meinem Zimmer, die Augen an die Decke geheftet und betend, dass der Moment endlich vorübergeht.

»Nein«, gebe ich zu.

Eden wirkt immer noch völlig verzückt. Es gefällt mir zwar, aber es ist mir auch peinlich. Wenn er die Wahrheit wüsste … würde er mich immer noch schön und faszinierend finden?

»Was siehst du?«

»Dinge, die ich gern vergessen würde«, flüstere ich.

Zwischen uns herrscht eine Stille, die weder er noch ich füllen können. Ich weiß nicht, was in Eden vorgeht, erst recht nicht, als er mir einen traurigen Blick zuwirft.

»Dann solltest du beim nächsten Mal die Augen schließen.«

Beinahe hätte ich gleichzeitig gelacht und geschluchzt.

Ich weiß nicht, wohin das alles noch führen soll, aber ich folge seinen Ratschlägen. Ich schließe die Augen und fange wieder an zu singen, dieses Mal ohne Kopfhörer. Die Schwingungen meiner Stimme und der Gitarrenseiten an meiner Brust sind mir nun viel bewusster, fast wie ein Mensch, der seinen Gehörsinn zum ersten Mal entdeckt.

You were beautiful,
Then became disdainful.
He said »Be grateful«,
But made you revengeful.

Ich bin noch nicht mit dem ersten Refrain fertig, als sich Edens Mund sanft auf meinen legt und meine nächsten Worte zärtlich erstickt. In der Sekunde, in der sich unsere Lippen treffen, implodiere ich. Nichts klingt mehr falsch. Wir sind perfekt aufeinander abgestimmt, wie zwei sich ergänzende Instrumente, die nur gemeinsam spielen können.

Unsere Zungen umschlingen einander. Zärtlich umarmt Eden meine Taille. Meine Haut ist wie elektrisiert. Worte, die er für sich behalten hat, perlen über die Spitze seiner Zunge und ich hebe sie eines nach dem anderen auf. Ich will keines von ihnen verlieren. Es ist einer unserer schönsten Küsse.

Sein Mund küsst sanft jeden Quadratzentimeter meines Gesichts, seine Hände streifen mein Tanktop über meinen Kopf und zerzausen dabei mein Haar. Ich spüre meinen Herzschlag an jeder Stelle meines Körpers und bald höre ich nur noch seinen Protest im Innern meines Brustkorbs.

»Wenn du wüsstest, wie sehr ich dich begehre …«, seufzt Eden und verbirgt sein Gesicht zwischen meinen kleinen Brüsten.

Er schnuppert an meiner Haut und das fühlt sich so intim an, dass ich die Augen schließe. Meine Hände verlieren sich in seinem Haar. Ich spüre, wie sein Mund weich und hungrig über meinen Körper gleitet wie über Seide, bis er schließlich meine Nippel erreicht. Als seine Zunge mit meinen Piercings spielt, bebe ich erregt.

Eden führt seinen langsamen, sadistischen Abstieg zu meinen Jeans-Shorts weiter und lässt sie ebenso wie meine letzten

Zweifel über meine Beine hinuntergleiten. Ich denke an gar nichts mehr. Sanft küsst er die Innenseite meiner Oberschenkel, 1, 2, 3, 4, und hinterlässt eine feuchte Spur bis zu meinem Slip, der nicht mehr lange an Ort und Stelle bleibt, 5, 6, 7, 8.

Ich zittere buchstäblich vor Erwartung.

Als er sich zwischen meine Beine legt, mich schließlich kostet und mit seinen kräftigen Händen meine Hüften festhält, scheint die Zeit stillzustehen. Ich verschränke meine Beine hinter seinem Nacken, mein Mund ist halb geöffnet und mein Körper zieht sich vor Lust und Erregung zusammen. Mir entfährt ein Stöhnen, mein Seufzen sinkt dahin wie die Blütenblätter einer bereits verwelkten Rose, schön und unerwartet, und bald ist der ganze Pick-up damit bedeckt. Ich sehe sie nicht, aber ich höre sie. Noch nie im Leben habe ich so etwas empfunden.

Ich fühle mich der Befreiung nahe, stemme mich gegen seinen Mund für mehr, mehr, immer mehr, ziehe an seinen Haaren, um ihn näher bei mir zu haben, und ich komme, ich komme, ich komme …

Plötzlich hört Eden auf. Sein Mund ist nass und sein Haar zerzaust. Er küsst mich und ich versuche, nicht zu enttäuscht zu wirken.

Beinahe wäre ich gekommen.

Mein Herz beruhigt sich, aber ich bin etwas verstört.

»Wir müssen nicht …«

»Oh, halt die Klappe«, unterbreche ich ihn keuchend.

»Du hast recht, ich sollte wirklich still sein.«

Ich greife nach seinem Gürtel, öffne seine Jeans, ziehe ihm das Hemd aus, und bald trennt uns nichts anderes mehr als das Gewicht der Geheimnisse. Ungeduldig, ihn endlich in mir zu haben, vergeude ich keine Sekunde und hauche gegen seinen geschwollenen Mund:

»Hast du ein Kondom?«

Eden erstarrt. Ich ziehe mich ein Stück zurück, um ihn prüfend anzusehen. Sein schuldbewusstes Gesicht lässt den Himmel über mir einstürzen.

»Sag jetzt nicht, dass du sie vergessen hast.«

Er schaut mich dümmlich an, als würde er sich fragen, ob das alles nur ein Witz sei. *Ich fasse es nicht … Die Wassermelone ist da, logisch, aber an die Kondome hat er nicht gedacht!*

»Eigentlich nicht … Ich wollte nicht riskieren, dass du sie findest und mich für ein arrogantes Arschloch hältst.«

Seufzend schließe ich die Augen. Ich kann es einfach nicht glauben.

»Natürlich musste ich auf den einzigen Gentleman in der Gegend hereinfallen.«

Ich würde ihm ja vorschlagen, zu ihm nach Hause zu fahren, aber mir ist klar, dass der Zauber dann durchbrochen wäre. Er gibt vor, hastig nachzudenken, richtet sich plötzlich auf und hebt einen Finger.

»Warte, ich glaube, ich habe in meiner Brieftasche noch eines in Reserve.«

»Neben dem Foto deiner Tochter? Charmant.«

»Schnauze«, faucht er mich an.

Er sucht ein paar Sekunden und ich muss lächeln, als er das Kondom schwingt und stolz ausruft:

»Heureka!«

Eden schiebt das Tablett mit dem Essen zur Seite, greift nach meiner Taille und legt mich sanft auf die Decken. Mir stockt der Atem.

»Schluss mit lustig. Nimm mich, Cowboy«, scherze ich und ziehe ihn an mich.

Er betrachtet mein herausforderndes Gesicht und lässt die Spannung weiter ansteigen. Sein ernster Blick gerät leicht in

Verwirrung, als ich sein Geschlecht in meine Hände nehme. Er umschließt sie mit seinen, bereit, mich aufzuhalten.

»Das kommt darauf an. Bist du immer noch die ›Nutte vom Bishop‹?«

Ich schaue ihn an. Ein Herzschlag. Zwei Herzschläge.

»Heute Abend nicht.«

Mehr wollte Eden gar nicht hören. Er küsst mein Kinn und spreizt meine Oberschenkel, um langsam in mich einzudringen. Es fühlt sich so gut an, dass ich die Augen schließen muss, um das Gefühl ganz in mich einzusaugen.

»Verdammt«, murmelt Eden zwischen zusammengebissenen Zähnen und verharrt bewegungslos in mir. »Du bist wunderbar.«

Wunderbar.

Ein Adjektiv, mit dem ich noch nie in Verbindung gebracht wurde. An diesem Abend lieben wir uns zum ersten Mal. Zärtlich und leidenschaftlich. Die einzigen Laute, die wir von uns geben, ist unser gemeinsames Stöhnen.

Jeder Seufzer aus seinem Mund klingt in meinen Ohren wie ein Ständchen, und jeder Quadratzentimeter seiner Haut, den ich berühre, fühlt sich an wie eine vibrierende Saite. Ich weiß nie, welchen Ton sie ergibt. Mal ist es ein A, dann ein C und dann folgen so viele Noten, dass wir beide eine Symphonie bilden. Ein Konzert aus Körpern und Herzen, das nichts anderes ausdrückt als: Ich bete dich an, ich brauche dich, verlass mich nicht.

In meiner Mitte steigt allmählich die Hitze. Ich spüre, wie sie mich umgibt, mich einhüllt, mir keine Ruhe mehr lässt. Schon bald ist Edens Haut mit einem dünnen Schweißfilm bedeckt. Angesichts seines bevorstehenden Höhepunkts sehe ich, wie er die Stirn runzelt. Ich habe noch nie etwas so Sinnliches erlebt. Und ich bin es, die das hervorruft. Ich ganz allein.

Wow. Ich dachte, ich wüsste alles über Sex, aber jetzt wird mir klar, dass ich absolut ahnungslos war.

»Verdammt, wie schön du doch bist«, flüstert er schließlich. Sein Blick hängt an meinen Lippen.

Ich bin kurz davor, ich weiß es. Wie schon eben habe ich das Gefühl, dass ich langsam, aber sicher komme. Eden scheint zu verstehen, dass ich noch einen kleinen Ansporn brauche, denn er dreht uns um, lässt mich die Führung übernehmen und hilft mit den Fingern nach. Es ist köstlich. Eden nimmt sich die Zeit, mir Lust zu bereiten und, *Herr im Himmel*, sie kommt näher.

Ich stöhne, mein ganzer Körper bebt, mein Höhepunkt ist nur noch Sekundenbruchteile entfernt … als plötzlich alles zusammenbricht. Ich habe keine Ahnung, wie so etwas möglich ist. Eden flucht leise und sein Orgasmus lässt uns beide für lange Sekunden erbeben.

Ich werde langsamer und höre schließlich keuchend auf. Es war der beste Sex meines Lebens, obwohl ich nicht einmal zum Höhepunkt gekommen bin. Eden richtet sich auf und gibt mir einen Kuss. Ich lächele ihn an. Seine Hände streichen mein Haar aus meinem vor Anstrengung geröteten Gesicht. Er küsst meine Schläfe und flüstert:

»Du hattest keinen …«

»Es war toll«, sage ich, um ihn zu beruhigen. »Ehrlich.«

Das Schlimmste daran ist: Es stimmt. Es war toller als alles andere auf der Welt.

Eden zögert, mir zu glauben, antwortet aber nicht. Stattdessen umarmt er mich und wir fallen zurück in unsere Kissen. Ich lege meinen Kopf auf seine immer noch nackte und verschwitzte Brust und weiß plötzlich, dass ich in diesem Moment genau da bin, wo ich schon immer hingehört habe.

18

August 2018

Azalée

Willkommen bei Dear Patriarchy,
es ist offiziell: Der argentinische Senat weigert sich, die Abtreibung zu legalisieren. Wie können wir behaupten, dass alles in Ordnung ist, wenn es noch Länder gibt, in denen heimlich abgetrieben werden muss? So nimmt man Frauen nicht nur das Recht, über den eigenen Körper zu entscheiden, sondern drängt sie auch dazu, durch die Umgehung des Gesetzes erhebliche Risiken in Kauf zu nehmen. Das ist nicht normal.
Das darf nicht normal sein.

Als ich *seine* Straße erreiche, bremse ich ab, bis mein Fahrrad zum Stehen kommt. Ich muss ganz sichergehen, dass er nicht da ist. Weit und breit ist kein Auto zu sehen. Die Garage ist offen, aber leer. Zumindest einer von ihnen muss also unterwegs sein. Ich beobachte mit wild pochendem Herzen die steinerne Fassade.

Heute Morgen bin ich mit Blick auf Lake Wylie in Edens Armen aufgewacht. Alles war perfekt. Er schlief noch und er war wunderschön. Ich betrachtete ihn einige Sekunden, dann begann ich nach Luft zu schnappen. Plötzlich wurde mir alles zu viel. Noch ehe er aufwachte, zog ich mich eilig an und lächelte kaum, als er mich vor meiner Haustür küsste.

Ich habe mit Eden geschlafen, obwohl ich weiß, dass er mehr will. Ich stecke sicher nicht den Kopf in den Sand, denn eigentlich will ich auch mehr. Mit ihm. Aber bereits bei der Vorstellung von so viel Nähe wird mir schlecht.

Und deshalb stehe ich jetzt vor Petes Haus.

Ich habe nicht die Absicht, an die Tür zu klopfen. Ehrlich gesagt weiß ich nicht einmal, was ich hier will. Nur dass ich von einer dumpfen Wut erfüllt bin. Ich würde das alles gern hinter mir lassen. Eden eine Chance geben. Wieder das spüren, was ich fühlte, als ich in seinen Armen aufwachte, ohne sofort flüchten zu wollen.

Ich sollte besser verschwinden. Was, wenn *er* mich sieht? Zwanzig Minuten später werden meine Gedanken plötzlich unterbrochen, als eine Frau die betreffende Tür öffnet. Ich erstarre, mein Atem stockt. Sie muss seine neue Frau sein, da bin ich mir sicher.

Ich weiß nicht, was mich packt, und ich habe auch keinen Plan, aber ich steige vom Fahrrad und gehe mit wild klopfendem Herzen auf sie zu. Als sie mich bemerkt, ist sie gerade dabei, eine Schere aufzuheben. Ich öffne den Mund, ohne zu wissen, was ich sagen soll. *Scheiße.*

»Kann ich Ihnen behilflich sein?«, erkundigt sie sich.

»Guten Tag. Ich … Mein Name ist Azalée Green.«

Ich bereue sofort, meinen Namen genannt zu haben, aber glücklicherweise zeigt sie keine Reaktion.

»Ja?«

»Sind Sie Petes Frau?«

Sie kneift die Augen zusammen.

»In der Tat …«

»Haben Sie einen Moment Zeit? Ich muss mit Ihnen über Ihren Ehemann sprechen.«

Sie schweigt bestimmt eine halbe Minute, was mir wie eine

Ewigkeit vorkommt. Sie mustert mein Outfit, von meinem Tanktop mit den Spaghettiträgern bis hin zu meinen Minishorts, und plötzlich fühle ich mich nackt. Hält sie mich für die Geliebte ihres Mannes? Sie setzt gerade an, etwas zu sagen, als sich hinter ihr die Tür erneut öffnet.

Wir drehen uns um und mein Herz erstarrt.

»Mama?«

Ein junges Mädchen von etwa vierzehn Jahren steht vor mir. Ich starre sie mit großen Augen an. Ihr Anblick verursacht mir eine Gänsehaut. Sie ist groß und schön, mit himmelblauen Augen und langen braunen Haaren. Als sie meinen Blick wahrnimmt, runzelt sie die Stirn.

Ich kann mich nicht mehr bewegen. Ich erstarre zur Salzsäule und mir stockt der Atem. Petes Frau streicht mit einer mütterlichen Geste über das Haar des Mädchens.

»Wer ist das?«, fragt das Mädchen tonlos und mit leerem Blick.

Ich will mich gerade entschuldigen, als eine dritte Gestalt hinter ihr auftaucht. Eine sehr vertraute Gestalt. Eine Gestalt, die seit fast zehn Jahren durch meine Albträume geistert.

»Ich bin da, wir können los. Katie, könntest du …?«

Pete sieht mich, bleibt stehen und wird blass. Auch ich fühle mich wie eine Wachsfigur unter Schock. Unsere Blicke fixieren sich. Wieder überwältigen mich Erinnerungen, genau wie neulich Abend am Strand.

Meine Finger beginnen zu zittern, aber ich habe Angst, abzuhauen. Mir wird übel und ich zwinge mich dazu, mich abzuwenden. Petes Gesicht verändert sich sofort, als er meine feige Reaktion sieht.

Er entspannt sich und es ist fast ein Lächeln, das über seine Lippen huscht. Ein Lächeln, das sagt: »Ich weiß, dass du nichts unternehmen wirst.«

»Was ist?«

Er legt seine Hand auf Katies Schulter, die sich jedoch sehr subtil zurückzieht und sich windet, um seiner Berührung zu entgehen. Pete bemerkt es ebenso wie ich, aber das Mädchen tut, als wäre nichts geschehen, wendet das Gesicht ab und verweigert sich seinem Blick.

Meine Augen ruhen auf ihren fahrigen Händen, die sie in den Ärmeln versteckt. Ich schlucke schwer, als ich bemerke, dass meine Hände ebenso zittern.

Auch wenn diese Kleine mir keineswegs ähnelt, fühlt es sich an, als würde ich in einen Spiegel sehen.

»Ich … Ich muss gehen. Es tut mir leid.«

Endlich gehorchen mir meine Beine wieder. In fieberhafter Eile ziehe ich mich zurück und werfe einen letzten Blick auf Katie. Wieder auf dem Fahrrad bedarf es einer übermenschlichen Anstrengung, nicht in Tränen auszubrechen. Ich widerstehe dem Drang, mich umzuschauen, und rase geradezu nach Hause. Meine Schultern zittern wie Espenlaub.

Ein Vorname dreht sich in Endlosschleife in meinem Kopf. *Katie, Katie, Katie, Katie, Katie.*

Auch, wenn ihre Mutter nichts bemerkt haben sollte – ich brauchte nur eine Sekunde, eine einzige Sekunde, um zu registrieren, wie sich ihr Körper voller Ekel und Angst von seinem wegbewegte.

Ich brauchte nur eine Sekunde, um ihre zitternden Hände und ihre trotz der sommerlichen Hitze langen Ärmel zu bemerken.

Katie ist vierzehn Jahre alt und ich gehe jede Wette ein, dass dieses Arschloch sich bereits an ihr vergriffen hat.

Meine Mutter trägt ein Kleid mit Blumenmotiven und ein breites, ansteckendes Lächeln im Gesicht. Alle unsere Freunde sind zum

Grillen gekommen. Wir haben sogar den großen Gartentisch herausgetragen, um am Strand zu essen.

Andrew und Josh sind da. Alles ist perfekt. Bis zu dem Moment, wo Pete sich neben mich setzt und die Tischdecke lang genug ist, um seine Hand auf meinem Knie zu verbergen. Ich versuche, mich zu befreien, aber er gräbt seine Nägel in mein Fleisch; ein mehr als offensichtliches Signal.

Also bleibe ich sitzen und verfluche mich, dass ich einen Rock angezogen habe, während meine Mutter lacht und mein Freund mich anlächelt. Ich fühle mich völlig leer. Selbst das Singen in meinem Kopf hilft mir nicht mehr. Ich möchte weinen, alles fallen lassen, meine Gabel greifen und sie in seinen Arm rammen. Oder in meinen.

Ich möchte sterben.

Genau das habe ich übrigens kurz darauf in meinem Bett versucht. Eine Rasierklinge, und die Sache war erledigt. Ganz einfach. Es tat zwar weh, aber viel weniger als das, was ich täglich ertragen musste.

Im Krankenhaus wachte ich auf. Eine Krankenschwester erzählte mir, dass ich Glück hatte und mein ›Vater‹ mich früh genug entdeckt hatte, um die Feuerwehr zu rufen … Ich musste mich augenblicklich übergeben.

Mein Henker war zu meinem Retter geworden.

Den Rest des Tages verbringe ich auf meiner Couch mit Kopfhörern und Musik auf den Ohren. Was hatte ich mir von meinem Besuch bei Pete erhofft? Hatte ich geglaubt, ich könnte mit seiner Frau reden und erwarten, dass sie meine Geschichte glaubt?

Ich habe Pete niemals angezeigt, hauptsächlich weil ich zu feige und zu verängstigt war. Aber vor allem, weil er ein in Charleston höchst respektierter Polizist ist; ich hätte keine

Chance gehabt, gegen ihn zu gewinnen. Und was hätte es genützt, mich durch den Dreck ziehen zu lassen?

Heute bereue ich es.

Hätte ich etwas gesagt, wäre Katie vielleicht …

Vielleicht bildest du dir nur etwas ein, Azalée. Auch für ihn gilt: Im Zweifel für den Angeklagten.

Ich mache mich über mein eigenes Gewissen lustig. So viel Rücksicht hat Pete nicht verdient. Plötzlich vibriert mein Telefon auf dem Tisch. Ich setze die Kopfhörer ab und lese die Nachrichten meines Nachbarn.

Eden: Okay, also wir haben miteinander geschlafen und es war großartig. Ich kenne dich jetzt gut genug, um zu wissen, dass du gerade ernsthaft ausflippst, vielleicht sogar schon deine Sachen packst. Scheiße, nach allem, was ich weiß, könntest du bereits in einem Flugzeug nach New York sitzen! Aber ich sage dir etwas, Azalée.

Eden: Ich verstehe dich. Eines Tages wirst du mir verraten, warum du so viel Angst hast, und dann bist du wirklich bereit. In der Zwischenzeit zwinge ich dich zu gar nichts.

Eden: Wenn du also wirklich in diesem Flugzeug sitzt, kehr bitte um. Ich habe nämlich für heute Abend Waffeln und Schlagsahne gekauft, nur für dich, und es wäre wirklich schade, wenn du das verpassen würdest.

Mit Tränen in den Augen verberge ich mein Gesicht in meinen Händen. Bin ich dabei, mich zu verlieben? Denn dieses Gefühl, das meine Brust anschwellen lässt, ist dem sehr ähnlich. Es ist stärker als alles andere, besser als Sex und Waffeln, sogar noch besser als beides zusammen – und das will schon etwas heißen.

Und wenn ich mich einfach gehen ließe? Vielleicht hat er recht und alles wird gut, vielleicht kann ich ihn lieben, ohne dass mir der Himmel auf den Kopf fällt. Vielleicht … vielleicht verdiene ich es ja doch.

Eine neue Entschlossenheit entsteht in mir. Ich denke an Katie und gebe mir selbst ein stummes Versprechen.

Wenn ich tatsächlich recht habe … Dann wird er dieses Mal dafür bezahlen.

Es klingelt. Ich lege mein Telefon hin und öffne die Tür. Als ich meinen Besucher erkenne, gefriert mir das Blut in den Adern. Hastig will ich die Tür schließen, aber er blockiert sie mit seinem Fuß und tritt hart dagegen. Der Türflügel fliegt auf und trifft heftig auf meine Stirn.

Ich ignoriere die Sterne vor meinen Augen und ziehe mich zur Couch zurück. Mein erster Gedanke? *Zu Hilfe.*

»Ich muss schon sagen, das ist nicht gerade höflich!«, sagt Pete, der an der Tür stehen geblieben ist.

»Verschwinde aus meinem Haus!« Ich zittere vor Wut und mein Herz rast.

Unempfindlich gegenüber meinem Zorn tritt er einen Schritt vor und schließt die Tür hinter sich. Die einfache Geste erweckt in mir ein Gefühl von Ekel und tiefster Angst.

Ich sehe wieder vor mir, wie er beim ersten Mal meine Zimmertür geschlossen hat. Innerlich total verängstigt unterdrücke ich einen Schauder.

Pete bleibt stumm und mustert mich seelenruhig von Kopf bis Fuß. Verzweifelt bemühe ich mich, stark zu sein und mein Zittern zu unterdrücken, was sich als schwierig erweist.

Er ist hier. Pete ist hier in meinem Haus.

Er wird mich töten.

»Irgendwie liegt eine gewisse Ironie darin, findest du nicht auch?«, sagt er schließlich und richtet seine durchdringenden

Augen auf mich. »Du und ich, wieder einmal allein in diesem Haus …«

Ich werde ihm nicht in die Falle gehen. Er will mich schwächen, indem er mich an unsere gemeinsamen Momente erinnert, aber diesmal wird es nicht funktionieren. Zumindest werde ich alles dafür tun.

Deshalb zähle ich bis fünf, ehe ich mit tonloser Stimme erkläre:

»Ich weiß nicht, was du hier zu suchen hast, aber ich sage dir gleich, dass ich nicht mehr die Azalée bin, die ich einmal war. Du kannst es dir aussuchen: Entweder, ich schlage dich zusammen, oder ich rufe die Polizei.«

Ich wundere mich über mich selbst. Meine Stimme schwankt zwar leicht, aber mein Blick verlässt ihn keine einzige Sekunde. Ich bin härter geworden. Ich weiß mich zu verteidigen. Und ich habe die Absicht, es ihm zu beweisen.

Auch wenn ein Teil von mir, *ein sehr, sehr, kleiner Teil*, es bedauert, dass Eden nicht da ist.

»Immer mit der Ruhe. Ich statte dir einen Höflichkeitsbesuch ab, mehr nicht«, sagt er, ohne auf meine Worte einzugehen.

»Höflichkeit? Drauf geschissen«, fauche ich ihn an.

Er zuckt nicht mal mit der Wimper. Mit allen Sinnen in höchster Alarmbereitschaft halte ich mich in sicherer Entfernung. Wenn er nur einen Schritt weiter geht, stürze ich mich auf mein Handy; oder besser noch, auf ein Küchenmesser.

Notwehr. So etwas gibt es doch, oder?

»Was hattest du vor meinem Haus zu suchen, Azalea?«

Ich schweige und blicke ihn böse an. Er weiß genau, was ich dort wollte – ich brauche nicht zu lügen. Er seufzt, weil ihm klar wird, dass ich nichts sagen werde, und senkt für einen

Moment nachdenklich die Augen. Dann, während ich mich noch wundere, dass ich nicht ohnmächtig werde, macht er einen Schritt nach vorne.

»Ich dachte, du und ich, wir wären durch mit dieser Geschichte«, murmelt er. »Neulich Abend am Strand habe ich dir geholfen. Ich dachte, du hättest verstanden. Ich habe die Vergangenheit hinter mir gelassen und mich anderweitig orientiert. Du solltest das Gleiche tun.«

Anderweitig orientiert? Ich kann nicht glauben, dass er es wagt, so etwas zu sagen. Ich zwinge mich, nicht vor dem Mistkerl zurückzuweichen, fest entschlossen, ihm weiterhin die Stirn zu bieten. Zwei Meter vor mir bleibt er stehen. Seine Hände stecken ruhig in seinen Hosentaschen.

Verdammt, mein Telefon liegt zu weit entfernt.

»Warum bist du zurückgekommen?«

»Weil meine Mutter gestorben ist, Arschloch«, antworte ich mit heiserer Stimme. »Sicher nicht deinetwegen. Ich habe jetzt ein neues Leben, du solltest dich also lieber von mir fernhalten.«

Er lacht verächtlich, ehe er sich für seine Unhöflichkeit entschuldigt. Obwohl ich weiß, dass es nicht so sein sollte, schmerzt mich seine Reaktion. Als ob es unmöglich wäre …

»Stimmt, ich verstehe. Ich nehme an, du meinst den Kerl, der sich am Strand für dich geprügelt hat, nicht wahr?«

Eine dumpfe, übermächtige Wut packt mich bei dem Gedanken, dass er Eden gesehen hat. Ohne es auch nur zu merken, gehe ich mit geballten Fäusten und am gesamten Körper zitternd einen Schritt auf ihn zu. Meine Stimme ist ruhig, aber scharf wie eine Peitsche.

»Wenn du ihm zu nah kommst, dann schwöre ich, dass ich zu dir nach Hause komme und dir im Schlaf die Kehle durchschneide.«

Plötzlich finde ich mich von Angesicht zu Angesicht mit ihm wieder. Er steht nur da und beobachtet mich. Sein Lächeln ist erloschen. Ich kenne Pete, ich kenne ihn sogar sehr gut. Er gibt sich locker, aber nur ein Wort zu viel, und er explodiert.

»Wie süß«, sagt er. »Weiß er, dass er mit der städtischen Schlampe ausgeht?«

Mir dreht sich der Magen um. Tränen brennen in meinen Augen, aber ich zwinge mich, nicht zu weinen, und verschließe mein Gesicht für jede Art von Reaktion.

Ich bin keine Schlampe, ich bin keine Schlampe, ich bin keine … Schlampe?

Ich bin mir nicht mehr sicher.

»Bestimmt amüsiert er sich bestens«, fährt er gelassen fort. »Ich kann mich noch gut erinnern, wie es war …«

Meine Faust macht sich selbstständig. Sie landet auf seinem Mund. Ein dumpfes Geräusch ist die Folge. Pete kassiert den Hieb und öffnet und schließt nur kurz seinen Kiefer, um sicherzustellen, dass alles noch funktioniert. Meine Knöchel schmerzen, aber ich lasse mir nichts anmerken. Ich bin voller Adrenalin.

»Deine Handgreiflichkeit geht in Ordnung. Die Bemerkung war geschmacklos, tut mir leid.«

Ich werde ihn töten, bevor er sich revanchiert. Ich weiß es.

»Ich bin nicht hier, um dich zu bedrohen, Azalea«, fährt Pete fort. »Aber ich habe mich verändert. Ich bin nicht mehr derselbe Mann und ich bereue wirklich, was zwischen uns geschehen ist.«

»Es gibt kein *uns*. Du hast mir etwas angetan. Ich konnte mich nicht dagegen wehren.«

Er seufzt mit zusammengebissenen Zähnen.

»Wenn du es sagst. Halte dich von meiner Familie fern, das

ist alles, worum ich dich bitte. Lebe dein Leben, so wie ich meines lebe. So einfach ist das.«

Das stimmt nicht, und er weiß es. Denn wenn er weiterhin friedlich lebt, werde ich weiterhin Albträume haben und mich vor Männern fürchten. Ich setze alles auf eine Karte.

»Wovor hast du solche Angst?«, gebe ich sarkastisch zurück. »Dass ich herumerzähle, was du mit mir gemacht hast? Oder was du der armen Katie antust?«

Ohne dass ich Zeit gehabt hätte, seine Bewegung vorauszuahnen, legen sich seine beiden Hände plötzlich brutal um meinen Hals und er drängt mich gegen die Wohnzimmerwand. Als mein Schädel gegen die Mauer schlägt, stöhne ich vor Schmerz.

Scheiße.

Seine Faust quetscht meine Luftröhre so hart, dass ich keine Luft mehr bekomme. Ich wehre mich nach Kräften und zerkratze seine Hände, ich versuche, meine durch drei Jahre hartes Training erworbenen Kickboxfähigkeiten einzusetzen, aber er strafft seinen Griff und brüllt mich an, dass ich absolut keine Ahnung hätte, worüber ich da rede. Tränen laufen über meine Wangen. Ich denke an Eden.

Ich sterbe und er wird es nie erfahren. Er wird nie erfahren, dass ich …

Im Überlebensinstinkt versetze ich Pete mit dem Knie einen kräftigen Tritt in den Bauch. Er gerät ins Stolpern und lässt von meinem Hals ab. Keuchend schnappe ich nach Luft. Während Pete noch vor Schmerzen stöhnt, schnappe ich mir die Glasvase aus dem Wohnzimmer und zerschmettere sie mit voller Wucht auf seinem Kopf. Sie zersplittert mit ohrenbetäubendem Lärm. Ein Scherbenregen ergießt sich auf den Boden.

Ein paar Splitter dringen in meine Handflächen ein. Ich

blute, aber ich spüre absolut nichts. Ich sehe nur die Platzwunde auf Petes Stirn und sein wutverzerrtes Gesicht.

»Verdammtes Luder …«

Er kommt wieder näher, aber jetzt habe ich ein Küchenmesser in der Hand, mit dem ich ihn bedrohe. Er wagt sich nicht weiter vor. Mein Atem geht immer noch stoßweise. Nichts anderes ist im Raum zu hören. Mein gesamter Körper bebt.

Petes irrer Blick beweist mir, dass ich in gehörigen Schwierigkeiten stecke, doch der dumpfe Schmerz in meiner Kehle verleiht mir die Kraft, nicht nachzugeben.

»Noch ein Schritt, und ich bringe dich um. Ich schwöre, ich tue es. Mein Freund ist in alles eingeweiht und würde wissen, dass du schuld bist«, bluffe ich.

Sein Blick ist finster, aber er schweigt für einen Moment. Zwar habe ich große Angst, doch ich darf sie mir auf keinen Fall anmerken lassen. Würde er meine Furcht bemerken, würde er vermutlich keine Sekunde zögern.

»Ich bin kein Mörder, Azalea.«

»Verlangst du einen Orden?«

»Ich hatte nicht die Absicht, dir wehzutun«, sagt er trocken. »Du und ich, das ist vorbei. Ich habe mir ein neues Leben aufgebaut, das mir gefällt. Ich lasse dich in Ruhe … solange du es auch so hältst. Sollte ich jedoch erfahren, dass du etwas ausplauderst, darfst du sicher sein, dass ich zurückkomme.«

Ich lache bitter auf. Aber gerne doch.

»Ich erwarte dich, wann immer du willst. Schließlich habe ich nichts zu verlieren.«

Er hebt eine Augenbraue und seine Lippen verziehen sich zu einem bösen Grinsen, bei dem ich unwillkürlich erschaudere.

»Bist du dir da ganz sicher?«

Mein Herz setzt aus, wird schwarz, verwelkt und fällt mir vor die Füße. Weil er recht hat. Mittlerweile habe ich sehr viel zu verlieren. So ist das, wenn man Freunde hat. Und so ist das, wenn man sich verliebt.

»Deine Drohungen sind doch nur hohles Geschwätz«, lüge ich. Meine Finger krampfen sich immer noch fest um das Messer in meiner Hand. »Sobald du dieses Haus verlässt, werde ich die Polizei informieren.«

Er verzieht das Gesicht zu einem Grinsen, dem schrecklichsten Grinsen, das ich je gesehen habe.

»Das glaube ich eher nicht. Und weißt du auch, warum? Weil dir nämlich niemand glauben wird, Schätzchen«, sagt er. »Deine eigene Mutter ist dir nicht zu Hilfe gekommen. Warum sollten andere es tun? Du bist doch nur eine selbstmörderische kleine Nutte, die nach drei Jahren zurückgekommen ist und jetzt Gerüchte über mich verbreitet. Über mich, der ich obendrein Polizist bin. Kein Mensch wird dich ernst nehmen. Man wird die Angelegenheit aus Mangel an Beweisen fallen lassen, und danach dürfte jedem klar sein, was du wirklich bist«, fährt er fort und fügt theatralisch flüsternd hinzu: »Eine dumme, depressive Lügnerin. Genau wie deine Mutter.«

Ich bin mir nicht sicher, ob ich noch atme oder überhaupt noch lebe. Und auch, wenn es mich fast umbringt, es zuzugeben: Alles, was er sagt, stimmt. Und ich habe es immer gewusst.

»Wir werden also Folgendes tun«, triumphiert er. »Du wirst deinen hübschen kleinen Mund halten und keine Lügen über mich verbreiten; ich hingegen lasse dich in Frieden … ganz gleich, wie du mit deinem erbärmlichen Leben umgehst. Abgemacht? Und wenn du noch einmal meine Frau besuchst, widme ich mich deinem Freund. Sozusagen als Revanche.«

Ohne meine Antwort abzuwarten, dreht er sich um und geht zur Tür. Ich habe mich immer noch nicht bewegt. Ich traue mich nicht. Ich sollte ihm antworten, ihn beleidigen, ihn schlagen, aber wozu? Er hat längst gewonnen.

Als er die Tür öffnet, dreht er sich noch einmal um und lächelt mich kalt und berechnend an.

»Es hat mich gefreut, dich wiederzusehen, Azalea. Du bist immer noch so schön wie früher.«

Nach seinem Abgang stehe ich fast zehn Minuten lang regungslos da. Mein Hals schmerzt und meine Hände bluten. Erst, als ich ganz sicher bin, wirklich allein zu sein, rolle ich mich in einer Ecke des Wohnzimmers zusammen. Das Messer halte ich noch immer fest in der Hand.

Und ich warte.

19

August 2018

Eden

Das Leben ist schön. Es ist schon eine ganze Weile her, seit ich mich das letzte Mal so gut gefühlt habe. So friedlich. Seit der Geburt von Faith dreht sich alles, was ich tue, ausschließlich um sie und um ihr Wohlbefinden. Mein Leben besteht aus Verantwortung und Hindernissen …

Doch seit Azalée und ich uns nähergekommen sind, scheint plötzlich alles in Reichweite zu sein, sogar die Sterne. Mannomann, ich fühle mich fast unbesiegbar. Diesen Einfluss hat Azalée Green auf mich. Wir kennen uns jetzt seit fast zwei Monaten, und es fällt mir verdammt schwer, zu glauben, dass am Ende des Sommers wirklich alles vorbei sein soll.

Unmöglich, flüstert mein Herz. *Dazu ist es längst zu spät.*

Azalée ist wie ein Tornado. Sie taucht ohne Vorwarnung auf, verwüstet alles auf ihrem Weg und verschwindet so schnell, wie sie gekommen ist … ohne auch nur zu ahnen, wie viel Schmerz sie hinterlässt.

Aber so weit lasse ich es nicht kommen. Weil ich sie nämlich dazu bringen werde, hierzubleiben. Ich weiß schon, dass sie mich mag, sonst hätte sie ihre Zeit nicht mit einem viel zu neugierigen Papa wie mir verschwendet. Nur eines fehlt noch: dass ihre verdammte Mauer endlich zusammenbricht.

Ich nehme an, miteinander zu schlafen war ein guter Anfang – ein sehr guter Anfang. Ich war darauf gefasst, dass sie am nächsten Tag weglaufen würde, aber als ich abends von der Arbeit nach Hause kam, veranstaltete sie gerade einen Großputz in ihrem Wohnzimmer.

»Was …«

Sie ließ mich nicht ausreden, sondern klammerte sich verzweifelt an meinen Hals und verbarg ihr Gesicht an meiner Schulter. Ich konnte sie nur etwas verwirrt an mich drücken und stellte auch keine Fragen, obwohl sie mir ein wenig neben der Spur schien.

In dieser Nacht schlief sie bei mir und danach wurde alles wieder normal. Ich versuche, mir einzureden, dass sie keine derart begabte Schauspielerin sein kann; es geht ihr gut, es muss ihr einfach gut gehen.

Ich wüsste nicht, was ich tun sollte, wenn es nicht der Fall wäre.

Azalée

Ich habe alles geplant. Eden wird rückwärts umfallen, zumindest hoffe ich das, denn ich habe mir richtig viel Mühe gegeben, sexy auszusehen. Ich habe es allerdings nicht nur für ihn getan, sondern auch für mich. Nach dem Besuch von Pete musste ich zu einem gewissen Selbstvertrauen zurückfinden.

Noch einmal betrachte ich mich im Spiegel des Eingangsbereichs. *Oh ja, der Schlag wird ihn treffen.* Ich trage nichts als ein Paar Stilettos und einen schwarzen Trenchcoat über sehr feinen Dessous. *Klischee*, ich weiß.

Bei den Dessous handelt es sich um ein blutrotes Set aus einem BH mit Bändern, die über meine Seiten bis zu einem Tanga hinunter verlaufen. Die Bänder kreuzen sich in der Mitte meiner Taille, wo eine hübsche, sehr suggestive Schleife meinen Bauchnabel verbirgt. Kurz und gut, die Wäsche ist ungeheuer erotisch und ich muss sagen, dass die Farbe perfekt mit dem Rot meiner Locken harmoniert.

Sein Geschenk stecke ich in meine Manteltasche und gehe ungeduldig nach nebenan. Als in den Eingangsbereich komme und die Stufen zu seiner Veranda hinaufsteige, sehe ich Licht. Er glaubt, ich hätte keine Ahnung von seinem Geburtstag, und ich frage mich immer noch, warum er mir nichts gesagt hat.

Ich positioniere mich vor der Tür, öffne verlockend meinen Mantel und läute. Es dauert einige Sekunden, ehe sich die Tür endlich öffnet …

… und Faith vor mir steht, die mich verblüfft von Kopf bis Fuß mustert. Mein Herz setzt fast aus.

»Verdammte Kacke«, fluche ich und schließe hastig den Trenchcoat über meinem halb nackten Körper. »Ich meine … Mist, Mist, Mist!«

»Warum bist du ganz nackt?«

Mit brennenden Wangen öffne ich den Mund, aber nichts kommt heraus. Ein paar Meter hinter der Kleinen entdecke ich Eden, dessen Lippen ein großes O formen. Offenbar hat er die Szene von Anfang an verfolgt und beginnt so sehr zu lachen, dass er sich den Bauch halten muss.

Noch nie im Leben habe ich mich so geschämt.

»I… Ich bin nicht ganz nackt«, stottere ich. »Ich lasse euch lieber allein. Entschuldigung.«

Ich drehe mich um und verfluche mich innerlich, aber Eden holt mich sofort ein und hält mich am Handgelenk fest.

»Wo willst du hin? Bleib doch! Ich … Ich hatte nicht damit gerechnet, dich heute zu sehen«, sagt er und verkneift sich das Lachen.

Ich erröte und werfe ihm einen bitterbösen Blick zu.

»Wage es bloß nicht, dich über mich lustig zu machen, Eden, ich warne dich. Ich dachte, du wärst an deinem Geburtstag allein, aber das war offenbar ziemlich dumm.«

Er hebt kapitulierend die Hände.

»Entschuldige. Ganz ehrlich, ich weiß deine Geste sehr zu schätzen.«

Sein glühender Blick wandert über meinen Körper und hält bei den Schuhen inne. Faith war unbemerkt wieder ins Wohnzimmer gegangen. Plötzlich sehe ich sie mit einem Käsetoast in der Hand zurückkehren.

»Die habe ich selbst gemacht. Möchtest du einen?«

Mir ist unbehaglich zumute und ich will gerade ablehnen, als Eden sich umdreht und Faith in die Arme nimmt.

»Iss den Toast, *Beauté*, und komm rein, sonst erkältest du dich noch.«

Ich gehorche, allerdings nicht ohne einen letzten finsteren Blick. Mir ist klar, dass mir diese Geschichte bestimmt noch häufiger aufs Butterbrot geschmiert werden wird.

Der Tisch ist für zwei Personen gedeckt und ich verstehe sofort, dass Faith ihren Vater zum Geburtstag überraschen wollte. Ich fühle mich als fünftes Rad am Wagen. Das hier ist eine Familienangelegenheit, ich gehöre nicht hierher.

»Faith, macht es dir was aus, einen Gast zu haben?«

»Überhaupt nicht«, antwortet die Kleine mit einem breiten Grinsen.

»Okay, dann stellen wir noch einen Teller dazu.«

Eden schafft mir einen Platz an dem kleinen Tisch, während ich mit verschränkten Armen hinter der Couch stehen bleibe. Was bin ich doch für eine Idiotin!

Eden fordert mich auf, mich zu entspannen, aber ich bemerke, dass Faith mich mit ernster Miene beobachtet. Keine

Ahnung, warum es mir so viel bedeutet, aber ich hasse die Vorstellung, sie könnte schlecht über mich denken.

»Du hast mir eben nicht geantwortet. Warum bist du ganz nackt?«

»Auf die Gefahr hin, mich zu wiederholen: Ich bin nicht ganz nackt.«

»Das kann ich nur bestätigen. Sie ist wirklich nicht nackt«, greift Eden ein und fügt fast unhörbar hinzu: »Noch nicht.«

Ich versetze ihm einen Knuff mit dem Ellbogen, was ihn wieder zum Lachen bringt. Ich lasse ihn mit Blicken wissen, dass er den Spruch heute Abend noch bereuen wird. Er versteht, reißt sich zusammen, verkneift sich sein amüsiertes Grinsen und erklärt mit ernstem Blick:

»Faith, Azalée trägt keine Kleidung aus dem einfachen Grund, weil sie arm ist. Und was machen wir mit armen Leuten?«

Ich habe kaum Zeit zu verstehen, was passiert, denn die Kleine stimmt sofort eine Art Singsang an, wie eine auswendig gelernte Lektion:

»Wir bemitleiden sie nicht, sondern geben ihnen zu essen!«

»Ganz genau. Sehr gut, meine Tochter.«

»Das solltest du mal Trump sagen. Er hat das Memo offenbar nicht erhalten«, murmele ich.

»Du siehst aber eigentlich nicht arm aus«, meint Faith und kneift die Augen zusammen.

»Weil ich es nicht bin, Kätzchen. Dein Vater macht sich über uns lustig.«

Faith wirft ihrem Vater einen schockierten Blick zu, als wäre sie empört, dass er es wagt, sie zum Narren zu halten. Eden seufzt.

»Azalée hat nichts an, weil alle ihre Kleider in der Waschmaschine sind. Würdest du bitte ein T-Shirt und eine von meinen Jogginghosen von der Wäscheleine holen?«

»Okay!«

Faith rennt nach oben und lässt uns allein. Seufzend verberge ich mein Gesicht in den Händen. Eden lacht leise, zieht an meinen Handgelenken und blickt mich zärtlich und amüsiert an. Erst jetzt merke ich, wie sehr ich ihn vermisst habe, während ich über der Sache mit Pete brütete. Wirklich sehr vermisst.

Was, wenn Pete recht hat? Was, wenn Eden merkt, dass er mit der Schlampe der Stadt ausgeht und sich wieder vom Acker macht?

Schlimmer noch: Was, wenn meine Rachegelüste auf ihn zurückfielen?

»Entschuldige, ich hätte dir Bescheid sagen sollen.«

»Das hättest du wirklich tun sollen, ja … Herzlichen Glückwunsch zum Geburtstag, du Idiot«, flüstere ich und überreiche ihm sein Geschenk.

Etwas überrascht greift er nach der Schachtel, ehe er seine hungrigen Lippen auf meine legt. Ich stöhne unwillkürlich, genieße die Wärme seiner Zunge um meine und die Festigkeit seiner Hand auf meinem Rücken.

Mein Körper entflammt sofort und es bedarf meiner ganzen Selbstbeherrschung, mich von ihm zu lösen, als ich Faith herunterkommen höre.

Auch Eden scheint etwas verstört zu sein. Die Kleine reicht mir einen Berg Kleider.

»Du weißt ja, wo das Bad ist. Wir warten auf dich.«

Ich gehe nach oben, ziehe Edens T-Shirt und die Jogginghose über meine roten Dessous und lasse die High Heels auf dem Boden liegen.

Nachdem ich wieder unten bin, setzen wir uns und beginnen gut gelaunt zu essen. Zwar bleibe ich während der ersten Minuten etwas zurückhaltend, aber Faith hilft mir rasch, mich zu entspannen, genau wie Edens Hand, die unter dem Tisch auf meinem Knie liegt.

Faith stellt mir viele Fragen, die ich so ehrlich wie möglich zu beantworten versuche. Ich beschließe, dass ich dieses kleine Mädchen bedingungslos liebe, als sie mich irgendwann fragt: »Dein Job ist es doch, Kuchen zu backen?! Kannst du vielleicht auch Waffeln machen?«

Offenbar sind doch nicht alle Kinder Monster.

Nach dem Essen gehen wir ins Wohnzimmer. Faith schenkt ihrem Vater ihre Zeichnung. Er nimmt sie in die Arme, überhäuft sie mit Küssen und lässt sie erst los, als sie anfängt, sich lachend zu wehren. Mein Geschenk öffnet Eden noch nicht. Dafür danke ich ihm stumm.

So unglaublich es klingen mag: Am Ende sehen wir uns den *König der Löwen* an. Faith sitzt zwischen uns auf dem Sofa und wendet die Augen nicht vom Bildschirm. Ich versuche, mich auf Simba zu konzentrieren, aber meine Aufmerksamkeit wird ständig durch Edens Finger abgelenkt, die mit meinem Haar spielen und meinen Hals sanft massieren.

Nach zwei Stunden Zeichentrickfilm begehre ich ihn ganz schrecklich. Ein Blick in seine Augen zeigt mir, dass es ihm ähnlich geht.

»So ... Schlafenszeit«, ruft er.

Faith, die bereits halb eingeschlafen war, zuckt zusammen.

»Nein, ich bin überhaupt noch nicht müde ...«

»Ja klar. Na los, sag Azalée gute Nacht.«

Faith schmollt zwar ein wenig, gehorcht aber und greift im Vorübergehen nach ihrem Schmusetier Waffle. Sie drückt mir ein Küsschen auf die Wange und ich gehe nach oben in Edens Zimmer, um dort auf ihn zu warten, während er sie für die Nacht fertig macht.

Ich nutze die Gelegenheit, um in seinem Plattenregal zu

stöbern, und wähle eine Scheibe von Phil Collins. Als Eden kommt, klingt Musik durch den Raum. Das Licht habe ich gedimmt.

»Es tut mir leid, dass ich ohne Vorwarnung hereingeplatzt bin …«

»Hör auf, dich zu entschuldigen«, grummelt er und küsst mich. Seine Hände umfassen die beiden Seiten meines Halses.

Ich begrüße seinen Kuss, wie es sich gehört, und schmiege mich an seine harte Brust. Seine rauen, fordernden Hände gleiten unter mein T-Shirt und berühren die Träger meiner Dessous. Sein Stöhnen hallt in meinem Mund wider.

»Ich habe noch nie etwas so Erregendes gesehen.«

»Willst du nicht lieber erst dein Geschenk öffnen?«

»Ich dachte, das wäre mein Geschenk«, haucht er in meine Halsbeuge, während er mir die Jogginghose über die Knöchel herunterstreift.

Ich habe keine Zeit für eine Antwort, denn Eden zieht mir das T-Shirt aus, kniet sich vor mich und legt seine Stirn auf meinen Bauch. Ich versuche, normal zu atmen, aber die lauten Schläge meines Herzens, *Bum-Bum-Bum-Bum*, verraten die Gefühle, die mich überwältigen.

»Du hast mir heute so gefehlt«, flüstert er.

Ich bekomme eine Gänsehaut, schaue zur Tür hinüber und bete, dass das kleine Mädchen im Erdgeschoss nichts hört.

»Ich würde so gern in meinem Bett Liebe mit dir machen, Azalée …«

»Einverstanden«, sage ich ziemlich außer Atem. »Aber nicht, ehe du nicht das verdammte Geschenk aufgemacht hast.«

Er steht auf, gibt mir einen Kuss auf die Lippen und setzt sich neben mich auf das Bett. Die Stimme von Phil Collins erfüllt die Stille und ich frage mich, ob ich das Richtige getan habe.

»Dann schauen wir uns das mal an«, seufzt Eden und fährt sich mit der Hand durch das Haar.

Ich sehe zu, wie er mit zusammengepressten Lippen das Geschenkpapier zerreißt. Ich lasse mir zwar nichts anmerken, bin aber nervös und etwas ängstlich.

»Es ist keine große Sache«, werfe ich ein.

Schließlich hebt er den Deckel der kleinen Schachtel und entdeckt die wenigen gefalteten Blätter in ihrem Inneren. Ich hatte ursprünglich nicht vor, sie ihm zu zeigen. Doch dann dachte ich: Warum nicht? Als ich an seinem Gesichtsausdruck erkenne, dass er verstanden hat, was es ist, bereue ich meine Geste.

Seine Augen huschen über die Seiten, ehe er mich anblickt. Noch nie hat er so emotionslos gewirkt. *Ich habe Angst.*

»Es ist eines deiner Stücke.«

Das ist keine Frage. Ich nicke.

»Ich habe es gestern geschrieben.«

Mit hochgezogenen Augenbrauen liest er den Titel. Sein Gesicht verhärtet sich noch mehr.

»*The Whore and The Neighbour?*«

»Es reimt sich.«

Er lächelt nicht. Mit einem Mal wird es sehr still und ich fühle mich ziemlich dumm. Warum habe ich ihm das gezeigt? *Weil du ihm vertraust*, antwortet meine innere Stimme. Das stimmt. Ich habe für ihn gesungen, obwohl es mir schwerfiel, und heute lasse ich ihn Worte lesen, die direkt aus meiner Seele stammen.

Nicht, um bemitleidet zu werden.

Aber damit er mich kennenlernt, wie er es sich so sehr wünscht. Es fällt mir nicht leicht, über mich selbst zu reden, aber meine Songs sagen sehr viel darüber aus, wer ich bin. Eigentlich ist es ein riesengroßes Geschenk, das ich ihm da mache. Und er ist sich darüber im Klaren, da bin ich mir ganz sicher.

Eden versteht immer alles.

»Würdest du es mir bitte vorsingen?«

Ich reiße die Augen auf. Entschlossen reicht er mir die Textblätter. Ich zögere eine Weile, ehe ich mit zitternden Händen danach greife.

Ich stehe auf, hole die Gitarre aus der Ecke und setze mich ihm gegenüber auf den Boden. Den Text brauche ich nicht, den kann ich längst auswendig.

Eden wendet den Blick nicht von mir ab. Geduldig sieht er mir dabei zu, wie ich das Instrument stimme. Es fällt mir nie leicht, zu singen. Besonders vor Publikum. Man braucht viel Energie, um seine Seele zu entblößen und seinen Selbstschutz zu ignorieren. Aber er hat mir bereits gezeigt, dass ich es bei ihm kann.

Ich spiele die ersten Noten meiner Ballade und achte nicht auf seine Blicke. Wie von selbst kommen die Worte über meine Lippen:

She used to like waffles and long strolls in summer
Before whispers and disdain came with rumour.
She used to like music and midnight secrets shared
But then everyone'd seen her naked.

Oh, mama called her destructive, yeah
But he showed up one day.
He was the only one who, oh
Who could love her past and sorrow

He says show me your broken heart
Show me the scars you're hiding from the earth

He says show me, show me,
Show me more to make me love
But she's just a whore,
And he's the neighbour

She's now her worst enemy during the night
And even though she doesn't believe in any knight
She just forgets about her biggest scar
When he claims I take you as you are.

Oh, mama called her destructive, yeah
But he showed up one day.
He was the only one who, oh
Who could love her past and sorrow

He says show me your broken heart
Show me the scars you're hiding from the earth
He says show me, show me,
Show me more to make me love
But she's just the whore,
And he's the neighbour

Oh, I see the want in your eyes
Nightmares still filling my mind
But sometimes dreams show me reaching the stars
If only I left the ghosts behind

He says show me your broken heart
Show me the scars you're hiding from the earth
He says show me, show me,
Show me more to make me love

But she's just a whore,
And he's the neighbour

Oh, she's just the whore
And nothing more

Ich lasse die letzten Worte in seinem Herzen widerhallen, ehe ich zu ihm aufblicke. Ich zittere von Kopf bis Fuß. Sein Blick war noch nie so intensiv. Auch nicht so prüfend. Und auch …
Verdammt.

Ich weiß, dass er alles verstanden hat, was ich ihm sagen wollte. Dass ich nicht immer so war, aber vor allem, dass er der Einzige ist, der über die Spötteleien und Miniröcke hinausschauen kann. Und dass ich, auch wenn weiterhin Albträume meine Nächte heimsuchen, manchmal auf etwas Besseres hoffe.

Wenn ich nur den Mut hätte, die Vergangenheit hinter mir zu lassen.

»Azalée«, murmelt er.

Ich schaue ihn an und weiß bereits, was er mich fragen wird.

1, 2, 3.

»Willst du meine Freundin sein?«

»Ja.«

20

August 2018

Eden

Nightmares still filling my mind
  But sometimes dreams show me reaching the stars
Das ist alles, was mir von ihrem Lied im Gedächtnis geblieben ist: Es gibt Hoffnung. Deshalb habe ich mich entschieden, meine Zurückhaltung aufzugeben und möglichst direkt zur Sache zu kommen. Ich muss sie ein wenig aufrütteln. Sie braucht es, und ich weiß es.

Und jetzt ist Azalée Green im Gegensatz zu dem, was sie sich selbst vorgenommen hatte, ganz offiziell meine Freundin. Das verdient doch einen kleinen Freudentanz, oder?

Die ganze Woche hindurch stelle ich ihr Fragen und schiebe hier und da möglichst unschuldig gewisse Hinweise ein.

»Erzähl mir etwas, was du noch nie jemandem erzählt hast«, bat ich sie eines Tages, als wir auf dem Rasen picknickten.

»Überhaupt noch niemandem?«

»Ganz genau.«

Sie setzte einen verschwörerischen Blick auf und schaute mich sehr ernst an. Überzeugt, dass sie sich endlich offenbaren würde, streckte ich mich neben ihr aus. Mein Kopf lag auf meinem Ellbogen und meine Hand unter ihrem Sport-Sweatshirt.

»Okay, also die Sache ist die … Ich habe schon immer gerne unter der Dusche gepinkelt.«

Typisch Azalée. Ihre Antwort hat mich eher geärgert als amüsiert, aber ich habe mir nichts anmerken lassen. Mir war klar, dass es mit ihr nicht leicht werden würde. Darauf war ich vorbereitet.

»Sehr lustig.«

Sie lachte. Ich richtete mich wieder auf und sie verdrehte die Augen angesichts meiner finsteren Miene.

»Was denn? Das habe ich wirklich noch niemandem erzählt! Falls du nach einem perfekten Mädchen gesucht hast, bist du bei mir an der falschen Adresse.«

Danach ließ ich mich nicht mehr aus der Fassung bringen. Ich bin weiß Gott ein beharrlicher Mensch. Also bombardierte ich sie weiter mit Fragen, ohne allerdings jemals zufriedenstellende Antworten zu erhalten. Von Azalée erhalte ich meist eine von diesen zwei Reaktionen:

1. Sie macht Witze. Also das ist wirklich ihr Ding. Wenn ich sie frage: »Was hat dir an der Highschool am besten gefallen«, antwortet sie: »Nicht hinzugehen.« Wenn ich es anders versuche – zum Beispiel: »Warum hast du dich nicht so gut mit deiner Mutter verstanden?«, erklärt sie: »Dieses Biest hat immer meine Waffeln aufgegessen. Was hättest du in einem solchen Fall getan?«

Das ist echt anstrengend.

2. Sie lenkt mich mit Sex ab. Das kann sie nur allzu gut. Als ich sie frage, ob ihre Mutter wusste, dass Pete ihr das Leben schwer gemacht hatte, küsst sie mich auf den Hals und seufzt gekonnt, um mich abzulenken – meistens funktioniert es. *Dieses Biest.*

Zwar war ich anfangs geduldig und verständnisvoll, aber nachdem ich eine ganze Woche gegen eine Wand geredet hatte, wurde ich schließlich doch ein wenig zappelig. Ich verstehe, dass sie Probleme hat, aber wenn sie nicht bereit ist, nach vorne zu schauen, weiß ich nicht, wie wir weiterkommen sollen.

»Bereit?«

Azalée sieht anziehender aus denn je und sitzt auf der Motorhaube meines Pick-ups. Ich lächele, als ich meine DC-Kappe auf ihrem Haar bemerke.

Ich schiebe mich zwischen ihre Beine und lege meine Hände auf ihre Oberschenkel. Sie trägt Destroyed Jeans mit Camouflage-Muster und ein schwarzes Top.

Ich küsse sie sehnsüchtig, meine Zunge streichelt ihre. Der Stoff ihres Oberteils ist so dünn, dass man ihr Piercing erkennen kann.

Ich hätte große Lust, sie in mein Zimmer zu entführen.

»Bereit.«

»Also los«, sage ich und hebe sie von der Haube. Sie stößt einen kleinen Schrei aus, als ich sie huckepack nehme. Ihre nackten Beine schlingt sie um meine Mitte. Ich gehe in Richtung Innenstadt und bin überrascht, wie wenig Anstrengung ich aufbringen muss, um sie zu tragen.

»Grundgütiger, du wiegst ja gar nichts. Autsch!«, rufe ich, weil sie mir eine Kopfnuss versetzt. Habe ich etwas Falsches gesagt?

»Wenn ich schwer wäre, hättest du es mir dann gesagt?«

»Nein, aber …«

»Ganz genau! Weil es unangebracht gewesen wäre. Aber das gilt auch für das Gegenteil. Woher willst du wissen, dass ich keinen Komplex habe?«

Ich runzele verwirrt die Stirn. *Sie ist perfekt!*

»Was für einen Komplex?«

Sie antwortet nicht und ich stelle plötzlich fest, dass sie keinen Spaß macht.

»Zu dünn zu sein. Zum Beispiel.«

Oh. Ich gebe zu, dass ich daran nicht gedacht habe. Man denkt immer an Frauen, die Probleme wegen ihrer vielen Pfunde haben, aber ich kann mir vorstellen, dass man die anderen viel zu oft vergisst. Ich schlucke und hebe den Kopf, um ihr in die Augen zu schauen.

»Tut mir leid, *Beauté*. Du bist perfekt, glaub mir.«

»Egal«, murmelt sie und hält mir mit den Händen die Augen zu.

Grinsend versuche ich, mich blind vorwärtszutasten, was sie zum Lachen bringt.

»Wohin gehen wir eigentlich?«, fragt sie mich nach einer Viertelstunde.

»Keine Ahnung. Josh hat mir nur eine Adresse gegeben.«

Sie sitzt immer noch auf meinem Rücken, ohne auf die Blicke der anderen Leute zu achten, und ich mache mir einen Spaß draus, ohne Vorwarnung loszusprinten, um sie zum Quietschen zu bringen. Zwar bekomme ich die eine oder andere Kopfnuss, aber es lohnt sich.

Ich sehe, dass wir unser Ziel erreicht haben, als ich Andrew und Alyssa entdecke, die an der Ecke warten.

»Na endlich!«, ruft unsere Freundin.

Ich spüre, wie sich Azalée auf meinem Rücken verkrampft, messe dem aber zunächst keine Bedeutung bei. Bis sie heruntergleitet und ich ihr blasses Gesicht sehe. Ich will sie gerade fragen, was los ist, als Alyssa zur Seite tritt und ich den Ort unserer Abendverabredung erkenne.

»Heute Abend werden wir wieder zu Teenagern!«

Ich hätte es nicht sofort verstanden, hätte ich nicht das Schild »Bishop High School« gesehen. Wir stehen vor dem Gymnasium von Azalée. Ich drehe mich zu ihr um, denn ich will sichergehen, dass es ihr gut geht, doch sie ignoriert mich und gibt sich gekünstelt locker.

Alyssa bittet uns, ihr zu folgen, während Andrew meine Nachbarin begrüßt.

»Hi, Loser. Nostalgisch, was?«

Er scheint ebenso wenig begeistert zu sein wie sie und ich frage mich, warum wir eigentlich hier sind. Alyssa führt uns über den Rasen um das Gebäude herum zur Turnhalle.

»Josh hat immer noch Kontakt zum Turnlehrer«, vertraut sie mir augenzwinkernd an. »Manchmal lässt er die Tür für uns offen, damit wir …«

»Ich will gar nicht wissen, was ihr nachts in einer leeren Turnhalle macht, Lyssa.«

Sie verdreht die Augen, flüstert etwas auf Spanisch und lässt uns dann eintreten. Das Licht ist aus und ich nutze die Gelegenheit, um nach Azalées Hand zu greifen.

Nachdem wir viele Gänge entlanggelaufen und Treppen hinaufgestiegen sind, landen wir schließlich auf dem Dach des Gebäudes. Dort erwartet uns Josh mit weit geöffneten Armen.

»Hallo, Leute!«

Er hat Decken auf den Boden gelegt und einen Ghettoblaster sowie einen Picknickkorb mitgebracht. Azalée lächelt mir zu und ich weiß sofort, dass sie an unseren Abend am See denkt.

Die Sonne ist fast untergegangen und die Lichter von Charleston beginnen zu flimmern. Die Aussicht ist so schön, dass sich mein Herz in meiner Brust kurz zusammenzieht.

»Wir dachten, dass euch ein nettes kleines Abendessen auf dem Dach der Schule vielleicht gefallen könnte«, sagt Josh und begrüßt uns einen nach dem anderen.

»Irgendwie fühlt man sich alt«, behauptet Andrew und setzt sich auf eine beige Decke. »Manchmal fehlt mir die Schule …«

»Mir auch«, gibt Josh zu und zieht seine Verlobte an sich.

»Mir nicht.«

Alle schauen zu Azalée, die meine Hand losgelassen hat und sich im Schneidersitz niederlässt. Vorsichtshalber mache ich es ihr nach und wechsele lieber das Thema. Wir schalten die Musik ein, stoßen miteinander an, stützen uns auf unsere Ellbogen und kreuzen unsere Füße am Dachsims.

Die Sonne geht vor uns unter. Der Himmel ist unvergleichlich schön, eine Mischung aus Blau, Rosa und Ocker, die mein Herz berührt.

Als Josh Azalée seine Gitarre reicht und um ein Lied bittet, brauche ich sie nicht anzusehen, um ihr Zögern zu bemerken.

»Äh …«

Zum ersten Mal in ihrem Leben findet Azalée keine Worte. Ich nehme ihr mit einem scherzhaften Lächeln die Gitarre aus den Händen und lege sie auf meine Knie.

»Und warum bittest du sie? Vielleicht möchte ich auch gern singen?«

»Bitte sehr«, meint Josh und hebt die Hände.

Schließlich singe ich allein *I Want You Back* von den Jackson 5 – sehr zum Missfallen der anderen. Meine Stimme sollte an öffentlichen Orten verboten werden.

Josh macht sich offen lustig über mich, während Azalée mir lächelnd zusieht, wie ich mich zum Narren mache. Es ist ein Wahnsinnslächeln, das sich über ihr ganzes Gesicht ausbreitet. Ein Lächeln, das ich jetzt sofort küssen möchte. Und das tue ich dann auch vor allen anderen.

Azalée erstarrt, weil sie sich der Blicke unserer Freunde bewusst ist. Ich ziehe mich hastig zurück, weil ich fürchte, etwas Dummes getan zu haben, aber sie erwidert meinen Kuss mit einer Schüchternheit, die ich von ihr noch nicht kannte. *Verdammt, das ist mein Mädchen.*

Die anderen tun so, als wäre alles ganz normal, nur Alyssa schenkt mir ein stolzes, kleines Lächeln.

Schließlich überlasse ich die musikalische Unterhaltung dem Radio, das kitschige, aber eingängige Melodien sendet. Andrew erzählt Anekdoten aus der Highschoolzeit und Azalée teilt eine Schale Pommes frites mit mir. Sie lehnt mit dem Rücken an meiner Brust und ich umschlinge ihre Taille mit meinen Armen.

Ich streiche ihr eine Haarsträhne aus den Augen und küsse sie hinter dem Ohr. Sofort erbebt sie. Als ich sie gerade zum Tanzen auffordern will, gilt ihre gesamte Aufmerksamkeit einem Satz von Josh.

»Was hast du gesagt?«

Sie lächelt nicht mehr. Sehr ernst, fast ein wenig ängstlich starrt sie Josh an. Plötzlich schweigen alle. Josh wirft einen unbehaglichen Blick auf seine zukünftige Frau und bittet sie stumm um Hilfe, doch Alyssa gibt ihm gnadenlos zu verstehen, dass er sich allein aus der Affäre ziehen muss.

»Ich … Erinnerst du dich an Hanna Westmore?«

»Oh ja.«

»Sie veranstaltet ein … Ehemaligen-Treffen. Sie hat allen aus unserer Jahrgangsstufe eine Facebook-Einladung geschickt.«

»Mir nicht.«

Andrew und ich verziehen gleichzeitig das Gesicht.

»Du bist nicht gerade besonders aktiv auf Facebook … Aber sie hat mich gebeten, dich ebenfalls einzuladen.«

»Mitten im Sommer?«, spottet Azalée. »Das ist doch Blödsinn.«

»Mag sein … ja. Die Schule hat ihr nicht gestattet, es hier zu veranstalten, weil unser Schulabschluss noch nicht lange genug zurückliegt. Also hat sie einen Saal gemietet. Ich war mir nicht sicher, ob es dich interessiert …«

»Damit hattest du recht.«

Lange Zeit redet niemand mehr. Ein Ehemaligen-Treffen kann eigentlich nur eine schlechte Idee sein. Azalée würde die Leute wiedertreffen, die sie als die Nutte vom Bishop bezeichneten, die Leute, die für die Verbreitung dieses absurden Mythos verantwortlich waren …

Als ihr auffällt, welch frostige Stimmung sie verbreitet hat, wird ihr Gesicht weicher und sie lächelt Josh zu.

»Keine Sorge. Wenn es nur darum geht, ihre blöden Fressen wiederzusehen, kann ich gut darauf verzichten. Ich hoffe, ihr amüsiert euch!«

Ich kann gut verstehen, warum sie nicht hingehen will, obwohl ich überzeugt bin, dass es ihr mehr ausmacht, als sie zugibt, dass man sie nicht eingeladen hat. Tröstend nehme ich sie noch ein wenig fester in die Arme.

Und wie eine stumme, beschämte Antwort drückt sie im Gegenzug meine Hand.

Zehn Tage nachdem Azalea zugestimmt hat, meine feste Freundin zu werden, ruiniere ich alles.

Ja, es ging schnell.

Montagabend sitze ich mit Josh und Alec in der Bar. Die Mädchen haben Dienst. Diese Geschichte mit dem Ehemaligen-Treffen verfolgt mich seit letztem Wochenende; ich habe das Gefühl, dass ich ein halb fertiges Puzzle vor mir habe und mir wichtige Teile fehlen. Ich wusste zwar, dass Azalée ein Geheimnis mit sich herumträgt, aber nicht, wie gut es verborgen ist.

Cameron flirtet offen mit ihr, um mich zu ärgern. Ich blaffe ihn an, dass er aufhören soll. Er lacht und hebt die Hände.

»Tut mir leid, ich hatte ganz vergessen, dass sie jetzt dir gehört.«

»Azalée gehört mir nicht«, erkläre ich und trinke mein Bier. »Sie gehört niemandem.«

Cameron verdreht die Augen, während Josh mir einen dankbaren Blick zuwirft. Ich glaube, er gewöhnt sich allmählich an Azalée und mich.

»Menno, ich brauche eine Freundin«, beschwert sich Cameron.

»Was hält dich auf?«

Er schüttelt den Kopf.

»Mädchen sind zu kompliziert. Ich weiß nicht mehr, wie man es macht.«

»Oje«, lacht Leslie und rollt die Augen. »Ab sofort nenne ich dich Calimero.«

»Ich meine es ernst! Mit eurem ganzen feministischen Scheiß ist es total schwierig geworden, ein Mann zu sein; du bist ein Macho, wenn du dich weigerst, sie bezahlen zu lassen, aber wenn du nicht für sie bezahlst, machst du es auch falsch; wenn du im Zug versehentlich den Körper eines Mädchens streifst, schreit sie sofort, dass man ihr sexuelle Gewalt antut …«

»Du hast recht«, unterbricht Azalée ihn trocken, und ich weiß sofort, dass es ihm jetzt an den Kragen geht. »Es stimmt, es ist total *easy*, eine Frau zu sein. Wenn wir einen Rock tragen, pfeift man uns auf der Straße hinterher oder betatscht uns im Zug. Wenn wir mit einem Mann schlafen, werden wir als Hure bezeichnet, haben wir aber keinen Sex, sind wir verklemmt. Man glaubt uns nicht, wenn wir sagen, dass wir vergewaltigt worden sind, und wir bekommen weniger Geld als Männer – für die gleiche Arbeit. Wir werden gezwungen, mit dreißig Jahren eine Familie zu gründen, weil wir sonst als Paria der Gesellschaft angesehen werden. Wir müssen schön bleiben, aber vor allem natürlich und dürfen nicht fett, aber auch nicht dünn sein, weil niemand so eine Bohnenstange will. Zu intelligent sollten wir auf keinen Fall sein, und es schon gar nicht wagen, für die Rechte der Frauen einzutreten, denn dann sind wir verbitterte Emanzen und finden sowieso nie einen Mann. Außerdem sind wir verpflichtet, einen Mann und Kinder zu wollen, nicht wahr? Natürlich sollten wir auch wissen, wie man kocht und putzt, denn sonst sind wir keine ›richtigen Frauen‹. Und das ist nur die Spitze des Eisbergs; ich erspare dir die widerlichen Dinge, die Frauen überall auf der Welt angetan werden. Nein, du hast völlig recht, es muss wirklich hart sein, im Jahr 2018 ein *weißer*, reicher Hetero-Mann zu sein.«

Die nachfolgende Stille ist so drückend, dass Cameron nicht weiß, wie er reagieren soll. Seine Wangen sind rot vor Scham und irgendwie tut er mir fast ein bisschen leid. Alyssa und Leslie, solidarisch bis zum bitteren Ende, werfen ihm finstere Blicke zu. Was Azalée betrifft, so scheint sie ihren Ausbruch zu bedauern.

»Stimmt schon. Tut mir leid«, murmelt Cameron. »Ich wünsche mir doch nur eine Freundin.«

Ich beginne leise zu lachen. Schnell fallen die Mädchen ein.

»Falls es dich interessiert: Azalée hat einen Podcast zu diesem Thema«, sage ich mit den Händen in den Hosentaschen. Er heißt *Dear Patriarchy* und ist super interessant.«

Verlegen versetzt mir Azalée einen Stoß mit dem Ellbogen. Ich will das Thema fallen lassen, aber Leslie und Alyssa reagieren ausgesprochen fasziniert.

»Ernsthaft? Das ist ja toll! Wie sieht das Konzept aus?«

Cameron nutzt die Gelegenheit, sich so verstohlen wie möglich vom Acker zu machen. Ich schaue Azalée an und überlasse es ihr, das Konzept zu erklären. Zwar gibt sie mir mit Blicken zu verstehen, dass sie mein Lob keineswegs gutheißt, wendet sich aber dann an die Mädchen.

»Es ist eine Art Podcast über Frauen, der sich an Frauen wendet. Ich spreche über bestimmte Themen, und manchmal lasse ich mich von Zuhörerinnen anrufen, um mit ihnen zu diskutieren … oder auch, um sie ihre Geschichten erzählen zu lassen. Manchmal singe ich auch nur. Nichts Besonderes.«

»Von wegen! Das klingt doch echt cool. Warte, ich schreibe mir den Titel auf.«

Die Mädchen unterhalten sich noch ein paar Minuten, während ich mein Bier austrinke. Azalée scheint endlich in ihrem Element zu sein und spricht ungezwungen und leidenschaftlich über ihre Ideen.

»Lust, kurz frische Luft zu schnappen?«, flüstere ich ihr irgendwann zu.

Sie nickt und gibt Leslie ein Zeichen.

»Ich nehme meine Pause!«

Ich greife nach ihrer weichen und warmen Hand, während sie ihr Tablett auf der Theke abstellt. Draußen weht eine leichte Sommerbrise über meine nackten Arme, und am schwarzen Himmel funkeln Milliarden von Sternen.

»Ich wollte mich nicht wie eine Furie benehmen«, sagt Azalée etwas betreten und beißt sich auf die Lippen. »Ich habe den armen Kerl richtig angegriffen.«

»Keine Sorge«, beruhige ich sie mit einem Lächeln. »Cameron hat es verdient. Glaub mir, es wird ihn zum Nachdenken bringen.«

Der Wind pustet in Azalées Haar und ich versuche, es wieder einigermaßen glatt zu streichen. Mein Oberkörper schmiegt sich gegen ihre Brüste.

Schließlich lacht sie. Dieser einfache Klang ist so schön, dass ich mir fest vornehme, sie häufiger zum Lachen zu bringen.

»Lass das und küss mich lieber.«

Ich gehorche: Erregt ziehe ich ihre sinnlichen Hüften näher an mich. Sie klammert sich an meinen Hals, ihre Zunge streichelt meinen Gaumen, und ich beiße ihr zärtlich auf die Lippen. Jetzt ist es so weit. Diesmal wird sie mir nicht entkommen.

»Sag mal …«

»Hmm?«, murmelt sie. Ihre Finger streicheln zerstreut meinen Haaransatz.

»Warum bist du weggegangen?«

Sie versteht die Frage, denn ich spüre, wie sie sich versteift. Einen Sekundenbruchteil später lässt sie ihre Hände an meinem Körper entlang bis zu meinem Hintern gleiten und drückt mich an sich. Ich schließe die Augen und seufze hin- und hergerissen.

Nicht ablenken lassen, Weiss. Bleib stark!

Ich ziehe mich ein wenig zurück und nehme ihr Gesicht in die Hände, um sie zu zwingen, mich anzusehen. Als sie begreift, dass ihre Methode nicht funktioniert, blitzt Panik in ihren Augen auf. Aber heute lasse ich mich nicht darauf ein.

»Und?«, hake ich nach.

»Weggegangen?«

»Aus Charleston verschwunden. Was hat dich dazu gebracht, abzuhauen und nie wieder zurückkommen zu wollen?«

Wie erwartet, weicht sie ein Stück zurück und gibt sich flapsig.

Schon bevor sie den Mund aufmacht, weiß ich, dass sie mir als Nächstes mit Humor kommen wird, und fühle mich fast ein wenig enttäuscht.

»Was glaubst du wohl? Mit ekelhaften Bartträgern in einem Auto zu sitzen, an Tankstellen zu schlafen und nur alle drei Tage zu duschen war einfach ein Traum, den ich mir nicht entgehen lassen konnte.«

Ich bleibe kühl. Ironie ist nun mal ihr Markenzeichen. Ich schaue sie stumm an, während sie mich misstrauisch anlächelt. Heute Abend wird sie mir nicht davonkommen.

»Und in Wahrheit?«

Sie seufzt. Ich weiß, dass sie Angst hat. Angst davor, dass es mir gelingen könnte, sie zu überrumpeln. Aber sie muss einfach verstehen, dass es nicht das Ende der Welt wäre. In einer Beziehung ist man immer verletzlich.

»In Wahrheit wollte ich durch die Vereinigten Staaten trampen. Leider ist der *American Dream* ziemlicher Schwachsinn.«

»Warum lügst du mich an?«

Das ist kein Vorwurf, sondern eine ehrliche Frage. Ich will wissen, warum sie es tut. Ich will wissen, ob ich gegen Windmühlen kämpfe, oder ob sie sich mir eines Tages öffnet und ob es sich lohnt, darauf zu warten. Ich will, dass sie versteht, dass ich hier bei ihr bin und nicht weggehe. Sie ist es, die ich will.

»Ich lüge nicht«, erklärt sie mit fester Stimme.

»Und du machst weiter«, sage ich und schüttele enttäuscht den Kopf. »Azalée, im Ernst … Ich vertraue mich dir an. Du weißt fast alles über mein Leben, mehr als die meisten Menschen, aber ich bekomme von dir nur Lügen serviert. Ich verstehe, dass es schwer für dich ist und dass du dich bemühst, aber ich finde es nicht fair. Ich möchte nicht mit einem Phantom befreundet sein.«

Meine Worte scheinen sie noch mehr zu irritieren. Trotzdem bereue ich sie nicht. Klar ist es schwierig für sie, aber liege ich wirklich so falsch, wenn ich mehr will?

Inzwischen habe ich sie besser kennengelernt. Azalée braucht einen kleinen Schubs, um sich aus ihrer Komfortzone zu wagen. Und genau diesen Schubser gedenke ich ihr zu geben.

»Ich rede einfach nicht gern von mir, das ist alles. Ich verstehe nicht, wo das Problem liegt.«

»Mir geht es ebenso, und doch tue ich es. Weil eine Beziehung nur so funktioniert.«

Wir schweigen beide. Sie beharrt auf ihrer Position. Zwar spüre ich, dass sie wirklich zornig ist, aber ich weiche nicht zurück. Dieses Mal nicht.

»Also, was sagst du?«, hake ich mit sanfterer Stimme nach.

Sie schweigt noch eine Weile. Ich ertappe mich dabei, zu beten, dass sie nachgibt, und flehe den lieben Gott an, dass sie keine Angst mehr hat. Ich bitte schließlich nicht um den Mond, oder?

Irgendwann zuckt Azalée mit den Schultern, legt eine Hand auf ihre Hüfte und lächelt verschmitzt.

»Ich denke, wenn wir so weitermachen, sitzen wir in sechs Monaten in der Praxis eines Eheberaters. Das wirft uns zurück, Cowboy.«

Mit gerunzelter Stirn schaue ich sie an. Mir fehlen die Worte. Ich würde sie gern anlächeln und umarmen und darauf hoffen, dass sie mir eines Tages doch noch alles erzählt.

Aber sie wird es nicht tun, das weiß ich. Azalée ist zu stur. Und wenn ich ihr nicht so am Herzen liege wie sie mir, warum sollte ich mir dann all diese Mühe machen?

Ich seufze und fahre mir mit der Hand durch das Haar. Meine Entscheidung ist getroffen, auch wenn sie mir Angst macht. Sie macht mir Angst, weil ich mir nicht sicher bin, ob sie so funktioniert, wie ich es mir wünsche. Was, wenn Azalée nicht zu mir zurückkommt?

Zu spät.

»Hör zu, Aze …«, seufze ich. »Ich mag dich. Ehrlich. Das, was wir haben, bedeutet mir mehr, als ich es dir je sagen könnte. Aber jetzt bin ich genervt. Du wirst einfach nicht erwachsen«, füge ich hinzu und schüttele den Kopf. Ihr Lächeln erlischt. »Du lässt mich nicht an dich heran und machst jedes Mal nur Witze, wenn ich versuche, ein ernsthaftes Gespräch mit dir zu führen. Es tut mir sehr leid, aber über dieses Alter bin ich hinaus. Ich dachte, ich könnte mich auf den Sex mit dir beschränken, aber das geht nicht. Du hattest recht, ich will mehr. Ich will deine Schwächen, deine Ängste, deine Fehler, deine Dämonen, einfach das ganze Paket. Ich akzeptiere auch deine Abgründe – nur nicht diese verdammte Mauer. Wenn du dich eines Tages entscheidest, erwachsen zu werden und aufzuhören, dich zu verstecken, weißt du ja, wo ich wohne.«

Ich lasse ihr keine Zeit zu antworten und glaube sogar, dass sie gar nicht dazu in der Lage wäre. Ich gehe an ihr vorbei zu meinem Auto und lasse sie allein auf dem Gehsteig stehen. Meine Hände zittern, ob vor Wut oder Angst, weiß ich nicht genau. Ich drehe mich nicht mehr um, als ich mich ans Steuer setze, weil ich fürchte, wieder schwach zu werden.

Was habe ich getan?

Schließlich werfe ich an der roten Ampel mit zugeschnürter Kehle doch noch einen Blick in den Rückspiegel. Azalée steht noch immer an der Stelle, wo ich sie zurückgelassen habe. Allein.

Nicht umzukehren ist eine der schwierigsten Aufgaben, die ich je bewältigen musste.

21

August 2018

Azalée

Willkommen bei Dear Patriarchy,
eines sollten wir klarstellen: Ihr seid nicht antifeministisch, wenn
ihr gern Rosa tragt, wenn ihr Hausfrauen seid oder wenn ihr den
Männern gefallen möchtet; aber ihr seid es, wenn ihr Frauen nach
ihren Lebensentscheidungen beurteilt. Beim Feminismus geht es
darum, alle Frauen so zu akzeptieren, wie sie sind – ganz gleich,
welche Hautfarbe, Charaktereigenschaften, Körperform, sexuelle
Orientierung oder Behinderung sie haben.

Katie geht heute Abend auf die Kirmes.

Es war nicht schwer herauszufinden, denn ihr Twitter-Account ist öffentlich. Eine gewisse Lara hat ihr vorgeschlagen,
zusammen hinzugehen, und Katies Antwort lautete, dass sie
erst ihre Eltern fragen müsse.

Ihre Eltern. Ich könnte kotzen.

Wie es aussieht, haben sie ja gesagt. Deshalb bin ich bereits vor Ort, als die Sonne untergeht. Ich trage einfache Shorts
und ein Tanktop. Ohne Edens Mütze fühle ich mich irgendwie
nackt, aber ich versuche, nicht an ihn zu denken. Heute Abend
gibt es nur eine Person, die mich beschäftigt: *Katie.*

Und so streune ich allein zwischen den Jugendlichen herum,
die zum Feiern gekommen sind. Noch habe ich keine Ahnung

und keinen Plan, was ich dem Mädchen sagen soll. Ich bin viel zu nervös, um darüber nachzudenken. Ich werde wohl improvisieren.

Nachdem ich eine Stunde zwischen Schießbuden und Kettenkarussells herumgewandert bin, entdecke ich sie endlich. Katie steigt in Begleitung zweier anderer Mädchen aus der Geisterbahn. Ich bleibe stehen und warte.

Sie ist die Einzige, die Jeans und ein langärmliges Oberteil trägt.

Sie ist die Einzige, die nicht spricht.

Sie ist die Einzige, die beim Gehen zu Boden schaut.

Es ist so, als sähe ich mich selbst mit sechzehn Jahren wieder. Es tut weh, verdammt weh. Sollte das ihre Bestimmung sein? So zu werden wie ich?

Um Himmels willen, nein.

Meine Füße bewegen sich unwillkürlich in ihre Richtung, während ich mir das Versprechen gebe, Pete auf den Scheiterhaufen zu bringen.

»Hallo«, rufe ich, als ich die Mädchen erreiche.

Die drei bleiben stehen und schauen mich überrascht an. Zumindest sorgt mein Gruß dafür, dass Katie aufblickt. Als sie mich erkennt, huscht Überraschung über ihr Gesicht. Mit den Händen in den Taschen meiner Shorts versuche ich, sie anzulächeln. *Durchatmen, Aze. Alles wird gut.*

»Du bist Katie, richtig?«

Sie antwortet nicht sofort, sondern schaut ihre Freundinnen an, ehe sie zustimmend stottert:

»Äh, ja.«

Ihre Stimme ist sanft und ruhig. Sie ist das genaue Gegenteil von mir.

Und doch habe ich mich noch nie zuvor jemandem so nah gefühlt.

»Ich heiße Azalée«, fahre ich fort und strecke ihr meine Hand entgegen, die sie ungeschickt schüttelt. »Ich weiß, es klingt merkwürdig, aber … können wir kurz reden?«

In ihrem Kopf scheint ein Alarm loszugehen. Sie wird sehr blass und blickt sich hastig um. Zu spät begreife ich, dass sie sicher sein will, dass Pete nicht in der Nähe ist.

»Nein, tut mir leid. Ich muss jetzt nach Hause.«

Sie geht um mich herum, stiefelt davon und lässt ihre Freundinnen zurück. Ohne darüber nachzudenken folge ich ihr und schiebe sogar ein paar Leute beiseite, die vor dem Riesenrad Schlange stehen.

»Katie, warte! Hör zu, ich will dich wirklich nicht in Schwierigkeiten bringen. Ich will nur mit dir reden.«

»Wir kennen uns doch überhaupt nicht«, sagt sie und schaut weiter starr geradeaus.

Ich stelle mich ihr in den Weg, lege ihr die Hand auf den Arm und zwinge sie, stehen zu bleiben. Sie zuckt zurück, als hätte sie sich verbrannt. Diese Geste allein reicht schon, um mir fast das Herz zu brechen. Ich räuspere mich und versuche, meine aufsteigende Übelkeit in den Griff zu bekommen. Ich hätte sie nicht ohne Erlaubnis berühren dürfen.

Dabei weiß ich das. Es ist die Grundvoraussetzung.

»Das stimmt. Aber genau deshalb würde ich gerne mit dir reden. Ich … Pete war mein Stiefvater«, platze ich ohne Umschweife heraus. »Okay? Er war während meiner Zeit auf der Highschool mit meiner Mutter zusammen.«

Sie reißt die Augen auf. Einige Sekunden lang mustern wir uns gegenseitig. Wir sagen nichts, das ist auch nicht nötig. In diesem Moment entsteht eine Verbindung zwischen uns. Beide verstehen wir, was die andere durchmacht oder durchgemacht hat. Und fast automatisch füllen sich ihre Augen mit Tränen. Fast unweigerlich folgen meine.

»Ich kann nicht mit Ihnen reden«, flüstert sie und wischt sich über die Wange.

»Warum nicht? Er ist nicht hier. Alles wird gut, das verspreche ich dir. Ich will dir helfen …«

Sie seufzt, ohne mich anzusehen. Ihre Hände zittern.

»Mir helfen?« Sie lacht bitter auf. »Und wie?«

»Das können wir zusammen entscheiden«, schlage ich ihr mit warmer Stimme vor. »Ich weiß, was du durchmachst … ich habe es nämlich auch durchgemacht. Nur, dass mir damals niemand helfen konnte. Ich war allein. Aber du sollst nicht allein sein, weil es dich zerstören würde.«

Es sieht fast aus, als würde sie gleich wieder in Tränen ausbrechen, aber sie hält sich gut. *Sie ist stark*, denke ich mit einem gewissen Stolz auf dieses junge Mädchen. Ich fühle mich versucht, ihre Hand zu nehmen und ihr zu sagen, dass ich sie vor allem beschütze, aber ich halte mich zurück. Nicht nur, dass sie so viel Nähe vielleicht ablehnen könnte, sondern ich bin auch nicht sicher, ob ich ein solches Versprechen halten kann.

»Ich frage mich, ob …«, wage ich mich stattdessen zögernd vor, »ob du vielleicht deine Mutter einweihen kannst.«

»Nein!«, antwortet sie sofort und schüttelt heftig den Kopf. »Nie im Leben.«

»Ich weiß, es ist schwierig, aber …«

»Ich habe nein gesagt! Ich werde meine Mutter da nicht mit hineinziehen. Wenn sie mir nicht glaubt, würde alles noch viel schlimmer werden.«

»Ich verstehe dich. Aber soll es wirklich so weitergehen? Du bist erst vierzehn Jahre alt. Er wird … er wird nicht aufhören, Katie. Pete ist krank.«

Bei dieser einfachen Aussage zittert sie.

»Ich bin gerade dabei, mich um eine Sprachreise zu bewerben«, erklärt sie. »Wenn es klappt, ist es endlich vorbei, denn dann bin ich weit weg.«

Ich würde ihr gern widersprechen und sie fragen, was passiert, wenn es nicht klappt. Und selbst, wenn doch. Ihr würde nie Gerechtigkeit widerfahren, und sie würde ihr ganzes Leben lang das Gefühl von etwas Unerledigtem mitschleppen. Ich weiß das besser als jeder andere. Auch ich dachte, dass wegzulaufen die Lösung wäre. Aber man schleppt diese Sache weiterhin mit sich herum. Für immer. Denn es sind nicht die Orte, die einen heimsuchen, sondern die Menschen.

Ich würde ihr gern sagen, dass Pete sie zerstört, wenn sie jetzt nicht handelt. Dass sie nicht nur ihr Selbstvertrauen, sondern auch das Vertrauen zu allen Männern auf diesem Planeten verliert. Dass sie sich geringer als ein Nichts fühlen wird. Hässlich. Dumm. *Schmutzig.*

»Und wenn ich dir sage, dass wir ihn zu zweit ins Gefängnis bringen könnten?«, flüstere ich stattdessen.

Sie schweigt einige Zeit, als würde sie das Für und Wider abwägen. Schließlich schüttelt sie den Kopf, als eine ihrer Freundinnen zu uns stößt.

»Alles in Ordnung?«, fragt die Freundin beunruhigt und legt eine Hand auf Katies Schulter.

Ich frage mich, ob sie eingeweiht ist – ob überhaupt jemand anderes als ich davon weiß. Ich betrachte die Freundin und stelle überrascht fest, dass sie älter ist als Katie. Ihr rotes Haar hat den gleichen Farbton wie meins. Auf den Wangen unter ihrer Brille hat sie hübsche Sommersprossen.

»Ja.«

»Ganz sicher?«

»Lara, wenn ich doch sage, dass es okay ist …«, seufzt Katie, ehe sie sich wieder an mich wendet. »Ich muss jetzt nach Hause. Es geht nicht. Tut mir leid, aber es ist zu schwierig.«

Sie dreht sich um, aber ich halte sie im letzten Moment zurück und schiebe ihr ein Stück Papier in die Handfläche.

»Das ist meine Nummer. Bitte, behalte sie. Wenn du deine Meinung änderst, wenn er dir wehtut, oder … oder … wenn du einfach nur reden willst, ruf mich an. Tag und Nacht.«

Sie nickt langsam und verschwindet mit Lara, die mir ein höfliches, aber angespanntes Lächeln zuwirft.

Was mich betrifft, so stelle ich jetzt erst fest, dass ich zittere wie Espenlaub. Ich hasse mich dafür, dass ich das Mädchen an diesem Abend nach Hause gehen lasse, weil ich weiß, dass er es wieder tun würde. Heute Abend oder vielleicht morgen.

Hoffentlich ruft sie an.

Ich atme tief durch und achte nicht auf die fröhlichen Touristen neben mir. Die Unterhaltung verlief nicht ganz so, wie ich es mir erhofft hatte. Aber zumindest hat sie nun meine Nummer.

Ich habe ihr die Hand gereicht.

Jetzt liegt es an ihr, danach zu greifen.

Zögernd starre ich auf das Display meines Telefons.

Ich weiß nicht, worauf ich warte. Ein Zeichen von Katie oder Eden? Ich schüttele den Kopf, umfasse meine Knie und beobachte die aufgewühlten Wellen dieses Abends. Genau deshalb wollte ich keinen festen Freund. Kaum zehn Tage, und schon bin ich abhängig von seiner Zuneigung.

Eden ist ein geduldiger Mann, aber ich bin zu weit gegangen. Jeder Mensch hat seine Grenze. Er hat nicht die Absicht, seine Worte zurückzunehmen, und eigentlich hat er recht. Ich habe alles ruiniert.

Ich habe ihn zu lange auf Abstand gehalten. Ich bin wirklich nichts als ein stures Kind, das sich weigert, erwachsen zu werden, genau wie er gesagt hat. Denn erwachsen zu werden bedeutet, zu vertrauen und sich gehenzulassen. Das Gegenteil sorgt dafür, andere auf Distanz zu halten und fühlt sich einfacher und sicherer an.

Ich hielt mich für stark, aber das bin ich nicht. Ich bin nicht tapfer. Wäre ich es, hätte ich Eden an mich herangelassen. Ich hätte Charleston nicht fluchtartig den Rücken gekehrt und Pete säße längst hinter Schloss und Riegel.

Plötzlich spüre ich etwas Warmes und Feuchtes an meinen Fingern. Vor mir steht Frechdachs und bettelt um Streicheleinheiten.

»Hallo Kumpel«, flüstere ich und kraule ihn. »Ich vermisse ihn auch …«

Verdammt. Erst jetzt wird mir klar, dass Eden alles ist, was ich brauche. Ein Mann, der mir widerspricht, mir dann und wann einen kleinen Schubs gibt und mir meine Fehler verzeiht. Ein Mann, der mich nicht auf einen Sockel stellt, mir die Wahrheit direkt ins Gesicht sagt und im Notfall mit mir durch die Hölle geht.

Er hat recht, ich kann mich nicht mehr hinter dieser Mauer verstecken, die mich daran hindert, Zuneigung zu finden. Ich will nicht mehr allein in meinem Elfenbeinturm sitzen, ich will nicht, dass die Erinnerung an Pete alles zerstört, was ich berühre und was mir vielleicht ein wenig Glück verschaffen könnte.

Ich will Eden.

Dieser einfache Gedanke hilft mir bei der Entscheidung. Ich werde Eden bitten, mir zu verzeihen und ihm sagen, dass ich ihm alles erkläre … jedenfalls bald. Wenn ich endlich einen Weg gefunden habe, Pete zu bestrafen.

Ich gehe hinüber zu seiner Veranda und öffne die Tür mit den Schlüsseln, die in einem Blumentopf versteckt sind. Ich schalte den Fernseher im Wohnzimmer ein und warte mit einem Kloß im Hals auf ihn.

19 Uhr. Ich bereite eine kleine Rede vor, damit ich weiß, was ich im entsprechenden Moment sagen soll.

20:30 Uhr. Ich spüle und spiele ein wenig auf seiner Gitarre.

23 Uhr. Immer noch niemand. Nur mit Mühe widerstehe ich dem Drang, ihm eine Nachricht zu schreiben. Stattdessen frage ich Alyssa, ob Eden heute Abend in der Bar ist. Ihre Antwort lässt nicht lange auf sich warten.

Alyssa: Jep. Ich wünschte, er würde verschwinden, es ist ein trauriger Anblick.
Ich: Dann sind wir schon zwei.
Alyssa: Was ist passiert? Er ist gerade bei seinem vierten Bier. Das ist nicht gerade gut für ihn …

Oh, Scheiße. Ich bin fast so weit, hinzugehen, ändere dann aber doch meine Meinung. Er braucht Freiraum, sonst wäre er schon längst zu Hause.

Ich: Kann ihn jemand heimfahren? Man weiß ja nie – nicht, dass er während der Fahrt einen Anfall bekommt.
Alyssa: Keine Sorge, ich habe ihm seine Schlüssel schon abgenommen. Keine Ahnung, was bei euch los war, aber er erklärt mir immer wieder, wie leid es ihm tut …

Etwas zerbricht in mir. Ich seufze. Mein Herz schmerzt und ich schließe niedergeschlagen die Augen. Eden trinkt, weil er seinen Entschluss bedauert, und er ist sogar bereit, sich bei mir zu entschuldigen, obwohl doch ich diejenige bin, die im Unrecht ist.

Ich hasse mich.

Ich: Sag ihm, dass alles in Ordnung ist. Dass er nach Hause gehen kann.

Danach warte ich auf seine Rückkehr. Stunden vergehen. Irgendwann lege ich mich in sein Bett und kuschele mich unter die Decken. Zwar versuche ich, wach zu bleiben, weil ich sicher sein will, dass er gut nach Hause kommt, aber die Müdigkeit überwältigt mich … ich schlafe ein.

An den Rest erinnere ich mich nur sehr vage. Ich träume. Es ist ein Albtraum. Ein schrecklicher Albtraum, in dem ich wieder sechzehn Jahre alt bin. In der Dunkelheit meines Zimmers stelle ich mich mit pochendem Herzen schlafend, und so seltsam es auch erscheinen mag, ich weiß längst, was geschehen wird.

Der Schlüssel dreht sich in meinem Zimmerschloss. Ein Schluchzen entweicht meiner Kehle. Er stinkt nach Alkohol. Ich rieche es bis hierher.

Lieber Gott, ich flehe dich an, lass es aufhören.

Aber niemand kommt mir zu Hilfe, weder Gott noch sonst jemand. Ich höre ihn kommen und möchte am liebsten sterben. Er denkt, dass ich schlafe und macht sich einen Spaß daraus, mich zu wecken. Ich schiebe ihn weg, ich versuche zu schreien, aber er gewinnt.

Wieder einmal.

Er ist über mir und hält meine Handgelenke auf der Matratze fest, ohne sich auch nur die Zeit zu nehmen, sich auszuziehen. Ich weine, während ich unverständliches Zeug flüstere. Seine Hände sind überall, und plötzlich ist es kein Traum mehr, sondern Realität, und mein Herz blutet, und …

In heller Panik wache ich auf. Mein Herz schlägt wie wild und auf meiner Stirn steht der Schweiß. In diesem Moment siegt die Realität über den Albtraum. Über mir erkenne ich eine männliche Gestalt. Der Mann verbirgt sein Gesicht in meiner Halsbeuge, seine Hand liegt auf meiner Hüfte.

Ich kann nicht atmen, ich kann mich nicht bewegen …

Petes Gesicht lässt mir keine Ruhe, sein Geruch würgt mich in der Kehle und die Berührung seiner Hände raubt mir den Atem.

»Ich …«, versuche ich zu sagen.

Dann kommt nur noch Stille. Reden ist unmöglich.

»Entschuldige …«

Ich schüttele den Kopf, auch wenn er mich nicht sieht. Panik umklammert mich wie ein Schraubstock. Ich verkrampfe mich, während seine Hand zärtlich unter mein Hemd gleitet.

Nein, nein, nein.

Nicht heute Abend, möchte ich sagen. *Ich flehe dich an, tu mir das heute Abend nicht an.*

Aber ich kann nicht. Seine Hand streichelt mich weiter, sein Mund küsst meinen Hals. Der Mann, den ich über mir sehe, ist mein Stiefvater. Ich kann nicht, ich halte es nicht mehr aus, ich habe Schmerzen, ich habe Angst – und endlich tue ich das, was ich schon vor vielen Jahren hätte tun sollen.

Ich schließe die Augen und schreie so laut ich kann.

22

August 2018

Eden

Ich weiß nicht einmal mehr, warum ich all diese Dinge zu Azalée gesagt habe. Oder besser: Doch, ich weiß es. Damit sie sich
mir endlich öffnet. Nur fürchte ich, dass ich zu viel von ihr ver-
langt habe.

Ich will sie nicht verlieren und habe mich entschieden, sie
um Verzeihung zu bitten. Selbst wenn ich recht habe und auch,
wenn es mich umbringt – ich werde sie anlügen und sagen, es
wäre mir egal, wenn ich nicht alles über sie weiß. Hauptsache,
sie bleibt.

Als Alyssa mich nach Hause bringt, ist bei Azalée schon
alles dunkel. Ich beschließe, direkt ins Bett zu gehen. Ich bin
hundemüde. An der Tür zu meinem Zimmer kitzelt mich ein
süßer, vertrauter Geruch in der Nase. Ich weiß, dass sie hier ist,
noch ehe ich sie sehe. Tatsächlich liegt Azalée in meinem Bett
und schläft tief und fest. Ihr rotes Haar liegt wirr auf meinen
Kissen. Es ist die einzige lebhafte Farbe im Raum.

Hin- und hergerissen zwischen Erleichterung und Schuld-
gefühlen seufze ich. *Verdammt, sie ist hier.* Sie ist zurückgekommen. Ich ziehe meine Schuhe, meine Jeans und mein T-Shirt
aus, ehe ich ins Bett steige. Azalée bewegt sich nicht. Ich krieche zu ihr. Eine Falte bildet sich auf ihrer Stirn und ich hoffe
von ganzem Herzen, dass sie nicht mir gilt.

»*Beauté* …«, flüsterte ich, obwohl ich genau weiß, dass sie mich nicht hört.

Nicht einmal im Schlaf soll sie meinen, dass ich die Nacht draußen ohne sie verbringe. Ich vergrabe mein Gesicht an ihrem Hals, um ihren Duft zu riechen. Ich will sie ganz nah bei mir spüren, will fühlen, dass sie nicht fortgegangen ist, und will mir beweisen, dass alles, was ich für sie empfinde, ganz real ist.

Dass es real ist und auf Gegenseitigkeit beruht.

Plötzlich wird sie unruhig und ihr Atem beschleunigt sich. Ich will, dass sie weiß, wie sehr ich sie liebe und dass es mir egal ist, was sie vor mir verbirgt. Ich will sie nur jeden Tag sehen dürfen. Sie lachen hören. Mit ihr schlafen.

Ich küsse sie unterm Ohr. Endlich wacht sie auf. Sie keucht. Ich schließe die Augen und flüstere:

»Es tut mir leid …«

Ich küsse sie weiter zärtlich in die Halsbeuge. Ich will, dass sie mir verzeiht. Meine Hand gleitet langsam unter ihr T-Shirt. Ich werde alles tun, was sie von mir will.

Aber plötzlich spüre ich, wie sie erstarrt. Ich habe gerade noch genug Zeit, sie anzusehen, dann beginnt sie panisch zu schreien. Ihr Schrei ist wie eine kalte Dusche, wie tausend Schwerter, die mein Herz durchbohren, und ein Zug, der mich bei voller Geschwindigkeit überrollt.

Eine schier endlose Sekunde lang wage ich nicht, mich zu rühren, während sie wie von Sinnen schreit und die Hände vor sich hält, um sich zu schützen … vor mir zu schützen.

Schließlich reagiere ich, weiche zurück und ziehe bestürzt meine Hand unter ihrem Pyjama hervor. Noch immer bin ich der irrigen Meinung, dass sie wegen unseres Streits am Vortag noch sauer auf mich ist. Doch dann …

»ICH HABE NEIN GESAGT!«, brüllt sie und stößt mich mit geschlossenen Augen brutal von sich.

Ich taumele rückwärts, weiß nicht, wie ich reagieren soll und starre sie nur sprachlos an. Tränen laufen über ihre Wangen. *Was zum Teufel ist hier los?*

Ich habe sie noch nie in einem solchen Zustand gesehen. Ihre Hände zittern. Ich habe keine Ahnung, was ich sagen, tun oder denken soll, und versuche, mich ihr zu nähern und sie in die Arme zu nehmen. Sie aber weicht zurück und presst sich gegen das Kopfteil.

»E… Eden?«, haucht sie plötzlich und scheint mich endlich zu erkennen.

Mir fehlen die Worte. Ich weiß noch immer nicht, was ich sagen soll, also bewege ich mich zögernd vorwärts, doch sie hält mich schluchzend davon ab:

»Komm nicht näher.«

Ihr entsetzter Blick bricht mir fast das Herz. Sie ist nicht mehr sauer auf mich, darum geht es hier nicht. Nein, das Problem liegt offenbar darin, dass sie glaubte, ich würde sie …

»Azalée …«, flüstere ich, immer noch schockiert. »Ich … Hast du gedacht, dass …?«

Und in diesem Moment verstehe ich. Ich verstehe *wirklich*. Und mir ist, als gäbe es plötzlich keine Luft mehr im Raum.

Vor Entsetzen und Wut reiße ich die Augen auf und werde bleich. Nun ist es an mir, zu zittern. Ich presse mir die Faust auf den Mund, während der Wunsch, alles kurz und klein zu schlagen, mir fast die Eingeweide zerreißt. Wenn ich daran denke, dass sie fürchtete, ich würde …

»Es tut mir so leid«, flüstere ich mit gebrochener Stimme, während Azalée mir mit zitternden Schultern auf die Hände starrt. »Ach, *Beauté*, es tut mir so leid …«

»Geh bitte raus.«

Ihr erschöpfter Tonfall gibt mir den Rest.

»Aze …«

»Ich flehe dich an, Eden«, flüstert sie und weigert sich, mich anzusehen. »Geh einfach. Du kannst nichts dafür, aber ich muss jetzt allein sein.«

Ihre Worte schmerzen mich mehr als alles andere, aber ich gehorche ihr. Ich gehorche ihr, weil es das Einzige ist, was ich tun kann. Ich verlasse das Zimmer, verfluche mich, dass ich mich so hilflos fühle, und stottere immer wieder dieselben Worte.

Es tut mir leid, es tut mir leid, es tut mir leid.

Ich muss wohl eingeschlafen sein, denn als ich die Augen öffne – immer noch in Boxershorts auf der Couch sitzend –, ist Azalée da. Sie kauert am anderen Ende des Sofas. Ich bin überrascht, sie zu sehen. Ihr Kinn liegt auf ihren nackten Knien und ihre Hände umfassen ihre Knöchel. Sie starrt mich an.

Lange schweigen wir. Irgendwann wird ihr klar, dass ich es weiß. Dass ich es erraten und die ganze Nacht kaum geschlafen habe. Der große Abstand, den sie zwischen uns gelegt hat, schmerzt mich – auch wenn ich es verstehe.

»Guten Morgen«, sage ich und richte mich mit müden Augen auf.

Sie antwortet nicht. Ich schaue sie an. Sie ist so schön, so stark und so zerbrechlich, wie ich sie schon immer kannte. Ich schlucke die bitteren Worte, die mir unwillkürlich in den Sinn kommen, wenn ich an das denke, was sie durchgemacht hat. Am liebsten würde ich sie fragen, wer es war, aber tief in meinem Inneren weiß ich es längst. Ich spüre es: Er ist der Schuldige.

»Du …«

»Geht schon«, schneidet sie mir das Wort ab und räuspert sich. »Ich musste letzte Nacht allein sein, aber jetzt geht es wieder. Alles in Ordnung. Und bitte, hör endlich auf, dich zu entschuldigen. Nichts davon ist deine Schuld.«

Sie verzieht den Mund zu einem Lächeln, um ihren Worten Nachdruck zu verleihen, aber ich glaube ihr keine Sekunde. Wie kann es ihr gut gehen, nachdem sie dieses Geheimnis jahrelang für sich behalten hat?

»Sag nicht, dass es okay ist, denn das stimmt einfach nicht …«

»Was soll ich denn sonst sagen, Eden?«, seufzt sie.

Ich schüttele den Kopf und wende den Blick ab. Ehrlich gesagt weiß ich das auch nicht. Ich glaubte, alles über sie wissen zu wollen, aber habe ich wirklich das Recht, solche Dinge zu erfahren? Möchte ich die Einzelheiten überhaupt hören? Plötzlich bin ich mir nicht mehr so sicher.

»Auf jeden Fall sollst du wissen«, flüstere ich und sehe sie an, »dass dein Eingeständnis, wie tief du getroffen bist, keine Schwäche ist. Mach deinen Schmerz bitte nicht kleiner, als er ist. Du hast ein Recht darauf, dass es dir schlecht geht, Azalée.«

Stille antwortet mir. Sie widerspricht mir nicht, weil sie weiß, dass ich recht habe. Stattdessen schaut sie auf ihre Füße. Noch immer warte ich darauf, dass sie etwas hinzufügt, denn ich habe absolut keine Ahnung, wie ich weiter reagieren soll.

Könnte sie aber die Gedanken lesen, die mir durch den Kopf schwirren, bekäme sie jetzt Angst. Besser gar nicht erst damit anfangen. Ich würde gern ihre Hand nehmen, ihre Haut und ihre Wärme spüren. Schließlich bricht sie das Eis:

»Ich möchte dir alles erzählen.«

Unbeweglich schaue ich sie an. Sie scheint wirklich entschlossen zu sein. Entschlossen, aber voller Angst.

»Ich erzähle dir alles, was passiert ist. Aber nur einmal, ein einziges Mal. Hörst du, Eden? Nur dieses eine Mal«, wiederholt sie.

Mir wird klar, dass das ein äußerst wichtiger Moment für uns ist. Daher schlucke ich die Galle hinunter, die mir in die Kehle steigt, und zwinge mich zu einem Nicken.

Sie atmet tief durch und schweigt mit abgewandtem Blick noch einige Sekunden, ehe sie beginnt.

»Ich habe dir schon von Pete erzählt. Eher so nebenher.«

Zwar hatte ich ihn – ohne zu wissen, warum – schon im Verdacht gehabt, aber die Bestätigung empfinde ich wie eine Faust mitten ins Gesicht. Echt hart.

»Zu Beginn vergötterte ich ihn geradezu. Er war wirklich wie ein Vater für mich. Als es das erste Mal passierte, war ich zwölf Jahre alt«, berichtet sie. Mein Herz zuckt vor Abscheu fast zusammen.

Sie hat gerade erst mit ihrem Geständnis angefangen, doch ich weiß jetzt schon, dass es sehr, sehr schwierig werden wird. Unwillkürlich stelle ich mir meine Tochter an ihrer Stelle vor und koche innerlich geradezu. Männer wie Pete sollte man gnadenlos ins Gefängnis werfen … Irgendwann habe ich einmal gehört, dass Pädophile dort keinen leichten Stand haben.

»Ich habe nichts getan, um mich zu verteidigen. Als es vorbei war, erklärte er mir immer wieder, dass es ein schlimmer Fehler gewesen sei und dass ich es unbedingt für mich behalten müsse. Und dass er meine Mutter und mich ›sehr, sehr‹ liebe.«

Ich versuche, mich cool zu geben, obwohl meine Wut stärker wird. Aber es ist nicht diese verrückte, aufgestachelte Wut, bei der man alles in die Luft jagen möchte. Nein, es ist ein eisiger, zerstörerischer, aber geduldiger Zorn.

»Beim zweiten und letzten Mal war ich sechzehn. Ich habe mich gewehrt, aber das hat nichts geändert. Als ob mein ›Nein‹ für ihn völlig unerheblich gewesen wäre … Ich erspare dir die

Einzelheiten der folgenden Tage«, seufzt sie. »Heulkrämpfe. Erbrechen. Der ständige Zwang, zu duschen. Paranoia.«

Ihre Mauer bricht völlig in sich zusammen und alles, was ich sehe, sind die Löcher, die Pete in ihrem Herzen hinterlassen hat und die sie mit beiden Händen zu füllen versucht.

Und ich war der Meinung gewesen, man könne nichts Schlimmeres tun, als sein Kind gegen eine Wand zu werfen.

Da habe ich mich wohl getäuscht.

»Ich will dich nicht verurteilen«, flüstere ich, »aber … warum hast du nichts gesagt?«

Azalée lächelt mich bitter an.

»Weil niemand dem Mädchen glaubt.«

Darauf fällt mir keine Antwort ein.

»Ich fing an, mich abzuschotten«, fährt sie ungerührt fort. »Ich entwickelte eine Gleichgültigkeit, die ich von mir nicht kannte – als ob ich nichts mehr zu verlieren hätte. Ich versuchte, so gut es ging, seine Aufmerksamkeit von mir abzulenken: Ich nahm zu, ich verbrachte so wenig Zeit wie möglich zu Hause, machte mich so hässlich wie ich konnte … Er hat es nicht wieder getan. Aber Eden, er war überall«, flüstert sie mit aufgerissenen Augen. »Selbst in meinen Albträumen. Der einzige Weg, ihn loszuwerden, war …«

Bei den letzten Worten versagt ihre Stimme, aber ich ahne, was sie sagen will. Mit wehem Herzen betrachte ich ihre Handgelenke. Als ob sie meinen Blick gespürt hätte, verbirgt Azalée ihre Narben und fährt fort:

»Aber das war nur der Anfang. Es war ausgerechnet Pete, der mich in dieser Nacht in meinem Zimmer gefunden hat. Ganz schön ironisch, was? Als mein Henker zu meinem Retter wurde, begriff ich, dass es keinen Gott gibt. Meine Mutter verstand nicht, warum ich mir die Pulsadern aufschneiden wollte. Ich machte ihr weis, dass mein Ruf in der Highschool mich überfordert hätte. Klar, dass alle das sofort glaubten … Danach begann ich, alles zu zerstören, was mir geblieben war, angefangen bei meiner Beziehung zu Josh und Andrew. Ich glaube, wenn Pete länger bei uns geblieben wäre, hätte ich ihn irgendwann erstochen. Ich bin mir dessen sogar sicher«, fährt sie fort. Hass blitzt in ihren dunklen Pupillen auf.

Nachdenklich hält sie kurz inne.

»Du hast es Sylvia dann doch gesagt, nicht wahr?«

Azalée verzieht das Gesicht zu einem kleinen, bitteren Lächeln und weigert sich noch immer, mich anzuschauen. Zu wissen, dass sie sich schämt – sie, Azalea Green, die einzige Frau, die ich kenne, die sich normalerweise wegen gar nichts schämt – bedrückt mich sehr.

Sie nickt und ich verstehe.

»Sie hat dir nicht geglaubt.«

»Oh doch, sie hat mir geglaubt.«

Ich runzele die Stirn. Endlich hebt sie mir ihr Gesicht entgegen. Sie hat Tränen in den Augen. Ich habe Angst, den Rest zu hören, und das aus gutem Grund:

»Wenn du immer wieder hörst, dass deine Tochter eine Schlampe ist, glaubst du es am Ende«, grollt sie. »Nie werde ich diesen Ausdruck tiefen Ekels in ihrem Gesicht vergessen, als ich meine Bombe platzen ließ. Sie behauptete, ich hätte es darauf angelegt; sie hatte nämlich durchaus bemerkt, wie Pete mich ansah.«

Ich falle aus allen Wolken, bin vollkommen fassungslos. Mit miserablen Eltern kenne ich mich weiß Gott aus, doch Azalées Geständnisse machen mich einfach sprachlos. Plötzlich fällt mir etwas ein und es ist wie eine Erleuchtung.

»Josh weiß Bescheid.«

Es ist keine Frage, aber Azalée zuckt mit verängstigtem Gesichtsausdruck zusammen.

»Was? Nein, ganz sicher nicht. Ich habe nie etwas gesagt.«

»Oh. Entschuldige, ich dachte …«

Ich runzele die Stirn, während ich mich an die Worte meines besten Freundes erinnere: *Azalée ist anders als andere Mädchen. Sie … sie hat einiges erlebt.*

Er weiß es. Ganz bestimmt. Josh hat es vielleicht erraten, aber offensichtlich hat auch er nie etwas gesagt. Ich beschließe, das Geheimnis zunächst für mich zu behalten, und wische ihr die Tränen von den Lippen. Sie fährt fort:

»Nachdem ich mein Schweigen gebrochen hatte, hat Pete uns schließlich verlassen. Ich glaube, er ist ziemlich ausgerastet. Ich wusste wirklich nicht mehr, wer ich war. Und weil alle mich für eine Schlampe hielten … habe ich eben mitgespielt. Ich wurde zur *Nutte vom Bishop*. Ich hatte viele Männerbekanntschaften, das stimmt. Es stimmt auch, dass ich ein paar sehr dumme Entscheidungen getroffen habe. Aber ich …« Sie unterbricht sich und ihre Augen stehen plötzlich wieder voller Tränen. »Ich wollte nie … Ich wollte nie eine Schlampe sein, Eden. Ich wollte nur … Ich habe nur versucht …«

Azalée schließt die Augen und wird von einem heftigen Schluchzen geschüttelt. Als sie die Augen wieder öffnet, kämpft sie tapfer gegen die Tränen an. Schweigend fleht sie mich an, ihr zu glauben.

»Ich habe nur versucht, sein Gesicht aus meiner Erinnerung zu löschen.«

Ach, Liebste … Natürlich geht es ihr nicht gut. Die ganze Zeit über ging es ihr nicht gut. All diese One-Night-Stands waren abgesehen von der Rückeroberung der eigenen Sexualität nichts als der sinnlose Versuch, das Gesicht ihres Vergewaltigers auszulöschen.

Ich küsse ihre letzten Tränen fort, hebe sie hoch, setze sie auf meinen Schoß und lege meine Hände um ihre Taille. Sie umarmt mich mit abgewandtem Blick, doch ich hebe ihr Kinn und zwinge sie, mich anzusehen.

»Ich werde auf alles reagieren, was du mir gerade gesagt hast, okay?«

Sie nickt schweigend. Ich weiß, dass meine nächsten Worte sehr wichtig sind, deshalb wähle ich sie sorgfältig.

»Als Erstes möchte ich dir sagen, dass du die mutigste Frau bist, die ich je kennengelernt habe. Die allermutigste«, wiederhole ich, als sie zu protestieren versucht, »und die stärkste. Was du durchgemacht hast, ist nicht normal, Azalée. Niemand sollte so etwas erleben müssen und so behandelt werden, weder vom Stiefvater noch von der eigenen Mutter. Man hat dir einen Teil deiner Kindheit und Jugend genommen und damit gespielt, man ließ dich glauben, du seist wertlos, man trampelte auf deinem Selbstwertgefühl und deinem Selbstvertrauen herum … und niemand hat etwas unternommen. Niemand hat hingeschaut. Du hast jedes Recht der Welt, wütend zu sein. Es darf dir schlecht gehen, du darfst es sagen, und vor allem: Du brauchst dich auf keinen Fall zu schämen. Niemals. Denn nichts davon ist deine Schuld und nichts, was du getan hast, darf ein Vorwand dafür sein, dich zu missbrauchen; weder deine Art dich anzuziehen, noch deine Art dich zu schminken oder deine Art zu gehen. Der einzig Schuldige ist Pete. Hast du mich verstanden?«

Zwar reagiert sie nicht, aber ich weiß, dass sie mir aufmerksam zuhört. Ich weiß es, weil sie in meinen Armen zittert. Ich küsse sie auf die Nasenspitze und fahre fort:

»Außerdem möchte ich dir sagen, dass es mir leid tut. Denn jemand muss es dir sagen. Es tut mir leid, dass du so lange damit allein warst, es tut mir leid, dass ich dir gestern Abend Angst gemacht habe, als ich mich eigentlich nur entschuldigen wollte, das alles tut mir leid«, seufze ich. »Ich möchte dir auch sagen, dass du es eines Tages hinter dir lassen wirst. Weil du stark bist, und weil du nicht mehr allein bist. Ich bin hier. Ein bisschen spät, aber ich bin hier, und ich werde dich nicht mehr loslassen, Azalée Green.«

Ich lasse meine Worte in ihre Seele eindringen. Gefühle überwältigen mich. Langsam wird mir klar, dass mir Azalée zwar auch schon vor diesem Morgen sehr gefallen hat, aber dass es nichts ist im Vergleich zu dem, was ich jetzt für sie empfinde, seit ihre Mauer gefallen ist.

Ich bin verrückt nach diesem Mädchen und ich kann es nicht für mich behalten.

Mein Blick bleibt ernst und meine Finger streicheln ihren Halsansatz. Meine Ehrlichkeit wird eines Tages mein Untergang sein.

»Und zu guter Letzt: bitte keine Panik, aber du solltest wissen, dass ich dabei bin, mich wie verrückt in dich zu verlieben.«

Sie wird blass, ihr Mund bleibt halb offen. Ich weiß nicht, ob ich wieder einmal alles ruiniert habe, aber es ist mir egal.

»Du brauchst mir darauf keine Antwort zu geben. Ich erwarte nichts von dir, ich musste es dir nur sagen. Weil ich es nicht mehr für mich behalten kann. Es macht mich übervoll und erstickt mich. Das ist alles. Okay?«

Sie nickt schweigend. Das genügt. Zumindest für heute. Ich küsse sie zärtlich, um meine Worte zu unterstreichen. Ich bin froh, dass sie keine Geheimnisse mehr vor mir hat, ebenso, wie ich keine Geheimnisse mehr vor ihr habe.

Eine letzte Frage verfolgt mich jedoch noch.

»Was ist aus Pete geworden?«, frage ich leise und lehne meine Stirn gegen ihre. »Bitte sag mir, dass er weit weg von hier ist. Denn falls ich ihn bereits in der Stadt getroffen habe, ohne es zu wissen …«

Schuldbewusst presst sie die Lippen zusammen und senkt den Blick. Ich schließe die Augen und bändige die Wut, die sich bereits einen Weg durch meine Adern bahnt. Rache ist eine süße Melodie für meine Ohren.

»Er lebt in der Innenstadt. Er … er hat eine neue Familie.«

»Hast du ihn wiedergesehen?«

Sie zögert und ich spüre, dass sie mir etwas verheimlicht, aber vielleicht täusche ich mich ja. Meine Fäuste jucken. Am liebsten würde ich alles kurz und klein schlagen, angefangen mit dem Gesicht dieses Pädophilen. Azalée ahnt es, denn sie legt ihre Hände auf mein Herz, um mich zu beruhigen.

»An dem Abend, als du dich geprügelt hast, war er am Strand.«

Ich fluche laut und schüttele den Kopf. Ganz nah … Ich war ihm ganz nah.

»Wir müssen etwas tun. Wir dürfen ihn damit nicht davonkommen lassen. Wir müssen die Polizei rufen.«

»Eden«, sagt sie mit traurigem Lächeln. »Er ist die Polizei.«

Stumm verdaue ich die Information. Natürlich. Warum überrascht mich das überhaupt?

»Aber wir können uns doch nicht einfach zurücklehnen und zusehen.«

»Ich weiß, aber ich habe Angst. Du kennst ihn nicht.«

Ich runzele die Stirn.

»Ich habe keine Angst, und du solltest auch keine haben.«

»Ich habe keine Angst um mich«, flüstert sie.

Ich beobachte sie zärtlich und reibe meine Nase an ihrer. Eine Geste, mit der ich Faith häufig zum Lachen bringe.

»Ich weiß, *Beauté*.«

Wir umarmen uns und bleiben schweigend sitzen.

Stille. Es ist schön und sehr friedlich, auch wenn unsere Zukunft ungewiss ist.

»Eden.«

»Hmm?«

Sie zieht sich ein Stück zurück, um mir ins Gesicht zu sehen.

»Ich bin froh, dass ich dich gefunden habe«, flüstert sie und streichelt mir über das Gesicht.

Statt einer Antwort lächele ich sie an. Es ist zwar nicht das, was ich erhofft hatte, aber ich kann mich damit zufrieden-geben.

Zumindest vorläufig.

23

August 2018

Azalée

Willkommen bei Dear Patriarchy,
hört endlich auf, euch selbst für etwas verantwortlich zu machen,
das jemand anderes euch angetan hat. Hört endlich auf, euch
selbst für etwas verantwortlich zu machen, das jemand anderes
zu euch gesagt hat. Hört endlich auf, euch selbst dafür verantwortlich zu machen, wenn jemand anderes euch Schmerzen zufügt. Es ist nicht eure Schuld.

Ich habe es gesagt. Nach all den Jahren habe ich es endlich jemandem gesagt.

Verdammt, Eden weiß jetzt alles. Eigentlich dachte ich, ich
würde bei dieser Vorstellung in Panik geraten, aber das ist nicht
der Fall. Etwas widerstrebend habe ich ihm auch von der Aus-
einandersetzung berichtet, die ich neulich mit Pete in meinem
Wohnzimmer hatte, denn ich will keine Geheimnisse mehr
haben. Eden wurde so wütend, dass er am liebsten gleich zu
Pete nach Hause gegangen wäre, um ihm seinen Fehler deutlich zu machen.

Glücklicherweise konnte ich ihn davon überzeugen, es nicht
zu tun. Vor allem erinnerte ich ihn daran, dass Pete Polizist ist
und dass Faith ihren Papa braucht. Ich habe Eden auch von
Katie erzählt. Anschließend verbrachten wir die Nacht damit,

Pläne zu schmieden. Unser Ziel ist es, Pete für seine Sünden bezahlen zu lassen.

Bisher haben wir noch keine besonders überzeugende Vorgehensweise gefunden. Eden findet, dass ich Pete anzeigen sollte, auch wenn ich ihm erklärt habe, dass es ein sinnloses Unterfangen wäre, und zwar aus mehreren Gründen:

– Ich habe den Ruf, eine Schlampe zu sein,

– der letzte Übergriff fand vor sechs Jahren statt,

– Pete ist Polizist,

– ich habe keine Beweise, abgesehen von meinen Erinnerungen.

Schließlich sind wir zu dem Schluss gekommen, dass meine einzige Hoffnung Katie ist. Mit ihrer Hilfe könnten wir Pete zu Fall bringen. Wenn Katie gegen ihn aufbegehrt, wird man ihr glauben. Mir nicht.

»Ganz gleich, was geschieht«, sagt Eden, ehe wir eng umschlungen einschlafen, »wir stehen das gemeinsam durch.«

Ich antworte nicht darauf, aber in meinem Kopf rumort ein Gedanke, der mich bis an den Rand des Schlafs wiegt. Ein Gedanke, der mich erschreckt, mir aber auch Mut macht.

Auch ich bin dabei, mich wie verrückt in dich zu verlieben.

Eden: Nicht duschen, wenn du heimkommst. Ich mag es, wenn du verschwitzt bist.

Eden: PS – Irre ich mich, oder hast du meine Nike-Jogginghose genommen?

Eden: Kann leider nicht mit dir zu Mittag essen. Probleme in der Werkstatt.

Außer Atem bleibe ich bei meiner morgendlichen Joggingrunde stehen.

Nachdem mich die ersten beiden Nachrichten zum Lächeln

gebracht haben, lässt mich die letzte einigermaßen verwirrt zurück. Sie wurde vor weniger als drei Minuten abgeschickt, also rufe ich ihn direkt an. Eden antwortet nach dem fünften Klingeln.

»Hallo?«

Seine Stimme klingt gereizt.

»Ich bin es, ich habe gerade deine Nachrichten erhalten.«

»Ah, grüß dich«, seufzt er. »Tut mir leid, ich habe es im Moment etwas eilig.«

»Was ist los?«, frage ich.

Ich höre Geräusche und schließe daraus, dass er am Steuer sitzt.

»Otto hat gerade angerufen, er braucht mich dringend in der Werkstatt. Allerdings habe ich versprochen, Faith von ihrem Tanzkurs abzuholen. Ich versuche gerade, Alyssa zu erreichen und sie zu bitten, sie abzuholen.«

Für den Bruchteil einer Sekunde bin ich ein wenig beleidigt, dass er nicht an mich gedacht hat. Okay, ich kann nicht so gut mit Kindern, aber trotzdem. Sollte es um nichts Schlimmeres gehen, als den ganzen Tag *Mulan* zu ertragen, kann ich es schaffen.

»Soll ich sie abholen?«, schlage ich vor und räume meine Flasche in den Rucksack.

Das andere Ende der Leitung bleibt stumm. Ich bereue fast, gefragt zu haben. Nur weil er mir gesagt hat, dass er dabei ist, sich zu verlieben, bedeutet das noch lange nicht, dass ich ein Recht habe, mich in sein Leben als Vater einzumischen. Vor allem, nachdem mich seine Tochter beim letzten Mal beinahe für eine Stripperin gehalten hätte.

Ich frage mich, was sie wohl wirklich von mir denkt.

»Bist du ganz sicher, dass es dir nichts ausmacht?«

»Mir bestimmt nicht. Aber was ist mit dir?«

»Warum sollte es mir etwas ausmachen?«, will er wissen.

»Keine Ahnung.«

Ich glaube, er lacht leise, bin mir aber nicht ganz sicher.

»Einverstanden. Also wenn es für dich in Ordnung ist, ist es das auch für mich. Danke, Aze.«

»Schick mir die Adresse. Wir warten bei dir zu Hause auf dich.«

Nach dem Gespräch mache ich kehrt und gehe in Richtung Stadtmitte. Ich weiß, dass es dumm ist, aber ich freue mich, dass Eden mir ausreichend vertraut, dass er mich seine Tochter abholen lässt, doch schon bald beginnt mir der Druck auf den Magen zu schlagen. Wie beschäftigt man überhaupt ein siebenjähriges Kind?

Ich brauchte nicht lange, um die Ballettschule zu finden. Mit erhobenem Kinn trete ich unter dem neugierigen Blick einiger Mütter ein. Sie alle warten im Flur, einige reden miteinander, andere beobachten ihren Nachwuchs durch das Fenster.

Ich schlüpfe zwischen ihnen hindurch und werfe einen Blick in den Übungsraum. Faith mit ihrem Blondschopf sehe ich sofort. Während die anderen kleinen Mädchen brav darauf warten, an die Stange zu dürfen, ist sie die Einzige, die wie ein kleiner Affe daran herumturnt und nicht in der Lage ist, länger als zehn Sekunden stillzusitzen.

Am Ende des Unterrichts kehren die kleinen Tänzerinnen zu ihren jeweiligen Müttern zurück. Ich warte mit verschränkten Armen an der Tür. Eine rundliche Frau mit freundlichem Gesicht kommt lächelnd auf mich zu. Bestimmt die Tanzlehrerin.

»Guten Tag. Wollen Sie jemanden abholen?«

»Äh, ja. Faith Weiss.«

In diesem Augenblick stürmt Faith aus dem Übungsraum. Immer noch im weißen Tütü. Als sie mich sieht, reagiert sie zunächst überrascht. Ich lächele ihr zögernd zu. Sie strahlt mich an. *Puh.*

»Da ist sie ja«, sagt ihre Lehrerin und streicht ihr über die Schulter. »Und Sie sind …?

»Die Babysitterin.«

Meine Gesprächspartnerin wirft Faith einen fragenden Blick zu. Vermutlich will sie sicherstellen, dass ich keine Kidnapperin bin, aber Faith nickt lässig.

»Das stimmt. Sie heißt Azalée. Papa hat gesagt, das ist ein Blumenname.«

»Sehr gut … Also dann bis nächste Woche!«

Ich schiebe Faith vor mir her und nehme ihr vor dem Hinausgehen die Tasche aus den Händen.

»Dein Vater hat Probleme bei der Arbeit, er kommt ein bisschen später.«

»Okay«, sagt sie, ohne Fragen zu stellen.

Wir verstummen. Etwas besorgt denke ich darüber nach, was wir in der Zwischenzeit tun können. Ich habe keine Ahnung, was Faith von mir hält, und aus irgendeinem unerklärlichen Grund stört es mich. Ein paar Schritte weiter schaut sie mich mit zusammengekniffenen Augen an. Ich gehe zunächst nicht darauf ein, aber sie macht weiter.

»Warum siehst du mich so an? Das ist gruselig.«

»Man darf nicht lügen.«

Ich ziehe die Augenbrauen hoch. Jetzt bekomme ich also von einem siebenjährigen Mädchen die Leviten gelesen.

»Aber du hast auch gelogen.«

Sie tut, als würde sie nachdenken, aber sie widerspricht mir nicht. Doch dann bleibt ihr Blick an meinem Outfit hängen. Ich bleibe mitten auf dem Bürgersteig stehen. Ich hatte völlig vergessen, dass ich Edens Jogginghose und meine alten Turnschuhe trage.

»Hast du immer noch keine eigenen Kleider?«, will Faith wissen.

Ich verziehe das Gesicht. *Kindermund tut Wahrheit kund.*

»Wow. Ich glaube, gleich werde ich ärgerlich.«

»Entschuldige«, sagt sie aufrichtig, was dazu führt, dass ich mich noch erbärmlicher fühle.

»Komm, lass uns etwas essen. Irgendwann hatte ich dir doch Waffeln versprochen!«

Sofort leuchten ihre Augen auf und ich kann ein siegreiches Lächeln nicht unterdrücken. Wir laufen zu meiner Lieblings-Eisdiele, während ich meinem Nachbarn eine Nachricht schicke, dass es uns gut geht.

Er antwortet mir: »Du bist die Beste.« Warum setzt mein Herz plötzlich einen Schlag aus?

Faith bestellt eine Waffel mit einer Kugel Karamelleis und ich nehme das Gleiche. Wir setzen uns an den Ananas-Brunnen und genießen stumm. Bis Faith plötzlich fragt:

»Azalée?«

»Ja?«

»Bist du eine Feninistin?«

Ich schaue sie verblüfft an und verschlucke mich vor Überraschung. Du liebe Zeit, beinahe wäre ich erstickt.

»Wie bitte?«

»Eine Feninistin«, wiederholt sie, als ob ich nicht längst wüsste, was sie meint. »Ziehst du dich deshalb immer an wie ein Junge?«

Etwas verloren runzele ich die Stirn. Also, das ist ja wirklich das Allerbeste.

»Äh … Nein. Das heißt ja, ich bin eine. Aber es heißt ›Feministin‹. Ich finde, alle Frauen sollten Feministinnen sein. Es wäre doch dumm, nicht auf der eigenen Seite zu stehen, findest du nicht?«

Sie blickt mich verständnislos an. Dass der Satz von Maya Angelou und nicht von mir stammt, kann ich ihr getrost unterschlagen.

Ich lasse dieses Thema also fallen und sage:

»Wie auch immer, mit Kleidung hat das nichts zu tun. Denn es ist völlig egal, ob man sich wie ein Mädchen oder wie ein Junge anzieht. Man zieht einfach das an, was einem gefällt. Punkt. Woher kennst du dieses Wort überhaupt?«

Sie zuckt mit leicht geröteten Wangen die Schultern. Wenn man ihr bereits erzählt hat, Feministinnen würden sich nicht rasieren und hätten grundsätzlich kurze Haare, könnten wir ein Problem bekommen.

»In der Schule.«

»Dann weißt du also, was das bedeutet?«

Sie schweigt verlegen.

»Die Lehrerin hat es uns zwar gesagt, aber ich kann mich nicht mehr erinnern …

»Feminismus«, erkläre ich ihr, »ist eine Bewegung, die versucht, die Ungleichheit zwischen Männern und Frauen zu bekämpfen. Genau genommen geht es um die Idee, dass du und ich die gleichen Rechte haben wie dein Vater oder Onkel Josh. Denn es macht keinen Unterschied, ob man ein Mädchen oder ein Junge ist.«

Sie runzelt ganz bezaubernd die Stirn.

»Das verstehe ich nicht. Das ist doch völlig normal, oder?«

Ich lächele amüsiert. Ich liebe dieses kleine Mädchen.

»Nicht für jeden.«

»Also kann man Feministin sein und trotzdem Kleider anziehen? Weil ich nämlich sehr gern Kleider trage …«

»Natürlich kannst du das. Hast du schon einmal mit deinem Vater darüber geredet?«

Ein wenig verwirrt beißt sie in ihre Waffel, ehe sie antwortet.

»Schon. Aber er hat nicht dasselbe gesagt wie du.«

»Was hat er denn gesagt?«

»Dass ich, wenn ich will, eine Prinzessin sein kann, aber auch eine Drachenjägerin. Aber das ist natürlich albern, denn es gibt keine Drachen. Er denkt immer noch, dass ich ein Baby bin«, fügt sie hinzu und verdreht die Augen.

Ich lächele vor mich hin. Es passt zu Eden, so etwas zu sagen. Plötzlich kann ich es kaum erwarten, nach Hause zu kommen und ihn zu sehen. Ihn einfach nur zu sehen.

Ich wende mich Faith zu, die auf meine Reaktion wartet. Ich lege einen Arm um ihre Schultern und betrachte den Brunnen uns gegenüber.

»Drachenjägerin finde ich cool.«

Eden

Am Nachmittag komme ich frustriert nach Hause. Ich hatte geplant, den Samstag zu Hause zu verbringen; ich hätte zuerst gemütlich ausgeschlafen, dann hätte ich Azalée nach ihrem Sport unter der Dusche geliebt und schließlich hätte ich Faith abgeholt und wir wären alle zusammen schwimmen gegangen.

Stattdessen musste ich in die Werkstatt, um Otto zu helfen. Ich beschwere mich nicht, schließlich ist es keine große Sache. Zumal er sich mindestens zehnmal entschuldigt hat. Manchmal frage ich mich, wann er endlich in den Ruhestand geht … Seine Frau erklärt ihm zwar oft genug, dass er allmählich alt wird, aber er macht einfach weiter.

Als ich vor meinem Haus parke, bekomme ich eine Nachricht von Natalie, dass ich Faith vor achtzehn Uhr zurückbringen soll. Während ich die Treppe zu meiner Veranda hinaufgehe, verdrehe ich die Augen. Unsere Kommunikation hat seit dem letzten Streit ziemlich gelitten …

Plötzlich erstarre ich.

»Was zum …?«

Eine riesige Wasserpistole liegt unschuldig auf dem Terrassengeländer, darüber klebt ein Blatt Papier. Ich nehme es ab und lese es grinsend. Natürlich habe ich die Handschrift sofort erkannt.

Lieber Nachbar,

willkommen zu Hause. Faith und ich haben uns mit zwei Wasserpistolen im Haus versteckt, diese hier ist die dritte …
Der Verlierer muss heute Abend kochen.
Möge dein Schicksal dir günstig sein.

Xoxo,
Deine (höchst gespannte) Nachbarin

Ich breche in ungläubiges Lachen aus, danke Gott, dass er mir diese Teufelin geschickt hat, und greife kampfbereit nach der Waffe.

Manchmal frage ich mich, ob eine echte Paarbeziehung so aussieht. Falls ich Azalea davon überzeugen kann, bei mir in Charleston zu bleiben, würden wir uns auch nach mehreren Jahren Beziehung weiter wie Kinder balgen?

Immer mit der Ruhe, Weiss. Genau so schlägst du sie in die Flucht, ermahne ich mich selbst.

Ich betrete das stille Haus und achte wachsam auf jedes Geräusch, das ich höre. Trotzdem werde ich überrumpelt wie ein Anfänger. Als ich durch die Hintertür hinausschlüpfen will, werde ich regelrecht erstürmt. Bevor ich überhaupt begreife, wie mir geschieht, erscheint ein kleiner blonder Kopf aus dem Nichts: Faith ist wild entschlossen, mich ohne jeden Skrupel nasszuspritzen.

»ATTACKE!«

Ich setze zwar noch zum Gegenangriff an, aber Azalée erscheint als Verstärkung und sofort bin ich nass bis auf die Knochen. Nachdem ich mich ergeben habe, belohnen sich Azalée und Faith mit einem triumphalen *High Five*.

»Zwei gegen einen, das war ziemlich unfair …«

Statt einer Antwort wird mir erneut Wasser ins Gesicht gespritzt. Schließlich ist es meine Tochter, die sich mit ihren sieben Jahren vor mir aufbaut und verkündet:

»Wenn es dir hilft: Ich mag gern Lasagne.«

Ohne etwas darauf zu erwidern, packe ich die beiden Damen, jede unter einen Arm, und laufe mit ihnen zum Strand, während sie sich schreiend und lachend wehren.

Noch nie in meinem Leben war ich glücklicher.

Nachdem ich Faith zu ihren Großeltern zurückgebracht habe, finde ich Azalée auf meiner Terrasse. Sie trägt einen Bikini und steht mit geschlossenen Augen unter dem Strahl der Außendusche meines Hauses. Der Dampf beweist, dass das Wasser heiß ist. Mehr brauche ich nicht, um mich hastig auszuziehen und mich zu ihr zu gesellen. Als ich sie küsse, öffnet sie die Augen. Die untergehende Sonne spiegelt sich in ihren Pupillen.

Wir genießen schweigend. Lange küssen wir uns unter dem Wasserstrahl. Ihre Zunge bewegt sich mal verspielt, mal zärtlich, mal wild und manchmal alles auf einmal in meinem Mund. Mir wird heiß. Die Hitze leckt über meine Oberschenkel, den Bauch und die Arme. Schließlich lasse ich meinen Mund an ihrem Hals entlanggleiten.

Mit meinen Lippen erkunde ich ihren Körper, den ich mittlerweile fast schon auswendig kenne. Die letzten Kleidungsstücke verschwinden. Sie lehnt sich mit dem Rücken gegen die Wand und vergräbt ihre Hände in meinem Haar, während ich vor ihr niederknie. Das Wasser prasselt auf meine Schultern und perlt über ihr wundervolles Gesicht.

Azalée glaubt, sie könne lügen, aber das stimmt nicht. Wenn wir Sex haben, kommt sie nie. Ich hatte schon befürchtet, dass ich etwas falsch mache, aber inzwischen verstehe ich es. Und sie soll wissen, dass sie mich weder anzulügen noch mir etwas vorzutäuschen braucht.

Ich wandere mit meinem Mund zwischen ihre herrlichen Oberschenkel und versuche, ihr diese Gewissheit mit meiner Zunge beizubringen. Lange Minuten widme ich mich ihr und höre, wie sie immer heftiger atmet. Sie erregt mich so sehr, dass ich hart werde wie ein Gymnasiast.

Gleichzeitig streichele ich ihren Körper. Sie stöhnt. Ihre Oberschenkel beginnen zu zittern. Sie ist kurz davor, das weiß ich. Ich erhöhe das Tempo, sie krallt sich in meine Haare und …

Ich bin nicht wirklich überrascht, als sie plötzlich erstarrt. Die Welle verebbt. Wieder durfte sie keinen Orgasmus erleben. Enttäuschung zeichnet sich auf ihren Zügen ab. Ich stehe auf, nehme ihr Gesicht in die Hände und küsse sie.

»Hey. Das ist nicht schlimm.«

»Es ist so demütigend«, knurrt sie und versucht, sich loszumachen.

»Wieso demütigend?«, frage ich leise. »Die meisten Frauen haben nie einen Orgasmus. Etwas in dir blockiert, und nach allem, was du durchgemacht hast, ist das völlig normal. Hör auf, dir selbst die Schuld zu geben. Wir haben alle Zeit der Welt dafür … Schließlich ist es kein Wettlauf.«

Sie nickt, aber ich merke, dass sie immer wieder daran denkt. Ich seufze, umschlinge ihre Taille und drücke sie fest an mich.

»Ich meine es ernst. Okay, ich will nicht lügen: Manchmal schaue ich mir Pornos an – auch heute noch«, sage ich schulterzuckend. Sie muss lachen. »Immerhin haben diese Filme mir geholfen, herauszufinden, was ich mag und was mich anzieht. Ich finde es cool. Aber genau genommen ist es tatsächlich eine Art Wettbewerb. Wir suchen nach … Keine Ahnung. Dem sofortigen Vergnügen? Irgendwie wollen wir doch alle ›gut im Bett‹ sein.«

Azalea wirft mir einen leicht gequälten, aber dennoch amüsierten Blick zu.

»Worauf willst du hinaus, Herr Philosoph?«

Ich lächele sie traurig an und bedecke ihre nackte Schulter mit kleinen Küssen.

»Ich wünschte mir einfach, man würde miteinander schlafen, um sich zu beweisen, dass man sich liebt. Das ist alles. Mit oder ohne Orgasmus.«

24

August 2018

Azalée

Willkommen bei Dear Patriarchy,
noch vor neun Jahren mussten Frauen in Niger eine von ihren Ehe-
männern unterschriebene Vollmacht vorweisen, um einen Pass zu
erhalten. Im Sudan stehen Frauen unter der Vormundschaft eines
Mannes, der in ihrem Namen Verträge abschließen darf. Das ge-
setzliche Mindestalter für die Eheschließung beträgt im Sudan
zehn Jahre. In Niger war bis vor Kurzem häusliche Gewalt gegen
Frauen akzeptabel, wenn sie dazu benutzt wurde, die betreffenden Frauen zu »tadeln«. Feminismus bedeutet nicht nur, gegen
Einkommensunterschiede oder Belästigungen auf den Straßen
von New York vorzugehen. Er bedeutet auch, der anderen Hälfte
der Welt Aufmerksamkeit zu schenken.

Seit einer guten Stunde hängen wir in Edens Badewanne ab.
Wir sitzen einander gegenüber, nur getrennt durch eine riesige
Wolke aus Schaum. Ich necke ihn mit meinen Füßen, während
er unter Wasser meine Waden streichelt. Ich habe noch nie etwas derart Friedliches erlebt.

Wir haben nicht mehr über Pete oder den Plan, ihn zu Fall
zu bringen, gesprochen, und das ist gut so. Je weniger Eden
sich einmischt, desto geringer ist die Wahrscheinlichkeit, dass
er darunter zu leiden haben wird.

Mich persönlich hindert es allerdings nicht daran, Tag und Nacht darüber nachzudenken.

»Was essen wir heute Abend?«, frage ich, krieche zu ihm und schmiege meinen Körper an seinen.

Er legt die Hände auf meine Hüften und küsst mich innig.

»Wenn du das wissen willst, müssen wir hier raus.«

Ich verdrehe die Augen und richte mich auf. Wasser tropft von meinem nackten Körper.

»Ausgezeichnet, denn ich esse sehr gern.«

Er lacht und steht ebenfalls auf. Ich wickele mich in eines seiner Handtücher und überlasse ihm das letzte saubere: Es gehört Faith und ist mit dem riesigen Gesicht der Eiskönigin bedruckt.

»Gib es zu, das hast du absichtlich getan«, sagt er.

Ich beiße mir auf die Lippen, um nicht zu lachen, denn natürlich habe ich es mit Absicht getan. Er bindet sich das Handtuch um die Hüften und fährt sich mit der Hand durch sein Haar. Ich betrachte ihn von Kopf bis Fuß und muss dann doch laut lachen. Er wagt es nicht einmal, sich im Spiegel anzuschauen.

»Bitte lass mich ein Foto von dir machen«, lache ich. »Ich flehe dich an! Josh und Alec müssen das unbedingt sehen.«

»Auf gar keinen Fall!«, ruft er und zeigt mit dem Finger auf mich. »Mich vor dir zum Narren zu machen lasse ich gerade noch zu, weil wir das gleiche Bett teilen. Aber für Josh und Alec gilt das nicht. Schließlich habe ich einen Ruf zu wahren.«

Ich nicke ironisch, antworte jedoch nicht. Stattdessen drehe ich ihm den Rücken zu und greife nach meiner Kulturtasche. Eden schlägt vor, ich solle mich fertig machen, während er den Grill hinausträgt, und ist viel zu beschäftigt damit, das Wasser aus der Badewanne abzulassen, um mich anzusehen.

»In Ordnung, wird gemacht. Oh, und … Eden?«, füge ich hinzu.

»Ja?«

Mit hochgezogenen Augenbrauen dreht er sich um. Ihm bleibt keine Zeit, zu verstehen, was passiert. Das Blitzlicht blendet ihn. Erst als sich seine Augen an die Helligkeit gewöhnt haben, bemerkt er das Telefon in meiner Hand.

»Dieses Foto …«, sage ich, nachdem ich einen höchst erheiterten Blick darauf geworfen hatte. »Oh, mein Gott, dieses Foto … Damit will ich begraben werden.«

»Du Biest«, ruft er und stürmt auf mich zu. »Komm sofort zurück!«

Lachend renne ich in den Flur, als mein Telefon zu klingeln beginnt. Ich ignoriere es und laufe weiter, bis Eden mich packt und auf seine Matratze legt. Ich schreie, dass er mich loslassen soll, aber er kitzelt mich unter Füßen und Achseln, worauf ich noch lauter brülle.

Mein Telefon klingelt weiter. Eden küsst mich und flüstert lachend:

»Vielleicht solltest du doch drangehen.«

Ich brummele außer Atem. Mein Handtuch hat sich längst verselbstständigt. Ich drehe das Telefon um, um den Anruf anzunehmen, doch in diesem Moment hört das Klingeln auf. Ich habe zwei anonyme Anrufe und einen von einer Nummer, die ich nicht kenne.

Ich runzele die Stirn. Offenbar ist es dringend. Ich drehe mich um, presse das Handtuch gegen meine Brust und rufe die mir unbekannte Nummer zurück. Edens Blick folgt mir.

Es klingelt lange. Niemand antwortet.

Als sich der Anrufbeantworter einschaltet, erstarre ich vor Schreck.

»Hi, hier ist Katie. Ich kann im Moment nicht antworten …«

Ich bin mir nicht sicher, was ich in diesem Moment empfinde. Ich weiß nur, dass mein Herz wild in meiner Brust pocht und dass ich den Tränen nahe bin. Was, wenn Pete ihr wehgetan hat? Was, wenn ich zu sehr mit den Spielchen mit meinem Freund beschäftigt war, um mein Versprechen ihr gegenüber zu halten?

Das Versprechen, für sie da zu sein, wenn sie mich braucht.

»Hat sie gesagt, wo sie ist?«, fragt Eden, der zu meiner Linken sitzt und fährt.

Als ich ihm berichtete, dass Katie dreimal versucht hatte, mich anzurufen, schlug er sofort vor, ins Auto zu steigen. Ich nahm mir nur die Zeit, Jeans und T-Shirt anzuziehen.

»Rainbow Row, Ecke East Bay Street. Vor dem gelben Haus.«

Meine Stimme zittert, aber Eden gibt keinen Kommentar dazu. Katie hatte keine Zeit, mir viel zu erzählen. Sie bat mich einfach, sie hier zu treffen, und als ich fragte, ob sie in Gefahr sei, antwortete sie: »Nein … Ich bin allein.«

Ich nehme an, das ist eine gute Nachricht.

Eden biegt in die angegebene Straße ein und ich erkenne sofort Katies Gestalt auf dem Bürgersteig. Sie trägt einen Rock und einen Rucksack. Die Anspannung fällt von mir, als ich bemerke, dass sie nicht verletzt zu sein scheint.

Als ich Eden ansehe, stelle ich fest, dass er genauso erlöst wirkt wie ich. Ich steige aus. Er schaut mir nach, aber ich wende die Augen ab.

»Katie«, flüstere ich, als ich sie erreiche.

Das Mädchen sieht müde aus. Sie wirft Eden einen misstrauischen Blick zu, doch ich beruhige sie.

»Es ist alles in Ordnung. Eden ist mein Freund, du kannst ihm vertrauen. Geht es dir gut?«

Sie zuckt die Schultern und umklammert die Träger ihres

Rucksacks. Es ist bereits dunkel und nur noch einige Paare gehen im Viertel spazieren.

»Ich wusste nicht, wen ich anrufen sollte …«

Ich schlucke.

»Hat er versucht …?«

»Nein«, unterbricht sie mich und errötet beschämt. »Meine Mutter ist unterwegs und ich hatte einfach nicht die Kraft, heute Abend mit ihm allein zu bleiben. Ich habe gesagt, dass ich bei meiner Freundin Lara schlafe, aber …«

»Hast du kein Vertrauen zu ihr?«

»Das ist es nicht«, murmelt sie. »Ich kenne sie nur nicht besonders gut. Sie lebt eigentlich in Jacksonville und ist nur während der Ferien hier. Ich laufe schon seit Stunden durch die Straßen … es tut mir leid, dich gestört zu haben.«

»Aber nein«, sage ich und lege ihr die Hände auf die Schultern. »Du kannst mich anrufen, wann immer du willst, verstanden? Dafür habe ich dir meine Nummer gegeben und ich bin froh, dass du sie gewählt hast.«

Sie nickt, schaut mich aber immer noch nicht an. Ich weiß nicht, ob es nur Schüchternheit oder ob es die Scham ist, um Hilfe bitten zu müssen.

»Du kommst jetzt mit und schläfst bei mir zu Hause. Ist das für dich in Ordnung?«

»Äh … ja. Okay.«

Ich nicke und bitte sie, mir zu folgen. Sie klettert auf die Ladefläche des Pick-ups. Eden begrüßt sie höflich. Sie antwortet mit einem Nicken. Ich brauche ihm nichts zu erklären, ich weiß, dass er es erraten hat.

Die Rückfahrt nach Hause verläuft schweigend. Nervös kaue ich auf meinen Nägeln herum, obwohl ich diese Angewohnheit noch nie hatte. Nach einigen Minuten greift Eden nach meiner Hand, drückt sie hinunter und hält sie fest.

Wir stehen das gemeinsam durch.

Als wir schließlich ankommen, steigt Katie aus und blickt sich stumm um. Eden weiß nicht recht, wie er sich verhalten soll und erklärt schlicht:

»Ich habe versprochen, Faith heute Abend anzurufen ... Ich lasse euch mal allein.«

Ich nicke und schaue ihm nach, wie er nach Chestnut pfeift und ihn mit ins Haus nimmt. Dann bringe ich Katie zu mir nach Hause.

»Du wohnst im Haus neben deinem Freund?«

»Ja ... Ich weiß, es ist seltsam«, lächele ich. »Aber ich wohnte schon hier, bevor er mein Freund wurde.«

Ich biete ihr etwas zu essen an, aber sie lehnt ab, und so lege ich eine Decke und ein paar Kissen auf die Couch. Zwar habe ich oben ein unbenutztes Zimmer, aber allein der Gedanke, dass sie in dem Zimmer schlafen soll, in dem Pete mich missbraucht hat, zerreißt mir das Herz.

»Hier«, sage ich und reiche ihr einen Schlafanzug. »Wenn du willst, kannst du fernsehen. Und wenn du Hunger hast, bedien dich einfach.«

»Danke.«

Sie nimmt den Pyjama, rührt sich aber nicht. Ihre Augen bleiben auf den Boden geheftet. Ich weiß wirklich nicht, was ich noch tun oder sagen soll. Will sie vielleicht allein sein? Oder möchte sie im Gegenteil mit jemandem sprechen, der sie versteht?

Ich beschließe, alles auf eine Karte zu setzen und lasse mich neben ihr auf der Couch nieder. Ich habe keine Ahnung, wie ich mich verhalten soll. Aber sie und ich haben etwas gemeinsam, was uns das Gespräch erleichtern sollte.

»Katie ... Wenn du dich in deinem eigenen Zuhause nicht sicher fühlst, findest du nicht, dass es Zeit wäre, etwas zu ändern? Ich weiß, dass so etwas nicht leicht ist, aber deine Ängste unter Verschluss zu halten, wird dir auf Dauer nicht helfen.«

Ich weiß, wovon ich rede.

»Nicht?«, murmelt sie. »Ich wüsste nicht, wie es mir helfen sollte, die Wahrheit auszusprechen. Du hast es ja auch nicht getan. So weit bin ich inzwischen auch.«

Ihre Bemerkung trifft mich mitten ins Gesicht. Es tut weh, aber sie hat recht. Ich habe einen Fehler gemacht. Hätte ich damals die Wahrheit offen ausgesprochen, wäre Katie heute nicht in dieser Situation. Ich hätte sie retten können, aber ich war zu egoistisch.

»Ich weiß«, flüstere ich beschämt. »Es tut mir leid und ich … ich nehme es mir immer noch übel. Es war ein Fehler, ein Fehler, den ich heute gern beheben würde. Aber leider kannst nur du etwas dafür tun.«

Sie schüttelt den Kopf.

»Es würde alle unglücklich machen.«

»Du musst zuerst an dich selbst denken. An dich, nur an dich. Und glaub mir, du willst nicht so werden, wie es unweigerlich geschehen wird, wenn du nichts unternimmst.«

»Und wie würde ich werden?«, fragt sie kurz angebunden und schaut mir endlich in die Augen.

Ich bringe ein erbärmliches Lächeln zustande und zucke mit den Schultern.

»So wie ich.«

Angesichts meiner ehrlichen Antwort werden ihre Gesichtszüge weicher.

Ich fahre fort, ihr zu erklären, dass ich Pete kenne und wie er es geschafft hat, mich zu vernichten. Ich erzähle ihr auch, wie lange es gedauert hat, bis ich das bisschen Vertrauen, das ich vor seiner Zeit einmal hatte, wiedererlangen konnte.

»Und ich bin damit noch längst nicht fertig«, seufze ich. »Gerade, weil ich zu lang gewartet habe. Aber du … du kannst den Teufelskreis durchbrechen. Wenn du dich entscheidest, zur Polizei zu gehen und zu berichten, was Pete mit dir macht, wird es zwar sicher nicht leicht für dich, aber ich verspreche dir, an deiner Seite zu stehen. Ich erzähle meine Geschichte zusammen mit deiner. Zu zweit haben wir mehr Gewicht.«

Sie schweigt und fummelt nervös mit ihren Fingern herum. Mein Herz pocht zum Zerspringen. Wenn sie zustimmt, wird Pete endlich für seine Taten bezahlen. Auf meinen Schultern würde kein Gewicht mehr lasten. Ich wäre endlich in der Lage, mich gemeinsam mit Eden wieder neu aufzustellen … *Sag bitte ja*, flehe ich innerlich.

»Ich weiß nicht recht.«

»Warum? Sag es mir.«

»Es ist nur …«, flüstert sie fast unhörbar. »Manchmal ist er auch nett.«

Meine Hoffnungen verflüchtigen sich und mein Herz zerschellt vor meinen Füßen. Katie wagt nicht, mir in die Augen zu sehen. Vielleicht fürchtet sie, dort Abscheu oder Verurteilung zu erkennen.

Hier geschieht genau das, was ich befürchtet habe.

Ich versuche, meine Stimme am Zittern zu hindern, als ich nachfrage:

»Nett?«

»Er hat mir die Hand gehalten, als ich einmal genäht werden musste. Er verteidigt mich, wenn meine Mutter mich anschreit, er nennt mich ›Prinzessin‹ und … ich weiß auch nicht. Manchmal fühlt es sich so an, als wäre er …«

»Dein Vater«, beende ich ihren Satz.

Sie nickt. Natürlich. Bei dem bloßen Gedanken, sie könne echte Zuneigung zu diesem kranken Mann empfinden, verspüre ich einen Kloß in der Kehle. Ich verurteile sie nicht, natürlich nicht. Solche Dinge passieren, und ich habe unter keinen Umständen das Recht, ihr das vorzuwerfen.

Diese Kleine hatte einfach das Pech, einen Vater in ihm zu suchen; genau wie ich. Und er nutzte diese Liebe aus und trampelt auf ihr herum. Nun sitzt sie hier, verloren in einem Wirbel widersprüchlicher Gefühle, zu jung und zu zerbrochen, um zu wissen, was sie damit anfangen soll. Soll sie ihn hassen? Oder soll sie sich selbst hassen, weil sie ihn immer noch liebt, obwohl sie weiß, dass es falsch ist?

Ich verstehe sofort, dass ihr Leben nie wieder einfach sein wird, ganz zu schweigen von ihrem Verhältnis zu Männern, und ich unterdrücke meinen Wunsch zu weinen.

»Ich verstehe«, sage ich und lege ihr meinen Arm um die Schultern. »Du musst dir keine Vorwürfe machen, meine Schöne. Nichts von alledem ist deine Schuld.«

»Aber er ist nicht nett, oder?«

Ich ahne, dass sie weint. Plötzlich bedauere ich, dass Eden nicht hier ist. Ich fühle mich, als würde ich gleich zusammenbrechen. Ich habe Angst vor meinem Zustand, wenn ich gleich allein in mein Zimmer gehen muss.

»Früher war er es vielleicht einmal. Und du solltest diese Erinnerungen auch nicht aus deinem Gedächtnis löschen, wenn sie dich glücklich gemacht haben. Aber ein Vater benimmt sich nicht so, wie er es jetzt tut. Es ist wirklich sehr schlimm. Und kein freundliches Wort kann es ungeschehen machen. Es gibt Dinge, die einfach unverzeihbar sind.«

Sie antwortet nicht, aber ich weiß, dass sie über meine Worte nachdenkt. Ich drücke sie lange Minuten an mich. Sie weint leise, bis sie erklärt, dass sie müde ist. Ich helfe ihr, es sich gemütlich zu machen, dann lösche ich das Licht und gehe nach oben.

Mein Herz wummert, mein Magen schmerzt, meine Knie sind weich. Ich spüre nichts anderes mehr als die Leere, die meine Brust umklammert. Eine unendliche, erschreckende Leere.

Ich schließe die Tür zu meinem Zimmer, lehne mich an das Holz und lasse mich zu Boden gleiten. Meine Hand lege ich auf meinem Mund, um die Tränen zu ersticken. Ich weine um mich, um Katie und um ihre Mutter, die noch nicht weiß, was sie erwartet. Und auch um meine eigene Mutter.

Mit Tränen in den Augen sende ich eine Nachricht an Eden.

Ich: Ich brauche dich. SOFORT.

Wie vermutet, ist er innerhalb von drei Minuten bei mir. Ich sitze im Schneidersitz mitten auf meinem Bett. Leise öffnet er die Tür und kommt mit besorgtem Gesicht auf mich zu.

Ich weine noch mehr, als er mich in die Arme nimmt und auf seinen Schoß setzt. Meine Beine umschlingen seinen Körper. Ich schmiege mit geschlossenen Augen mein Gesicht an seinen Hals, während er meine Haare streichelt.

»Alles wird gut ... Ich bin da ...«

»Nein, gar nichts wird gut«, schluchze ich und ziehe mich ein Stück zurück. Tränen rinnen über mein Kinn. »Es wird nie wieder gut, Eden. Weder für sie noch für mich. Selbst wenn wir überleben, wird dieser Teil von uns für immer zerstört sein. Es ist so unendlich traurig und ich ... Ich verstehe nicht, warum ... warum uns das passiert ist.«

Auf seinem Gesicht zeichnen sich Angst und Schmerz ab – ein Zeichen dafür, dass er meine Gefühle teilt. Ich ärgere mich, dass ich schon wieder vor ihm geweint habe. In den letzten Tagen scheint mir das zur Gewohnheit zu werden. Aber so etwas passiert, wenn die Vergangenheit wieder an die Oberfläche kommt und jemand all die Gräber öffnet, die eigentlich geschlossen bleiben sollten.

»Da gibt es nichts zu verstehen, *Beauté*.«

»Aber sicher!«, antworte ich. »Für alles gibt es einen Grund, das weiß doch jeder. Also warum? Warum Katie, warum ich? Ich war früher ein nettes Mädchen und habe mich immer bemüht, mich richtig zu verhalten, und doch ist es über mich hereingebrochen. Und es hört nicht auf, ich werde weiterhin bestraft, jeden Tag, ohne Pause …«

Ich sehe, dass in Edens Augen etwas zerbricht und frage mich, ob es sein Herz ist. Ich habe seine Gefühle verletzt. Scheiße, ich verachte mich dafür. Ich will ihm gerade sagen, dass er nicht auf mich achten soll, als er mein Gesicht in seine großen Hände nimmt und mit bewegter Stimme sagt:

»Hör auf, Azalée. Stopp. Sieh mich an.«

Wütend wische ich meine Tränen ab und schaue zu ihm auf. Es ärgert mich, dass ich mich derart habe gehen lassen. Eigentlich sollte ich mich glücklich schätzen. Andere Familien haben tagtäglich Schlimmeres zu ertragen.

»Hast du nie daran gedacht, dass es einen Grund dafür gibt, warum Gott die Stärksten auf die Probe stellt?«, fragt Eden mich plötzlich.

Ich runzele die Stirn. Mein Schluchzen bleibt mir im Hals stecken. Irgendwie ist es süß, dass er denkt, ich würde nach allem, was Pete mir angetan hat, immer noch an Gott glauben.

»Was meinst du?«

Eden zuckt die Schultern und antwortet, indem er zärtlich meine Lippen berührt. Seine Augen sind voller Liebe und Schmerz.

»Ich glaube fest daran, dass Gott die Besten auf die Probe stellt, weil er weiß, dass sie es ertragen können, und weil er weiß, dass es die Widrigkeiten sind, die gute Menschen aus ihnen machen. Du verdienst nicht, was mit dir passiert ist, und ich könnte verdammt noch mal alle dafür umbringen, aber es hat dich zu einer Kämpferin gemacht. Zu einer starken, mutigen und entschlossenen Frau. Zu einer Frau, die ich bewundere und respektiere und ...«

Er beendet den Satz nicht. Blinzelnd denke ich über seine Worte nach und spüre mein Herz, das in meiner Brust zu explodieren droht. Dann ... ganz langsam ... verstehe ich.

Sich zu bemitleiden ist in Ordnung. Aber trotzdem weiterzuleben und voranzukommen ist ebenfalls wichtig.

»Auf Katie wartet eine harte Zeit«, murmelt Eden und streichelt meinen Rücken. »Aber sie wird allen Widrigkeiten die Stirn bieten, da bin ich mir ganz sicher. Und wenn sie auch nur ansatzweise so stark und selbstbewusst aus der Sache hinausgeht, wie du das getan hast, dann ist das genug.«

Statt einer Antwort umarme ich ihn ganz fest und danke ihm immer wieder dafür, dass er da ist und mich so gut versteht. Ich weiß nicht, warum Gott so barmherzig war, mir diesen tätowierten Engel zu schicken, und ich weiß auch nicht, ob es vielleicht nur ein Trick ist und er beabsichtigt, ihn mir irgendwann wieder wegzunehmen. Aber im Moment genieße ich es von ganzem Herzen.

Eden schläft vor mir ein. Seine Brust schmiegt sich an meinen Rücken. Ich brauche lange, um in den Schlaf zu finden. Mein Kopf ist noch in Aufruhr. Kurz bevor ich ins Land der Träume reise, beschließe ich, mich meiner Vergangenheit zu stellen und sie anzunehmen.

Ich werde zum Ehemaligen-Treffen gehen.

25

August 2018

Azalée

Willkommen bei Dear Patriarchy,
ich wiederhole es noch einmal für die Leute weiter hinten:
1. Es gibt kein Nein, das Ja bedeutet.
2. Nicht in der Lage zu sein, eine Einwilligung zu geben, zählt nicht als Ja.
Gern geschehen.

Mit verschwitzten Händen betrachte ich mich ein letztes Mal im Spiegel. Auch, wenn ich mir strikt verboten habe, nervös zu sein – ich bin es. Edens Nerven liegen ebenfalls blank, auch wenn er das Gegenteil vorgibt, um mich zu beruhigen. Ich schätze seine Geste, aber er kann nicht wissen, dass ich seine Gefühle deutlich wahrnehmen kann – über das Seil, das unsere beiden Herzen miteinander verbindet.

Es ist ganz einfach: Ich fühle alles, was auch er fühlt.

Heute Abend gehen wir zu dem von Hannah organisierten Ehemaligen-Treffen. Als ich Eden von meiner Entscheidung erzählte, reagierte er ziemlich überrascht. Es war an dem Tag, nachdem Katie auf meiner Couch übernachtet hatte. Sie war nicht mehr da, als wir aufwachten. Ihre Decke hatte sie ordentlich gefaltet und eine Notiz auf dem Couchtisch hinterlassen: »Danke«. Mehr nicht.

»Wir kommen zu spät«, ruft Eden aus dem Erdgeschoss.

»Ich komme nie zu spät«, widerspreche ich. »Die anderen sind zu früh.«

Ich trage ein enges rotes Samtkleid mit langen Ärmeln und einem hohen offenen Kragen in Form eines umgekehrten Dreiecks. Als ich mir endlich einen Ruck gebe und auf einem Paar schwindelerregender High Heels die Treppe hinuntergehe – *ich weiß, ich weiß* –, erstarrt Eden bei meinem Anblick.

Sein sich auf- und abbewegender Adamsapfel lässt mich darauf schließen, dass ihm mein Dekolleté gefällt. Trotzdem wendet er seinen Blick nicht von meinen Augen ab.

»Vorsicht, ich könnte mich daran gewöhnen, dich mit hohen Absätzen zu sehen«, flüstert er und nimmt meine Hand.

Ich gestatte ihm einen Kuss auf meine Schläfe.

»Zwar hätte ich nie geglaubt, dass ich das einmal sagen würde, aber … ich mich auch. Sie geben mir eine gewisse Sicherheit.«

Er lächelt spöttisch und ich verdrehe die Augen. Ein letztes Mal erkundigt er sich, ob ich wirklich zu dieser Veranstaltung gehen will, und ich nicke schnell, ehe ich kalte Füße bekomme.

Als wir vor dem Saal ankommen, den Hannah für diesen Anlass gemietet hat, greife ich nach Edens Hand. Er drückt meine tröstlich. Ich habe es ihm nicht gesagt, aber in seinem Anzug sieht er echt cool aus. Er ist ganz in Schwarz gekleidet, wie ein Todesengel.

My salvation.

Schweigend legen wir den Rest des Wegs zurück. Alyssa und Josh sind bereits da, ebenso wie Andrew und Noah, der Alec vorgeschlagen hat, als sein Begleiter mitzukommen. Eden und ich gehen zum Eingang, als uns ein Rosenverkäufer anspricht:

»Eine Blume für die Lady?«

»Nicht nötig, wir haben schon miteinander geschlafen«, kontert Eden.

Verblüfft starre ich ihn an und versetze ihm einen Klaps auf die Schulter, muss mich jedoch zwingen, nicht laut herauszulachen.

»Mistkerl!«

Eden lacht so sehr, dass der arme Mann kaum noch weiß, wo er hinschauen soll, und kauft ihm alle seine Rosen ab. Ich mache mich derweil allein auf den Weg zur Eingangstür. Eden bedankt sich bei dem Rosenverkäufer und eilt mir im Laufschritt mit einem Dutzend Rosen in der Hand nach.

»Hier, mein Schatz, ein Geschenk für dich. Angesichts des Preises solltest du sie unbedingt schön finden«, grinst er und hält sie mir hin.

»Du darfst deine beschissenen Blumen gern aufessen.«

»Warum diese Aggression?«, beklagt er sich mit einem amüsierten Grinsen.

Ich ignoriere ihn und öffne die Tür. Plötzlich hat mich der Stress voll im Griff. Ich bin absolut nicht bereit für diese Veranstaltung.

»Guten Abend«, begrüßt uns ein Mann, der mit zwei Frauen im Eingangsbereich an einem Tisch sitzt. »Die Eintrittskarten bitte.«

Eden lächelt, hält ihm meine Karte hin und sagt:

»Ich bin ihr Begleiter.«

Der Mann mustert mich. Ich bleibe stumm. Mir ist klar, dass ich böse dreinblicke und die Lippen zusammenpresse, aber das ist mir egal. Mein »Einsatz«-Modus ist längst aktiviert.

»Kennen wir uns?«, fragt der Mann mit zusammengekniffenen Augen.

»Dies hier ist ein Ehemaligen-Treffen.«

Eine Pause.

»Ja natürlich.«

Er reicht uns zwei Armbänder und wünscht uns einen schönen Abend. Während wir zum betreffenden Saal gehen, legt mir Eden seine Hand auf den Rücken. Eine wärmende Welle schießt durch meinen Körper. »Entspann dich, *Beauté*«, flüstert er mir ins Ohr. »Heute Abend wird hier niemand umgebracht.«

Seltsamerweise funktioniert es. Ich greife nach seiner Hand und unsere Finger verflechten sich. Mit einer Stunde Verspätung betreten wir den Festsaal als Paar. Alle sind schon da. Im Gegensatz zu gewissen Filmszenen dreht sich niemand zu uns um. Zum Glück.

Der Raum ist riesig und mit einer Disco-Kugel, Ballons, Pailletten und runden Stehtischen dekoriert. Auf einer provisorischen Bühne an der Fensterseite rockt eine Band ab. Es ist Cameron. Logisch.

»Hast du Hunger?«, fragt Eden.

Absolut nicht. Eigentlich ist mir eher schlecht. Ich nicke, damit er sich keine Sorgen macht, folge ihm zum Büffet und versuche, nicht auf die Gesichter um mich herum zu achten. Es sind viel mehr Leute da, als ich vermutet hätte.

Endlich habe ich ein Glas Champagner in der Hand und lasse meinen Blick über die anderen Gäste wandern. Es ist ein sehr seltsames Gefühl. Ich erkenne viele, keiner von ihnen hat sich verändert. Mit einem Mal verspüre ich das Bedürfnis, Andrew an meiner Seite zu haben.

Als ob er meinen Wunsch gespürt hätte, bahnt sich mein bester Freund einen Weg durch die Menge. Er hat Josh und Alyssa im Schlepptau. Die beiden haben sich ordentlich in Schale geworfen.

»Da seid ihr ja! Wir waren uns nicht sicher, ob ihr kommt.«

»Glaubst du, ich versäume eine Gelegenheit, für lau Champagner zu trinken? Da kennst du mich aber schlecht.«

Josh grinst. Alle scheinen zu glauben, dass ich gleich in Ohnmacht fallen könnte, und das ärgert mich. Nur Eden begreift mein Unbehagen und reicht Alyssa den Rosenstrauß. Sie hebt eine Augenbraue.

»Hier, Schätzchen, ich habe sie eigens für dich gekauft. Wir sind gleich wieder da«, sagt er und zieht mich hinter sich her.

»Nicht zu fassen, dass du meine Rosen weiterverschenkt hast«, schimpfe ich leise.

»Du hast sie doch nicht gewollt«, entgegnet er empört, ohne meine Hand loszulassen.

»Vorsicht, Eden, dein Punktekonto nimmt immer weiter ab.«

»Wie bitte? Warte, wie viele Punkte habe ich denn noch?«, fragt er beunruhigt. »Verflixt, ich wusste ja gar nichts von einem Punktekonto!«

Angesichts seines gespielt besorgten Ausdrucks verkneife ich mir ein Lachen.

»Ich fürchte, viel bleibt nicht mehr …«

»Scheiße.«

Wir drehen eine Runde durch den Saal und diesmal bemerke ich verstohlene Blicke. Es ist so weit – jetzt hat sich herumgesprochen, dass ich da bin. Einige halten sich für diskret und begutachten mein Outfit, meine Hand in der von Eden und mein Haar. Alles, was irgendwelchem Klatsch Nahrung bieten könnte.

Mein Kopf vibriert von dem Raunen, das ich eher sehe als höre – es beschäftigt mich so sehr, dass ich nicht auf Eden achte. Er blättert in meinem Abschluss-Jahrbuch. Dort gibt es nur ein Bild von mir, auf dem Josh mich umarmt und ich in die Kamera strahle.

Länger als eine Sekunde kann ich es nicht anschauen. Es ist zu viel.

»Mein Gott, ich wünschte, ich wäre auf deiner Highschool gewesen.«

»Glaub mir, du hast nichts verpasst«, widerspreche ich.

»Also bitte! Hast du dich gesehen? Ich hätte wirklich alles versucht, um dich irgendwie anzubaggern. Klar, vermutlich hättest du mir nicht einmal die Uhrzeit verraten.«

»Mag sein, aber du hättest Faith nicht bekommen.«

Sein Lächeln wird etwas weicher.

»Das ist wahr.«

Genau in diesem Moment erscheint Jenna, eine ehemalige »Freundin«, samt ihren beiden ewigen Groupies. Auch hier hat sich absolut nichts geändert.

»Azalea!«, ruft sie und umarmt mich.

Mit hängenden Armen mache ich mich steif. Es scheint sie nicht zu stören. Ihre Freundinnen lächeln verkrampft, mustern mich von Kopf bis Fuß und wechseln einen Blick. Eine der beiden lässt sich ihr Unbehagen tatsächlich anmerken.

»Den Mut, herzukommen, hätte ich dir nicht zugetraut«, fährt Jenna fort und tritt einen Schritt zurück. »Dabei hätte ich es wissen müssen. Du bist eines der stärksten Mädchen, die ich kenne.«

Ich verziehe den Mund zu einem heuchlerischen Lächeln und spüre Wut in mir aufsteigen. Als Komplimente getarnte Sticheleien waren schon immer typisch für sie.

»So bin ich nun einmal.«

»Stellst du uns bitte vor?«, fragt Eden hinter mir und umschlingt in aller Gemütsruhe meine Taille.

Die drei Augenpaare wenden sich ihm zu. Er lächelt heiter, aber beschützend.

»Das sind Jenna, Beth und Callie. Eden Weiss.«

Er schüttelt ihnen die Hände und fügt hinzu:

»Ich bin mit Azalée zusammen.«

Die Enttäuschung und Überraschung auf Jennas Gesicht ist alles Gold der Welt wert.

»Ihr seid süß«, erklärt Callie überraschend aufrichtig.

Ich lächele verwirrt und fühle mich irgendwie in der Defensive. Jenna, die lieber sterben würde, als dieser Aussage zuzustimmen, wendet sich mit einem giftigen Lächeln an mich. Ich erkenne sofort, dass es ab jetzt mit den Höflichkeiten vorbei ist.

»Ja, ich habe gehört, dass Josh endlich seine Seelenverwandte gefunden hat. Die beiden werden heiraten, nicht wahr? Das ist sicher hart gewesen. Schön, dass du wieder auf die Beine gekommen bist, Azalea.«

Dieses Biest. Ich höre Eden hinter mir kichern, aber sein Lachen klingt nicht freundlich. Als ob er es nicht glauben könnte.

»Ich freue mich sehr für Josh«, erkläre ich.

Mehr kann ich nicht sagen, weil Beth mich unterbricht:

»Warum bist du zurückgekommen? Entschuldige, aber ich bin neugierig.«

Ich weiß nicht, was ich darauf antworten soll. Eden schweigt und dient mir nur als Rückendeckung. Mir gefällt es, dass er sich nicht gezwungen fühlt, mich zu verteidigen. Das schaffe ich nämlich durchaus allein.

»Weil meine Mutter gestorben ist«, antworte ich trocken.

»Ja, ich weiß. Ich war auf der Beerdigung.«

Ich erstarre. Mein Blut gerät in Wallung. Ich bin kurz davor, zu explodieren. Eden spürt es und drückt meine Hüfte, um mich zu beruhigen.

»Unsere Freunde warten auf uns.«

Ich lasse mich von Eden wegbringen. Die Schreckschraube Beth wartet nicht einmal, bis ich außer Hörweite bin, um zu spotten: »Ach! Sie hat tatsächlich Freunde?«

»Du liebe Zeit, ihr Frauen geht manchmal echt mies miteinander um. Lass sie doch einfach reden«, fordert Eden mich auf. »Sie haben doch keine Ahnung.«

Ich versuche es. Ich schwöre, ich versuche es. Aber als wir auf Andrew und die anderen zugehen, höre ich eine weibliche Stimme, die die Worte »Kleid« und »Schlampe« ausspricht. Unwillkürlich drehe ich mich um, genau wie Eden.

Er erstarrt sofort. Nicht wegen der Worte der blöden Kuh Arizona, sondern weil er den Mann an ihrer Seite erkannt hat.

Chuck.

Er schaut uns mit aufgerissenen Augen an und mir wird klar, dass er Angst hat. Ich lege meine Hand auf Edens Arm.

»Du hast selbst gesagt, dass wir heute Abend niemanden töten.«

Er presst die Zähne zusammen und folgt mir wortlos mit finsterem Blick. Die folgende Stunde verbringen wir mit viel Gelächter, und es ist so nett, dass ich beinahe froh bin, hergekommen zu sein. Beinahe. Nach wie vor bin ich mir der Blicke und des Flüsterns bewusst. Mir ist klar, dass man über mich redet, aber ich ignoriere es.

Vor allem, weil ich nicht besonders schlagfertig bin. Aber tatsächlich haben mich auch ein paar Leute sehr freundlich begrüßt. Peinlicherweise muss ich zugeben, dass ich mich absolut nicht an sie erinnere. Als es mir so schlecht ging, habe ich sehr schnell alle verteufelt … Offensichtlich war ich im Unrecht.

Die meisten haben sich nicht verändert, aber einige sind offenbar erwachsen geworden und bedauern, was sie mir angetan haben. Es fühlt sich an wie ein kleiner Sieg.

»Sollen wir tanzen?«, fordert Eden mich auf.

Trotz meiner eher begrenzten Talente auf diesem Gebiet nicke ich. Wir gehen in die Mitte des Raumes zwischen all die anderen. Die Melodie von *Ain't No Mountain High Enough* wiegt uns. Es ist so klischeehaft, dass ich lachen muss. Ich sehe, wie Noah Alec zum Tanzen auffordert und bin nicht als Einzige überrascht, als Alec etwas ungeschickt akzeptiert.

»Ich bin froh, dass wir gekommen sind«, flüstert Eden und lehnt seine Wange an meine. »Ich bin stolz auf dich, Aze.«

Ich schließe die Augen, genieße erleichtert seine Worte, und schmiege mein Gesicht in seinen Hals, um seinen Aftershave-Duft einzuatmen. Ich lasse mich von der Wärme seiner Haut erfüllen, als ob sie mir Mut machen könnte. Wenn er wüsste, was ich heimlich vorbereitet habe …

Seine Hände wandern liebevoll über meine Hüften und schieben mich gerade so weit zurück, dass er mich küssen kann. Ich bin mir der Blicke bewusst, verliere mich aber in seinem Kuss, bis jemand die Musik unterbricht.

Widerstrebend ziehe ich mich zurück und Eden murrt. Seine Augen hängen an meinem Dekolleté. *Endlich.*

»Dieses Kleid ist viel zu verlockend.«

»Du kannst es mir ja ausziehen, wenn wir nach Hause kommen.«

Er tut, als wolle er in meine Nasenspitze beißen, aber ich lächle und versetze ihm einen Klaps auf die Brust. Auf der Bühne steht Hannah, die Organisatorin des Treffens, und spricht ins Mikrofon.

»… euch heute Abend hier wiederzusehen. Unsere Highschool-Jahre waren bisher die besten unseres Lebens, und aus diesem Grund möchte ich sie mit euch feiern.«

Sprich für dich selbst.

»Inzwischen sind wir erwachsen geworden und entwickeln uns weiter. Einige haben Charleston verlassen, andere sind wieder zurückgekehrt …«

»… wären aber besser geblieben, wo sie waren«, kommentiert jemand in der Menge so laut, dass alle es hören können.

Mir ist nicht bewusst, dass ich gemeint bin, bis einige Leute anfangen zu lachen. Es schnürt mir fast den Magen ab. Auch Eden hat Schwierigkeiten, seine Gefühle zu zügeln.

Hannah scheint sich unbehaglich zu fühlen und wirft einen hastigen Blick in meine Richtung. Ich bewege mich nicht und gebe mich gleichgültig. Tief im Inneren jedoch will ich mich am liebsten verstecken, weglaufen oder vom Blitz getroffen werden, nur damit die Leute endlich aufhören, mich anzugaffen, über mich zu reden und über mich zu lachen. Und plötzlich stelle ich mir die Frage, die ich während meiner gesamten Jugend vermieden habe: Bin ich so schrecklich?

Auch nach so vielen Jahren kann ich noch immer nicht verstehen, warum die meisten dieser Menschen mich hassen.

»Äh ... weiter im Text«, fährt Hannah fort. »Ich habe eine kleine Überraschung vorbereitet, um die drei verrückten Jahre zu feiern, die wir miteinander verbracht haben. Diese Fotomontage hat mich sehr viel Zeit gekostet, ich hoffe also sehr, dass sie euch gefällt!«

Einige der Anwesenden lachen und Hannah verschwindet von der Bühne. Der Projektor im Saal war mir bisher noch gar nicht aufgefallen. Ich konzentriere mich auf die Bilder, als ich sehe, wie Hannah mit leicht verzerrtem Gesicht auf mich zukommt. Leise flüstert sie mir zu:

»Hey! Hör zu, ich ... ich weiß nicht, wie ich es dir sagen soll, aber ... Okay, ich mache es kurz: Ich wusste nicht, dass du kommst.«

Reglos und stumm schaue ich sie an. Was soll das Geschwafel?

»Und?«, fragt Eden gespannt.

»Und ... das ist alles.«

Mit brennenden Wangen wendet sie sich ab. Ich verdrehe die Augen und konzentriere mich auf ihre Scheiß-Montage.

Die Bilder folgen aufeinander. Wir sehen American-Football-Spieler bei einem Match, tanzende Cheerleader, Schüler, die neben ihren Schließfächern stehen. Jeder kommt an die Reihe. Wir sehen ehemalige Freundesgruppen, sogar Andrew erscheint in der Kunst-AG.

Ich komme zu dem Schluss, dass es Hannah peinlich war, keine Bilder von mir verwendet zu haben, und kann mich mit diesem Gedanken gut arrangieren.

Aber das war ein Irrtum. Es gibt durchaus Bilder von mir. Und auf jedem Foto bin ich in Begleitung eines anderen Jungen. Auf einem hebe ich provozierend meinen Rock, man sieht mich betrunken auf einer Party und immer wieder beim Flirten. Es gibt sogar ein Bild, auf dem ich bewusstlos auf der Couch von wem auch immer liege, umgeben von Jungs, die um mich herum posieren. Einer hat seine Hand auf meinem nackten Knie. Ich muss fast kotzen.

Ich zittere am ganzen Körper. Um uns herum wird geflüstert. Einige kichern hinter vorgehaltener Hand. Ich will nur noch weg. Hier und jetzt gebe ich nicht nur ihnen die Schuld, sondern auch mir. Ich wage nicht einmal, Eden in die Augen zu sehen, weil ich Angst vor dem habe, was ich dort entdecken könnte. Ich schäme mich mehr seinetwegen als für mich selbst. Ich will ihn nicht demütigen.

Mit Tränen in den Augen drehe ich mich zu Andrew und Josh um. Josh starrt mit angespanntem Kiefer auf die Leinwand. Was meinen besten Freund betrifft … er sieht *mich* an. Mitleidig.

Sofort beschließe ich, früher als geplant einzugreifen.

»Aze …« Eden greift nach meiner Hand und versucht, mich zurückzuhalten.

Ich mache mich frei und gehe zur Bühne. Meine Absätze klappern über das lackierte Holz. Mein Herz steht kurz vor dem Kollaps, das weiß ich. Meine Hände und Beine zittern so sehr, dass ich fürchte, lang hinzuschlagen, ehe ich überhaupt oben ankomme. Trotz allem gelingt es mir, nach dem Mikrofon zu greifen und dem Kerl am Computer einen Blick zuzuwerfen. Ich brauche nichts zu sagen, er unterbricht die Fotoshow sofort.

Im Festsaal wird es ganz still. Ich hebe das Kinn, um ihnen die Stirn zu bieten … und muss angesichts ihrer durchdringenden Augen fast kotzen. Eden beobachtet mich mit offenem Mund. Er weiß nicht, was er tun soll.

»Guten Abend miteinander«, beginne ich schließlich. »Zunächst möchte ich Hannah für diese sehr schöne Zusammenstellung danken; sie hat sicher viel Zeit und vor allem viel Gift investiert. Hoffentlich hast du noch etwas übrig, Hannah, es wäre dumm, wenn du alles auf mich verschwendet hättest.«

Hannah wird knallrot, aber ihr Kopf bleibt hoch erhoben. Ich fahre fort:

»Ganz zu schweigen von den fünf Arschlöchern, die um mich herumstanden, während ich bewusstlos war. Gut gemacht, Jungs. Ich hoffe, ihr holt euch darauf einen runter.«

Alle verstehen, dass ich es nicht witzig meine. Umso besser. Das Gelächter verklingt. Ich atme tief durch, öffne meine Tasche und nehme mit zitternden Händen die vorbereiteten Seiten heraus. Eigentlich wollte ich nicht so früh damit anfangen, aber sei's drum.

»Ich habe auch eine kleine Überraschung für euch vorbereitet. Hannah, deine Fotoshow hat uns bewiesen, wie glücklich diese drei Jahre für dich waren. Und jetzt möchte ich euch berichten, wie sie für mich waren.«

Ich weiche Edens Blicken aus und wende mich an die Menge.

»Ich brauche mich nicht vorzustellen, denn jeder hier weiß, wer ich bin. Azalea, Azalée, Aze, die Nutte vom Bishop. Ich habe in Charleston viele Namen, und die verdanke ich euch. Nett von euch. Mein Ruf hat mich bekannt gemacht«, fahre ich mit einer Stimme fort, die hoffentlich einigermaßen sicher klingt. »Für euch war ich das leicht herumzukriegende Flittchen, die Schlampe, die Frau, die Paare auseinanderbringt. Ich denke nicht daran, mich dagegen zu wehren, denn ich sehe keinerlei Nutzen darin.«

Ich höre immer noch vereinzeltes Flüstern, aber einige Anwesende bemühen sich nicht einmal, leise zu sprechen. Ich schaue sie alle an. Alle, außer meinen Freunden. Im Augenblick kann ich mich ihnen nicht stellen, noch nicht einmal Eden. *Vor allem* nicht Eden.

»Einige von euch haben dann angefangen, Fake-Profile auf Dating-Seiten zu erstellen. Mit meinem Namen, meiner Telefonnummer und Bildern von mir. Für einen Anruf wurde kostenloser Sex versprochen. Ich wurde jede Nacht angerufen.«

Schließlich musste ich meine Nummer ändern. Ich habe meine Mutter angelogen und behauptet, ich würde erpresst. Andrew hat nie davon erfahren. Ich fürchte, dass er es mir übel nimmt, aber jetzt ist es ohnehin zu spät. Es ist passiert.

»Außerdem hat man mir alle möglichen Namen gegeben. Ich war die Nutte, die Schlampe, die Hure. Und das sind nicht einmal die schlimmsten. Ich erinnere mich noch an alles. Aber weil ich nicht für eine Lügnerin gehalten werden möchte, habe ich irgendwann einmal all die Bemerkungen gesammelt, die ich in meinem Spind gefunden habe oder die man mir während der Schulstunden an den Kopf geworfen hat. Es gibt auch einige Kommentare auf meiner Facebook-Seite, die nicht gerade witzig sind. Ja, ich habe alles aufbewahrt.«

Ich öffne meine Tasche und hole nach dem Zufallsprinzip einige Zettel hervor. Die Tasche ist prall gefüllt. Plötzlich bewegt sich niemand mehr. Man hätte eine Stecknadel fallen hören können. Sofort beruhige ich meine Zuhörer:

»Keine Sorge, ich werde keine Namen nennen. Ich bin nämlich nicht so wie ihr«, füge ich lächelnd hinzu, ehe ich einen nach dem anderen die Zettel vorlese, die ich herausgefischt habe. ›Schämst du dich nicht, du dreckige Schlampe?‹, ›Bestimmt hast du AIDS. Würde zu dir passen‹ und ›Was kannst du überhaupt? Einen blasen und deinen Arsch zeigen‹ sind nicht gerade meine Favoriten. Die nächsten gefallen mir besser: ›Krepier doch, dann freuen sich alle‹, oder ›Tu uns einen Gefallen und trink Klorix‹.«

Ehe ich weiterspreche, stecke ich die Zettel wieder ein. Mein Herz pocht bis zum Hals. Ich kann es kaum erwarten, von der Bühne zu kommen und mich zu übergeben. Ich bin einfach nicht stark genug, all das durchzustehen.

»In jenem Jahr bekam ich ungefähr zehn Botschaften mit der Aufforderung, meinem Leben ein Ende zu setzen«, sage ich schulterzuckend. »Also habe ich es getan. Oder zumindest habe ich es versucht.«

Ich versuche die Bilder zu verdrängen, die mich überrollen, aber ebenso gut könnte ich versuchen, das Atmen einzustellen. Ich sehe den Boden meines Zimmers, meine Handgelenke, viel Blut … und Pete, der mich in seinen Armen trägt und mich eine Idiotin nennt.

Ich erinnere mich, wie ich in diesem Moment dachte, dass ich wirklich eine Idiotin sein musste, weil ich die Sache dermaßen verpatzt hatte.

»Als ich später wieder in meine Klasse kam, hatte niemand daraus gelernt. Ich erhielt weiter anonyme Nachrichten, in denen mir vorgeworfen wurde, nicht einmal in der Lage zu sein, meinem Leben vernünftig ein Ende zu setzen. Könnt ihr euch das vorstellen?«, rufe ich und lache nervös. »Trotz alledem bin ich heute immer noch da. Aber wisst ihr, wer weniger Glück hatte?«

Mit zugeschnürter Kehle greife ich nach einem weiteren Zettel. Die drei groß geschriebenen Namen bringen mein Herz zum Bluten. Ich streichle mit dem Daumen darüber, als könnte ich mich so entschuldigen.

»Hannah Smith. Rehtaeh Parsons. Amanda Todd.«

Ich weiß nicht einmal, ob ihnen diese Namen etwas sagen. Ich habe sie ganz zufällig unter vielen ausgewählt. Ich wünschte, ich hätte sie alle gekannt. Als ob ihnen dadurch Gerechtigkeit widerfahren könnte.

»Hannah war vierzehn Jahre alt. Sie erhängte sich in ihrem Zimmer, weil sie im Internet wegen ihres Ekzems gemobbt worden war.«

Ich sehe, dass einige Leute die Köpfe senken und zu verstehen beginnen, worauf ich hinauswill. Andere haben Tränen in den Augen. Nur wenige verschränken die Arme und halten meiner Rede mit trotzigem Blick stand.

»Rehtaeh war siebzehn Jahre alt. Sie erhängte sich in ihrem Badezimmer, nachdem sie auf einer Party von vier Typen vergewaltigt worden war. Die Kerle machten Fotos und veröffentlichten sie. Alle Welt bezeichnete sie daraufhin als Schlampe.«

Ich gerate ein wenig ins Stottern. Gefühle überwältigen mich und nagen an meinem Herzen. Es kommt dem, was ich selbst erlebt habe, sehr nah und es macht mich fix und fertig, dass diese Leute es geschafft haben, ihr wirklich alles zu nehmen.

»Amanda war fünfzehn Jahre alt. Sie erhängte sich ebenfalls, nachdem ein Mann Bilder von ihr in Unterwäsche veröffentlicht hatte. Davor wurde sie belästigt und körperlich angegriffen.«

Jetzt weine ich. Ich weiß, dass ich weine, weil ich die Tränen auf meinen Lippen spüre. Die Gesichter vor mir verschwimmen, aber ich tue nichts, um meine Wangen zu trocknen. Ich fahre fort, ganz gleich, was passiert.

»Ich weiß, dass ihr nicht für diese Todesfälle verantwortlich seid. Aber ihr seid verantwortlich für eure Worte und Taten. Ihr habt mich drei Jahre lang gemobbt, weil ich kurze Röcke trug, weil ich gerne ohne Verpflichtung flirtete, weil ich nicht so war, wie ihr mich gern gehabt hättet. Aber ich werde mich nie dafür entschuldigen, wie ich bin. Niemand hat das Recht, zu sagen, dass eine Frau so und nicht anders zu sein hat. Wenn meine Sexualität euch stört, ist das eure Sache. Aber denkt daran, dass ihr absolut nichts über mich wisst und dass ich, selbst wenn es so wäre, mit meinem Körper machen kann, was ich will.«

Ich befeuchte meine Lippen und spüre meinen Puls bis in meine Schläfen. Meine Hände zittern, aber ich presse sie zusammen. Endlich trifft mein Blick auf den von Eden und ich verziehe unwillkürlich das Gesicht. Er weint nicht, aber ich erkenne seine Qual und frage mich, ob er das alles hat kommen sehen. Und ob er ahnt, was noch kommt.

»Aber während ihr mich als Hure bezeichnet habt, wurde ich von meinem Stiefvater vergewaltigt.«

Die Reaktion erfolgt sofort. Mein Herz stürzt in meinen Magen ab und ich bekomme eine Gänsehaut. Eden hält meinen Blick ganz fest. Die anderen stammeln und flüstern miteinander, aber ich achte nicht darauf.

Denn zum ersten Mal seit meinem zwölften Lebensjahr kann ich endlich wieder frei atmen.

26

August 2018

Eden

Endlich ist die Wahrheit ans Licht gekommen.

Ich öffne meine Augen wieder. Mein Herz ist noch schwer von dem, was ich gerade gehört habe. Ich hefte meinen Blick auf Azalée. Sie ist in einem bedauernswerten Zustand, aber sie bleibt standhaft. Um jeden Preis.

»Ich sage das nicht, um von euch bemitleidet zu werden«, fährt sie mit schwacher Stimme fort. »Ich will nur endlich aufhören, mich zu verstecken, und aufhören, eine Rolle zu spielen. Ich habe immer so getan, als hätten eure Bemerkungen mir nichts ausgemacht, aber das ist nicht wahr. Während dieser drei Jahre habe ich ständig an Selbstmord gedacht. An irgendeinen Weg, der Tortur ein Ende zu bereiten. Und das alles nur, weil ein paar dumme, sexistische Mitschüler mich zur Hure erklärt haben. Also denkt bitte in Zukunft über die Konsequenzen eurer Worte nach. Sie können schwerwiegende Folgen haben.«

Sie wendet sich an Hannah, die völlig verloren wirkt, und beendet ihre kleine Rede.

»Ich wünsche euch noch einen schönen, restlichen Abend. Und eines möchte ich noch klarstellen: Mein Name ist Azalée Green. Dem nächsten, der mich ›die Nutte vom Bishop‹ nennt, poliere ich die Fresse.«

Wenn ich könnte, würde ich in diesem Moment vor ihr auf die Knie fallen.

Azalée steigt von der Bühne und geht zur Ausgangstür. Alle Blicke folgen ihr, allen voran meiner. Noch nie war ich so stolz auf sie. Ich würde ihr gern folgen, aber meine Füße weigern sich. Sie braucht jetzt Zeit, um zu verdauen, was sie gerade getan hat, und wahrscheinlich möchte sie eine Weile allein sein.

Ich blicke zu unseren Freunden hinüber. Sie wirken wie in Trance. Andrew starrt erschüttert ins Leere. Schließlich eilt er zur Toilette und lässt Josh und Alyssa einfach stehen. Alyssas Gesicht ist nass vor Tränen.

Erst in diesem Moment wird mir klar, was für eine Bombe Azalée gerade gezündet hat.

Azalée

Ich kann noch immer nicht richtig glauben, dass ich es getan habe. Noch vor einer Woche habe ich Eden gesagt, dass ich mit niemandem darüber reden wollte, und heute packe ich alles vor meiner Abschlussklasse aus.

Nachdem ich den Raum verlassen habe, übergebe ich mich in den ersten Mülleimer, den ich finden kann. Ich werde meinen gesamten Mageninhalt los. Lange Minuten bleibe ich allein. Ich spüle mir den Mund, spritze mir Wasser ins Gesicht und trockne meine Tränen. Schließlich sehe ich Eden, der mich auf dem Flur sucht. Er wirkt besorgt und auch ein wenig genervt.

»Ich bin hier«, melde ich mich mit schwacher Stimme.

Er dreht sich um und nimmt mich in die Arme. Ich schließe die Augen und lehne mich an seine Brust. Seine einfache Geste beruhigt mich und gibt mir zu verstehen, dass er nicht wütend auf *mich* ist. Ich wusste nicht, wie er auf meine kleine Rede reagieren würde; er hätte Angst bekommen können und nur noch das Weite suchen wollen.

Dabei sollte es mich eigentlich nicht überraschen, dass er bleibt.

Genau in diesem Moment schwöre ich mir, dass, sollte ich mein Leben mit einem Mann teilen, er es sein muss.

»Soweit okay?«, flüstert er mir zu.

»Geht schon.«

Er nickt, als wolle er mir zustimmen, und streichelt meinen Rücken. Ein Geräusch treibt uns auseinander. Es sind unsere Freunde, die nun ebenfalls den Saal verlassen haben. Josh, Alyssa und Alec blicken uns ein wenig verloren an. Nur Andrew weigert sich, mich anzusehen; seine Augen sind gerötet. Ich bedaure, dass unsere Freunde es zur gleichen Zeit wie alle anderen erfahren haben, und hoffe aufrichtig, dass sie es mir nicht übel nehmen. Ich habe keine Ahnung, wie ich mit der Situation umgehen soll.

»Aze … was ist los?«, flüstert Alyssa.

Sie sieht plötzlich so kindlich aus, dass ich nicht den Mut habe, ihr zu antworten. Josh legt ihr den Arm um die Schultern und sieht bemerkenswert wenig überrascht aus. Schließlich nimmt Eden meine Hand und erklärt:

»Wir sollten nach Hause gehen und dieses Gespräch daheim fortsetzen.«

Niemand widerspricht. Schweigend machen wir uns auf den Weg. Alec steigt bei uns ein, während Andrew mit Josh und Alyssa fährt. Ich spüre, dass er mir böse ist und das bricht mir fast das Herz. Ich wusste, dass es nicht richtig war, die Wahrheit vor ihm zu verbergen. Er war mein bester Freund und ist es noch heute; er hätte es verstanden.

Als wir aus den Autos steigen, wagt niemand zu sprechen. Wir gehen alle zu Eden. Ich bin die Erste, die sich auf die Couch fallen lässt und einen erschöpften Seufzer unterdrückt. Frechdachs kommt schwanzwedelnd auf mich zu und leckt mir die Hände, aber nicht einmal er schafft es, mich aufzuheitern.

Was zum Teufel habe ich da gerade getan?

Eden stellt sich offensichtlich die gleiche Frage, denn er hockt sich vor mich, als wären wir ganz allein im Zimmer:

»Aze, bist du sicher, dass du das tun willst?«

»Jetzt ist es ein bisschen spät, Eden.«

»Ich möchte nur, dass du weißt, was auf dich zukommt«, antwortet er ruhig. »Jeder wird darüber reden. *Er* wird es erfahren. Und es wird ihm nicht gefallen.«

Eden hat recht, ganz Charleston wird brodeln. Die Neuigkeit wird sich verbreiten wie ein Lauffeuer und bald wird man über nichts anderes mehr reden. Entschlossen schaue ich Eden an.

»Ich musste etwas tun. Was du neulich Abend gesagt hast, stimmt; ich habe mich entschlossen, ihn anzuzeigen. Egal, wie die Folgen aussehen.«

Überrascht zieht er die Augenbrauen hoch, dann nickt er.

»In Ordnung. Ich werde auf jeden Fall die ganze Zeit für dich da sein.«

»Darüber haben wir doch bereits gesprochen. Du kannst im Augenblick nichts gegen ihn unternehmen … Irgendwann würde er sich gegen dich wenden.«

Er wendet den Blick nicht von mir ab. Eine beängstigende Flamme tanzt in seinen Augen, und für eine Sekunde macht er mir Angst. Zwar weiß ich, dass er mir nie wehtun würde, aber ich bin mir absolut sicher, dass er zu allem bereit wäre, um Pete fernzuhalten.

Nur allzu gern würde ich ihm zu verstehen geben, dass wir hier nicht in einem Film sind und dass das richtige Leben viel komplizierter ist.

»Wartet mal«, greift Josh plötzlich ein und wendet sich stirnrunzelnd an Eden. »Wusstest du etwa von … alledem?«

Und schon geht es los. Eden weiß nicht, was er sagen soll, und wirft mir einen fragenden Blick zu. Schließlich ist das hier meine Baustelle. Ich seufze und wende mich an meine Freunde.

»Das ist eine lange Geschichte.«

Alec sagt nichts, sondern sitzt mit ungerührtem Gesicht auf einem der Küchenhocker.

»Es tut mir leid, dass ich euch nicht eingeweiht habe«, murmele ich. »Ich wollte euch nicht aufregen, und … na ja, ich habe mich einfach sehr geschämt.«

»Und trotzdem hast du es Eden erzählt«, gibt Josh frustriert zurück. »Vor uns hast du dich geschämt, aber vor ihm nicht? Obwohl du ihn gerade mal *fünf Minuten* kennst?«

Ich schaue ihn verständnislos an. Ist es wirklich das, was ihn wütend macht? Mir ist klar, dass er sich aufregt über das, was mit mir passiert ist, aber das ist doch kein Grund, seinen Frust an mir auszulassen.

Ich weiß nicht, wie ich mich verhalten soll. Schließlich ist es Eden, der ihm sichtlich verärgert und mit geballten Fäusten antwortet:

»Ist das echt alles, was dir dazu einfällt? Wenn du jetzt eine Pseudo-Eifersuchtskrise bekommst, weil unsere Freundin uns gerade gestanden hat, dass sie vergewaltigt wurde, dann hast du ihr Vertrauen nicht verdient. Ein bisschen mehr Respekt, verdammt noch mal.«

Josh blinzelt überrascht. Er ist es nicht gewohnt, dass Eden in diesem Ton mit ihm spricht, und ich verstehe ihn. Eden

spricht mit niemandem so. Ich beschließe, beruhigend einzugreifen und erkläre mit fester Stimme:

»Eden und ich sind *zusammen*. Sagen wir einfach, dass es irgendwie natürlicher war, dieses Thema mit ihm zu besprechen
als mit dir. Dafür muss ich mich nicht entschuldigen.«

»Wir beide waren auch einmal zusammen«, antwortet er.

Verblüfft öffne ich den Mund. Das stimmt natürlich …
Alyssa legt ihm die Hand auf den Arm, wirft ihm einen finsteren Blick zu und flüstert etwas.

Josh schweigt, seufzt und verbirgt sein Gesicht in den Händen. Er murmelt, es tue ihm leid und dass er nicht weiß, wie
er reagieren soll und am liebsten alles kurz und klein schlagen
würde. Ich habe nicht den Mut, mich zu bewegen, aber Alyssa
nimmt Joshs Hand in ihre und hält sie ganz fest.

Ihr Blick sagt mir, dass sie versteht und dass es ihr leid tut.
Fast wäre mir ein Lächeln gelungen.

»Dann war er es also wirklich?«, fragt Josh.

»Wie bitte?«

Seine Augen durchbohren mich wie Klingen. Ich weiß genau, was er wissen will, und versuche nur, etwas Zeit zu schin-
den.

»Der Mistkerl, der dir das angetan hat. War es wirklich
Pete?«

Die Stille ist ohrenbetäubend. Reflexartig schaue ich in die
Augen meines besten Freundes. Zum ersten Mal, seit wir das
Treffen verlassen haben, wendet er den Blick nicht ab. Mit un-
durchdringlichem Gesichtsausdruck schaut er mich an.

Meine Stimme ist nur ein schwaches Flüstern:

»Ja, er war es.«

Eden streichelt tröstend meinen Nacken und mein Haar.
Nur Sekunden später verlässt uns Andrew. Ich brauche gar
nicht hinzusehen, ich weiß, dass er es ist. Als die Haustür zu-

knallt, zuckt mein Herz zusammen, aber ich tue so, als ob es mir nichts ausmacht.

Josh starrt ihm mit aufgerissenen Augen nach.

»Nie hätte ich gedacht, dass er es … Tja … Aber wie lange ging das so? Wusste Sylvia Bescheid?«

»Es ist nur zweimal passiert.«

»Zweimal zu viel«, sagt Eden.

Josh fummelt an seinen Haaren herum und blickt zur Decke. Selbst Alec scheint erschüttert, und das will etwas heißen. Ich atme tief durch und berichte ihnen kurz und bündig vom Ablauf der Ereignisse. Wie es begann, wie ich den Kontakt zu meinen engsten Freunden abbrach und was passierte, als ich meiner Mutter alles gestand.

Dann meine Rückkehr nach Charleston. Katie und den Besuch meines ehemaligen Stiefvaters vor nicht allzu langer Zeit unterschlage ich ihnen. Für heute Abend reicht es. Josh ist kurz davor, zu explodieren; ich spüre es, ich weiß es. Die Hand seiner Verlobten hindert ihn jedoch daran, seiner Wut nachzugeben.

Alyssa wendet sich mit glänzenden Augen an mich.

»Warum hast du denn nichts gesagt?«, flüstert sie. »Du hättest doch wissen müssen, dass wir dich nicht verurteilen.«

Seufzend schüttele ich den Kopf.

»Klar, es ist geschehen, und es ist nichts, was man einfach so vergisst. Es gehört zu mir. Aber ich will nicht, dass ihr nur das in mir seht. Was mit mir passiert ist … ist nur ein Teil meiner Vergangenheit. Auf keinen Fall darf es das Einzige sein, das mich ausmacht.«

Alyssa nickt verständnisvoll und fügt hinzu:

»Morgen werden alle darüber reden. Wahrscheinlich schon jetzt in diesem Moment. Eden hat recht, es könnte schwierig hinzunehmen sein.«

Ich lache freudlos.

»Ich habe in der Schulzeit meinen Ruf als Hure ertragen und denke, ich kann damit umgehen, als Opfer zu gelten.«

»Das ist aber nicht dasselbe«, wendet Alec ein, ohne uns anzusehen.

Überrascht wenden wir uns ihm zu. Er schluckt, kratzt sich am Handgelenk und erklärt:

»Du hast gesagt, dass dich jeder für eine … Schlampe hielt, seit du sechzehn bist. Jetzt kommst du plötzlich und sprichst von Vergewaltigung. Was Alyssa meint, ist, dass es nicht der Ruf als Opfer ist, den du ertragen musst, sondern dass man dich eine Lügnerin nennen wird.«

Darüber hatte ich auch selbst schon nachgedacht, aber jetzt wird mir zum ersten Mal klar, was es tatsächlich bedeutet.

Du wirst allein kämpfen müssen, Azalée Green. Ich schaue meine Freunde an, die alle um mich herumstehen. *Aber vielleicht doch nicht ganz allein.*

»Ich bin bereit.«

Das ist zwar eine Lüge, aber niemand widerspricht mir.

»Wir alle sind es«, fügt Eden düster hinzu.

Schließlich stehe ich auf und gebe Josh einen Kuss auf die Wange, ehe ich das Haus verlasse, um etwas frische Luft zu schnappen. Die Spätsommerbrise streicht über meine Wangen und verfängt sich im Ausschnitt meines Kleides.

Ich will es gerade ausziehen und ins Meer abtauchen, als ich auf dem Sand eine Gestalt entdecke. Ohne zu zögern gehe ich hin und mache genug Lärm, um Andrew vorzuwarnen.

Ich lasse mich neben ihm nieder, betrachte die Wasseroberfläche und genieße das Rauschen der Wellen. Mein bester Freund und ich haben hier Hunderte und Aberhunderte Nächte verbracht. Ich erinnere mich, wie ich mit dem Kopf auf seinem Schoß im heißen Sand lag. Wir erfanden die Welt neu und tranken das Bier meiner Mutter; er wollte mit mir über seine Probleme sprechen, ich wollte meine vergessen.

Als die Stille unerträglich wird, fange ich an.

»Es tut mir leid«, flüstere ich und meine Stimme versagt bei den letzten Worten. »Ich wollte nie …«

Er bringt mich zum Schweigen, indem er mich heftig umarmt und sein Gesicht in meinem dichten roten Haar verbirgt. Ich umarme ihn ebenfalls und schließe die Augen, als ich ihn weinen höre. Das ist zu viel. Viel zu viel.

Ich lasse ihn nicht los. Lange Minuten bleiben wir so. Als er schließlich ein Stück abrückt, wische ich ihm mit einem zögernden Lächeln die Tränen ab und streichele seine Wange.

»Weine nicht, Loser. Nicht meinetwegen.«

»Warum denn sonst?«

Ich nehme seine Hand und halte sie fest.

»Andrew, hör mir gut zu. Ich kenne dich in- und auswendig und weiß genau, was dir gerade durch den Kopf geht. Aber eines musst du dir unbedingt merken: Du kannst nichts dafür. Selbst wenn du es gewusst hättest, hättest du nichts tun können. Es tut mir leid, dass ich dich außen vor gelassen habe, ich wollte nur … Eigentlich weiß ich nicht wirklich, was ich wollte.«

Er nickt. Ich hatte mich geirrt: Andrew ist mir nicht böse. Er spürt einfach meinen Schmerz tausendfach verstärkt, weil wir schon immer so funktioniert haben. Wie zwei Spiegel, die einander gegenüberstehen.

»Es gibt nichts zu verzeihen. Entschuldige dich nicht für etwas, das ein Pädophiler dir angetan hat.«

Ich lächele ihn an und lege erleichtert meinen Kopf auf seine Schulter. Morgen ist ein neuer Tag. Ein Tag, an dem mein Geheimnis keines mehr ist. Natürlich ist das beängstigend, aber ich habe gute Freunde. Und ich werde es verkraften, denn ich bin es leid, davor zu fliehen.

»Ich hab dich sehr lieb, Azalea. Mehr als gestern und weniger als morgen.«

»Ich hab dich auch lieb, Loser.«

Am nächsten Tag gehe ich gleich morgens zur Polizei, um Pete anzuzeigen. Eden und Andrew begleiten mich und bieten mir emotionalen Rückhalt. Ich werde in ein abgesondertes Büro gebracht, wo ein Mann in den Dreißigern meine Aussage schriftlich aufnimmt.

Ich will nicht lügen: Es ist schrecklich. Ich muss in die schmutzigsten Details gehen und die beiden schlimmsten Tage meines Lebens noch einmal erleben.

Der Polizist, der meine Aussage aufnimmt, zuckt bei der Erwähnung von Petes Namen zusammen und mustert mich von Kopf bis Fuß, sagt aber nichts. Weil ich fürchte, dass er mich nicht ernst nimmt, fühle ich mich gezwungen zu sagen:

»Ich weiß, wer er ist. Ich weiß auch, dass er Polizist ist und dass Sie mir wahrscheinlich nicht glauben, aber …«

»Miss Green«, unterbricht er mich mit fester, aber durchaus nicht geringschätziger Stimme, »da irren Sie sich aber gewaltig. Mein Job ist mir sehr wichtig und ich mache ihn gut. Wenn eine junge Frau zu mir auf die Wache kommt und von einer Vergewaltigung berichtet, glaube ich ihr grundsätzlich. Und zwar so lange, bis das Gegenteil bewiesen ist. Ist das klar?«

Noch nie im Leben war ich so erleichtert. Ich lächele ihm zu und nicke.

»Danke. Wie geht es jetzt weiter?«

»Der Staatsanwalt wird Sie informieren, welche Maßnahmen aufgrund Ihrer Beschwerde ergriffen werden«, erklärt er mir. »Da der Fall ziemlich komplex ist, könnte es allerdings einige Zeit dauern. Aber Sie und ich haben nach wie vor gemeinsam damit zu tun. Ich gebe Ihnen meine Nummer und informiere Sie regelmäßig über den Stand der Untersuchungen. Ist das für Sie in Ordnung?«

Ich nicke und frage ihn, ob es keine Zeitverschwendung ist, erst nach so vielen Jahren Anzeige zu erstatten.

»Im Gegensatz zu vielen anderen Bundesstaaten verjährt Vergewaltigung in South Carolina nicht«, beruhigt er mich. »Sie können jederzeit Anzeige erstatten. In Ihrem Fall handelt es sich beim ersten Mal um einen sexuellen Übergriff auf eine Minderjährige, beim zweiten Mal allerdings nicht; ab dem Alter von sechzehn Jahren gilt man als sexuell volljährig. Aber schon das erste Vergehen könnte zu einer Höchststrafe von zwanzig Jahren Haft führen. Vor allem, weil er als Ihr Stiefvater und als Polizist in einer besonderen Autoritätsposition war.«

Das alles klingt sehr sachlich und eigentlich keineswegs beruhigend für mich, aber ich nicke erneut, denn ich muss unbedingt noch etwas loswerden. Ich bin mir nicht ganz sicher, ob ich es ihm sagen soll, ob ich Katie derart verraten darf, aber ich riskiere es und setze alles auf eine Karte.

Entschuldige, Katie. Aber ich tue es für uns.

»Er hat inzwischen eine neue Stieftochter. Sie … sie ist vierzehn Jahre alt.«

Mehr brauche ich nicht zu sagen. Der Gesichtsausdruck des Beamten verändert sich schlagartig. Er versteht sofort, worum es geht, und presst die Zähne zusammen.

»Sehr gut. Danke, Miss. Und … ich möchte mich für alles entschuldigen, was Ihnen geschehen ist. Machen Sie sich bereit für den nächsten Schritt – es wird sicher nicht einfach.«

Eden und Andrew warten in angespannter Stille draußen auf mich. Mein bester Freund umarmt mich als Erster und drückt mir einen Kuss auf die Stirn.

Nein, es wird sicher nicht einfach. Aber zumindest bin ich nicht mehr allein.

Dritter Teil

Zeitbombe

27

September 2018

Eden

Alyssa hat recht behalten. Das Gerücht, dass Azalée Green vergewaltigt wurde, verbreitet sich wie ein Lauffeuer in der Stadt. So schnell, dass ganz Charleston nach zwei Tagen Bescheid weiß. Gestern waren wir einkaufen. Azalée ignorierte die Blicke – ich hatte damit größere Probleme. Sie meinte, es läge daran, dass ich es nicht gewohnt sei. Ich wagte nicht, ihr zu sagen, dass das Schrecklichste für mich ihre Abgebrühtheit war.

Ich galt immer als der junge und freundliche Automechaniker aus der Gegend. Wo auch immer ich hinging, wurde ich begrüßt, man erkundigte sich nach meiner Tochter und bot mir ohne besonderen Grund Preisnachlässe an. Heute ist es, als wäre ich gerade erst neu zugezogen.

Es ist tatsächlich beunruhigend. Aber noch schlimmer ist das Raunen, das mich den ganzen Tag verfolgt. Oft würde ich mich am liebsten umdrehen und den Leuten sagen, dass sie sich endlich verpissen sollen. Azalée hingegen tut so, als höre sie nichts. Sie albert nach wie vor herum und grinst sarkastisch. Das ist übrigens einer der Gründe, warum ich sie vergöttere.

»Wie geht sie damit um?«, will Alyssa wissen, als ich mit einem Bier in der Hand bei ihr an der Bar sitze. Ich schaue meiner Freundin nach, die mit ihrem Tablett durch den Raum läuft, als wäre nichts geschehen.

»Ich weiß es nicht«, muss ich zugeben. »Sie spricht nicht wirklich darüber.«

»Eigentlich scheint sie ganz okay zu sein.«

»So ist Azalée nun einmal. Sie gibt sich so, wie sie will, wann immer sie will. Was aber durchaus nicht bedeuten muss, dass es wahr ist.«

»Das stimmt.«.

Für einen Augenblick schweigen wir. Cameron begrüßt sein Publikum auf der Bühne. Seine Stirn und sein T-Shirt sind bereits nass vor Schweiß.

»Ich habe neulich einige Mädchen über sie reden hören«, fährt meine Freundin unangenehm berührt fort. »Man glaubt, dass sie die ganze Geschichte erfunden hat, um sich interessant zu machen und ›wie üblich‹ die Aufmerksamkeit auf sich zu ziehen.«

»Das war zu erwarten«, flüstere ich und blicke in mein Glas. »Manchmal frage ich mich, was schlimmer ist – das oder die Arschlöcher, die behaupten, dass sie es nicht besser verdient hat. Als ich das hörte, hätte ich am liebsten zugeschlagen, ganz ehrlich.«

Alyssa schüttelt den Kopf und vergewissert sich mit einem Blick nach rechts und links, dass uns niemand zuhört.

»Nein, du verstehst nicht. Es geht noch viel weiter …«

»Was meinst du?«

Sie seufzt und weicht meinem Blick aus.

»Sag es ihr lieber nicht. Wie es scheint, gab es einen Blog, der während der Highschool über sie kursierte. Als sie wegging, wurde er deaktiviert, aber seit dem besagten Abend …«

»Was für eine Art von Blog?«

»Ziemlich bösartig. Mit Anekdoten, Beleidigungen und mit … Fotos von ihr. Privaten Fotos, Eden«, murmelt sie mit traurigem Blick. »Und er wird geteilt und kommentiert. Ich habe die Seite bereits gemeldet. Es gibt dort sogar Umfragen, ob die Leute denken, dass sie die Wahrheit sagt oder nicht. Und es steht nicht zu ihren Gunsten.«

Ich kneife mir in den Nasenrücken, weil ich immer wütender werde. Auf keinen Fall darf Azalée diesen Blog finden. Man muss sie davon fernhalten, denn ich weiß nicht, wozu sie fähig wäre.

»Und diese Leute wollen Erwachsene sein? Es ist zum Kotzen. Schick mir den Link, ich gehe morgen damit zur Polizei«, sage ich düster.

Sie nickt feierlich. Warum bekämpft man Azalée so hartnäckig? Ich verstehe es wirklich nicht. Diese ganze Situation ist zu hoch für mich und versetzt mich in eine unbeschreibliche Wut.

Ich will gerade noch etwas dazu sagen, als von hinten Finger über meine Wangen streicheln. Ich zucke zusammen.

»Woran denkst du, Cowboy?«

Plötzlich sitzt Azalée auf meinem Schoß und ihr Mund hindert mich an einer Antwort. Überrascht erwidere ich ihren Kuss und lege meine Arme um ihre Taille.

»Das ist streng geheim«, flüstere ich gegen ihre sinnlichen Lippen.

Sie lächelt, presst ihre Brüste an mich, fährt mit ihrem Finger über meinen Hals und streichelt zuerst meinen Adamsapfel, dann mein Schlüsselbein. Ihre Nähe elektrisiert mich und schickt mir einen köstlichen Schauder über den Rücken.

»Hoffentlich an mich.«

Ich halte den Atem an, als sie sich einen Weg zu meinem Bauchnabel bahnt und schließlich auf der unübersehbaren Wölbung meiner Jeans landet. Ihr neckendes Lächeln lässt mich erbeben. Diese Frau ist eine Teufelin.

»Tatsache, ich glaube, du denkst an mich. Zumindest hoffe ich es.«

Meine Lippen suchen ihre, um die aufwallende Hitze zu stillen, die meinen Unterleib zu verbrennen droht. *An wen wohl sonst?*, würde ich gern antworten. Plötzlich begehre ich sie so sehr, dass es schmerzt. Ich spanne meinen Körper an, um das brennende Verlangen zu vertreiben, aber es funktioniert nicht. Azalée ist mir keinerlei Hilfe in meiner Qual, denn sie saugt langsam und lasziv an meiner Zunge. Ich unterdrücke ein Stöhnen und greife nach ihren Händen, um sie zurückzuschieben.

»Stopp. Jetzt.«

»Warum?«

»Du bist im Dienst. Wir sind in der Öffentlichkeit. Was du da tust, ist gemein.«

»Ich könnte eine Pause machen …«, schlägt sie vor.

Ich schaue sie an und versuche, zur Besinnung zu kommen. Ihre Augen sind groß und glänzen. Sie sind ein perfekter Spiegel meiner eigenen Erregung. Ich weiß sehr wohl, was in diesem hübschen kleinen Rotschopf vor sich geht, und – verflixt – ich hätte unglaubliche Lust darauf. Azalée lässt mir nicht die Zeit, ihren Vorschlag abzulehnen; sie beugt sich vor und flüstert mir ins Ohr:

»Ich trage keinen Slip.«

Oh. Mein. Gott.

»Die Umkleide«, sagt sie. »Jetzt.«

Stolz erhebt sie sich von meinem Schoß. Ihre Hand liegt noch auf meinem Oberschenkel. Ich schlucke, ohne sie aus den Augen zu lassen.

»Geh schon mal vor. Ich brauche … noch ein paar Minuten.«

Sie runzelt die Stirn, blickt nach unten und presst wie vermutet die Lippen zusammen, um nicht zu lächeln. Dann nickt sie und zwinkert mir zu.

»Ich kann meine Pause nicht verlängern, also warte nicht zu lang.«

Mit diesen Worten geht sie und wackelt dabei übertrieben mit dem Hinterteil. Ich muss lachen, weil ich weiß, dass sie es absichtlich tut, entweder für mich oder wegen der unerzogenen Kunden, die sie schon den ganzen Abend anstarren – ich weiß nicht. Aber es ist mir egal.

»Du hast ein Date.«

Ich drehe mich zu Alec um, der neben mir sitzt. Ich bemühe mich, an andere Dinge zu denken, um den Druck zu verringern und antworte:

»Auf Französisch heißt es *Rendezvous*.«

»Ich kann Französisch«, erklärt er. »Und zwar besser als du.«

»Ach ja? Los, baggere mich mal an, dann sehen wir es ja.«

Zumindest sollte das ausreichen, einigermaßen schnell mein Begehren in sich zusammenfallen zu lassen – zumindest so viel, dass ich aufstehen kann. Alec runzelt die Stirn.

»Du willst, dass ich dich auf Französisch anmache?«

Genau in diesem Moment kommt Alyssa, mustert uns nacheinander und scheint nicht zu wissen, was sie sagen soll. Und dann bemerkt sie die Bewegung, als ich meinen Arm über meine Oberschenkel lege, um meine Erektion zu verbergen. *Oh, Scheiße.*

»Ich weiß zwar nicht, ob mir da irgendwas entgangen ist, aber ihr sollt wissen, dass ich voll hinter euch stehe.«

Ich verdrehe die Augen und wende mich an Alec.

»Komm schon, bring mich zum Träumen.«

Mein Freund räuspert sich, streicht sich das Haar hinter die Ohren und schaut mir tief in die Augen. Nach einer Pause, die offenbar ein bestimmtes Ambiente schaffen soll, flüstert er:

»*Oh, voulez-vous coucher avec moi, petit croissant, baguette?*«

Ich platze fast vor Lachen. Alyssa, die nichts verstanden hat, schüttelt nur den Kopf. Alec trumpft auf: »Siehst du? Ich habe auch Humor. Nur verstehe ich den Sinn dahinter nicht. Das ist alles.« Aber mein Körper hat sich beruhigt. Ich stehe auf und mache eine theatralische Geste.

»Na ja, das ist zwar nicht alles, aber ich gehe jetzt zu meinem *petit croissant* in der Umkleide. Bis später!«

Während ich noch in meiner Tasche nach Geld suche, um mein Bier zu bezahlen, begrüßt Alyssa einen neuen Kunden. Er hat einen Blumenstrauß in der Hand. Ich reiche Alyssa den Geldschein, als der Mann fragt:

»Guten Abend. Diesen Strauß möchte ich einer Ihrer Kolleginnen überreichen. Angeblich arbeitet sie hier.«

»Wow, da hat aber jemand Glück«, scherzt Leslie, während ich mir einen Weg in die Umkleide bahne.

»Kann man so sagen. Würden Sie ihr die Blumen bitte geben?«

»Natürlich. Wie heißt sie denn?«

»Azalea.«

Abrupt bleibe ich stehen und drehe mich verblüfft um. Alyssa scheint ebenso überrascht zu sein wie ich und nimmt ihm den Strauß ab. Der Mann sieht zwar nicht aus wie ein Verehrer, trotzdem bekomme ich Bauchschmerzen.

Wie eine schlechte Vorahnung.

»In Ordnung … Von wem bitte?«

Der Mann mustert sie mit kühlem Lächeln.

»Pete.«

Plötzlich hört die Welt auf, sich zu drehen. Das Blut gefriert mir in den Adern, meine Muskeln spannen sich an, ich spüre mein Herz bis in den Hals und meine Nackenhaare sträuben sich. Nur ein Gedanke.

Das ist er.

Alyssa und Alec wissen ebenfalls sofort Bescheid. Ihr Ausdruck verdüstert sich, aber keiner von uns weiß, was er tun soll. Pete erkennt das Unbehagen und wird sich schließlich meiner

Anwesenheit bewusst. Ich kann seinen Augen ansehen, dass er mich erkennt, dass er weiß, wer ich bin.

Dieser Mann hat meine Freundin vergewaltigt und versucht, sie zu erwürgen.

Ich koche innerlich, als er mich erneut anlächelt.

»Ich wollte ihr gratulieren, dass sie so … ›tapfer‹ gewesen ist.«

Ich schätze, er bezieht sich auf das Ehemaligen-Treffen. Vermutlich weiß er, was dort los war, und es gefällt ihm ganz und gar nicht. Seine Geste ist eine Drohung. Ich weiß nicht, was mich noch zurückhält, aber ich glaube, ich bin einfach zu schockiert, um mich zu bewegen. Außerdem ist mir klar, dass ich, wenn ich einmal anfange, vermutlich nie mehr aufhören kann. Meine Gewalttätigkeit kehrt geradezu im Galopp zurück und ich stelle mir vor, wie ich seinen Kopf an der Theke zerquetschen würde.

Du bist nicht wie deine Eltern.

Denk an Faith.

Faith.

Mit geballten Fäusten atme ich tief durch, ehe ich laut und in bestimmtem Tonfall sage:

»Verschwinde, sonst rufe ich die Polizei.«

Mir ist nicht klar, dass ich auf ihn zugegangen bin, aber Cameron hält mich plötzlich fest. Genau wie ich scheint er in Alarmbereitschaft zu sein. Trotzdem reißt er verblüfft die Augen auf, als er spürt, wie mein Körper unter seinen Fingern zittert.

Pete zeigt mit dem Finger auf mich und spielt seine Rolle weiter. Ich bin so auf ihn fokussiert, dass ich nicht sofort bemerke, dass jemand neben mir steht.

»Mr Eden Weiss, nicht wahr? Ich habe von Ihnen gehört. Sie arbeiten bei Otto. Sie haben übrigens ein sehr schönes

Haus. Ihre Tochter besucht Sie immer am Wochenende, nicht wahr?«

Mein Herz bleibt für eine Millisekunde fast stehen, dann stürze ich mich mit aller Kraft auf ihn.

»Eden!«

Meine Faust landet auf seinem Mund. Die Gewalt des Aufpralls reißt uns beide von den Beinen. Das Rauschen in meinen Ohren verhindert, dass ich irgendetwas um mich herum höre. Ich fühle, wie Hände nach meinen Armen und Schultern greifen. Es sind Hände, die ich kenne und liebe, aber auch stärkere Hände, die mich zurückzerren. Ich stoße sie alle weg. Mir ist nur noch die Drohung bewusst, die Pete gerade ausgesprochen hat. Alles, was ich sehe, ist meine Tochter in den Händen dieses Scheißkerls, und ich kann nicht atmen, ich kann nicht denken, ich kann nicht …

Ich werde ihn umbringen.

»Eden, lass ihn los!«

Mithilfe von zwei anderen Typen gelingt es Cameron, uns zu trennen, es gelingt mir aber, noch einen zweiten Schlag auf Petes Augenbraue zu platzieren. Panisch, wütend und keuchend werde ich von den Jungs auf die Beine gestellt. Alle schauen mich an – mich und den Mann mit dem blutigen Mund, der auf dem Boden liegt.

Alec hat sich in eine Ecke des Raumes zurückgezogen. Mit aller Macht drückt er sich die Hände auf die Ohren. Kopfschüttelnd starrt er auf den Boden. Alyssa ist sehr blass, ebenso wie Azalée, die mich mit aufgerissenen Augen anschaut. Ich kann nur noch an Faith denken und hätte beinahe losgeheult, weil ich mir das Schlimmste vorstelle. Aber das verkneife ich mir. Nicht vor ihm. Nicht vor den anderen.

»Sind Sie okay?«, erkundigt sich irgendwer bei Pete.

Pete rappelt sich auf und ich muss all meine verbliebene

mentale Kraft aufbringen, um ihn nicht zu erwürgen. Er berührt seine aufgeplatzte Lippe und nickt.

»Ja, ich … Es ist geht schon. Ich bin nur vorbeigekommen, um die Blumen abzugeben, aber die Dame hat offensichtlich einen eifersüchtigen Freund. Bin schon weg.«

Ich strebe vorwärts, aber Cameron hält mich immer noch fest. Daher spucke ich Pete meine finstere Drohung geradezu vor die Füße:

»Das wirst du bereuen! Ich schwöre es beim Leben meiner Tochter.«

Mit bösartigem Grinsen kontert er:

»Schwören Sie lieber nicht beim Leben Ihrer Tochter, Mr Weiss. Das könnte gefährlich sein.«

Mit diesen Worten öffnet er die Tür und verschwindet. Allmählich kommen die Gespräche wieder in Gang, nur ich bleibe wie angewurzelt stehen und bemühe mich, Petes Worte zu verdauen. Sein Besuch an diesem Abend war an sich schon eine Bedrohung. Er kam, um Azalée zu verstehen zu geben, dass die Anzeige ein Fehler war. Und mich hat er provoziert, weil er vermutlich ganz genau wusste, dass ich bei der Erwähnung meiner Tochter sofort rotsehen würde.

Obwohl ich wirklich nicht bereue, ihn geschlagen zu haben, nachdem ich schon so lange davon geträumt hatte, ist mir doch sofort klar, dass ich einen riesigen Fehler begangen habe.

»Was war denn hier los?«, ruft Trent, der gerade erst aus seinem Büro kommt, um den Schaden zu begutachten.

Niemand antwortet ihm. Azalée hastet in die Umkleide. Diesmal vermutlich nicht, um mich zu verführen.

»Bist du in Ordnung?«, erkundigt sich Alyssa vorsichtig.

Cameron bemüht sich, seinen Zwillingsbruder mit sanfter Stimme zu beruhigen. Ich sage nichts und folge Azalée mit schmerzenden Fäusten. Als ich die Umkleide erreiche, bin ich vor Wut noch immer aus der Puste. Azalée wartet schon ungeduldig auf mich. Ich gebe vor, ihre zitternden Hände nicht zu bemerken.

»Warum hast du das getan?«, fährt sie mich sofort wütend an.

»Träume ich oder wirfst du mir allen Ernstes vor, dass ich dieses Arschloch geschlagen habe?«

»Natürlich ist das ein Vorwurf!«, ruft sie so zornig, dass ich ein paar Sekunden lang sprachlos bin. »Ich hatte dich doch gewarnt, nicht in seine Nähe zu kommen!«

»Er hat gedroht, meine Tochter anzugreifen!«

Ich ignoriere die Tränen, die über ihre Wangen laufen. Ich heule ebenfalls. Meine Gedanken werden von einem runden Gesichtchen mit blonder Ananasfrisur beherrscht. Verdammt, ich muss unbedingt herausfinden, ob es ihr gut geht. Ich muss sie sehen, sie verstecken, ich muss …

»Und das überrascht dich?«, fragt Azalée. »Ich habe dich vorgewarnt, Eden. Du bist nicht blind in diese Sache hineingeraten, die Folgen waren dir bewusst.«

»Ich bereue keine Sekunde, dass ich trotzdem bei dir geblieben bin. Aber so etwas muss ich mir nicht anhören, ohne zu reagieren. Er … Er hat meine Tochter bedroht, verdammt noch mal …«, stammele ich. »Mein kleines Mädchen …«

Azalée wischt sich mit einer wütenden Bewegung die Tränen von den Wangen. Sie gibt sich die Schuld, und ich bin zu durcheinander, um ihr zu sagen, dass das nicht stimmt.

»Genau wegen deiner Tochter habe ich dir gesagt, dass du ihn in Ruhe lassen sollst, du Idiot. Weißt du, was jetzt passieren wird, Eden? Pete wird dich wegen Körperverletzung anzeigen.«

Meine Kehle fühlt sich an wie zugeschnürt und ich kann kaum noch etwas sehen. Nein. Nein, nein, nein. Alles, aber nicht das. Ich schlucke.

»Es war doch nur eine Kneipenschlägerei. Damit kommt er nicht weit.«

»Ach, glaubst du ernsthaft, dass es das ist, worauf es ihm ankommt? Um Himmels willen, Eden, sei doch nicht so naiv. Du hast ihm gerade genau das gegeben, was er wollte. Ihm ist nur wichtig, dass es in deiner Akte steht.«

Ich bin wie versteinert. Ich habe keine Ahnung, was ich sagen oder tun soll. Azalée hatte mich vor Petes Art gewarnt: Bösartig, gewalttätig und gnadenlos. Sie wusste, was passieren würde, und ich hielt mich für schlau genug, um Faith da herauszuhalten.

Ich lag verdammt falsch.

28

September 2018

Azalée

Willkommen bei Dear Patriarchy,
ich verstehe nicht, warum ihr mich dermaßen hasst. Ich bin keine
Lügnerin. Ich versuche nur zu überleben.
Ich bin keine Lügnerin.
Das schwöre ich.

Eden hält sich für diskret. Er glaubt, ich hätte nicht gelesen,
was über mich im Internet steht. Er glaubt, ich hätte die Fotos
nicht gesehen. Er glaubt immer noch, dass er mich beschützen kann, und ich habe nicht den Mut, ihm zu sagen, dass er
sich irrt. Deshalb tue ich so, als ob es mir gut ginge. Ich lächele weiter und sage, dass bald alles wieder in Ordnung ist,
obwohl ich offensichtlich einen sehr großen Fehler begangen
habe.
   Man bezeichnet mich als Lügnerin, Nutte und depressiv.
Die Leute kommentieren Nacktbilder von mir, die ohne mein
Wissen gemacht wurden, lachen darüber und erfinden Krank-
heiten.
   Ich bin deprimiert. Ich habe Angst. Ich bin müde.
   Es ist drei Uhr nachmittags und ich liege noch im Bett.
   Ich will nicht aufstehen.
   Ich will nicht zur Arbeit gehen.

Ich habe zu nichts mehr Lust.

Ich fühle mich leer – ein Gefühl, das ich schon lange vergessen hatte – und ich frage mich, ob ich wieder dabei bin, in Depressionen zu verfallen.

Oder habe ich vielleicht nie damit aufgehört?

Der Zusammenstoß zwischen Eden und Pete verbreitete sich in Windeseile in der gesamten Nachbarschaft. Eden erklärte Alyssa und Alec, es wäre sinnlos, weiter über den Vorfall zu sprechen, und sie gehorchten ihm brav. Aber Alyssa stand für den Rest des Abends unter Schock und Alec musste nach Hause gehen.

»Wir müssen etwas unternehmen«, sagte Josh, als ihm die Sache zu Ohren kam, und wurde blass. »Das geht zu weit.«

Ich sagte nichts dazu. Ich habe nicht einmal reagiert. Es nutzt ja doch nichts. Diese Geschichte vernichtet mich mehr als alles andere. Warum also sollte ich an einer Rache festhalten, die ich schon im Voraus verloren habe? Für mich? Für Katie?

Katie.

»Pete kann machen, was er will, es ist mir egal«, flüsterte ich schließlich und starrte ins Leere.

Alle wurden still. Überraschenderweise war es Andrew, der sich zu Wort meldete:

»Das kannst du doch nicht ernst meinen.«

Ich schaute meinem besten Freund direkt in die Augen und erinnere mich, dass ich dachte: *Woher will er wissen, was ich meine oder nicht meine?* Mein entschlossener Ausdruck schien ihn zu überzeugen, denn er hakte nicht weiter nach. Eden schüttelte den Kopf und senkte den Blick.

»Und Katie?«, wollte er leise wissen.

Ich habe darauf nicht geantwortet. Ich weiß, dass er nicht meiner Meinung ist. Im Gegensatz zu mir ist er zu allem bereit, um Gerechtigkeit zu bekommen. Ich dachte, ich wäre es auch, aber jetzt bin ich mir da nicht mehr so sicher.

Ich habe nicht einmal die Kraft, mich selbst zu retten, wie könnte ich also für uns beide kämpfen?

Jetzt starre ich schweigend auf meine ausgestreckten Arme. Ein Teil der Haut ist weiß. Der Rest ist sonnengebräunt, aber an den Handgelenken ist sie immer noch weiß und viel dünner. So dünn, dass ich die violette Farbe meiner Adern erkennen kann. Mit den Fingerspitzen folge ich den sichtbaren Linien und drücke sanft auf die größte, die sich unter meiner Haut abzeichnet.

Ihre Zartheit überrascht mich. Ich erinnere mich noch deutlich an meinen Suizidversuch. Für die Entscheidung dazu hatte ich viele Monate gebraucht. Der Vorgang selbst dauerte jedoch nur wenige Sekunden.

Es ist so einfach.

Meine Mutter ist tot. Um Edens Rechtsstreit steht es nicht gut. Katie reagiert nicht. Die ganze Stadt bewirft mich mit Unrat und Pete bedroht mich erneut.

Es ist so einfach.

Ich untersuche weiter meine Arme, die weißen Narben, und für eine Sekunde … eine winzige Sekunde …

Mein Handy vibriert auf dem Nachttisch und ich zucke erschrocken zusammen. Mit wild pochendem Herzen atme ich durch und schüttele den Kopf, um wieder zu Sinnen zu kommen.

Ich habe Eden. Ich habe Freunde. Und eine Leidenschaft.

Das alles habe ich, und das ist mehr, als die meisten anderen Leute besitzen. Ich muss weiterleben – für sie. Obwohl seit Petes Überraschungsbesuch im *Royal American* alles schiefläuft. Und dabei geht es nicht einmal in erster Linie um die Beleidigungen oder die Hasskommentare auf Facebook.

Nein, am meisten stört mich, dass Eden und ich uns gegenseitig meiden. Das stört mich wirklich. Ich bin mir nicht sicher, wer böse auf wen ist, aber wenn wir allein miteinander sind, ist die Atmosphäre angespannter denn je. Das bin ich nicht gewöhnt – nicht mit ihm.

Es war ein harter Schlag, als Eden eines Abends mit niedergeschlagener Miene nach Hause kam. Ich fragte ihn, was los sei, aber er wich nur aus. Doch ich redete nicht lange um den heißen Brei herum.

»Hör auf mit dem Scheiß und raus mit der Sprache.«

Er seufzte und ließ sich auf die Couch fallen.

»Pete hat mich angezeigt … wegen Körperverletzung.«

Die Stille, die darauf folgte, war schrecklich.

»Und?«

»Ich habe meinen Anwalt angerufen. Er ist sich nicht sicher, ob die Anzeige überhaupt Erfolg hat, denn es war nur ein Übergriff dritten Grades, der keine Folgen hatte. Allerdings riskiere ich eine Geldstrafe von fünfhundert Dollar und dreißig Tage Gefängnis.«

Ich wusste nicht, was ich dazu sagen sollte. Uns war beiden klar, dass die Anzeige, auch wenn sie nicht weiterverfolgt würde, seiner Akte nicht guttäte.

»Eden?«

Er wandte mir den Kopf zu.

Angesichts der Situation zögerte ich keine Sekunde und erklärte mit ernster Stimme:

»Mir wäre lieber, wenn du deine Pistole verschwinden ließest.«

Lange Zeit sagte er nichts. Ich argumentierte, dass ich mich weigern würde, zu der Art von Leuten zu gehören, die den Besitz einer Waffe für eine gute Lösung halten.

»Ein Unfall kann so schnell passieren, besonders wenn Faith

irgendwann für immer bei dir wohnt. Wir können uns anders verteidigen …«

»Ich weiß. Und ehrlich gesagt ist es schon seit Wochen erledigt. Ich wollte dieses Ding nicht mehr im Haus haben …«

Mein überraschter Blick entlockte ihm ein trauriges Lächeln. Erleichtert über seinen Entschluss ließ ich das Thema fallen und wir gingen stumm und deprimiert ins Bett. Aber aus Angst vor dieser neuerlichen Anzeige, die in seiner Akte auftauchen würde, schliefen wir beide nur sehr wenig.

An diesem Wochenende ist seine Tochter bei ihm. Deshalb lasse ich die beiden in Ruhe. Ich denke, ich habe ohnehin schon genug Schaden angerichtet …

Ich richte mich im Bett auf. Trotz des bereits fortgeschrittenen Tages ist es dunkel im Zimmer. Ich greife nach meinem Telefon. Eden hat mir eine Nachricht geschickt. Besänftigt öffne ich sie und finde ein Bild von Faith, die bis zum Hals im Sand eingegraben ist und in die Kamera strahlt. Mein Herz krampft sich zusammen.

Mir wird klar, wie gern ich bei ihnen gewesen wäre.

Ich vermisse Faith.

Warum um alles in der Welt vermisse ich dieses kleine Mädchen so sehr?

Die Nachricht unter dem Bild bringt mich tatsächlich kurz zum Lachen.

Eden: Prima, ich habe eine Möglichkeit gefunden, wie sie uns in Ruhe lässt. Ich habe Kinder satt.
Ich: Gut gemacht. Binde ihr ein Armband mit ihrem Namen drauf um, dann wird man sie uns schon irgendwann zurückbringen.

Seine Antwort lässt nicht lange auf sich warten.

Eden: Ich schreibe die Adresse von Josh und Alyssa drauf. Das wird sie bald beruhigen.

Lieber Gott, bitte lass ihn das Sorgerecht für seine Tochter bekommen.

Ich wäre bereit, öffentlich zu verkünden, dass ich gelogen habe, wenn es Pete davon überzeugen würde, die beiden nicht weiter zu behelligen. Den Ruf als Nutte könnte ich ertragen, aber sicher nicht, dass Eden meinetwegen seine Tochter verliert.

Am selben Abend bin ich gerade mitten in einem Podcast, als Eden zu mir auf die Terrasse kommt. Seine Hände stecken in den Taschen seiner Shorts. Vermutlich ist Faith bereits im Bett.

Ich sehe ihn an. Er lehnt sich gegen das Holzgeländer und wendet den Blick nicht von mir ab. Ich gebe ihm das Zeichen, leise zu sein und spreche weiter ins Mikrofon:

»Bei unserem heutigen Thema handelt es sich darum, zu erklären, warum ich für *Sex Positivity* bin und wo die Grenzen liegen. Zunächst einmal: Was bedeutet es, sexpositiv zu sein? Definiert ist das *Sex Positivity Movement* als offene, progressive und tolerante Haltung gegenüber Sex und Sexualität. In einem gewissen Umfang vertrete ich das auch so.«

Eden setzt sich mir gegenüber und klaut mir einen Schluck von meinem Bier. Er hört aufmerksam zu, was mich ein wenig einschüchtert.

»Sexpositiv zu sein bedeutet, anderen Menschen zuzugestehen, Sex ohne Scham oder Schuldgefühle zu genießen. Es bedeutet, sexuellen Ausdruck jeder Art zu unterstützen und die sexuelle Vielfalt zuzulassen. Es bedeutet, zu glauben, dass Sexualität etwas Gutes, Gesundes und Normales ist. Für mich persönlich ist auch der Aspekt der Zustimmung wichtig, denn Sex in jeder Form sollte nur zwischen Erwachsenen mit deren Einverständnis geschehen. Wichtig ist, so bald wie möglich offene Gespräche über dieses Thema zu führen.«

Eden macht mir ein Zeichen, eine Pause einzulegen, und fragt, ob er mitmachen dürfe. Ich hebe eine Augenbraue, gebe ihm aber einen Kopfhörer, denn ich bin neugierig.

»Mach weiter«, flüstert er kaum hörbar.

Ich nicke.

»Tatsächlich endet Sexualerziehung im weitesten Sinne nicht nach der Schulzeit oder nach der ersten sexuellen Erfahrung. Man lernt ständig dazu. Denken wir zum Beispiel an die Pornografie: Vielen ist es nicht bekannt, aber es gibt sexpositive, feministische und durchaus ethische Pornos. Man muss lediglich dafür bezahlen … Bei kostenlosen Pornos ist *Sex Positivity* eher die Ausnahme.«

Eden schüttelt lächelnd und amüsiert den Kopf. Ich räuspere mich und stelle ihn den Zuhörern vor.

»Ich möchte dieses Gespräch nun mit einem männlichen Gast fortsetzen. Hallo, Eden.«

»Hallo zusammen«, sagt er und schneidet mir eine Grimasse, die mich zum Grinsen bringt.

»Hältst du als Mann dich für sexpositiv?«

»Ich würde diese Frage bejahen«, beginnt er nachdenklich, »obwohl ich glaube, dass man einige Einschränkungen für diesen Begriff berücksichtigen sollte.«

Völlig einverstanden nicke ich. Es ist das erste Mal, dass ich – abgesehen von Tori – einen Gast in meinem Podcast sprechen lasse, und die Tatsache, dass es sich um Eden handelt, erfüllt mich mit Stolz.

»Ich halte das Konzept für sehr schön und sehr optimistisch, aber es berücksichtigt den Begriff der Zustimmung nicht aus-

reichend. Denn an dieser Stelle könnte es schwierig werden ...
Wir leben in einer Gesellschaft, in der es nicht leichtfällt, Nein
zu sagen – ganz gleich, ob es darum geht, einen Ausflug mit
Freunden oder ein sexuelles Erlebnis abzulehnen.«

»Das ist wahr. Ich denke auch, dass dieses Konzept manchmal das Gegenteil von dem bewirken könnte, was es fördern
soll, denn es impliziert, dass sexuelle Aktivität die Norm ist,
was aber nicht stimmt. Viele Menschen fühlen sich mit Sexualität nicht wohl oder sind einfach nicht daran interessiert. Man
sollte keinen neuen Druck ausüben, Sex zu haben oder zu wollen, denn das wäre kontraproduktiv.«

»Es würde bedeuten, dass man dich entweder als Schlampe
oder als prüde Person sähe«, bestätigt Eden.

»Ohne Mittelweg.«

Gleichzeitig verdrehen wir die Augen, was uns zum Lachen
bringt. Wir diskutieren noch ein paar Minuten, ehe ich den
Podcast beende. Eden scheint mit seinem Beitrag zufrieden zu
sein und das finde ich so süß, dass ich ihm, nachdem ich alle
Geräte ausgeschaltet habe, um den Hals falle und ihn leidenschaftlich küsse. *Himmel, das ist ganz schön lange her.*

»Du warst super.«

Eden streichelt meine Wangen, mein Haar, meinen Hals,
und schon bald hebt er meine Oberschenkel an, um mich an
sich zu ziehen. Ich klammere mich mit den Beinen um seine
Taille und er trägt mich ins Haus.

Das Licht im Wohnzimmer ist zwar aus, aber er findet die
Couch und legt mich hin, während seine Zunge warm und un-
erbittlich um meine tanzt.

»Du hattest recht«, haucht er und beißt mir in die Lippe.
»Ich bin ein Idiot.«

»Halt die Klappe.«

Sein Mund gleitet über meinen Hals, den er sehnsüchtig

küsst. Ich bekomme Gänsehaut und lehne meinen Kopf zurück, um ihm freien Zugang zu gewähren. Als Antwort auf seine stumme Bitte nicke ich nur. Sofort gleitet sein Mund an meinem Körper entlang. Dabei entledigt er mich der letzten noch vorhandenen Klamotten. Der Rest dieser Nacht ist ein Gewirr aus Beinen, Seufzern und Stöhnen, das mir unendlich gefehlt hatte.

»Es lebe die *Sex-Positivity*«, lächelt er, als er sich aus mir zurückzieht.

Mehrmals geht Eden nach nebenan, um sicherzustellen, dass die Kleine ruhig schläft. Als er zurückkommt, können wir nicht einschlafen. Er fragt mich, warum der Podcast mir so wichtig ist, und ich antworte ihm, dass er mir eine Stimme verleiht; dass er mir erlaubt, anderen zu helfen, bestimmte Themen als alltäglich einzustufen.

»Du bist alles, wovon ich je geträumt habe, Azalée Green«, murmelt er an meinem Bauchnabel. »Bitte lauf nicht ohne mich weg.«

Ich verspreche es ihm. Wir lieben uns erneut, und obwohl ich nicht komme, ist es der beste Moment meiner Woche: bei ihm zu sein, nur bei ihm.

Ich wickele das Laken um meinen nackten Körper und stehe auf, während er noch versucht, wieder zu Atem zu kommen.

»Ich muss mal.«

Er lächelt genervt. Im Dunkeln durchquere ich den Raum und will gerade den Flur betreten, als …

»Autsch!«

Das dumpfe Geräusch meiner Stirn auf dem Holz beweist mir, dass die Tür geschlossen war. Verdammt, dieser Blödmann. Aber plötzlich überkommt mich ein wildes, unaufhaltsames Lachen. Wie eine Verrückte lache ich im Dunkeln und kann nicht aufhören, bis mir Tränen über die Wangen laufen.

»Alles in Ordnung?«, erkundigt sich Eden besorgt und knipst die Nachttischlampe an.

Immer noch lachend gehe ich zu ihm. Er ist überrascht.

»Ich … Ich habe nicht gesehen, dass die Tür zu war … Ich bin volle Kanne dagegengedonnert.«

Mit roten Wangen pruste ich in meine Hand, bis er ebenfalls lachen muss. Halb amüsiert, halb ungläubig schaut er mich an. Ich habe keine Ahnung, was er denkt. Das Ganze dauert gut fünf Minuten. Schließlich seufzt er mit einem erschöpften Lächeln auf den Lippen:

»Ich liebe dich.«

Sofort höre ich auf zu lachen.

Und es ist

als

könne ich nicht

mehr

atmen.

Reglos stehe ich vor ihm. Meine Augen ertrinken in seinen. Das hatte ich wirklich nicht erwartet. Nicht so früh. Und schon gar nicht, dass eine sanfte, warme Welle der Freude meine Brust überschwemmt.

Er liebt mich. Jemand liebt mich. Nein, nicht jemand. *Eden Weiss liebt mich.*

»Ich weiß, dass wir beide kompliziert sind und mein Leben noch lange nicht zu dem Bild passt, das du dir von deinem gemacht hast«, fügt er sanft hinzu. »Ich weiß auch, dass Kinder nicht dein Ding sind und du sie hasst, aber ich liebe dich trotzdem. Und zwar so sehr, Aze, dass es mir manchmal … manchmal Angst macht.«

Ich schweige so lange, bis sein Lächeln schließlich erlischt. Er erwartet, dass ich etwas sage, das weiß ich, und ich würde es auch schrecklich gern sagen. Aber es ist inzwischen so lange her, dass ich nicht mehr weiß, wie man es macht. Kommen die Worte heraus, wenn ich den Mund öffne?

Ich bin mir nicht sicher. Deshalb greife ich stumm nach seinem Arm. Eden beobachtet mich mit traurigen Augen. Ich öffne seine Hand, streichle die von der Arbeit raue Haut und male Buchstaben in seine Handfläche.

Beim ersten Mal scheint er nicht zu verstehen.

»Konzentriere dich«, flüstere ich.

Er nickt mit einem leichten, neugierigen Lächeln und ich beginne von Neuem. Dieses Mal langsamer.

Sein Gesicht verändert sich von Sekunde zu Sekunde. Schon bald lächelt er nicht mehr.

»i c h l i e b e d i c h«.

Eden starrt mich an. Intensiv und ängstlich, als könne er es nicht wirklich glauben. Ich erröte. Schließlich finde ich den Mut, meinen Mund auf seine Lippen zu pressen. Er lässt mich keine Sekunde aus dem Blick.

Mein Herz steht kurz vor dem Aussetzen und ich bin mir fast sicher, dass ich in mein Verderben renne, aber ich flüstere Worte, die meine Seele sofort erkennt, obwohl ich jahrelang versucht habe, ihre Bedeutung zu vergessen:

»Ich liebe dich, Eden Weiss. Ich liebe dich mit allem, was von meinem Herzen übrig geblieben ist.«

Ich habe keine Gelegenheit, die Gefühle zu erkennen, die ihn bei diesen Worten durchdringen, weil er sofort seine Augenlider zusammenpresst.

Dann küsst er mich auf Mund, Nase, Stirn, Augen, Kinn und Hals, und ich frage mich, wie mein Herz das überhaupt aushält.

»Ich werde immer gut auf dich achten, Azalée«, murmelt er. »Das verspreche ich dir.«

Zum ersten Mal in meinem Leben glaube ich daran.

29

September 2018

Eden

Azalée macht mir Sorgen.

Klar, sie hat endlich ihre Mauer niedergerissen und mir gesagt, dass sie mich liebt. Aber das ist nicht der Punkt. Mit Sorge sehe ich ihre Schlaflosigkeit, ihren fehlenden Appetit, ihre Stimmungsschwankungen und die Tatsache, dass sie das morgendliche Joggen und das Gitarrespielen am Abend eingestellt hat.

Ich bin nicht dumm. Ich kenne diese Anzeichen.

Obwohl ich unmittelbar neben ihr wohne, habe ich das Gefühl, sie nie mehr richtig zu Gesicht zu bekommen. Selbst wenn sie da ist, ist sie mit ihren Gedanken woanders. Pete hängt wie ein Damoklesschwert über unseren Köpfen. Ich wünschte nur, sie würde mit mir darüber reden, anstatt sich in sich selbst zurückzuziehen.

Ich habe Angst vor den Gedanken, die in ihrem Kopf herumwirbeln, wenn sie glaubt, dass ich nicht hinschaue …

Gegen sechzehn Uhr fahre ich bei Natalie vor. Sie und Jack haben Faith am Wochenende mit zum Camping genommen – eine Premiere! – und aus diesem Grund bestand ich darauf, Faith heute Abend abzuholen.

Die Haustür wird in dem Moment aufgerissen, als ich die Auffahrt hinaufkomme. Meine Tochter rennt mir lachend entgegen und springt mir an den Hals. Ich hebe sie hoch und drücke sie fest an mich.

Seit Petes Drohungen befürchte ich immer das Schlimmste. Ich hasse den Einfluss, den er auf mein Leben hat.

»Wie geht es meiner kleinen Camperin?«, frage ich und küsse sie auf die Wange.

»Sehr gut, danke«, antwortet sie.

Ich schüttele den Kopf. Kann sie nicht wie andere Kinder in ihrem Alter sprechen und sagen: »Super! Megagut!«?

»Hast du mich vermisst?«

»Nein.«

Autsch. Das tut weh.

Ich entdecke ihr verstohlenes Grinsen, knurre und kneife sie in die Wange.

»Kleine Lügnerin. Ich weiß doch, dass du mich vermisst hast.«

»Vielleicht ein bisschen«, gibt sie zu und kuschelt ihren Kopf an meine Schulter.

Ich lache und stelle sie auf den Boden, weil Natalies Augen auf mich gerichtet sind. Mit Verschwörergesicht flüstere ich Faith zu:

»Schmollt deine Großmutter immer so oder ist das ihr normales Gesicht?«

»Papa!«, tadelt sie mich, prustet sich aber dann in die Hand.

»Okay, okay, keine Granny-Witze mehr. Was sagst du dazu: Azalée wartet zu Hause auf uns und hat Zimtschnecken gemacht.

Begeistert reißt Faith die Augen auf. Sie rennt zu ihrer Großmutter, verabschiedet sich hastig und klettert ganz allein in meinen Pick-up. Ich lächele amüsiert. Das ist mein kleines Monster.

Da ich nicht nachtragend bin, winke ich Natalie zu. Sie

nickt kurz und schließt dann die Tür. Zumindest kann man mir nicht vorwerfen, dass ich es nicht versucht habe.

Auf der Rückfahrt erzählt Faith mir von ihrem Campingausflug. Ich frage, wann die Schule wieder anfängt – der Sommer ist unglaublich schnell vergangen – und ob wir neue Schulsachen einkaufen müssen.

»Das hat Granny schon getan.«

Ich weiß nicht, warum, aber die Vorstellung versetzt mir einen Stich ins Herz. Ich möchte der Vater meiner Tochter sein, verdammt. Auch wenn ich selbst eigentlich noch ein Kind bin und keine Ahnung habe, was zu tun ist.

Was ich jedoch weiß, ist, dass ich dafür zuständig bin, ihre Schulsachen zu kaufen, egal ob ich pleite bin oder nicht.

»Na schön … aber wenn du willst, kaufen wir zusammen ein schickes neues Outfit für deinen ersten Schultag.«

»Au ja! Hilft Azalée mir beim Aussuchen?«

»Das weiß ich nicht. Aber du kannst sie ja fragen.«

Meine Antwort scheint sie zufriedenzustellen, denn sie lächelt ruhig und schaut aus dem Fenster. Bei der Vorstellung, dass sie gern Zeit mit Azalée verbringen möchte, wird mir warm ums Herz. Faith wurde zwar von Anfang an von ihrer Großmutter betreut, aber das ist nicht dasselbe.

Und außerdem ist es vermutlich das, was ich am meisten bedauere.

Zu Hause begrüßt uns der Duft nach Zimtschnecken gleich an der Tür. Faith und ich machen gleichzeitig »Mmmmh« und müssen lachen. In der Küche steht Azalée, zieht die Objekte der Begierde aus dem Backofen und hört dabei die Arctic Monkeys. Sie scheint uns nicht bemerkt zu haben. Faith schaut meine Freundin unverwandt an und flüstert mir zu:

»Papa? Bleibt sie für länger?«

»Was meinst du?«

»Bei uns.«

Die Frage trifft mich unvorbereitet. Gerne würde ich sie bejahen, aber ich will auf keinen Fall falsche Hoffnungen wecken.

»Warum fragst du?«

Sie schaut mich sehr ernst an und sagt:

»Weil es hier wirklich sehr … *sehr* gut riecht.«

Ich schnüffele, dann seufze ich. Verdammt, sie hat recht. Azalée wird für immer bei uns bleiben müssen. Natürlich nicht nur wegen ihres tollen Gebäcks, aber trotzdem. Ein Pluspunkt für sie.

»Keine Sorge«, beruhige ich Faith und schiebe sie vor mir her. »Im Notfall entführe ich sie. Wir zwingen sie, uns Kuchen zu backen, und füttern sie einmal am Tag mit Mais.«

Faith hebt eine Augenbraue. Ich verdrehe die Augen.

»Okay, zweimal am Tag.«

Sie nickt, als wollte sie sich bei mir bedanken. In diesem Moment entdeckt uns Azalée. Wie auf frischer Tat ertappt errötet sie und zieht meine Schürze so hastig aus, als würde sie brennen.

»Oh, da seid ihr ja.«

»Grüß dich«, ruft Faith und wirft ihre Tasche auf die Couch. Azalée winkt ihr kurz zu. Ich muss fast lachen, als ich sie so schüchtern sehe. Es passt so gar nicht zu ihr. Hätte ich früher gewusst, dass sie Angst vor Kindern hat, hätte ich sie damit aufgezogen.

»Sie sehen total lecker aus«, schwärmt meine Tochter und gesellt sich hinter der Küchenzeile zu ihr. »Dürfen wir mal probieren?«

Ich trete vor und greife nach einer der *cinnamon rolls*, bekomme aber einen Klaps auf die Hand. Azalée wirft mir einen bitterbösen Blick zu.

»Sie sind das Dessert für heute Abend. Finger weg.«

Ich schaue Faith an und bitte stumm um Unterstützung, aber sie zuckt nur mit den Schultern und schaltet den Fernseher ein. Ich nutze die Gelegenheit, um Azalée in die Arme zu nehmen und zu küssen. Sie klammert sich an meinen Hals und für eine kurze Zeit genieße ich den Geschmack ihrer Lippen. Sie riecht köstlich nach Zimt.

Aber ich bemerke auch die dunklen Ringe um ihre Augen und fühle mich schuldig, ohne zu wissen, warum. Wann hat sie wohl das letzte Mal geschlafen?

»Du siehst müde aus. Geht es dir gut?«

»Hör auf, dir dauernd Sorgen zu machen«, sagt sie und rollt mit den Augen. »Ich helfe nur gerade Alyssas besten Freundinnen, ihren Junggesellinnenabschied zu planen, das ist alles. Dieser Blödsinn nimmt eine Menge Zeit in Anspruch.«

»Sind sie denn wenigstens nett?«

»Ja, ja, kein Problem. Aber ehrlich gesagt: Ich vermisse Tori«, gibt sie zu, ehe sie sich vorbeugt und flüstert: »Deine Tochter beobachtet uns. Es ist fast beängstigend.«

Ich drehe langsam den Kopf, aber Faith wendet sich sofort ab und gibt sich völlig gleichgültig. Ich fordere sie auf, ihr Zimmer aufzuräumen, ehe unsere Freunde eintrudeln. Sie gehorcht sofort. Azalée und ich kümmern uns um die Vorbereitungen zum Abendessen, und ich lächele unwillkürlich vor mich hin.

Zum ersten Mal im Leben habe ich eine richtige Familie.

Alyssa, Josh und Andrew sind pünktlich, aber auf Alec und Noah müssen wir eine halbe Stunde warten. Josh amüsiert sich mit Faith am Strand. Langsam geht die Sonne unter.

Um zehn Uhr ist Azalée schon ziemlich angesäuselt. Da ich vor Kurzem beschlossen habe, mich beim Alkohol etwas zu bremsen, hat sie sich in den Kopf gesetzt, für mich mitzutrinken.

Ich beobachte sie stumm und überwache jede ihrer Bewegungen. Sie strahlt noch mehr Erotik aus als sonst, und das ist noch untertrieben. Sie trägt enge Jeans mit niedriger Taille zu einem kurzen Top, das ihren Bauchnabel freilässt.

»Sie scheint durchzuhalten«, sagt plötzlich eine Stimme hinter meinem Rücken. »Zumindest glaube ich das. Bei ihr kann man nie wissen.«

Andrew steht mit einer Limo in der Hand bei mir in der Küche. Er lächelt schwach, als wüsste er, wie ich mich fühle. Und natürlich weiß er es. Ich schaue wieder aus dem Fenster und schneide weiter Tomaten und Zwiebeln für den Salat. Die anderen sitzen am Tisch auf meiner Terrasse, schauen aufs Meer und lachen so sehr, dass sie sich die Bäuche halten.

Azalée hat rote Wangen und helle Augen und zeigt allen ihr Telefon. Ich ahne sofort, worum es geht. *Dieses Bild wird mich wohl bis zu meinem letzten Atemzug verfolgen.*

»Keine Ahnung«, sage ich schließlich. »Sie redet nicht darüber.«

»Das überrascht mich nicht. So ist Aze nun einmal. Schon in der Highschool war sie so. Sie will niemanden beunruhigen und behält deshalb alles für sich.«

Ich schüttele den Kopf und beobachte sie von Weitem. Noch nicht einmal, als ich sie zum ersten Mal traf, bevor ich mich überhaupt in sie verliebte, war Azalée derartig distanziert. Oder so wenig reaktionsfreudig. Oder so … desinteressiert.

»Ich nehme an, dass man jahrelange Gewohnheiten nicht in einem Sommer ändert.«

»Nein, das ist klar. Aber weißt du, es ist nicht deine Aufgabe, sie zu retten … Das kann nur sie allein.«

Wer hätte gedacht, dass ich eines Tages einmal gemeinsam mit Andrew in meiner Küche stehen würde? Zwei verliebte Idioten, die über das gleiche Mädchen sprechen. Erbärmlich.

Ich trinke einen Schluck Bier, ehe ich wage, die Frage zu stellen. Aber wenn wir schon mal bei den Vertraulichkeiten sind ...

»Weiß sie es?«

»Was meinst du?«

»Dass du sie liebst ... also, auf diese Weise.«

Er bestreitet es nicht. Nein, Andrew schaut mich nicht entrüstet an und tut so, als wäre er fassungslos. Er fragt auch nicht, was ich da für einen Quatsch rede. Wozu auch?

Er lacht traurig, ohne mich anzusehen. Sofort tut er mir leid.

»Ich glaube, jeder in dieser Stadt weiß das.«

Ich würde ihm gern sagen, dass er es vergessen, dieses Kapitel beenden und den Tatsachen endlich ins Gesicht sehen sollte. Aber das weiß er längst alles. Außerdem ist so etwas viel leichter gesagt als getan.

Denn das Herz macht, was es will.

»Entschuldige«, sage ich dümmlich.

Er wirft mir einen fragenden Blick zu.

»Ich bin der Typ, der deine Fantasien ruiniert«, scherze ich. »Ich weiß, dass du davon träumst, mit meiner Freundin zu schlafen, aber dir ist klar, dass es nicht passieren wird, solange ich mich an sie klammere wie ein Seestern an seinem Felsen.«

»Ich will keinen Sex mit ihr haben«, lacht er leise und etwas verlegen. »Ich liebe sie, das ja, aber Sex ist nicht wirklich mein Ding. In dieser Hinsicht brauchst du dir keine Gedanken zu machen.«

»In Ordnung«, sage ich und schüttele ihm die Hand.

Mir wird klar, dass ich ihn falsch eingeschätzt habe. Vielleicht hasst er mich ja doch nicht. Er wollte nur sichergehen, dass Azalée in guten Händen ist. Und das kann ich ihm wirklich nicht verübeln.

»Also ... bleibt sie in Charleston?«

»Das darfst du mich nicht fragen. Ich treffe keine Entscheidungen für sie.«

»Aber du hättest es gern.«

Das ist keine Frage. Ich gebe vor, nachzudenken, auch wenn die Antwort längst auf der Hand liegt. Ich will, dass sie mit mir zusammen ist. Das muss nicht unbedingt bedeuten, dass sie hierbleibt, denn ich weiß, was diese Stadt für sie bedeutet. Eine solche Last würde ich ihr nie auferlegen.

Aber meine Tochter lebt hier. Und mich gibt es nicht ohne meine Tochter.

»Ich will Azalée. Hier oder irgendwo anders, das ist mir egal.«

Mit einem kleinen Lächeln auf dem Gesicht verdreht Andrew die Augen und nimmt mir die Schüssel aus den Händen.

»Wenn ich dich so höre, könnte ich kotzen.«

30

September 2018

Azalée

Willkommen bei Dear Patriarchy,
ja, ich habe etwas erlebt, das mich verwandelt hat. Etwas, das
mich heute als Persönlichkeit definiert. Es hat mich verändert.
Aber es wird höchste Zeit, dass es mich positiv definiert.

Ich mache nichts mehr vernünftig. Ich spüre, dass ich dabei
bin, alles zu vermasseln. Es geht mir nicht gut. Ich versuche,
um Hilfe zu bitten, aber ich schaffe es nicht und das zerfrisst
mich innerlich. Selbst die ermutigenden Botschaften, die ich
von meinen Hörerinnen bekomme, reichen nicht aus, um mich
aufzuheitern. Sie sind stolz auf mich, weil ich endlich Klartext
geredet habe, aber sie irren sich. Es gibt nichts, worauf ich stolz
sein könnte.

Ich habe ihnen immer noch nicht meinen richtigen Namen
verraten. Ich bleibe weiterhin anonym, versteckt, zurückgezogen und verschämt.

Ich gehe unter und reiße Eden mit mir in die Tiefe.

Genau davor hatte ich immer Angst.

Ich fürchte die Auswirkungen meines Lebens auf seines, auf
seine Tochter und auf das Bild, das er von mir hat. Denn jetzt,
wo ich verliebt bin, werde ich meine Meinung bestimmt nicht
mehr ändern. Nach ihm wird es niemand anderen mehr für

mich geben, und ich habe Angst, dass er eines Tages aufwachen und mich verlassen wird.

An diesem Morgen schlendere ich mit Kopfhörern in den Ohren über den Strand und denke darüber nach, Tori anzurufen. Es ist schon eine Weile her, seit ich das letzte Mal von ihr gehört habe …

Ich nehme mein Handy aus der Tasche, halte aber plötzlich verblüfft inne. Nur wenige Meter entfernt steht Noah in einem Surfanzug, der ihm auf die Hüften fällt, und ist in einem leidenschaftlichen Kuss mit Alec versunken.

Träume ich oder was?

Er hat die Hände zärtlich um Alecs Gesicht gelegt und genießt den Moment mit geschlossenen Augen. Alec erwidert seinen Kuss, aber seine Arme hängen an seinem Körper herunter. Ich beobachte die beiden mit aufgerissenen Augen.

Nie hätte ich gedacht, dass so etwas je passieren könnte. Aber es beweist, dass alles möglich ist.

Als Noah aufhört, lächelt Alec ihn schüchtern an. Er scheint Noah so verfallen zu sein, dass mir ganz warm ums Herz wird.

»Alexander Murphy, du küsst ganz ausgezeichnet.«

Alec sagt nichts, sondern blinzelt nur verwirrt.

»Noah Schreaver, du aber auch.«

Noah lacht. Seine Hand liegt in Alecs Nacken. Er ist derjenige, der mich als Erster sieht. Er reagiert überrascht. Alec dreht sich zu mir um. Ich werde vor Verlegenheit rot.

»Hi, Jungs. Hi. Entschuldigt, aber ich … ich kam gerade zufällig vorbei.«

»Schon gut, Azalea.« Noah lächelt mir freundlich zu. »Ich bin froh, dich zu sehen. Geht es dir gut?«

»Wie immer«, lüge ich.

»Umso besser. So … Ich werde noch ein paar Wellen reiten und überlasse dir diesen unglaublichen Mann«, sagt er und zwinkert Alec zu, der ihn anlächelt.

Schweigend sehen wir Noah mit seinem Board unter dem Arm davongehen. Es ist Alec, der die Stille bricht. Seine Augen sind immer noch auf Noah geheftet.

»Er hat gesagt, ich wäre unglaublich.«

Ich schenke ihm mein breitestes Lächeln.

»Ja, das habe ich gehört.«

»Er ist wirklich schön. Und er surft jetzt schon viel besser. Inzwischen hält er schon zwanzig Sekunden durch.«

Ich schüttele amüsiert den Kopf. Wir setzen uns nebeneinander hin und beobachten Noah in den Wellen.

»Heißt das, ihr beide seid jetzt zusammen?«, wage ich ihn zu fragen. »Wenn ja, fände ich es ganz toll. Noah ist super. Ein echt netter Kerl. Freundlich und cool.«

»Interessierst du dich nicht mehr für ihn?«, erkundigt sich Alec neugierig.

»Ich war noch nie an ihm interessiert, du Spinner. Er gehört ganz und gar dir.«

Er nickt, sieht mich jedoch nicht an. Ich freue mich schon darauf, nach Hause zu kommen und Alyssa und Leslie anzurufen, um ihnen zu sagen, dass unser *Shippen* Wirklichkeit geworden ist.

»Dann bist du also immer noch in Eden verliebt?«

Ich wende mich ihm zu, schaue ihn überrascht an und grinse frech.

»Nein, ich habe ihn verlassen. Er wollte Kinder mit mir haben«, seufze ich dramatisch. »Als ich ihm erklärte, dass ich meine Tochter Britney nennen wolle, hielt er es für besser, dass wir uns eine Auszeit nehmen.«

Er blinzelt stirnrunzelnd, dann nickt er. Amüsiert versetze ich ihm einen Knuff mit dem Ellbogen.

»Ich mache nur Spaß. Ja klar, ich bin immer noch in Eden verliebt.«

»Oh. Das ist komisch.«

Er lacht ein wenig angespannt. Ich weiß, dass er kein Wort davon so meint, aber das spielt keine Rolle. Wir schweigen noch eine Weile.

Plötzlich räuspert sich Alec. Ich wende ihm mein Gesicht zu und bemerke erst in diesem Moment die Tränen auf meinen Wangen. Verlegen wische ich sie ab. Ich hatte nicht einmal gespürt, dass ich weine. *Was ist bloß mit mir los?*

»Ich kann sehen, dass du traurig bist«, sagt Alec und runzelt verlegen die Stirn. »Aber ich weiß nicht, was ich tun soll.«

Ich lächele, um ihn zu beruhigen. Er ist zu kostbar für diese Welt.

»Du musst nichts tun, keine Sorge. Danke, Alec«, sage ich und will ihn umarmen.

Reflexartig rückt er von mir ab, um den Kontakt zu vermeiden.

»Oh, entschuldige. Ich hatte es vergessen.«

Ich setze mich auf, aber Alec hält mich plötzlich zurück und drückt mich an sich. So bleiben wir eine gute Minute.

Nie hätte ich gedacht, dass ich so etwas einmal sagen würde, aber Alec ist der zärtlichste Mensch, den ich kenne.

»Mädels, ihr seid einfach toll«, ruft Alyssa und fällt mir um den Hals.

Überrascht werde ich aus meinen Gedanken gerissen und fange sie in der Luft auf. Sie ist bereits beschwipst, was sehr unterhaltsam anzusehen ist. Wie versprochen haben ihre besten Freundinnen und ich für sie einen Junggesellinnenabschied organisiert, der ihrer würdig ist.

Natürlich haben wir als letzten Stopp einen Stripteaseclub

ausgesucht. Die Idee warf anfangs einige Zweifel auf – »Ich hoffe, dass Josh nicht zu Stripperinnen geht, sonst kastriere ich ihn«, vertraute Alyssa mir an.

»Gern geschehen«, schreie ich über die ohrenbetäubende Musik hinweg.

Trotz ihres wenig überzeugenden Protests schenke ich ihr noch ein wenig Champagner ein. Sie trägt ein knallblaues, hautenges Kleid mit einer schwarzen Boa und sieht wunderschön aus. Auf ihrem Kopf prunkt eine Plastikkrone, die ich im letzten Moment bei Amazon ergattern konnte.

Das Licht ist gedimmt und ein Mann, der gewisse Ähnlichkeiten mit Johnny Depp hat, tritt gerade auf die Bühne auf. Die Zuschauerinnen kreischen begeistert. Grinsend und kopfschüttelnd sehe ich zu, wie Alyssa sich vorbeugt, um ihm einen Geldschein in die Hose zu stecken.

Klischeehafter geht es kaum.

»Sag mal«, frage ich heiter, als sie sich wieder setzt. »Warum soll Josh nicht zu den Stripperinnen gehen dürfen, während du es darfst?«

Sie wirft mir einen bitterbösen Blick zu, der mich noch mehr zum Lachen bringt.

»Weil es mir nur um den Spaß geht! Ich habe dabei keine Fantasien im Kopf.«

»Ja klar … Und warum sollte es für ihn nicht dasselbe sein?«

Verärgert zuckt sie mit den Schultern. Offensichtlich ist sie zu betrunken, um dieses Gespräch zu führen. Also gebe ich auf und lasse sie ihren Moment genießen. Besser, ich verrate ihr nicht, dass die Jungs heute das Gleiche vorhaben.

Früher an diesem Abend bereiteten Eden und ich uns vor – jeder in seinem eigenen Badezimmer – und warfen uns dabei amüsierte Blicke aus unserem jeweiligen Fenster zu. Als ich ihm unten abmarschbereit über den Weg lief, besprühte ich ihn hinterhältig mit meinem Damenparfüm. Verblüfft warf er mir einen fragenden Blick zu.

»Nur für alle Fälle«, erklärte ich lächelnd.

Zu meiner Verteidigung kann ich nur sagen, dass er einfach höllisch sexy aussah.

Alyssa prostet uns zu und die ganze Bande hebt die Gläser. Ich halte mich ein wenig abseits und lasse ihr Zeit mit den Menschen, die sie liebt, bis schließlich Zeit für meine Überraschung ist. Diskret mache ich dem Kellner ein Zeichen. Er nickt und lächelt.

Kurz darauf erscheint ein Apoll mit brauner Haut und Sixpack, geht auf meine Freundin zu und hilft ihr beim Aufstehen.

»Bist du Alyssa?«

Sie ist puterrot geworden, ganz ehrlich.

»Äh … ja.«

»Super«, meint er lächelnd. »Schön, dich kennenzulernen, Alyssa.«

Sie stottert eine unverständliche Antwort – etwas, das ihr gar nicht ähnlich sieht – und lässt sich auf den Stuhl mitten auf der Bühne begleiten. Plötzlich sind alle Augen auf Alyssa gerichtet. Aus den Lautsprechern dröhnt *Often* von The Weeknd.

Der Apoll bewegt sich langsam um den Stuhl. Die Menge beginnt zu kreischen, als er vor Alyssa stehen bleibt und nach ihren Händen greift, um sie über seine Brust gleiten zu lassen. Auch sie kreischt und schließt keuchend vor Lachen die Augen.

Auch ich gebe ein paar Dollar aus, weil mir das Spielchen Spaß macht. Gerade als der Stripper seinen Kopf zwischen Alyssas Knien hat, sich auf die Hände stellt und das Gesicht meiner Freundin verbirgt, höre ich jemanden hinter mir rufen:

»Was zum Teufel ist denn hier los?«

Bestürzt drehe ich mich um, beruhige mich aber sofort wieder, als ich merke, dass es nur Andrew und Eden sind. Andrew starrt auf die Bühne, wo Alyssa von einem halb nackten Mann belagert wird. Eden hingegen schaut nur mich an. Ich erkenne sofort, dass er betrunken ist, vielleicht daran, dass seine Wangen so süß gerötet sind, oder dass seine Augen ungewöhnlich glänzen. Aber vielleicht weiß ich es auch einfach nur, weil ich ihn kenne.

Ich stehe auf und frage die beiden, was sie hier zu suchen haben. Andrew antwortet schulterzuckend:

»Wir haben uns mit den anderen fürchterlich gelangweilt. Josh weigert sich standhaft, die Mädchen auch nur in seine Nähe zu lassen, weil er Angst hat, dass wie durch Magie Alyssa plötzlich auftauchen könnte.«

Armer Josh.

Andrew scheint sich ein wenig unbehaglich zu fühlen, aber er lässt sich auf meinen Platz plumpsen und trinkt aus meinem Glas. Eden grinst breit. Sieh mal an, der Abend könnte noch recht unterhaltsam werden.

»Hast du Spaß?«

»Und wie!«, sage ich und gebe ihm einen Kuss auf die Wange.

Grundgütiger, seine Haut brennt geradezu! Ich frage lieber nicht, wie viel er getrunken hat, sondern lade ihn ein, sich zu mir zu setzen. Irgendwann gesellt sich auch Alyssa zu uns. Sie verbirgt ihr Gesicht in den Händen. Als sie Eden und Andrew entdeckt, erstarrt sie erschrocken.

»Josh ist nicht hier!«, beeile ich mich, sie zu beruhigen.

»Himmel, mir ist fast das Herz stehen geblieben.«

Der Rest des Abends läuft wirklich super. Zwei Männer und eine Frau fordern mich zum Tanzen auf, aber ich lehne ihre Angebote freundlich ab. Ich überlasse Alyssa ihren Freundinnen und plaudere stattdessen mit den Jungs. Eden trinkt weiter, bis ich entscheide, dass er genug hat. Das passiert sehr schnell, denn er ist so betrunken, dass er mich fragt, womit ich meinen Lebensunterhalt verdiene.

Ausgerechnet er, der sich eigentlich seit ein paar Tagen beim Alkoholgenuss zurückhalten wollte …

Andrew neben uns lacht sich halb tot. Mein Lächeln gerät ein wenig dünn.

»Eden, ich bin Kellnerin.«

Eden nickt und runzelt die Stirn, als ob er eine neue Information verinnerlichen wolle, und ich glaube, dass ich mich genau in diesem Moment wieder neu in ihn verliebe.

Wir kommen sehr spät nach Hause. Eden bricht auf der Couch zusammen. Ich ziehe ihn lediglich aus und lasse ihn weiterschlafen. Ich selbst gehe nach oben ins Schlafzimmer.

Ich brauche zwei Stunden, bis ich einschlafe.

Am nächsten Tag wacht Eden erst gegen Mittag aus seinem Koma auf. Mit großen Schwierigkeiten richtet er sich auf der Couch auf und sieht sich um. Lächelnd sehe ich ihm zu, wie er ein paar Sekunden braucht, bis er wieder weiß, wo er sich befindet. Sein Haar ist wild durcheinander.

»Gut geschlafen?«, begrüße ich ihn.

Er zuckt zusammen, dreht sich um und sieht mich mit einem Kaffee in der Hand am Küchentisch sitzen. Seine Lippen bewegen sich, aber ich kann nichts hören. Er reibt sich das Gesicht und stützt seinen Kopf in beide Hände.

»Was ist gestern passiert?«

»Du und Andrew seid zu uns in den Stripclub gekommen.«

»Daran erinnere ich mich … zumindest einigermaßen«, flüstert er und kommt in Zeitlupe auf mich zu.

Amüsiert schiebe ich ihm meine Tasse hin.

»An sonst nichts?«

Er denkt einen Moment nach und verzieht das Gesicht.

»Nein … Muss ich mich für etwas schämen?«

»Das musst du mir schon sagen.«

»Was habe ich getan?«

Ich mache eine unbestimmte Handbewegung.

»Irgendwann hast du angefangen, mit mir zu flirten.«

Er zieht die Augenbrauen hoch.

»Na und? Schließlich bist du meine Freundin.«

»Du hast mich gefragt, ob ich Single bin«, fahre ich belustigt fort. »Und du hast geweint, als ich verneinte.«

Er schaut mich an und versucht herauszufinden, ob ich flunkere. Aber es ist tatsächlich die volle Wahrheit. Andrew hat dermaßen gelacht, dass er an die frische Luft musste. Ich tröstete Eden, so gut es ging, indem ich ihm das Haar streichelte.

»Das habe ich getan?«

»Falls du mir nicht glaubst: Alyssa hat ein Video davon. Sie hat eine private Facebook-Gruppe namens ›Eden ist traurig‹ erstellt und ich glaube, Josh hat heute Morgen schon einen Kommentar gepostet.«

Verdrossen schließt Eden die Augen und lässt seinen Kopf auf den Tisch sinken.

»Nie wieder rühre ich einen Tropfen Alkohol an«, klagt er.

Ich kann nicht anders, ich muss lächeln.

»Das sagen sie alle.«

31

September 2018

Eden

Heute ist der große Tag. Josh und Alyssa heiraten.

Ich kann es immer noch kaum glauben, trotz der vielen Monate Vorfreude. Meinem besten Freund geht es ebenso. Er kann nicht stillsitzen. Alle paar Sekunden hampelt Josh herum und fragt mich, ob seine Krawatte richtig sitzt.

Wir stehen vor dem mit orangefarbenen Blättern übersäten Pavillon und warten auf die Ankunft der Braut und damit auf den Beginn der Zeremonie. Auf den etwa fünfzig Stühlen sitzen schon viele Gäste und unterhalten sich. Andere kommen gerade erst an. Josh ist damit beschäftigt, alle willkommen zu heißen, während Alyssa sich noch mit ihren Brautjungfern vorbereitet.

Faith ist auch da. Sie gehört zu den Blumenkindern und hält ihren kleinen Blumenkorb in den Händen. Sie sieht so süß aus, dass ich wie ein Idiot schmunzele. Ich weiß zwar, dass ihr Kleidchen in spätestens einer Stunde voller Schokoladenflecken sein wird, aber das ist mir egal.

»Könntest du mal einen Moment ruhig bleiben?«, bitte ich sie, als sie ständig um den Pianisten herumscharwenzelt.

Sie gehorcht sehr brav und fragt mich, wo Azalée ist.

»Sie kommt bestimmt bald. Zumindest hoffe ich es …«

Die Zeremonie findet im White Point Garden statt. Es ist

ein öffentlicher Park mit vielen Eichen direkt am Meer und ein äußerst geschichtsträchtiger Ort. Heute Morgen habe ich den anderen geholfen, die Stühle mit Blumensträußen zu dekorieren, und ich muss zugeben, dass es sehr schön geworden ist. Faith gefiel es auch und sie fragte mich, wann sie heiraten darf.

Ich versprach ihr, dass sie mein Dessert haben dürfe, wenn sie mir diese Frage vor ihrem fünfundzwanzigsten Lebensjahr nicht mehr stellt.

Plötzlich gleiten Hände über meinen Körper und ein Lippenpaar legt sich in meine Halsbeuge. Ich erstarre und drehe mich um.

»Du bist gekommen.«

Als ich sie sehe, bleiben mir die Worte im Hals stecken. Ich glaube, mein Herz bleibt sekundenlang stehen. *Wow*. Ich kann sie nur angaffen.

Azalée lächelt. Sie ist zufrieden mit ihrer Wirkung. Sogar meine Tochter scheint sich in sie verliebt zu haben.

»Tut mir leid, dass ich zu spät bin. Alyssa hatte eine leichte Panikattacke. Aber jetzt ist alles wieder in Ordnung.«

Ich weiß immer noch nicht, was ich sagen soll. Bitte keine Missverständnisse: Azalée sieht immer toll aus – in Jeans, im Kleid, im Schlafanzug, nackt – völlig egal. In meiner Erziehung versuche ich Faith begreiflich zu machen, dass es verschiedene Wege gibt, ganz Frau zu sein, und Azalées burschikoser Look hat mir immer gefallen.

Aber sie so in Schale geworfen zu sehen ist mindestens ebenso angenehm. Ihr Meerjungfrauenkleid in Tannengrün bildet einen perfekten Kontrast zu ihrem leuchtend roten Haar. Es ist bodenlang und sein V-Ausschnitt ist suggestiv, aber ausgesprochen raffiniert. Ich muss jedoch grinsen, als ich ihre unter dem Saum versteckten Converse entdecke.

Ich wickele mir eine ihrer Haarsträhnen um den Finger und kann meine Augen nicht von ihrem roten Mund abwenden.

»Du siehst … *hinreißend* aus. Und das sage ich nur, weil Faith neben mir steht, denn eigentlich kämen mir eine Menge anderer Adjektive in den Sinn.«

Sie lacht ein wenig und schaut mich an.

»Dann sagst du sie mir heute Abend. Aber du bist auch nicht übel, Cowboy.«

Ich hebe eine Schulter. Ich trage einen einfachen schwarzen Anzug zu einem weißen Hemd und eine simple Fliege.

Weil ich nicht länger widerstehen kann, ziehe ich sie an mich und küsse sie. Sie erwidert meinen sanften Kuss, bis Josh uns mitteilt, dass es gleich losgeht.

»Bis später«, sagt Azalée und blinzelt ihrem Ex zu. »Und viel Glück, Stallone.«

Der arme Kerl ist so angespannt, dass er die Anspielung nicht versteht. Ich gehe neben Faith in die Hocke und erinnere sie an ihre Aufgabe als Blumenkind. Sie verdreht die Augen und erklärt mir, sie hätte bereits beim ersten Mal alles verstanden.

Wenige Minuten später setzen sich alle. Die Gespräche versiegen und ich halte mich neben Josh sehr gerade. Sein Bruder steht vor mir und wirkt richtig stolz. Mir laufen Schauder über den ganzen Körper.

Der Pianist stimmt eine sanfte Melodie an, die zwischen den Stuhlreihen schwingt. Aus dem Augenwinkel entdecke ich eine leichte Bewegung und drehe den Kopf.

Als ich sehe, wie sich Alyssa langsam auf uns zubewegt, muss ich schlucken. Sie ist die schönste Braut, die ich je gesehen habe, und ihr zuzusehen, wie sie mit strahlendem Gesicht auf Josh zugeht, bringt mich fast zum Heulen.

Ihr Kleid schwingt bei jedem ihrer Schritte wie eine duftige Wolke. Sie hält den Arm ihres Vaters. Als sie schließlich vorn ankommt, übernimmt Josh und flüstert ihr etwas ins Ohr. Noch nie habe ich ein solches Lächeln auf dem Gesicht meines besten Freundes gesehen.

»Guten Tag zusammen. Wir sind heute hier versammelt, um diesen Mann und diese Frau zu vereinen ...«

Faith hat sich neben Azalée gesetzt, die schützend den Arm um sie legt. Mein Herz schlägt bei diesem Anblick einen Purzelbaum. Ich lasse mir jedoch nichts anmerken und lausche den Gelöbnissen, die Josh und Alyssa austauschen.

Alyssas Gesicht ist schon in Tränen gebadet, ehe Josh überhaupt anfängt. Er sagt ihr, wie sehr er den Klang ihrer Stimme, die Weichheit ihrer Haut und ihr goldenes Herz liebt. Er erinnert sie an alles, was sie zusammen erlebt haben, und sagt ihr, wie glücklich er ist, sie gefunden zu haben. Noch nie haben seine Worte ein derartiges Echo in mir ausgelöst. Ich kann nicht anders, ich muss Azalée anschauen, die in der dritten Reihe sitzt.

Auch ihre Augen hängen an mir. Ich weiß nicht, ob sie dem folgt, was vorne geschieht, jedenfalls verschließt sich mein Gehirn vor der Außenwelt und plötzlich sind es nur noch Azalée Greens Augen, die mir wichtig sind.

Ich sehe sie vor mir, nackt und empört bei unserer ersten Begegnung, verspielt und verführerisch an dem Abend, als sie ihre Billardwette gewann, verletzlich und ängstlich, als sie mir ihre Geheimnisse erzählte, und dann ... ganz allmählich ... mutig und verliebt.

Sie lächelt mir zu, als die anderen klatschen und pfeifen. Erst als Josh und Alyssa sich küssen, kehre ich überrumpelt in die Realität zurück.

Ich bin geradezu gelb vor Neid.

Mit meinen beiden Lieblingsfrauen steige ich ins Auto und fahre in die Upper King Street, wo der Rest des Abends stattfindet. Azalée sagt nicht viel und schaut verloren aus dem Fenster. Ich werfe ihr beunruhigte Blicke zu.

Mir ist aufgefallen, dass sie in letzter Zeit mit den Gedanken oft woanders ist. Logisch, dass es mit Pete zu tun hat. Bisher habe ich ihren Entschluss, nichts zu unternehmen, immer respektiert. Ich werde sicher auf nichts bestehen. Doch ich sehe, wie die Ungewissheit sie verfolgt.

Schon seit einigen Wochen ist sie nicht mehr die Gleiche. Bei den Ermittlungen im Anschluss an ihre Anzeige gab es bisher keine Fortschritte, weil so etwas angeblich Zeit braucht. Ich nehme an, dass diese Passivität sie deprimiert.

Ich verschränke unsere Finger auf ihrem Oberschenkel, ohne die Augen von der Straße zu lassen.

»Alles in Ordnung?«

»Klar«, lügt sie und zwingt sich zu einem Lächeln. »Ich bin nur ein bisschen gestresst, weil ich Josh versprochen habe, etwas zu singen.«

Ich sehe sie erstaunt an.

»Vor allen Leuten?«

Sie zuckt mit den Schultern und ich ahne, dass sie nicht weiter darüber reden will. Also halte ich den Mund und kämpfe gegen die Lust an, bis über beide Ohren zu grinsen. Nachdem ich sie drei Monate bearbeitet habe, einmal vor Publikum zu singen, ist es jetzt endlich so weit. Zwar tut sie es für ihren Ex-Freund, aber egal. Sie tut es, und das ist gut so.

»Papa?«, meldet sich Faith vom Rücksitz aus.

»Ja?«

»Ich habe Hunger.«

Ich suche nach einem Parkplatz und antworte Faith, dass es etwas zu essen gibt, sobald wir dort sind.

Als wir den Festsaal betreten, sind Braut und Bräutigam noch nicht da. Jemand zeigt uns unsere Plätze. Wir sitzen bei Andrew, Alec, Noah und anderen Freunden des Brautpaares.

Alec nimmt Faith auf den Schoß und verrät ihr, wie sie in der Küche Schokolade stibitzen kann. Ich erkundige mich bei Azalée, was sie singen will.

»*If I Ain't Got You* von Alicia Keys«, sagt sie. »Klassisch, aber wirkungsvoll.«

»Ausgezeichnete Wahl. Spielst du Klavier?«

»Yes, Sir.«

Natürlich spielt sie Klavier. Sie ist die perfekte Frau für mich. Etwas anderes wäre unmöglich gewesen.

Azalée

So überraschend es auch erscheinen mag, ich amüsiere mich. Noch habe ich Josh und Alyssa nicht gratuliert, weil ich der Familie den Vortritt lassen will, aber ich hoffe sehr, dass mein Lied ihnen gefällt. Auch wenn sie keine Ahnung haben, wie sehr ich diesen Auftritt vor Publikum fürchte.

Nie hätte ich gedacht, dass ich meine Ängste überwinden könnte, um anderen eine Freude zu machen.

Aber schließlich sind die beiden nicht irgendwer.

Die meisten Gäste genießen bereits ihre Vorspeisen. Faith weicht mir nicht von der Seite. Sie will unbedingt tanzen. Ich lasse mich nicht lang bitten, wackle ohne mich zu schämen mit den Hüften und imitiere den Juju-Tanz. Es macht so viel Spaß, dass ich nicht einmal mehr an die bösen Blicke denke, die auf mir lasten. Bei der Zeremonie habe ich sie sofort gespürt, aber ich wollte sie nicht wahrhaben.

Heute geht es nicht um mich, sondern um Josh und Alyssa.

»Ich lasse dich jetzt allein, Prinzessin«, sage ich zu Faith, die ein bisschen protestiert. »Frag vielleicht mal deinen Vater! Ich würde ihn gerne beim Juju-Tanz sehen.«

Sie wirft einen Blick zu Eden hinüber, der sich mit Joshs Eltern unterhält. Er dreht sich um, als hätte er unsere Blicke gespürt. Ich lächele ihm zu. Er redet weiter und zeigt auf mich. Ich erstarre. Die Eltern meines Ex-Freundes sehen mich an. *Oh, Scheiße.*

Etwas eingeschüchtert winke ich ihnen zu. Sie verziehen nur unbehaglich die Gesichter. Bestimmt sind sie sehr glücklich, dass Josh heute nicht mich geheiratet hat.

Schließlich atme ich tief durch, balle die Fäuste und besteige die kleine Bühne. Es ist Zeit. Als der DJ mich fragt, welche Musik ich brauche, erkläre ich ihm meinen Plan.

Er reicht mir ein Mikro und ich stelle mich mitten auf die Bühne.

»Hallo«, sage ich ungeschickt. »Es tut mir wirklich leid, aber ich muss Sie um ein paar Minuten Ihrer Aufmerksamkeit bitten.«

Als mich alle ansehen, schlucke ich. Josh und Alyssa stehen mit Andrew hinten im Festsaal.

»Mein Name ist Azalée, und ich bin eine gute Freundin von Alyssa und Josh. Ich gratuliere den beiden von ganzem Herzen und wünsche ihnen alles Glück der Welt. Ihr habt mir bewiesen, dass man sich sehr schnell und sehr innig verlieben kann«, füge ich an sie gerichtet hinzu. »Dafür möchte ich euch danken. Aber da mein Talent mehr in der Musik liegt, ist dieser Song für euch.«

Ich lächele ein letztes Mal, setze mich ans Klavier und befestige mein Mikrofon. Es dauert einige Sekunden, bis ich mich mental vorbereitet habe. Zwar spiele ich nicht so gut Klavier wie Gitarre, aber es wird seinen Zweck schon erfüllen. Mein

Herz schlägt zum Zerspringen, mein Kopf dreht sich und ich fühle mich, als müsste ich gleich kotzen. Ich schließe die Augen, lege die Finger auf die Tasten und atme leise aus.

Ich kann es schaffen.

Und mit diesem letzten Gedanken beginne ich. Im Saal herrscht tiefste Stille. Je länger ich singe, desto wohler fühle ich mich. Nichts existiert mehr, außer dem Timbre meiner Stimme und dem Klang der Noten, die miteinander harmonieren. Euphorie und Adrenalin breiten sich in meinem Körper aus.

Und während ich für Josh und Alyssa singe, ist es tatsächlich ein ganz bestimmter Name, der mich erfüllt. Als ich die letzte Note ausklingen lasse, stelle ich fest, dass meine Angst verschwunden ist. Im Gegenteil: Jetzt könnte ich den ganzen Abend weitersingen. Ich habe es tatsächlich geschafft. Nachdem ich mich jahrelang versteckt hatte, kann ich wieder vor Publikum singen und bin nicht daran gestorben. Und was noch besser ist: Die Leute haben mir zugehört.

Alle applaudieren. Mir wird warm ums Herz.

Ich steige von der Bühne und gehe direkt zu den Brautleuten; sie bedanken sich mit einer Umarmung. Alyssa wischt sich gerührt die Augen.

»Es war wunderschön. Danke, Aze.«

Ich danke ihr mit einem Lachen. Die Euphorie macht mich ein bisschen groggy. Eine Kellnerin kommt vorbei und bietet mir ein Glas Champagner an. Ich nehme es und leere es auf einen Zug. Ich muss unbedingt Eden davon erzählen. Wo ist Eden?

Ich erkundige mich, aber Josh verdreht die Augen mit einem etwas steifen Lächeln. Er wirkt angespannt.

»Ihr habt euch gerade mal vor fünf Minuten getrennt, also atme durch.«

Verletzt runzele ich die Stirn.

»Gut … Dann gehe ich jetzt mal deine Eltern begrüßen«, sage ich zu Alyssa. Aber Josh hält mich am Handgelenk zurück und schüttelt den Kopf.

»Das ist keine gute Idee.«

Ich verstehe seine Reaktion nicht sofort.

»Warum?«, will ich wissen.

»Ach nichts, verschieb das einfach auf später …«

»Josh«, greift Alyssa ein. Ihr Tonfall spiegelt ihr Unbehagen wider.

Josh öffnet den Mund, um etwas zu sagen, als ihn eine Stimme unterbricht:

»Du da.«

Verwirrt drehen wir uns alle gleichzeitig um. Eine Frau mittleren Alters mit Schürze, wahrscheinlich eine der Köchinnen des heutigen Abendessens, sieht uns wütend und verstört an. Mir dreht sich der Magen um, als ich Petes Frau erkenne. Offenbar hatte sie nicht erwartet, mich hier anzutreffen.

»Was machen Sie hier?«

In mir steigt Angst auf. Vor Scham werden meine Wangen heiß. Natürlich weiß sie von der Anzeige und ist vermutlich alles andere als erfreut darüber.

»Ich … Ich bin eingeladen«, antworte ich mit unsicherer Stimme.

Josh erkundigt sich, ob ich die Frau kenne, aber ich ignoriere ihn und hebe meine Hände in einer diplomatischen Geste.

»Hören Sie, wir können …«

Die Ohrfeige, die sie mir mitten ins Gesicht versetzt, raubt mir den Atem. Schockiert reiße ich den Mund auf. Fast alle Augen sind auf uns gerichtet, die Gespräche werden leiser. Mit brennender Wange beginne ich zu zittern.

Das hatte ich nun wirklich nicht erwartet, so viel ist sicher.

Die Euphorie von vor drei Minuten verschwindet schnell und weicht etwas viel Dunklerem.

»Sagen Sie mal, Ihnen geht es wohl nicht gut?«, ruft Alyssa und legt schützend eine Hand auf meinen Arm.

Ich höre ihr kaum zu. Alles, was ich höre, ist das Flüstern um uns herum, das immer lauter wird, unaufhörlich anschwillt, und ich habe keine Möglichkeit, die Leute zu zwingen, damit aufzuhören.

Ich brauche Stille. Bitte, lass es aufhören.

Petes Frau beachtet Alyssa nicht. Sie starrt mich weiter böse an. Noch nie habe ich jemanden derart wütend gesehen. Ich kann den Mund nicht öffnen und balle die Fäuste, um meine zitternden Finger zu verbergen.

»Zuerst belästigen Sie uns, und jetzt beschuldigen Sie meinen Mann, ein Vergewaltiger zu sein? Was zum Teufel ist Ihr Problem?«

Meine Wange ist tiefrot. Ich weiß es, ohne es zu sehen, und es liegt nicht nur an der Ohrfeige. *Antworte, Azalée. Du hast jetzt eine Stimme. Du kannst es. Lass das Flüstern ein für alle Mal verstummen.*

Ich beiße die Zähne zusammen und antworte:

»Wir sollten lieber draußen darüber sprechen. Unter vier Augen.«

»Nein, ganz sicher nicht. Ich warne Sie: Ich weiß, wer Sie sind«, presst sie mit verzerrtem Gesicht hervor. »Mein Mann hat mir alles erzählt. Sie sind eine kleine Aufreißerin, wollen immer im Mittelpunkt stehen, stellen sich als Opfer dar und erpressen Geld von guten Menschen. Aber auf diesen Mist wird mein Mann nicht hereinfallen.«

Das ist nicht wahr, das ist nicht wahr, das ist nicht wahr.

»Bei allem Respekt, aber es würde mich sehr wundern, wenn er Ihnen die Wahrheit gesagt hätte«, entgegne ich und versuche, das summende Murmeln in meinen Ohren zu ignorieren.

»Aha, dann haben Sie also nicht versucht, ihn anzumachen, obwohl er mit Ihrer Mutter zusammen war?«

Beinahe hätte ich aufgelacht, was mich sehr verunsichert. Mir steigen Tränen in die Augen, aber ich halte durch.

»Dieser *Hurensohn*«, murmele ich vor mich hin.

»Wir wissen nur allzu gut, wer hier die Hure ist.«

Es verdreht mir fast das Herz. Ich schaue ihr direkt in die Augen, obwohl ich am ganzen Körper zittere. Mir ist klar, dass alle die Szene beobachten, aber als ich nur wenige Meter entfernt Faith mit verwirrtem und verängstigtem Gesicht entdecke, gebe ich mich geschlagen.

Ich schäme mich so sehr, dass sie das alles mit ansehen muss, dass mir trotz aller Bemühungen eine Träne über das Gesicht rinnt. Ich versuche, mich zusammenzureißen.

»Wenn Sie mir nicht glauben, ist das Ihr Problem. Ich jedenfalls kenne die Wahrheit.«

Sie nickt mit angeekeltem Gesicht. Schließlich ist es Josh, der eingreift und sie mit verschlossenem Ausdruck bittet, zu gehen.

»Schon gut, ich habe ohnehin nicht vor, für Lügner zu kochen«, erklärt sie und zieht ihre Schürze aus, ehe sie sich noch einmal an mich wendet. »Sie dürfen ruhig wissen, dass Ihre Anzeige zu nichts führen wird … Ihre Mutter tut mir aufrichtig leid.«

Dieser letzte Stich lässt mein Blut gefrieren. Sprachlos sehe ich zu, wie sie sich umdreht und geht. *Ihre Mutter tut mir aufrichtig leid.*

Meine Gefühle pendeln zwischen der Wut darüber, dass Pete sich offenbar ganz leicht aus der Affäre ziehen kann, und der Scham, dass alle Anwesenden diese kleine Szene mitbekommen haben. Die Frau hat recht: Die Anzeige wird im Sand verlaufen. Falls es anders wäre, hätte ich längst von der Polizei gehört. *Wo zum Teufel steckt Eden? Ich brauche Eden.*

Alyssa fragt mich, ob ich okay bin, aber ich höre sie kaum. Alle hier reden viel zu laut, alle Augen sind auf mich gerichtet und ich will, dass es aufhört. Ich muss jetzt allein sein. Aber als ich Joshs kalten und verärgerten Gesichtsausdruck sehe, zucke ich zusammen.

»Jetzt habt ihr meinetwegen keine Köchin mehr, tut mir leid«, beginne ich, doch er schneidet mir das Wort ab und fährt sich nervös mit der Hand durch die Haare.

»Ich wollte nur diesen einen Tag. Nur diesen einen.«

»Was meinst du?«

Ich verstehe nicht, was er mir sagen will. Ich habe Angst, es zu verstehen. Er schließt die Augen und seufzt müde:

»Ich weiß, was du gerade durchmachst, Azalea, und ich unterstütze dich wirklich voll und ganz. Aber wow, es ist so schwer ... Es vergeht kein einziger Tag, ohne dass sich alles um dich dreht. Seit Beginn dieses Abends haben alle mit mir nur über ›Azalée dies, Azalée jenes‹ gesprochen. Ich bin es einfach leid. Aus diesem Grund möchte ich nicht, dass du Alyssas Eltern begrüßt, denn es würde wieder mal auf mich zurückfallen.«

»Josh«, mahnt Alyssa sanft. Ich bin außerstande, zu reagieren.

»Es ist meine Hochzeit«, fährt er mit leiser Stimme fort. »Und ich hätte mir gewünscht, dass es der glücklichste Tag meines Lebens – unseres Lebens – würde. Jetzt ist es noch nicht einmal zwanzig Uhr und wir haben bereits keine Köchin mehr. Können wir nicht wenigstens einmal einen Abend verbringen, ohne dass du im Mittelpunkt stehst? Bitte, Aze ...«

Ich bekomme keine Luft mehr. Meine Kehle ist trocken und angesichts der erstickenden Scham steigt mir das Blut in die

Wangen. Ich habe noch immer absolut keine Ahnung, was ich sagen soll. Ich spüre, dass die Welt um mich herum einstürzt, aber ich stehe da wie eine Idiotin und beobachte meinen Ex. Meine Schlagfertigkeit hat mich im Stich gelassen.

Alles, was mir in diesem Moment in den Sinn kommt, ist: *Endlich erkennen sie, dass ich nichts wert bin. Endlich begreifen sie, was für ein Mensch ich bin.*

Und auch, wenn es verrückt klingt: Meine innere Schwachstelle genießt die Situation. Denn tief in mir drin war ich immer überzeugt, dass ich nichts wert bin.

»Es tut mir leid«, wiederhole ich flüsternd.

Josh wendet den Blick ab, wütend und traurig zugleich.

»Du musst dich nicht zwingen, hierzubleiben. Du wolltest doch eigentlich ohnehin nicht kommen. Schließlich hasst du Hochzeiten.«

Mit diesen Worten dreht er sich um und geht. Nur Alyssa bleibt zurück. Auch sie wirkt wie vor den Kopf gestoßen. Ich bleibe stumm und meine Hände zittern. Am liebsten würde ich weinen, aber ich halte die Tränen zurück. Als ich meinen Mund öffne, um ihr alles zu erklären, streichelt sie meine Schulter.

»Bitte bleib. Josh ist heute sehr gestresst. Er hat überreagiert. Ich möchte vermeiden, dass er in zwei Tagen bereut, dich rausgeschmissen zu haben.«

Sie lächelt mir angespannt zu, ehe sie zu ihrem Mann geht und unterwegs von Freunden angesprochen wird.

Ich stehe immer noch unter Schock, das Atmen fällt mir schwer und ich traue mich nicht, den Mund zu öffnen, aus Angst vor dem, was herauskommen könnte. Josh hat noch nie so mit mir gesprochen, ich habe ihn nie enttäuscht.

Empfindet Andrew genauso? So, wie es aussieht, denkt jeder das Schlimmste von mir. Und sie haben recht. Sie wollten an mich glauben, aber schließlich habe ich sie doch enttäuscht, denn das ist es, was ich am besten kann. Was, wenn Eden es auch herausfindet? Was, wenn er mich verlässt, weil er erkannt hat, wie bösartig und welch hoffnungsloser Fall ich bin? Wo ist er überhaupt?

Wir wissen nur allzu gut, wer hier die Hure ist.

Alle beobachten mich, alle reden über mich. Ich brauche Zeit, um zu mir zu kommen, Stille zur Beruhigung, eine Pause, um die Qual zu beenden.

Fieberhaft fahre ich mir mit der Hand an die Kehle und drehe mich um. Ich muss unbedingt an die Luft. Aber ich renne gegen eine Wand. Eine Wand, die sich als die Brust meines Freundes herausstellt. Zwar sehe ich, wie sich seine Lippen bewegen, aber ich verstehe nicht, was er sagt. Ich höre nur mein Herz schlagen, schlagen, schlagen.

Die Panikattacke steht schon in den Startlöchern.

»Alles okay, *Beauté?* Ich war mit Joshs Cousins draußen. Faith kam in heller Aufregung und hat behauptet, eine Dame hätte dich ›geschlagen‹?«, erkundigt er sich amüsiert. Er scheint kein Wort davon zu glauben.

Ich blinzle. Eden beobachtet mich mit fragender Miene. Er legt seine Hände auf meine Schultern und rubbelt sie freundlich.

Trotzdem verbreitet sich in meinem Bauch eine eisige Kälte, die meine Beine und Arme erstarren lässt und sich wie ein Akkordeon mitten in meiner Brust entfaltet.

Mit einem Mal wird mir klar, welchen Kollateralschaden ich hätte verursachen können. Ich denke an mich, an meine Mutter, an Katie und sogar an Eden.

Ich bin ein Fluch. Den Menschen um mich herum bringe ich nur Böses. Ich bin wie eine Krebserkrankung. Ein Tumor. Und Tumore, derer entledigt man sich, ehe sie einen umbringen.

»Nicht wirklich«, flüstere ich.

»War es das Lied?«, fragt er mich mit ernster Stimme. »Du warst atemberaubend, Aze. Ich habe noch nie etwas so Sanftes gehört und etwas derart Erotisches gesehen. Und das sage ich nicht nur, weil ich darauf hoffe, heute Abend mit dir zu schlafen.«

Sein Schäkern ringt mir nicht das kleinste Lächeln ab. Als er es bemerkt, erlischt sein fröhliches Grinsen und er runzelt besorgt die Stirn.

»Was ist …«

Ich gebe vor, dringend für ein paar Minuten an die frische Luft zu müssen. Er besteht darauf, mich zu begleiten, aber ich mache mich mit zitternden Knien allein auf den Weg zum Ausgang, ohne mich auch nur einmal umzusehen.

32

September 2018

Azalée

Willkommen bei Dear Patriarchy,
eure Angst belügt euch. Eure Depression belügt euch. Eure Essstörungen belügen euch. Eure Sucht belügt euch. Ihr seid fantastisch und alles wird wieder gut.
Ich bin fantastisch und alles wird wieder gut.
Alles wird wieder gut …
Es muss einfach so sein.

Mat@warrior31
Im Jahr 2018 behaupten alle, man hätte sie vergewaltigt. *#MeToo*, so ein Scheiß.

Husoli@husoli
Habt ihr die Fotos gesehen? Wenn sie die Wahrheit sagt, ist es sehr traurig für sie, aber man darf eben solche Bilder nicht machen und sich danach beschweren. Ist halt so. Und es sind immer dieselben.

Kayz44@betterthanyou
Schläft sie nur mit alten Knackern oder habe ich auch eine Chance? Sie ist nicht übel LOL. Weiß jemand, ob sie auf Facebook ist?

ThisisAlonzo@callmebackplease
Ich war mit ihr auf der Highschool. Sie war total unbeliebt.
#notsurprised

Spookyirl@pancakekidd
OMG das Foto des Rasierapparats mit ihrem Namen drauf, ich
lache mich kaputt.

Elle@Livformusic1
Sie sollte sich umbringen. Und es diesmal auch richtig durch-
ziehen.

Die Wahrheit ... die Wahrheit ist, dass sie ohne mich viel bes-
ser dran wären.
Ich hasse mich.
Es tut mir leid.
Es tut mir leid.
Es ist zu viel.

Es tut mir leid.

33

September 2018

Azalée

....

....

....

....

....

....

....

....

....

....

....
....
....
....
....
....
....
....
....
....
....
....
....
....
....
....

34

September 2018

Eden

In der Musik bezeichnet eine Dissonanz den Missklang einer Reihe von Tönen, die den Eindruck einer Unstimmigkeit zwischen den Noten erzeugt und eine Auflösung erfordert.

Musiker nennen es einen »Disput«.

Es heißt auch, dass harmonische Bewegung aus einem Wechsel von Spannung und Beruhigung besteht. Damit ähnelt sie dem Leben und ein bisschen auch der Liebe.

Azalée und ich sind zusammen wie eine Oper.

Dann und wann entstehen in unserer Melodie gewisse Dissonanzen. Aber ich kenne mich auf dem Gebiet der Musik gut genug aus, um zu wissen, dass jede Dissonanz ihre Auflösung erfährt.

Was auch immer wir durchmachen, wir werden es überstehen.

Erst wollte ich hinter ihr herlaufen und sie einfangen, als sie mit klappernden Absätzen davoneilte, aber dann war es mir doch lieber, ihr etwas Freiraum zu lassen. Ich weiß nicht, was vorgefallen ist, aber sie wirkte völlig außer sich.

»Ist sie weg?«, fragt Noah, als ich zu ihm zurückkomme.

»Nein, sie schnappt nur frische Luft. Aber ich verstehe nicht wirklich … Ich dachte, heute wäre alles in Ordnung.«

Mein Freund sitzt neben Faith, die brav ihren späten Imbiss

vertilgt, und hat ihr beruhigend den Arm um die Schultern gelegt. Schwermütig wuschele ich ihr durch die Haare. Mir ist klar, dass Azalée im Moment ein wenig deprimiert wirkt; sie schläft nicht viel, weint oft und braust wegen jeder Kleinigkeit auf. Aber unter den gegebenen Umständen erscheint mir das normal.

Mit einer Sorgenfalte auf der Stirn lehnt sich Noah leicht zu mir hinüber, um leiser sprechen zu können.

»Vielleicht solltest du besser zu ihr gehen.«

»Glaub mir, ich kenne Azalée. Ich bin sicher, sie möchte im Moment lieber allein sein.«

Meine Vermutung scheint ihn nicht zu überzeugen. Mit den Händen in den Hosentaschen kommt nun auch Andrew und fragt nach Azalée. Ich antworte, dass sie draußen eine kleine Pause macht.

»Ich hätte einschreiten müssen, als die Frau sie ohrfeigte … aber ich dachte, Josh würde es tun.«

Bestürzt zucke ich zusammen. Die Worte von Faith fallen mir wieder ein.

»Was sagst du da?«

»Na, die Köchin. Ich glaube, sie war Petes neue Frau.«

Verdutzt reiße ich die Augen auf. Andrew erzählt mir in allen Einzelheiten, was passiert ist, angefangen mit der Ohrfeige und Azalées Reaktion bis hin zu Joshs Untätigkeit. Nicht zu fassen. Faith hat tatsächlich die Wahrheit gesagt. Petes Frau war da, hat Azalée angegriffen und niemand hat etwas unternommen.

Und ich war nicht bei ihr, um einzugreifen.

»Kein Wunder, dass es ihr nicht gut geht«, knurre ich wütend.

Aus dem Augenwinkel sehe ich Josh und Alyssa zu uns kommen und gehe ihnen auf halbem Weg entgegen. Auch Josh scheint nicht in Bestform zu sein.

»Was ist passiert?«, will ich wissen und breite meine Arme aus. »Da bin ich mal zwei Minuten weg und Azalée wird vor allen Anwesenden gedemütigt? Was ist das für eine Scheiße? Warum hast du nichts getan?«

Josh schaut mich beschämt an.

»Ich war genervt.«

»Was du nicht sagst. Du warst also genervt! Und warum hast du dann einfach nur rumgestanden und nicht widersprochen?«

»Ich war genervt von ihr«, stellt er klar. »Von Azalée.«

Ich kapiere nicht, was er meint. Ich wende mich an Alyssa, die mir anstelle ihres Mannes mit schmalen Lippen erklärt:

»Josh geht auf dem Zahnfleisch. Er hat nicht gemeint, was er gesagt hat.«

»Okay … und was hast du gesagt?«

»Ein paar ziemlich uncoole Dinge«, antwortet wieder Alyssa in tadelndem Tonfall. »Dafür wollten wir uns gerade entschuldigen. Sie ist doch nicht gegangen, oder?«

Ich konzentriere mich immer noch auf Josh, der sehr unglücklich aussieht. Zwar weiß ich immer noch nicht, was er zu Azalée gesagt hat, aber angesichts seiner Reaktion kann ich mir vorstellen, dass es ziemlich heftig war.

Ich berichte, dass sie nach draußen gegangen ist und gemeinsam verlassen wir den Saal. Erfolglos blicke ich mich nach ihr um. Ich bekomme Herzklopfen, als ich feststellen muss, dass sie definitiv nicht da ist, obwohl sie es mir versprochen hatte.

»Vielleicht hat sie sich auf der Toilette versteckt«, überlegt Josh, wirkt aber selbst nicht überzeugt.

Wir gehen wieder hinein und suchen den Saal ab. Nichts. Ich fange an, mir ernsthafte Sorgen zu machen und rufe sie an. Es klingelt lange. Keine Antwort. Ich werfe Josh einen finsteren Blick zu. Mein Freund gerät allmählich ebenfalls in Panik.

»Ich wollte nicht, dass sie geht. Ganz ehrlich nicht«, stößt er keuchend hervor. »Meine Güte, war ich blöd. Es tut mir wirklich leid.«

Ich schüttele nur den Kopf. Ich bin zu wütend, um zu antworten.

Plötzlich taucht Noah auf. Er hat die Kleine auf dem Arm. Wie erwartet, hat sie ihr Kleid bereits bekleckert. Noah mault sie an, dass sie viel zu schwer sei. Kaum hat er sie abgesetzt, tritt sie ihm kräftig auf den Fuß.

Er stöhnt auf und schaut sie verärgert an.

»Was soll das, du Minimoy?«

Meine Tochter verschränkt die Arme vor der Brust und wirft ihm einen unverfrorenen Blick zu.

»Papa sagt mir immer, ich soll mich wehren, wenn ein Junge mich fett nennt.«

»Das stimmt«, gebe ich mit dünnem Lächeln zu. »Schon gut, Faith. Du kannst dir noch einen Cookie holen.«

Sie gibt mir ein High Five, während Noah leise flucht. Ich versuche noch einmal, Azalée anzurufen, doch sie geht nicht dran. Ich weiß nicht mehr, was ich noch tun soll. Wo könnte sie sein? Warum hat sie mich nicht ins Vertrauen gezogen?

Hilflos wende ich mich an das Brautpaar.

»Ich gehe sie suchen. Andrew, darf ich dir die Kleine anvertrauen?«

Andrew nickt. Er ist verlegen, dass ich ihm eine derartige Aufgabe anvertraue. Noah wird ernst und runzelt die Stirn.

»Wie willst du vorgehen?«

»Ich nehme den Pick-up. Erst fahre ich das Viertel ab, dann suche ich zu Hause weiter. Sie kann nicht allzu weit gekommen sein – nicht zu Fuß.«

Hoffentlich.

»Auf keinen Fall«, lehnt Noah kategorisch ab. »Du hast etwas getrunken. Ich fahre dich.«

Ich habe zwar nicht viel getrunken, möchte aber lieber kein Risiko eingehen. Faith beschließt, mit den anderen Kindern zu spielen, und Andrew verspricht, sie im Auge zu behalten. Josh entschuldigt sich noch mehrmals und nimmt mir das Versprechen ab, ihn sofort anzurufen, wenn ich Azalée finde.

»Sag ihr bitte, sie soll zurückkommen. Sag ihr, dass ich sie lieb habe und dass es mir leidtut. Ich habe es wirklich nicht so gemeint.«

Ich nicke und steige auf der Beifahrerseite des Pick-ups ein.

Stumm lässt Noah den Wagen an. Mit wachsamen Augen und Ohren fahren wir langsam durch das Viertel. Azalée ist nirgends zu sehen. Immer und immer wieder rufe ich sie an, aber es ist hoffnungslos. Allmählich bekomme ich es ernsthaft mit der Angst zu tun. Was, wenn sie für immer weg wäre?

Nein. Sie würde bestimmt nicht ohne mich nach New York zurückkehren.

Als wir zu Hause ankommen, sehe ich meinen Hund aus Azalées Haus kommen. Und zwar nicht durch die Tür, sondern durch das Fenster. Er läuft auf mich zu und kratzt jaulend an meinen Beinen.

»Nicht jetzt, Chestnut.«

Ich schüttele ihn ab und gehe zu Azalées Haustür. Noah folgt mir.

Im Haus ist es still. Zu still. Zuerst bin ich der Meinung, dass sie gar nicht daheim ist, bis mir der Zustand des Wohnzimmers auffällt. Noah stößt einen Pfiff aus. Wir treten auf Glasscherben, die auf dem Boden verteilt sind.

Das Haus sieht aus wie ein Schlachtfeld. Mein Herz krampft sich schmerzhaft zusammen, als ich die armseligen Überreste ihrer zerstörten Gitarre auf dem Boden liegen sehe. Kein Zweifel, sie muss hier gewesen sein. *Scheiße, was hat Josh bloß zu ihr gesagt?*

»Azalée?«

Keine Antwort. Noah öffnet die Terrassentüren, die zum Strand hinausführen, aber auch dort ist niemand. Erneut beschließe ich, sie anzurufen. Im ersten Stock klingelt es.

Ich schlucke und hoffe, dass sie nicht weinend auf ihrem Bett liegt.

»Warte hier«, sage ich zu Noah und gehe die Treppe hinauf.

Natürlich hört er nicht auf mich. Mit rasendem Herzen gehe ich von einem Zimmer zum nächsten. Irgendetwas stimmt hier nicht, das spüre ich. Keine Ahnung, wie oder warum – ich weiß es einfach. Wie Tiere vor einem Tornado.

»Aze?«, rufe ich und öffne die Tür zur Waschküche.

Hier ist sie auch nicht. Noah inspiziert das zweite Badezimmer. Er öffnet die Tür einen Spalt und erstarrt. Zum ersten Mal seit ich ihn kenne, zeichnet sich Panik auf seinem Gesicht ab. Er wird kreidebleich.

»Kacke.«

Ich sehe, wie er hastig sein Telefon aus der Tasche zieht und erbebe innerlich.

»Was ist?«, schreie ich.

Ich habe Angst, selbst nachzusehen. Entsetzen breitet sich in mir aus. Ich fürchte instinktiv, etwas vorzufinden, das mich für immer zerstören könnte.

Als ich jedoch höre, wie Noah den Notarzt anfordert, zögere ich keine Sekunde mehr. Ich dränge ihn beiseite und öffne die Tür weit.

Und mein
Herz
zerschellt

in
tausend Stücke.

Ich sehe weder den zertrümmerten Spiegel zu meiner Linken noch Azalées auf dem Boden liegendes Kleid.

Auch das Telefon sehe ich nicht, das zu meinen Füßen klingelt und auf dessen Display »Cowboy« steht.

Alles, was ich sehe, ist Blut, viel zu viel Blut – auf dem Boden, auf ihren Händen, auf ihren Armen. Mir stockt der Atem.

Wie versteinert bleibe ich stehen. Ich bin unfähig, mich zu bewegen. Es sind Sekunden, die mir wie eine Ewigkeit vorkommen. Irgendwann lasse ich mein Telefon fallen und stürze auf Azalée zu.

»Nein, nein, nein, nein, nein.«

Es kann nicht sein, es ist unmöglich, ich träume, das kann sie nicht getan haben. Nicht sie. Sie ist zu stark, ich kenne sie. *Herr im Himmel erbarme dich – alles, aber nicht das.*

Ich wage nicht, sie zu berühren oder ihre Lage zu verändern, also streichele ich ihr mit zitternden Händen über das fahle Gesicht und flehe sie an, ihre Augen zu öffnen. Ich wage nicht, ihr den Puls zu fühlen. Ich will ihr nicht den Puls fühlen.

Noah fragt mich etwas, aber ich höre ihn nicht.

»Eden«, schreit er mich mit dem Telefon am Ohr an. »Atmet sie? *Eden.*«

Ich spüre weder die Tränen auf meinem Gesicht noch Noahs Arme bei dem Versuch, mich beiseitezuschieben. Ich flüstere weiter unverständliche Dinge. Meine Hände sind rot von ihrem Blut, dem Blut von Azalée Green. Ich nehme sie in meine Arme, lege eine Hand in ihren Nacken und lehne sie an meine Brust, um sie zu wiegen.

Mein Baby, mein Herz, mein Leben.

Mein ganzer Körper zittert.

Ihr Körper liegt schlaff in meinen Armen.

Sie sieht aus wie eine Stoffpuppe. Sie reagiert nicht. Warum reagiert sie nicht? Ist sie eingeschlafen?

»Liebste, was hast du getan …«, schluchze ich und schließe die Augen.

Die Zeit, während der ich dort auf dem Boden sitze und Azalées Körper an mich schmiege, kommt mir schier endlos vor. Ich flehe sie an, bei mir zu bleiben, mich nicht zu verlassen, und halte sie ganz fest. Nach einiger Zeit verschwindet Noah, um die Sanitäter hereinzulassen. Sie sprechen laut, versuchen, mir Azalée wegzunehmen, behaupten, sie würden sie gesund machen, aber dass ich sie dafür loslassen müsse, aber ich kann nicht tun, was sie von mir verlangen.

Es geht nicht.

Ich klammere mich an sie.

Bis man sie mir mit Gewalt entreißt. Irgendwann zwischen dem Moment, in dem ich sie endlich loslasse, und dem Moment, in dem sie sie wegbringen, ertappe ich mich dabei, zu beten, dass sie in meinen Armen und nicht schon vorher gestorben ist.

Zumindest wäre sie dann nicht allein gewesen.

35

September 2018

Eden

Ich bekomme keine Luft mehr. Ich ersticke, ich weiß nicht, was los ist, und ich höre nichts als mein Herz, das wie verrückt in meiner Brust schlägt. Fast fürchte ich, es könne explodieren.

Azalée.

Ich verstehe nicht, was vor meinen Augen vor sich geht. Ich kauere in einer Ecke dieses verdammten Badezimmers und ein Sanitäter erklärt mir, ich solle bis fünf zählen und dabei durch den Mund atmen. Ich stehe unter Schock, das ist mir klar.

Also schließe ich die Augen und fange an zu atmen.

1

Die Sanitäter legen Azalée auf eine Trage und nehmen sie mit. Sie schreien Worte, deren Bedeutung nicht zu mir durchdringt. Azalées Augen sind immer noch geschlossen. Ihr schönes Gesicht und ihre Lippen sind so weiß wie ein Blatt Papier, und ein dummer Teil von mir fragt sich, ob ich sie jemals wieder erröten sehen werde.

2

Ich fühle mich nicht gut. Die Übelkeit steigt mir in die Kehle. Ich beuge mich vor und übergebe mich auf den Kies meiner Einfahrt. Ich bitte darum, Azalée begleiten zu dürfen, aber ich darf mich ihr nicht einmal nähern. Ich muss zusehen, wie sie weggebracht wird, und muss sie mit ihrem Schicksal allein lassen.

3

Noah schiebt mich ins Auto. Ich wehre mich nicht, sondern starre auf den Krankenwagen vor uns. Panik steigt in mir auf, als mich schließlich die Realität mit voller Härte trifft. Azalée hat versucht, sich umzubringen. Ein weiteres Mal.

4

Wir erreichen das Krankenhaus. Ich schnappe nach Luft, ich zittere, ich will sterben. Ich frage eine Krankenschwester nach etwas – ich weiß schon nicht mehr, was es war –, aber sie antwortet mir, dass nur die Familie ein Recht darauf hat, etwas zu erfahren.

»Sie ist meine Frau«, erkläre ich.

Ich weiß, dass sie mir nicht glaubt, aber es ist mir egal. Ich flehe sie mit Blicken an. Schließlich nickt sie und bittet mich, kurz zu warten.

5

Mit hängenden Armen und keuchendem Atem schaue ich mich um. Leute warten in der Notaufnahme und haben nicht die geringste Ahnung, dass die Frau meines Lebens im Sterben liegt.

Um Himmels willen, was habe ich getan?

Ich ertappe mich beim Beten. Ich bete zu allen Göttern, die mir einfallen.

Bitte helft ihr, dass sie durchkommt.

Sie darf nicht sterben.

Sie darf einfach nicht.

»Meine Herren?«

Vor uns steht ein blonder, sehr ruhig wirkender Mann. Zunächst halte ich ihn für einen Arzt, der mir Neuigkeiten überbringt, aber schnell begreife ich, dass es sich um einen Psychologen handelt. Er ist gekommen, um sicherzustellen, dass es uns gut geht.

Weil wir sie gefunden haben.

Weil wir dich gefunden haben, Azalée, und weil es etwas ist, das mich für den Rest meines Lebens verfolgen wird.

Ich wende den Kopf ab und setze mich, ohne ihm zu antworten. Mein Herz schmerzt. Ich nehme meinen Kopf zwischen die Hände und schließe die Augen. Dunkelheit überflutet mich und für einen Moment gelingt es mir, mich zu beruhigen.

»Wir müssen den anderen Bescheid sagen«, stellt Noah fest und setzt sich neben mich.

Ich schüttele den Kopf, weil ich mich nicht dazu in der Lage fühle. Wortlos greift er nach seinem Telefon. Die Krankenschwester ist noch immer nicht zurück. Unwillkürlich frage ich mich, ob sie nicht zurückkommen will – vielleicht aus Angst, mir schlechte Nachrichten überbringen zu müssen.

»Hallo«, sagt Noah mit angespannter Stimme in sein Telefon. »Eden und ich sind im Krankenhaus … Es ist etwas Schlimmes passiert.«

Endloses Warten.

Ich habe keine Ahnung, was los ist, und offensichtlich bin ich damit nicht allein. Wir sitzen alle im Wartezimmer, sogar Alyssa und Josh, deren Hochzeitsfeier auch ohne sie weiterhin in vollem Gang ist. Ich habe nicht die Kraft, ihnen zu sagen, dass sie gehen sollen. Ich habe die Kraft zu gar nichts.

Faith hat es gespürt, das weiß ich, und ich fühle mich miserabel, weil ich mich nicht richtig um sie kümmern kann. Meine Freunde haben meine Tochter mitgebracht. Sie kuschelte sich sofort an meine Schulter, als ob sie wüsste, dass ich genau das jetzt brauchte. Ich nahm sie in die Arme und drückte sie ganz fest an mich. Jetzt schläft sie.

Ein wenig früher war ein Pfleger gekommen und hatte mir verschiedene Fragen über Azalée gestellt. Ich teilte ihm ihren Namen und Vornamen sowie ihr Alter mit. Als er jedoch anfing, sich nach ihrer Blutgruppe, eventuellen Allergien und ihrer Versicherung zu erkundigen … blieb ich stumm. Zwar bin ich ihr Freund, aber über diese Dinge weiß ich nichts.

Siehst du, Azalée? Siehst du, warum es wichtig ist, sich als Paar gewisse Dinge anzuvertrauen?

Eigentlich kenne ich sie überhaupt nicht. Zum Beispiel hätte ich nie gedacht, dass sie es wieder tun würde. Mir war natürlich aufgefallen, dass es ihr seit einiger Zeit nicht mehr gut ging, aber ich dachte nicht, dass es so schlimm war. Ich hätte es besser wissen müssen. Ich hätte es erkennen müssen.

Ich habe immer noch keine Ahnung, wie ich reagieren soll. Wie Andrew, der still und schockiert im Flur in einer Ecke sitzt? Oder wie Alec, der stumm mit Faiths kleinem Finger spielt? Oder wie Josh, der lautlos vor sich hinweint und den Trost seiner Frau ablehnt?

Alyssa hüllt sich in eine Schweigsamkeit, die ich nicht von ihr kenne. Tränen laufen an ihren Wangen hinunter, aber sie macht kein Geräusch und bewegt sich nicht.

»Das ist alles meine Schuld«, flüstert Josh.

Ich schließe die Augen. Ich will nicht darüber reden. Ich wünsche mir nur, dass er den Mund hält und dass die Bilder von der reglosen Azalée in meinen Armen aus meinem Kopf verschwinden.

»Ich weiß, ich hätte nicht so reagieren dürfen. Sie wirkte so erschöpft und ich …«

»Sei still.«

Mein Tonfall lässt Alyssa erstarren. Sie spürt, dass ein Donnerwetter in der Luft liegt. Meine Muskeln sind bis zum Zerreißen gespannt. Ich will die anderen nicht mehr hören. Ich will, dass sie gehen. Natürlich weiß ich, dass Josh keine Schuld trifft und dass Azalée ohnehin eine tickende Zeitbombe war, aber es ist mir egal. Hier und jetzt hasse ich ihn.

»Ich meine es ernst. Es tut mir so unendlich leid …«

»Halt endlich die Fresse!«, explodiere ich mit leiser, aber fester Stimme. »Ich will nicht darüber reden. Schon gar nicht mit dir.«

Faith schreckt aus dem Schlaf auf und Noah mahnt mich zur Ruhe. Er greift nach der Hand meiner Kleinen und ich nutze die Gelegenheit, um aufzustehen und zu gehen. Ich gehe nicht weit, sondern lehne mich lediglich am Ende des Ganges an die Wand, um tief Luft zu holen.

Am liebsten würde ich schreien, mich prügeln, laut heulen. Und ich habe Angst.

Mein Blick fällt auf eine geschlossene Doppeltür am Ende des Flurs. Dorthin haben sie die Trage mit Azalée gebracht.

Ich zögere nur wenige Sekunden. Dann kann ich mich nicht mehr beherrschen und stürme mit großen Schritten auf die Tür zu. Vor einer Stunde hatte das Personal mir eine Information versprochen, aber offenbar schert man sich einen Dreck um mich.

»Hallo, Sie da!«

Ich antworte nicht, sondern gehe weiter. Als ich die Tür erreiche, packt mich jemand am Arm.

»Hey!«

Eine blonde Frau in blauer Schutzkleidung starrt mich mit vorwurfsvollem Blick an. Ich reiße mich los, aber sie versperrt mir den Weg.

»Da dürfen Sie nicht hinein.«

»Meine Freundin ist da drin und ich muss sie unbedingt sehen.«

Die Frau schiebt mich entschlossen fort, was mich nur noch

zorniger macht. Mit Panik vermischte Wut steigt in mir auf und schwillt in meinen Schläfen an.

»Wenn Ihre Freundin da drin ist, dann wird sie gerade operiert. Sie haben keinen Zutritt zum OP. Lassen Sie die Ärzte ihre Arbeit tun und warten Sie geduldig ab.«

»Geduldig abwarten?«, wiederhole ich mit erhobener Stimme. »Ich habe meine Freundin mit durchgeschnittenen Pulsadern in ihrem Bad gefunden und soll ›geduldig‹ abwarten?! Soll das ein Witz sein? Niemand informiert uns. Ich bin seit über einer Stunde hier und weiß nicht einmal, ob sie überhaupt noch lebt!«

Ein Schleier von Mitgefühl legt sich über ihr Gesicht. Sie öffnet den Mund, um etwas zu sagen, sieht sich dann aber um und seufzt.

»Wir tun, was wir können. Sie können sie im Moment wirklich nicht sehen, aber ich kann mir ihren Namen notieren und nachfragen. Aber nur, wenn Sie ruhig bleiben.«

Ich entspanne mich ein wenig und nicke. Gerade will ich ihr Azalées Namen geben, als mir eine weibliche Stimme zuvorkommt:

»Azalée Green.«

Alyssa steht plötzlich mit zusammengebissenen Zähnen neben mir. Der Blick der Krankenschwester streift ihr Hochzeitskleid, dann nickt sie.

»In Ordnung. Ich werde sehen, was ich tun kann.«

Ich danke ihr und sie fordert mich mit einer Geste auf, zu meinem Platz zurückzukehren. Ich drehe mich um. Alyssa legt ihre Hand auf meinen Arm und hält mich zurück.

Fragend blicke ich sie an. Ich fühle mich völlig leer.

»Lass uns noch eine Weile hierbleiben. Du musst dich erst wieder in den Griff bekommen, Eden. Zumindest für Faith.«

Ich schließe die Augen und schüttele den Kopf. Zwar hat sie völlig recht, nur weiß ich nicht, ob ich stark genug dafür bin. Ich lehne mich an die Wand und kämpfe gegen die Tränen an.

»Es ist meine Schuld«, flüstere ich, ohne ihr in die Augen zu sehen. »Josh hat mich darauf hingewiesen … Ihm war aufgefallen, wie erschöpft sie war, aber ich habe nicht auf ihn gehört. Ich dachte, sie wäre stark genug und würde sich von mir stützen lassen.«

Meine Stimme versagt und ich öffne die Augen.

»Ich habe mich geirrt.«

»Sie *ist* stark, Eden. Zumindest war sie es für eine lange Zeit, aber alles hat seine Grenze. Niemand kann für immer stark sein. Und heute … heute hat sie ihre Grenze erreicht.«

Ich weiß, dass sie recht hat. Auch als ich sie kennenlernte, ging es Azalée nicht gut. Sie hat es nur verborgen. Aber als ich bemerkte, dass sie nicht mehr schlief, dass sie nicht aß und dass sie nicht mehr lachte, hätte ich etwas sagen müssen.

»Ich glaube, wir haben alle zu ihrem Unbehagen beigetragen. Es begann mit Pete und ging mit Sylvia weiter. Was heute passiert ist … wir können es nicht mehr ungeschehen machen. Azalée ist krank, Eden.«

Bei dieser letzten Bemerkung breche ich in Tränen aus. Weil ich es immer wusste und es trotzdem vorzog, meine Augen davor zu verschließen.

Auch wenn Azalée oberflächlich besehen als gefühlskalte, und egoistische Verführerin erscheinen mag, ist sie die großzügigste Person, die ich je kennengelernt habe. Trotz allem, was sie durchgemacht hat, hat sie ein reines Herz.

Da, wo ich für die Menschen, die ich liebe, die ganze Welt verbrennen könnte, würde sie es vorziehen, so viele Menschen wie möglich zu retten … und sich dafür unter Umständen selbst opfern.

Sie hat zu viel ertragen, zu viel verborgen und zu viel gegeben. Es ist an der Zeit, dass sich jemand um sie kümmert.

»Das mit deiner Hochzeit tut mir ehrlich leid«, sage ich schlicht.

Alyssas giftiger Blick lässt mich kalt.

»Glaubst du ernsthaft, dass mich das im Moment irgendwie interessiert? Meine Freundin hat heute versucht, sich das Leben zu nehmen.«

Ich nicke langsam. *Stimmt, wenn man es so ausdrückt …*

Irgendwann kehren wir zu unseren Freunden zurück.

Ich danke Noah mit einem Nicken und löse ihn bei meiner Tochter ab. Faith umschlingt meine Taille mit ihren Ärmchen, und wir setzen uns und warten weiter.

Und warten.

Und warten weiter und immer weiter.

Um zwei Uhr morgens kommt endlich jemand zu uns. Schon von Weitem erkenne ich den Arzt. Er hat ein Heft in der Hand. Mit gerunzelter Stirn blättert er darin herum, dann kreuzt er meinen Blick.

Mein ganzer Körper erstarrt, als er näher kommt. Faith schläft auf dem Sitz neben mir, auch Josh und Alyssa sind eingedöst. Andrew weckt sie, als ich mit zitternden Händen aufspringe.

»Guten Abend«, begrüßt mich der Arzt. »Sind Sie der Mann von Azalée Green?«

Alle schauen mich an. Ich nicke lebhaft und mit wild pochendem Herzen. Sprechen kann ich nicht. Der Arzt wirft einen skeptischen Blick auf die anderen und scheint dann zu begreifen, dass es sinnlos wäre, sie hinauszuschicken.

Angesichts unserer offenkundigen Angst verkündet er ohne Umschweife:

»Ihre Frau hat das Schlimmste überstanden.«

Meine Erleichterung ist so groß, dass mir augenblicklich Tränen die Wangen hinunterlaufen. Ich berge mein Gesicht in meinen Händen, weil ich seinen Blick nicht aushalten kann.

Meine Schultern zittern. Noah klopft mir tröstend den Rücken.

»Ihr Zustand war ernst«, fährt der Arzt fort. »Ein Suizidversuch ist nicht auf die leichte Schulter zu nehmen. Aber zum Glück für sie ist es schwierig, durch Schnitte zu sterben; zunächst einmal muss man die Arterien genau treffen und auch dann würde es noch mehrere Stunden dauern, ehe man komplett ausblutet.«

Ich will das gar nicht hören; ich habe nicht die geringste Lust, mir vorzustellen, wie sie sich gefragt hat, welche Methode die effektivste sein könnte. Gott sei Dank stellt Andrew die Frage, die mir durch den Kopf geistert:

»Wo ist sie jetzt? Geht es ihr gut?«

»Wir haben sie auf die Intensivstation verlegt. Sie hat sehr viel Blut verloren, was einen Sauerstoffmangel zur Folge hatte. Glücklicherweise konnten wir sie rechtzeitig versorgen.«

»Okay ... Kann ich sie sehen?«

Er schüttelt den Kopf.

»Im Moment noch nicht, nein. Aber wenn es Sie beruhigt: Ihre Frau steht unter ständiger Beobachtung. Sobald sie wach ist, werden wir die ihrem psychischen Zustand entsprechenden Maßnahmen ergreifen. Dazu müssten wir Ihnen allerdings einige Fragen stellen.«

Ich nicke, während Josh neben mir endlich lautstark zu schluchzen beginnt. Sein Stress fällt in sich zusammen, ebenso wie meine Wut. Deshalb lege ich meine Hand auf seine Schulter und höre ihm schweigend beim Weinen zu.

36

September 2018

Azalée

Willkommen bei Dear Patriarchy,
es ist euer gutes Recht, euch auch einmal unwohl zu fühlen. Das
Wichtigste ist, um Hilfe zu bitten und niemals aufzugeben.

Der erste Gedanke, der mir in den Sinn kommt, als ich wieder bei Bewusstsein bin, ist: »Ich habe es wieder einmal vergeigt.«

Der zweite ist: »Gott sei Dank.«

Meine Augenlider flattern, mein Kopf ist schwer und meine Gliedmaßen sind taub. Es ist ein Gefühl, das ich schon einmal erlebt habe, ein einziges Mal. Es ist, als ob man nach einem sehr langen Nickerchen wieder aufwacht, nur dass ich augenblicklich weiß, wo ich mich befinde. Und ich schäme mich. Ich schäme mich sehr.

Die Erinnerungen sind noch sehr lebendig. Ich reagiere mit Panik. Ich will weinen – weinen, weil mir immer noch schlecht ist, weinen, weil ich dachte, ich wäre befreit, weinen, einfach weil ich es kann.

Verwirrt öffne ich meinen trockenen, pappigen Mund. Mein Körper lässt mich leiden. Es ist die grausame Rache für meine impulsive Handlung.

»Aze?«

Ich drehe meinen Kopf. Die Bewegung erfordert eine schier übermenschliche Anstrengung. Neben mir sitzt Alyssa. Ihre Hand umklammert meine. Ich weiß nicht, was mit mir los ist, aber ich breche sofort in Tränen aus. Meine Gefühle sind wie ein Fluss, den ich nicht eindämmen kann, und Alyssa klammert sich an meine Finger, als ob ich mich vor ihren Augen auflösen könnte.

Ihre Augen sind müde und weit geöffnet; sie scheint schon lange dort zu sitzen. Ich schaue mich kurz im Zimmer um: zweifellos ein Krankenhauszimmer.

»Wasser«, flüstere ich.

Ich strecke meine geschwächte Hand nach der Wasserflasche auf dem Tisch aus. Meine Freundin hilft mir, einen tiefen Schluck daraus zu trinken. Das Wasser ist wunderbar frisch, und trotz der Schmerzen, die es meiner geschundenen Kehle zufügt, schließe ich selig die Augen.

Alyssa stellt die Flasche wieder ab und wartet geduldig darauf, dass ich mich zurechtfinde. Ich bin zwar ziemlich benommen, doch das bedeutet nicht, dass ich mich nicht schuldig fühle: Immerhin habe ich ihre Hochzeit ruiniert. Josh hasst mich jetzt sicher noch mehr; ich habe ihm den schönsten Tag seines Lebens gestohlen.

Und trotzdem.

Alyssa schaut mich besorgt an. Ich öffne erneut meinen Mund, diesmal um mich zu entschuldigen, doch es kommt nichts heraus. Alle Worte, die meinem Herz Schmerzen zufügen, gehen unterwegs verloren, als ich auf meine Handgelenke schaue.

Aber darüber will ich nicht reden. Jedenfalls nicht sofort. Ich wüsste nicht einmal, wo ich anfangen sollte. Ich will nur nicht, dass sie mich so hassen, wie ich mich selbst hasse.

»Wo ist Eden?« flüstere ich.

Meine Angst ist, dass er mich für egoistisch hält und aus diesem Grund nicht hier ist. Weil er sich jetzt kein Idealbild mehr von mir machen kann. Weil er merkt, dass er einen Fehler begangen hat und mit einer Verrückten zusammen ist. Dabei hatte ich doch versucht, ihn zu warnen.

Alyssa schnieft und antwortet:

»Der arme Kerl macht ein Nickerchen draußen im Flur. Er hat sich geweigert, das Krankenhaus zu verlassen, solange du noch nicht aufgewacht warst ... Sie haben ihm eine Decke und ein Kissen gebracht. Er wird sich sicher ärgern, wenn er erfährt, dass du wieder zu Bewusstsein gekommen bist, während er geschlafen hat.«

Verwirrt und zugleich erleichtert nicke ich. Er ist geblieben. Genau wie Alyssa. Sie waren ... besorgt.

Es ist schließlich Alyssa, die mit tränenerstickter Stimme zu sprechen wagt:

»Bitte, Azalée ... Ich flehe dich an, tu so etwas nie wieder.«

Schuldbewusst schließe ich die Augen.

Aber so gern ich es möchte – dieses Versprechen kann ich ihr nicht geben. Weil ich krank bin. Das weiß ich. Ich wusste es eigentlich schon immer. Aber ich zog es vor, lieber nicht daran zu denken.

Dieses Mal jedoch will ich etwas ändern.

»Es tut mir so leid«, schluchze ich. »Alles.«

Sie umarmt mich mit aller Kraft und ich lasse sie unter stummen Tränen gewähren. Mein Gehirn hat mich angelogen. Meine Freunde lieben mich, natürlich lieben sie mich. Ich will nicht sterben. Ich will nicht sterben. Ich will nicht sterben.

Es ist nur so, dass es manchmal ... Es ist zu schwierig.

»Du wirst wieder gesund, Aze. Das verspreche ich dir.«

Ich schließe die Augen, um meine Gefühle zu unterdrücken.
Ich habe keine Energie mehr.

Aber ich werde es versuchen.

Immer und immer wieder.

37

September 2018

Azalée

Willkommen bei Dear Patriarchy,
ihr habt das Recht, euch eine Pause zu gönnen. Ihr habt das
Recht, Medikamente einzunehmen. Ihr habt das Recht, eine Therapie zu machen. Eure psychische Gesundheit hat Vorrang. Euer
Glück hat Vorrang. Eure Existenz hat Vorrang.

Meine Freundin berichtet mir, was ich während meiner Be-
wusstlosigkeit versäumt habe. Josh hatte nach mir gesucht, um
sich zu entschuldigen – offenbar macht er sich schwerste Vorwürfe –, und Eden ahnte sofort, dass etwas nicht stimmte. Zusammen mit Noah ist er zu mir nach Hause gefahren.

Dort haben sie mich dann gefunden.

Eden wiegte mich dicht an seinem Körper, als der Krankenwagen ankam.

Bei dieser Vorstellung hätte ich beinahe gekotzt. Blöd von
mir, aber ich hatte nicht damit gerechnet, dass ausgerechnet
Eden mich als Erster finden könnte. Um ehrlich zu sein, ich
habe an gar nichts gedacht. An diesem Tag wollte ich nur meine Gedanken zum Verstummen bringen. Die ganze Welt zum
Verstummen bringen, wenigstens für eine Minute.

»Die Jungs würden dich gern sehen … Sie machen sich Sorgen.«

»Können wir das vielleicht auf morgen verschieben?«, bitte ich erschöpft. »Es … es tut mir wirklich leid. Sag ihnen, dass es nicht gegen sie geht. Ich bin nur so … Ich versuche immer noch, das alles zu verdauen und ich habe Schmerzen.«

Alyssa nickt und meint, das sei völlig in Ordnung und dass ich mir keine Sorgen machen brauche, weil sie es bestimmt verstehen würden. Als sie Eden wecken will, bitte ich sie, ihn noch schlafen zu lassen. Nicht nur, weil er es sicher braucht, sondern auch, weil ich es nicht besonders eilig habe, das klärende Gespräch mit ihm zu führen.

Natürlich werde ich einer vollständigen psychologischen Untersuchung unterzogen. Ich beantworte viele sehr intime Fragen, aber es kommt mir vor, als wüsste ich nicht mehr, warum ich versucht habe, mich umzubringen. Ich hasse das. *Bin ich wirklich verrückt? Was stimmt nicht mit mir?* Das sind die Fragen, die ich mir stelle, als der Psychotherapeut mich nach dem Grund für meine Aktion fragt.

Ich sage ihm, dass ich es nicht weiß.

Ich sage ihm auch, dass es manchmal zu schwierig ist. Dass manchmal mein ganzer Körper schmerzt, dass das Atmen schmerzt, dass die gesamte Existenz schmerzt, und dass ich nur noch will, dass es aufhört. Dann will ich, dass die Leute verschwinden, den Mund halten und mich in Ruhe lassen. Ich berichte ihm alles, was über mich im Internet verbreitet wird. Ich erzähle ihm von Pete, von Katie und von meiner Mutter. Und auch von dem immer wiederkehrenden Gedanken, dass mich niemand liebt, dass ich nicht gut genug bin, dass ich mich auf dieser Erde eigentlich nur als Ballast sehe.

Und dass ich trotz alledem … leben möchte.

Frank – so heißt er – spricht von Depression und »posttraumatischer Belastungsstörung«. Irgendwie erleichtert es mich, meine Qualen benennen zu können.

Endlich fühle ich mich verstanden.

Weniger allein.

Dann erwähnt Frank die Möglichkeit einer stationären Aufnahme, aber das lehne ich sofort ab.

»Das ist nichts für mich«, erkläre ich und lehne meinen Kopf an mein Kissen.

Alyssa scheint etwas sagen zu wollen, aber mein Blick hält sie davon ab. Ich will nicht eingesperrt werden. Das kommt absolut nicht infrage.

»Woher willst du das wissen?«, fragt meine Freundin. »Du hast es doch noch nie versucht. Von Menschen umgeben zu sein, die deine Probleme verstehen, würde dir vielleicht helfen … Immerhin besser, als weiter im *Royal American* zu schuften.«

Bockig zucke ich mit den Schultern. Mein Körper zittert unter der Decke, aber ich bemühe mich redlich, es mir nicht anmerken zu lassen. Ich bin mir der Blicke von Frank bewusst. Ich beachte ihn jedoch nicht weiter, ich bin völlig durcheinander. Ich will nicht, dass man mich wegbringt. Ich bin doch nicht verrückt.

»Es war ein Fehler. Das ist mir völlig klar. Es geschah … aus einem Impuls heraus.«

»Aze«, meint Alyssa missbilligend und beinahe unzufrieden. »Aus einem Impuls heraus kauft man sich ein Paar Stiefel mit Leopardenmuster, die ein Monatsgehalt kosten.«

»Ich kenne mich, okay? Wenn ich von Psychiatern und Menschen umgeben bin, die genauso depressiv sind wie ich, gehe ich unter.«

»Heute wollen Sie nicht sterben«, wiederholt Frank in einem seltsamen Tonfall. »Aber was ist mit morgen, Azalea? Niemand hier verurteilt Sie. Sie brauchen sich für nichts zu schämen. Wir werden nur auf Sie aufpassen und dafür sorgen, dass all diese Gedanken für immer verschwinden. Ist es nicht das, was Sie sich wünschen?«

Ich gebe vor, nachzudenken, und schüttele schließlich den Kopf.

»Möchten Sie denn nicht ohne diesen ganzen Lärm in Ihrem Kopf leben? Ohne immer zurückblicken zu müssen? Ohne diese depressiven Zustände, die Sie daran hindern, ein normales Leben zu führen? Das, was Ihr Stiefvater Ihnen angetan hat, ist schrecklich, aber leider passiert es einer von sechs Frauen in den Vereinigten Staaten. Es gibt Therapien, die sich sehr gut für das eignen, worunter Sie leiden. Sie sind kein hoffnungsloser Fall, Azalea. Hoffnung gibt es immer.«

Ich verberge mein Gesicht in den Händen, damit er meine Tränen nicht sieht. Ich weiß, dass er recht hat. Es geht mir eindeutig nicht gut. Ich will zwar nicht mehr sterben, aber ich denke immer noch, dass die Welt ohne mich besser wäre. Und das ist nicht die Art von Gedanken, die über Nacht verschwinden.

»Ich bin nicht verrückt …«, wiederhole ich fast unhörbar.

»Es ist kein Heim für Verrückte, Aze«, beschwichtigt mich Alyssa und streicht über mein Haar. Diese intime Geste besänftigt mich. »Du gehst nur hin, um gesund zu werden. Es dauert höchstens ein paar Wochen und wir kommen dich so oft wie möglich besuchen. Du brauchst es. Bitte.«

Zu gern würde ich mit Eden darüber sprechen, vor allem, weil ich hoffe, dass er sich auf meine Seite schlägt, aber ich muss mich der Tatsache stellen: Ich versuche lediglich, Zeit zu gewinnen. Ich habe keine andere Wahl, ich muss es akzeptieren.

Frank verschreibt mir Antidepressiva und wir vereinbaren einen Termin in zwei Wochen, zu dem ich für einen Monat in eine psychosomatische Reha gehen soll. In der Zwischenzeit darf ich zwar nach Hause, bleibe aber unter psychologischer Beobachtung. Ich wage nicht, mich zu beklagen.

Immerhin bin ich noch am Leben.

Nachdem der Psychiater gegangen ist, habe ich keine Kraft mehr. Ich fühle mich völlig ausgelaugt. Ich weiß, dass ich Edens Erwachen versäume, aber ich kann mich nicht dagegen wehren.

Ich schlafe wieder ein.

38

September 2018

Azalée

Willkommen bei Dear Patriarchy,
Mädels, ihr seid alle unglaublich schön.
Und das ist das Uninteressanteste an euch.

Ich wache mitten in der Nacht auf. Mein Rücken ist der Tür zugewandt. Trotzdem weiß ich sofort, dass etwas anders ist. Ich konnte schon immer spüren, wenn er mich ansah, selbst vom anderen Ende des *Royal American*.

Mit pochendem Herzen drehe ich mich langsam um. Mein Lieblings-Cowboy sitzt neben dem Bett, die Ellbogen auf die Knie gestützt. Er schaut mich an. Seine Augen sind rot vor Müdigkeit und Kummer.

Mir ist, als hätte jemand auf mich geschossen. Reglos halte ich die Luft an, senke aber den Blick nicht. Ich nehme mir die Zeit, ihn anzusehen und mich schweigend zu entschuldigen, aber vor allem, um die Stille zu genießen, die zwischen uns hängt. Meine Tränen fließen ganz von allein; ich kann sie nicht aufhalten.

Ich mache mir Vorwürfe, würde ich ihm gerne sagen. *Es tut mir leid. Ich liebe dich. Verlass mich nicht. Ich brauche dich.*

Eden sieht erbärmlich aus. Mindestens ebenso sehr wie ich. Gerade will ich etwas sagen, als er seine Hand sanft auf meine Decke legt. Mit geöffneter Handfläche. Ich zögere ein paar Sekunden, ehe ich meine Hand auf seine lege. Haut an Haut. Ich erbebe.

Mein Gott, wie habe ich ihn vermisst.

Seine Finger berühren mich zart, als hätte er Angst, mich zu zerbrechen, aber schließlich umschlingen sie meine. In seinen Augen lese ich Worte und Fragen, auf die zu antworten ich mich fürchte, ein ganzes Alphabet, das an seine Lippen drängt. Ich küsse ihn sanft, doch ich schmecke seine Fragen nur für den Bruchteil einer Sekunde, weil er plötzlich sagt:

»Entschuldige.«

Überrascht schaue ich ihn an. Seine Stimme klingt leise, heiser und wie gebrochen. Ich habe Angst vor dem, was als Nächstes kommt. Ich habe Angst, dass er mich verlassen will, dass er mir sagt, dass es zu schwierig ist, dass seine Tochter so etwas nicht brauchen kann, und verdammt, ich würde es sogar verstehen. Ich würde es verstehen, aber es täte weh, sehr weh.

»Wofür?«

»Dass ich so blind war. Ich wusste, dass es dir nicht gut ging, aber ich … ich habe nichts unternommen.«

Plötzlich kann ich wieder atmen. Er ist mir nicht böse. Und er ist immer noch da, trotz allem. Ich möchte ihn beruhigen, ihm erklären, dass er nicht die Ursache für meinen Ausraster war, dass an der Stelle meines Herzens schon seit Jahren eine Bombe tickt. Aber etwas in seinem Blick sagt mir, dass er das längst weiß.

»Ich bin in dich verliebt, Azalée.«

Die Tränen kommen wieder bedrohlich nah, aber ich unterdrücke sie, so gut ich kann.

»Ich dachte, Faith müsste immer an erster Stelle stehen, weil es die einzige Möglichkeit war, die mir einfiel, um sie nie zu verlieren«, fährt er fort und führt unsere verschränkten Hände an seinen Mund. »Aber ich habe mich geirrt. Es gibt keinen Grund, warum nicht auch du an erster Stelle stehen solltest, genau wie meine Tochter. Denn du bist die Liebe meines Lebens, Azalée Green ... Ich kenne dich seit zwei Monaten und es war nicht immer ganz einfach. Ich weiß auch, dass der Rest noch weniger einfach sein wird, aber ich kann nicht anders. Die Minuten, als du mit geschlossenen Augen und reglosem Körper in meinen Armen lagst, waren die längsten meines Lebens.«

Und ich glaube ihm. Natürlich glaube ich ihm, wie sollte es nach allem, was wir zusammen durchgemacht haben, auch anders sein? Zwei Monate sind kurz. Aber es gibt Begegnungen, die ein Leben verändern, Begegnungen, die einen zwar nicht retten, die einen aber bis ans Ende des Weges begleiten können. Wie ein Licht in der Dunkelheit.

Und genau das ist Eden für mich.

Eine Hoffnung.

»Du wirst Hilfe brauchen, *Beauté*.«

»Ich weiß«, murmele ich. »Und ich werde sie annehmen. Versprochen.«

Er küsst mich und ich hebe die Decke, um ihm Platz zu machen. Eden zögert nur kurz, ehe er ins Bett klettert und sich vorsichtig neben mich legt. Er behält seine Hände bei sich, unsere Nasen berühren sich zärtlich, aber seine Augen konzentrieren sich auf meine, als hätte er Angst, dass ich wieder verschwinden könnte. Er weiß noch nicht, dass es nicht nötig ist.

Flucht ist längst keine Option mehr.

»Eden?«

»Mmh.«

»Ich liebe dich.«

Er drückt mich fest an sich und seine feuchten Wangen streifen meine Schulter.

»Ich weiß, *Beauté*«, flüstert er. »Ich weiß.«

39

September 2018

Azalée

Willkommen bei Dear Patriarchy,
es wird immer Menschen geben, die das beurteilen, was ihr sagt
oder tut. Ich gebe zu, das ist mies. Die gute Nachricht ist, dass
ihr selbst entscheiden könnt, welchen Einfluss das auf euch hat.

Andrew, Alec und Josh besuchen mich am folgenden Tag. Ich
bin zwar immer noch ziemlich durcheinander, aber ich fühle
mich ein wenig besser. Die Medikamente machen mich benommen und schläfrig.

Die Jungs behandeln mich wie ein rohes Ei und ich kann
mir gut vorstellen, dass sie keine Ahnung haben, wie sie sich
verhalten sollen. Andrew nimmt mich sofort in die Arme. Alec
bleibt mit einem gelben Ballon mit der Aufschrift »Gute Bes-
serung!« in der Hand an der Tür stehen. Was Josh betrifft, so
ist er zurückhaltender, aber er umarmt mich dann trotzdem
mehrere Sekunden lang. Ich sage zwar nichts, aber die Tränen
in seinen Augen habe ich sehr wohl gesehen. Ich weiß, dass er
sich Vorwürfe macht, und es bricht mir das Herz.

»Was du getan hast, war extrem dumm«, wagt sich Alec als
Erster vor.

Ich lächele verhalten.

»Das ist wahr.«

»Willst du immer noch sterben?«, will er wissen und betrachtet dabei aufmerksam einen Punkt auf meiner Schulter.

Ich denke einen Moment nach, dann schüttele ich den Kopf.

»Nein, Alec. Heute nicht.«

Ich fühle mich noch immer leer und unglücklich, was nicht weiter überraschend ist. Aber ich habe auch Hoffnung, und das ist das Wichtigste.

Eden weicht nicht von meiner Seite, solange das Personal es ihm gestattet. Ich werfe ihm einen Blick zu, den er sofort zu verstehen scheint.

»Was ist, Leute, sollen wir einen Kaffee trinken gehen? Ich muss mir mal die Beine vertreten. Josh, hast du so lange ein Auge auf meine Freundin?«

Josh stottert etwas, das ich kaum verstehen kann. Alle anderen gehen hinaus. Ehe er die Tür hinter sich schließt, zwinkert Eden mir zu. Dann sind wir allein. Ich habe Josh so viel zu sagen, dass ich nicht weiß, wo ich anfangen soll.

»Hallo«, sage ich. Josh steht vor meinem Bett, weicht meinem Blick jedoch aus.

»Hi.«

Wir bleiben so lange stumm, bis ich es nicht mehr aushalte. Ich seufze.

»Josh, du bist nicht verantwortlich, okay? Es war nicht deine Schuld.«

»Nie im Leben hätte ich so etwas Gemeines sagen dürfen.«

»Es war dein gutes Recht.«

Von irgendwo ruft mir eine kleine Stimme zu: *Nein. Es war nicht richtig. Gestehe ihm diesen Fehler zu, Azalée.* Aber ich kann nicht dagegen an, es will mir nicht gelingen.

»Das stimmt nicht«, erklärt er entschlossen. »Es war boshaft, Aze, und das passt einfach nicht zu mir. Ich habe es nicht einmal gedacht. Es war nur dumm. Manchmal denke ich … Ich glaube, tief im Inneren habe ich dir nie wirklich verziehen, dass du mich damals ohne Erklärung verlassen hast.«

Endlich liegen die Karten auf dem Tisch. Ich nicke mit schmerzendem Herzen. Ich hatte es geahnt. Irgendwo im Hinterkopf wusste ich es. Schließlich haben wir uns einmal wirklich geliebt. Wir waren jung, aber das ändert nichts an den Gefühlen, die wir füreinander hatten.

Insgeheim nehme ich ihm die Worte übel, die er mir an seinem Hochzeitstag entgegengeschleudert hat, aber ich kann es nicht laut aussprechen. Daher sage ich:

»Das verstehe ich. Und es tut mir wirklich leid.«

»Aber ich bin nicht mehr wütend, Aze …«, erklärt er mit einem mitleiderregenden Lächeln. »Ich mag dich immer noch sehr und das wird sich auch nicht ändern. Inzwischen habe ich begriffen, warum du damals diese Entscheidung getroffen hast, auch wenn es vielleicht nicht unbedingt die richtige war. Und außerdem habe ich dadurch meine wunderbare Frau kennenlernen dürfen.«

Gerührt muss ich lächeln. Das stimmt. Es war zwar nicht meine Absicht, aber ich war die Ursache.

»Das bedeutet aber nicht, dass ich dir in meinem Ärger die Unfreundlichkeiten hätte an den Kopf werfen dürfen, vor allem, weil ich ja weiß, was du gerade durchmachst …«

»Vergiss es, Josh. Unser Streit hat nichts damit zu tun. Früher oder später hätte ich es ohnehin getan …«

Dieser letzte Satz scheint ihn hart zu treffen, denn er runzelt die Stirn und sieht mich endlich an.

In seinen Augen stehen Tränen. Sekundenlang sagt er nichts. Ich bekomme es mit der Angst zu tun.

»Ich hatte es geahnt, weißt du. Ich hatte es geahnt … diese Sache mit Pete«, erklärt er. Verblüfft schaue ich ihn an. »Ich wusste nicht, dass er es war, aber ich konnte mir denken, was mit dir passiert war. Ich habe nie etwas gesagt, weil ich Angst hatte. Ich wusste auch nicht, was ich hätte tun können. Ich habe dich in der Scheiße sitzen lassen, und heute … jetzt bist du hier.«

Ich weiß nicht, was ich sagen soll. Ich bin zutiefst erschüttert. All die Jahre hindurch habe ich alles getan, um meine Qualen zu verbergen, während Josh längst davon wusste. Aber er hat nichts gesagt. Ich habe nicht die geringste Ahnung, was ich davon halten soll.

»Ich wünschte, ich wäre für dich da gewesen. Ich hätte mit dir darüber reden sollen, ich hätte dir die Hand reichen sollen, ich …«

Ich stehe auf und nehme ihn in die Arme, damit er endlich schweigt. Er zieht mich fest an sich und umarmt mich fast fünf Minuten lang. Erneut flüstert er mir zu, wie leid es ihm tue, dass ihm die vermurkste Hochzeitsfeier egal sei und dass er mich vor Wind und Gezeiten, aber vor allem vor mir selbst schützen wolle.

Ich bin ihm nicht böse. Er ist mir keine Rechenschaft schuldig. Wir waren Kinder. Selbst wenn er mit mir darüber gesprochen hätte, hätte ich seine Hilfe höchstwahrscheinlich abgelehnt. Ich glaube an das Schicksal; wenn es so kommen sollte, dann ist es so.

»Deine Eltern lehnen mich jetzt sicher noch mehr ab«, scherze ich.

Ein Geräusch an der Tür unterbricht unser Gespräch. Josh dreht sich um. Vor uns steht ein Mann, den ich sofort erkenne. Als er sieht, dass ich nicht allein bin, entschuldigt er sich, aber ich mache ihm trotz meiner Überraschung ein Zeichen, hereinzukommen.

»Guten Tag, Officer«, begrüße ich ihn höflich. »Treten Sie ein.«

Ein wenig zurückhaltend erwidert er mein Lächeln und betritt das Zimmer. Er trägt Uniform und knetet verlegen seine Hände.

»Guten Tag, Miss Green. Wie geht es Ihnen?«

»Sehr gut, danke.«

Es ist eine Lüge und wir wissen es alle drei. Der für meinen Fall zuständige Beamte wirft einen Blick auf Josh, ehe er fragt, ob es möglich sei, unter vier Augen mit mir zu sprechen. Mein Freund tätschelt mir die Hand, bevor er den Raum verlässt und die Tür hinter sich schließt. Ermüdet setze ich mich an den Rand meines Bettes.

»Ich weiß nicht, wo ich anfangen soll«, seufzt er. »Es tat mir wirklich leid, als ich hörte, was Ihnen passiert ist.«

Ich lächele neckisch, doch nach zwei Tagen Krankenhaus will mir das nicht mehr so recht gelingen.

»Liegt es daran, dass Sie endlich realisiert haben, dass Sie ohne mich nicht leben können?«

Er errötet, schüttelt den Kopf und lacht.

»Das gefällt Ihnen, nicht wahr?«

»Was meinen Sie?«

»Leuten ein unbehagliches Gefühl zu vermitteln.«

Ich zucke mit den Schultern.

»Lieber die anderen als ich.«

Er nickt und setzt sich umständlich auf den Stuhl neben dem Bett.

»Sie brauchen mich nicht mit Samthandschuhen anzupacken«, bemerke ich leise und mit resignierter Stimme. »Sagen Sie mir einfach schnell, warum Sie hier sind, dann haben wir es hinter uns.«

Zwar habe ich ein schlechtes Gefühl, wundere mich aber nicht. Er ist höchstwahrscheinlich gekommen, um mir mitzuteilen, dass meiner Klage nicht stattgegeben werden kann.

Und ich bin bereit, mich damit abzufinden. Ich schließe die Augen, um nicht an Petes triumphierendes Lächeln denken zu müssen.

»Ich bin gekommen, um mich nach Ihrem Befinden zu erkundigen, aber nicht nur das.«

»Ich bin ganz Ohr, hübscher Officer.«

»Jordan«, stellt er sich lächelnd vor. »Tatsächlich habe ich ganz gute Neuigkeiten für Sie.«

Sofort hat er meine volle Aufmerksamkeit. Ich richte mich kerzengerade auf. Er bemerkt es und fährt mit ansteckender Begeisterung fort:

»Am Tag, nachdem Sie ... ins Krankenhaus kamen, war Katherine – also ich meine Petes Frau – auf der Polizeiwache. Sie kam mit ihrer Tochter.«

Ich erstarre und reiße die Augen weit auf. Ich spüre meinen Herzschlag bis in die Ohren. Ich zittere am ganzen Körper und bin mir nicht sicher, ob ich meine Emotionen noch unter Kontrolle bekomme. Plötzlich bekomme ich Angst. Große Angst. Angst, auf etwas zu hoffen, das dann doch nicht geschieht, und bitter enttäuscht zu werden.

Ich krampfe meine Hände um die Decke und mache mich bereit für den nächsten Schritt. Jordan lächelt mich an und fährt fort:

»Nachdem Katie erfahren hatte, was mit Ihnen passiert ist, hat sie ihrer Mutter alles gebeichtet. Sie muss zutiefst erschüttert gewesen sein ... Daraufhin hat Katherine Pete sofort wegen sexuellen Missbrauchs einer Minderjährigen angezeigt.«

Ich schlage die Hand vor den Mund und schließe die Augen, auch wenn es die Tränen nicht davon abhält, über meine Wangen zu laufen. Ich zittere so heftig, dass ich Angst habe, mir etwas zu brechen.

Ich kann es nicht glauben. Jordan legt tröstend seine Hand auf meinen Arm. Ich schluchze laut, unfähig, mich zu bremsen.

»Wir reden hier über zwanzig Jahre Gefängnis«, fügt er hinzu. »Zumal Pete aufgrund Ihrer eigenen Anzeige als Wiederholungstäter gilt. In solchen Fällen wird die Strafe verdoppelt.«

Wahnsinn, Wahnsinn, Wahnsinn. Nein, ich kann es nicht glauben, es ist nicht möglich, es kann doch nicht plötzlich so einfach sein, nicht nach all der Zeit, die ich durchlitten habe.

Ich brauche Beweise.

»S… sind Sie ganz s… sicher?«, frage ich schluchzend.

Jordan nickt entschieden. *Oh, mein Gott.* Es ist wirklich passiert. Katie hat es getan. Sie hat ausgesagt.

»Ich will nicht behaupten, dass es vorbei ist, oder dass Sie gewonnen haben. Aber es ist so, dass Ihre Chancen jetzt ganz gut stehen. Mit den Beweisen, die Katie vorgelegt hat, dürfte es für Pete schwierig werden, die Fakten zu widerlegen.«

Das sind die Worte, von denen ich seit meinem zwölften Lebensjahr träume, Worte, die ich mir so oft vorgestellt habe, dass es mir schwerfällt, nun daran zu glauben.

Du kannst endlich aufatmen, Aze.

Atme.

Atme.

A t m e

»Beweise?«

»Katie wurde untersucht. Dabei wurden auf einigen ihrer Kleider Spuren von Sperma gefunden … Petes Sperma. Auch die Zeugenaussagen einiger Klassenkameraden stützen ihre Aussage. Pete sitzt ziemlich in der Klemme.«

Trotz meines Zitterns atme ich tief durch. Tränen trüben meinen Blick. Ich bedanke mich bei Jordan, ich sage ihm, dass ich es noch nicht glauben kann, dass mir alles furchtbar leidtut, dass dies der glücklichste Tag meines Lebens ist und dass ich unbedingt mit Katie reden will.

Ja, ich will mit Katie reden.

»Es lag mir am Herzen, Ihnen die Nachricht persönlich zu überbringen«, erklärt der Beamte voller Mitgefühl. »Auch wenn ich weiß, dass es nur ein kleiner Trost …«

Ich lasse ihn seinen Satz nicht beenden, sondern umarme ihn mit aller Kraft. Er zögert einen Moment, scheint nicht zu wissen, wie er sich verhalten soll, klopft mir aber schließlich auf den Rücken.

Es ist vorbei. Es ist endlich vorbei.

Natürlich weiß ich sehr wohl, was mich erwartet. Ich werde die schlimmsten Momente meines Lebens vor Fremden noch einmal durchleben und bezeugen müssen, aber das spielt jetzt keine Rolle mehr.

Denn es gibt *Beweise.*

Und diesmal bin ich frei und er ist der Gefangene.

»Danke«, flüstere ich.

Ich bin frei.

»Ich habe wirklich nichts dazu beigetragen …«

Ich bin frei.

»Danke, dass Sie mir geglaubt haben.«

Endlich.

40

September 2018

Eden

Heute wurde mir das Sorgerecht für meine Tochter zugesprochen.

Ich stehe immer noch unter Schock. Und es dauert bestimmt ein paar Tage, bis ich endlich wirklich begreife, dass Faith nicht mehr jeden Sonntagabend zu ihren Großeltern zurückkehren muss.

Und ja, ich gebe zu, ich habe geweint. Auch Faith ist sehr glücklich, vor allem, weil sie jetzt jeden Tag Chestnut sehen kann. *So hat jeder seine Prioritäten.*

Azalée war die ganze Zeit an meiner Seite. Wie ein Anker auf hoher See. Mein Anwalt schien wegen des Ausgangs der Verhandlung keineswegs besorgt zu sein, was auf mich durchaus nicht zutraf. Ich gebe es nur ungern zu, aber ich hatte längst alle Hoffnung verloren. Ich dachte allen Ernstes, dass meine Akte für mich zum Problem werden könnte. Aber entgegen allen Erwartungen lag ich falsch. Dass nun auch Katie Pete angezeigt hat, konnte meinen Wutausbruch gegen ihn weitestgehend rechtfertigen.

Zunächst wurden Patrick und Natalie angehört, dann war ich an der Reihe. Meine Stimme zitterte zwar, aber mein Ton war entschlossen.

Ich glaube, ich habe meine Sache ganz gut gemacht. Aber

vor allem waren es die Antworten von Faith, die zu meinen Gunsten ausgelegt wurden. Als sie gefragt wurde, bei wem sie wohnen wollte, strahlte sie mich an. Ich befürchtete bereits, auf dem Boden des Büros dahinzuschmelzen.

»Bei meinem Papa.«

Der Anwalt lächelte und fragte sie, warum.

»Weil er mir so fehlt«, antwortete sie errötend. »Genau wie Chestnut. Und auch wenn Papa manchmal mit mir schimpft, will er mir doch eigentlich immer nur eine Freude machen.«

»Wie schimpft denn dein Papa mit dir?«

»Na ja, er wird ärgerlich.«

»Wird er dabei laut?«

»Ja.«

»Schlägt er dich, wenn du nicht brav bist?«

Bei dieser Frage runzelte Faith verständnislos die Stirn, als ob die Frage völlig idiotisch wäre.

Noch nie drängte es mich mehr, sie in die Arme zu nehmen.

»Nein.«

Anschließend ging es weiter mit Fragen zu unseren Aktivitäten, unserem Alltag, ob es ihr an etwas fehle, und so weiter. Die reinste Hölle.

Als das Urteil fiel, stockte mir für eine Sekunde buchstäblich der Atem. Mit zitternden Händen und heißen Tränen in den Augen zog ich meine Tochter fest an mein Herz.

Endlich.

Nach all den Jahren, in denen ich versucht habe, meiner Tochter ein guter Vater zu sein, bekam ich sie nun endlich zugesprochen. Sie ist bei mir. Ich habe mein Versprechen gehalten. Faith hat keine Mutter, ebenso wenig wie ich gute Eltern hatte; aber sie hat mich, und ich werde sie nie loslassen.

»Herzlichen Glückwunsch«, flüsterte Azalée mir bewegt und zutiefst glücklich zu.

Sie stand neben uns mit einem Lächeln auf ihrem schönen Gesicht. Ich umarmte sie ebenfalls, und Faith legte sofort ihren anderen Arm um ihren Hals.

Lange Sekunden standen wir da und umarmten uns alle drei. Die anderen wollten das Ereignis im Restaurant feiern, aber ich wollte den Abend lieber mit meiner Familie verbringen. Dafür hatten alle Verständnis. Azalée braucht ohnehin noch viel Ruhe.

Jetzt bin ich dabei, mit ihr gemeinsam das Abendessen vorzubereiten – wir sind beide nicht gerade Sterneköche und brauchen zehn Minuten, um uns für Nudeln zu entscheiden … ehe sie mich fragt, ob da Butter hineingehört.

»Wie fühlst du dich?«, frage ich sie.

In einigen Tagen geht Azalée in die Reha. In der Zwischenzeit wohnt sie bei Faith und mir. Ich umsorge sie nicht zu sehr, weil sie mich sonst übel abblitzen ließe, aber ich lasse sie nicht aus den Augen. Jedenfalls nicht, bis es ihr wieder besser geht.

»Gut«, antwortet sie und schlingt mir von hinten die Arme um die Taille. Ich lasse sie mich umarmen und ihre Brust an meinen Rücken pressen.

»Warum ist mein Eindruck dann ein ganz anderer?«

Sie antwortet nicht. Ich schalte die Kochplatte aus, drehe mich um, nehme ihr Gesicht in die Hände und küsse sie auf den Mund.

»Ich habe nur ein bisschen Angst. Ich mag nicht ganz allein dort sein.«

»Aber du bist dort nicht allein. Und wenn du zurückkommst, sind wir alle da und warten auf dich.«

Sie nickt und lächelt mich traurig an. Mir ist klar, wie sehr ihr das alles zusetzt, und es tut mir in der Seele weh. Aber wir wissen beide, dass sie keine andere Wahl hat. Petes Verhaftung kann nicht alles reparieren, das hat sie verstanden.

Als das Abendessen fertig ist, machen wir uns auf die Suche nach Faith, die irgendwo im Obergeschoss verschwunden ist. Wir finden sie im Badezimmer, wo sie den Korb mit der schmutzigen Wäsche durchstöbert.

»Was machst du da, Faith?«

Sie zuckt zusammen und dreht sich wie auf frischer Tat ertappt errötend um. Sie wirft einen Blick auf Azalée, zögert kurz und murmelt:

»Ich wollte mich schön machen.«

»Aber wir essen nur zu Abend, Schätzchen.«

»Und warum hat sie sich dann schön gemacht?«

Ich drehe mich zu Azalée um, die überrascht dreinblickt.

Sie trägt Jeans-Shorts und eines meiner T-Shirts, das sie unter der Brust zu einem Knoten zusammengebunden hat.

Weil sie immer schön ist, würde ich gern antworten. Doch stattdessen sage ich:

»›Sich schön machen‹ hat keine Bedeutung. Du bist schon wunderschön, mein Herz.«

»Das sagst du nur, weil du mein Vater bist«, sagt sie und verdreht die Augen. »Du musst das sagen.«

Azalée hinter mir verkneift sich das Lachen, geht zu Faith und legt ihr die Hände auf ihre kleinen Schultern.

»Aber ich finde das auch. Und ich habe keinen Grund, dich anzulügen. Geschworen.«

»Mmh.«

Weil sie immer noch nicht überzeugt zu sein scheint, seufze ich und stelle sie vor den Spiegel.

»Gut, wie wäre es mit einer hübschen Frisur? Dein Haar sieht aus, als würde es schmollen. Wie Granny.«

»Okay«, stimmt sie zu. »Aber Azalée dann auch.«

Mit hochgezogenen Augenbrauen werfe ich Azalée einen verschmitzten Blick zu. Meine Freundin lächelt, bis sie merkt, dass ich es ernst meine. Sie reißt die Augen auf und schüttelt unmerklich den Kopf.

Die Rache für das Eiskönigin-Handtuch.

»Aber natürlich macht ihr es zusammen.«

Ich nehme ein Gummiband und sage Faith, dass sie sich nach vorn beugen soll. Wie üblich gehorcht sie und lässt mich durch ihre Haare wuscheln. Ich bürste sie vorsichtig und nehme ihren ganzen Schopf in meine linke Hand, wobei ich mir Azalées Blick durchaus bewusst bin.

Sie scheint kurz davor, loszulachen, weshalb ich sie schüchtern anlächele.

»Ich kenne nur die Ananasfrisur.«

Ich binde das blonde Haar zusammen und Faith richtet sich wieder auf. Ihr hoher Pferdeschwanz sitzt jetzt mitten auf ihrem Kopf und schwingt bei jeder Bewegung hin und her. Die Kleine grinst breit und reicht mir ein weiteres Gummiband.

»Und jetzt Azalée.«

Ich werfe ihr einen Blick zu. Jetzt lacht Azalée nicht mehr. Trotzdem lässt sie mich gewähren, wirft mir allerdings bitterböse Blicke zu. Ich habe ein schelmisches Vergnügen daran, ihr Haar zu bürsten, während sie vor mir den Kopf beugt.

Ein paar Minuten später sitzen wir alle am Tisch. Die beiden Frauen meines Lebens tragen eine Ananasfrisur. Die eine strahlt, die andere würde mich offenbar am liebsten erwürgen. Ich frage mich, wie sie erst reagiert, wenn sie erfährt, dass ich in einem unbeobachteten Moment ein Foto gemacht und es an unsere vergnügten Freunde geschickt habe.

Vielleicht sollte ich mir einen gefälschten Pass besorgen und umgehend die Flucht ergreifen.

Plötzlich werde ich durch das Wort »verliebt« aus meinen Gedanken gerissen. Ich runzele die Stirn.

»Was? Wer ist verliebt?«

Azalée grinst mich spöttisch an und füllt Faiths Teller.

»Deine Tochter.«

Sofort erstarre ich. Ich schaue Faith, die sich nicht um mich zu kümmern scheint, wie ein grimmiger Polizist an und räuspere mich.

»Dir ist klar, dass ich dir ein paar Fragen stellen muss, nicht wahr, kleines Fräulein?«

Sie nickt, als hätte sie sich darauf vorbereitet. Azalée verschränkt die Arme und neigt geduldig den Kopf.

»Okay, fangen wir an. Wie heißt er?«, frage ich und versuche, bedrohlich auszusehen.

»Diego.«

Ich runzele die Stirn.

»Diego? Wo kommt er denn her?«

»Eden!«, ruft Azalée entrüstet.

Ich zwinge mich, nicht zu lachen, und hebe die Hände.

»Ich mache nur Spaß!«, gestehe ich an Faith gewendet. »Wie alt ist er?«

»Sieben Jahre. Wie ich.«

»Bist du dir da ganz sicher?«

»Eden …«, warnt mich Azalée. Ich beachte sie nicht.

»Ich kenne sie, diese Diegos.«

Sie verdreht die Augen, während Faith mit dem Mund voller Nudeln unerschütterlich bleibt.

»Er wird in zwei Wochen acht.«

Ich klatsche mit der flachen Hand auf den Tisch. Faith und Azalée zucken erschrocken zusammen.

»Da siehst du es! Ich kenne ihn noch nicht einmal, aber er mogelt schon mit seinem Alter. Das fängt ja gut an.«

Dieses Mal lächelt Azalée zärtlich. Ich zwinkere ihr zu, bevor ich meine Aufmerksamkeit wieder Faith widme.

»Wie lautet seine Sozialversicherungsnummer?«

»Du liebe Zeit«, mault meine Freundin. »Wie wird das erst werden, wenn sie achtzehn ist …«

Ich schlucke meinen Bissen herunter und deute mit meiner Gabel auf sie.

»Meine Tochter ist meine Tochter. Und weil ich selbst ein Mann bin, weiß ich, was in den Köpfen dieser Diegos vor sich geht! Glaub mir, es hört sich wirklich nicht angenehm an.«

»Oh, das glaube ich dir aufs Wort.«

Sie zieht eine Augenbraue hoch und ich antworte ihr mit einem Raubtierlächeln. Plötzlich habe ich es sehr eilig, dass das Abendessen zu Ende geht. Den Rest der Mahlzeit verbringen Azalée und ich damit, unter dem Tisch zu fußeln, während wir uns weiter mit Faith unterhalten.

Ein Abend, wie ich ihn mag.

Als wir fertig sind, räumt Azalée den Tisch ab, während ich die Kleine zu Bett bringe. Ich decke sie zu und gemeinsam sprechen wir darüber, dass wir ab jetzt viel mehr Zeit miteinander verbringen werden.

Dann frage ich sie, ob sie sich freut, jetzt hier zu wohnen, und sie nickt und listet all die Dinge auf, die sie vorhat – allen voran, ihr Zimmer neu zu dekorieren.

»Papa?«, flüstert sie und legt ihren Kopf auf ihr Kissen.

»Ja?«

»Wird Azalée auch hier bei uns wohnen?«

Überrascht von ihrer Frage ziehe ich die Augenbrauen hoch. Faith hat mich nur ein einziges Mal gefragt, wo ihre Mutter ist. Das war vor zwei Jahren. Damals sagte ich ihr die Wahrheit – dass ihre Mutter in ein anderes Land gezogen wäre und dass es jetzt nur noch sie und mich gäbe.

Sie hat mich nie wieder gefragt, obwohl ich weiß, dass das Fehlen einer Mutter sie belasten muss.

»Ich weiß es nicht … Würde es dir gefallen?«

Sie zuckt die Schultern, gähnt leise und schaut auf ihre kleinen Hände.

»Ja, ich glaube schon. Ich mag sie. Sie ist wunderschön, sie backt Kuchen und sie ist eine Feninistin.«

Ich runzele die Stirn, dann pruste ich los.

»Ich mag sie auch.«

»Chestnut auch.«

Ganz entschieden mag sie wirklich jeder.

»Und wenn … wenn wir zum Beispiel alle zusammen woanders leben würden? Würde dich das stören, Mäuschen?«

Sie denkt nach und runzelt die Stirn. Ich würde sie auf keinen Fall aus ihrem Leben hier herausreißen, wenn sie es nicht will. Ich habe sie ja gerade erst zurückbekommen.

»Und wo?«

»Wo du willst.«

»Würde Chestnut mitkommen?«

»Natürlich.«

»Dann wäre ich einverstanden«, sagt sie ein wenig zu begeistert. »Gute Nacht, Papa.«

Ich küsse sie auf die Stirn und flüstere ihr zu, dass ich sie liebe, dann schließe ich die Tür und lasse sie in der Dunkelheit zurück. Mit geschlossenen Augen lehne ich meinen Kopf gegen das Holz und seufze. Ich kann immer noch nicht glauben, dass meine Tochter wirklich hier ist und nicht mehr weggeht.

Endlich ist sie bei mir. Nur bei mir.

Plötzlich berühren kalte Hände mein Gesicht. Ich öffne die Augen. Schön und fast unwirklich steht Azalée vor mir. Sie stellt keine Fragen, sondern streichelt nur meine Wangen, meinen Hals und meine Schultern. Dann beugt sie sich vor und küsst mich zärtlich.

»Lass uns schlafen gehen«, flüstert sie und nimmt meine Hand.

Ich folge ihr wie ein Roboter. Kaum sind wir in meinem Zimmer, ist sie es, die sich darum kümmert, mich auszuziehen. Ich lasse sie gewähren, ohne die Augen von ihr abzuwenden. Als ich schließlich in Unterwäsche dastehe, nehme ich sie in die Arme und schmiege mein Gesicht an ihre zarte Schulter.

Ich bin endlich zu Hause.

Epilog

Drei Monate später

Azalée

Willkommen bei Dear Patriarchy,
Heilung braucht Zeit. Sie ist alles andere als einfach. Es gibt
Momente, da will man zu den alten Dämonen zurückkehren, und
Momente, in denen man sich fragt, ob man überhaupt stark ge-
nug ist, alles hinter sich zu lassen.
Aber es ist die Mühe wert.
Weil man tatsächlich stark genug ist und weil es Menschen gibt,
die einen lieben und einem die Hand reichen, auch wenn man es
selbst zunächst nicht erkennt.
Mein Name ist Azalée Green … und ich bin eine Überlebende.

»Faith, ab ins Bad!«

Ich ziehe einen von Edens Pullovern über mein T-Shirt
und drehe unterwegs die Heizung auf. Es ist eiskalt in diesem
Haus. Ich höre eilige Schritte im Flur und ein blitzschneller
Schatten huscht an der Tür vorbei.

Ich gehe in den Flur und wende meinen Kopf nach rechts
und links. Niemand. Ich seufze.

»Faith … Bitte, ich bin müde«, flehe ich und tue so, als würde ich weinen.

Zwar schäme ich mich, aber es ist die Methode, die sich bisher am besten bewährt hat. Faith ist auch so schon ein sehr ak-
tives Kind, aber seit Weihnachten vor der Tür steht, flitzt sie
nur noch herum.

»Ich habe doch gestern erst gebadet!«, ruft sie, offenbar aus dem Gästezimmer.

»Wir baden aber jeden Tag.«

Ich öffne die Tür. Sie sitzt da und malt. Mit verschränkten Armen lehne ich mich an den Türrahmen. Als ich sehe, was sie malt, muss ich lächeln.

»Ich male ein Bild für den Weihnachtsmann. Wir legen es zu den Clementinen und der Schokolade.«

»Einverstanden. Aber weißt du, der Weihnachtsmann geht nicht in die Nähe von schmutzigen Kindern.«

Sie hört auf zu zeichnen und schaut mich an. Faith ist nicht dumm; ich habe immer noch Schwierigkeiten, sie dazu zu bringen, mir etwas zu glauben.

»Wieso?«

»Na ja, weil sie stinken.«

Nach ein paar Sekunden scheint ihr die Logik meiner Worte einzuleuchten und sie folgt mir ins Bad. Nachdem ich mich überzeugt habe, dass sie wirklich in der Wanne sitzt, lasse ich sie in Ruhe herumplanschen und gehe zurück ins Wohnzimmer.

Eden sollte bald hier sein. Ich nehme ein Bier aus dem Kühlschrank und lege mich auf die Couch vor dem Kamin. Im Hintergrund läuft ein Song von den Kooks. Jenseits der Fenster fällt Schnee. Es ist wunderschön.

Ich: Deine Tochter scheint zu glauben, dass man sich nur jeden zweiten Tag wäscht. Ziemlich beunruhigend.

Ich kritzele ein paar Ideen für die nächste *Dear-Patriarchy*-Sendung in mein Notizbuch. Eden antwortet schnell.

Eden: Soll das etwa heißen, dass du dich … jeden Tag wäschst?

Ich muss lachen und schüttele den Kopf.

Ich: Ich weiß, es ist verrückt.
Eden: Wow. Danke, dass du mich warnst.
Ich: Tja, es ist mir wichtig. Schließlich bin ich diejenige,
die mit dir schläft.
Eden: Nicht ganz unrichtig.

Ich beginne, die chinesischen Nudeln aufzuwärmen, die ich fürs Abendessen vorgesehen habe; nur, weil ich mich um eine Siebenjährige kümmere, heißt das nicht, dass ich endlich kochen gelernt habe.

Ich fühle mich auch so schon erwachsen genug. Nach der ganzen Geschichte mit Pete haben wir uns entschlossen, einen Neuanfang an einem anderen Ort zu wagen. Ich verabscheute mein Haus, und Eden wollte bei mir bleiben. Wir haben unsere beiden Häuser sehr schnell verkauft, das Geld zusammengelegt und ein etwas kleineres, aber sehr gemütliches Haus nicht weit vom Lake Wylie gekauft.

Jetzt besitzen wir einen Garten, ein Waldstück und einen Bootssteg, der direkt in den See führt. Im Umkreis von hundert Metern sind wir die Einzigen. Es ist wunderschön, sehr friedlich und Frechdachs ist glücklich.

Oh, und ich habe jetzt tatsächlich einen Wintergarten, in dem man essen kann, wenn es regnet. Eden hat darauf bestanden – eben ein #perfectboyfriend. Den Job im *Royal American* musste ich aufgeben, sonst hätte ich Eden und Faith nicht mehr zu Gesicht bekommen. Ich habe mich dazu entschlossen, mich auf die Musik zu konzentrieren, und zwar insbesondere auf das Texten. Alecs Zwillingsbruder Cameron bestand darauf, mich unter seine Fittiche zu nehmen. Wir arbeiten gut zusammen; er hat mir sogar vorgeschlagen, mit der Band auf Tour zu gehen.

Kurz gesagt, alles läuft wie am Schnürchen.

Mir geht es besser, viel besser. Die Begegnung mit Eden war eine echte Bereicherung meines Lebens, doch das genügte nicht, um mich zu retten. Es war mein nagelneues Selbstwertgefühl, das den Unterschied machte. In dieser Hinsicht hat mir die Reha sehr gut getan.

Ich setze die regelmäßigen Sitzungen mit einer Psychologin fort. Das hilft wirklich sehr, und auch Eden nimmt professionelle Hilfe in Anspruch. Aber es ist mein Leben mit ihm und Faith, das am meisten zu meiner Genesung beiträgt. Und natürlich die Tatsache, dass Pete der Prozess gemacht wurde. Mein Anwalt hat mir versichert, dass er für lange Zeit im Gefängnis bleiben wird.

Meine Therapie half mir zu verstehen, dass ich mich geirrt hatte. Tatsächlich ist es so, dass Pete mein Leben nicht ruiniert hat. Was ich durchgemacht habe, ist etwas, das es zu überwinden gilt.

Ich verspreche es.

Die Angelegenheit hat ziemlich viel Staub aufgewirbelt. Die Leute haben aufgehört, falsche Gerüchte über mich zu verbreiten, oder zumindest tun sie es nur noch hinter verschlossenen Türen. Wie auch immer, ich habe mit alledem nichts mehr zu tun.

Ich nutze das Internet nur noch für meinen feministischen Podcast und um mit Frauen zu sprechen, die Opfer sexualisierter Gewalt geworden sind. Auch das hilft mir, Positivität zu verbreiten. Tori ist total stolz auf mich. Seit ich mich endgültig aus dem Café zurückgezogen habe, kommt sie manchmal unerwartet vorbei. Sie behauptet zwar, sie wäre mir böse, aber ich weiß, dass das nicht stimmt.

Dafür liebt sie mich zu sehr.

»Hallo, *Beauté*.«

Ich drehe mich zum Eingang um. Eden schließt die Tür hinter sich, sein Haar ist mit Schneeflocken übersät. Er lächelt mich an. Wegen der Kälte hat er die Schultern hochgezogen. Er legt seinen Mantel ab. Ich renne zu ihm, springe ihm an den Hals und umklammere seine Taille mit meinen Beinen.

Er fängt mich auf und legt seine Lippen auf meinen Mund. Ich küsse ihn leidenschaftlich, während er seine Hände unter meinen Pullover gleiten lässt. Sie sind so kalt, dass ich aufschreie und mich winde. Er grinst breit.

»Wann hörst du endlich auf, mir meine Sachen zu stibitzen?«

»Willst du das wirklich?«

»Nein«, knurrt er und setzt mich ab. »Ist das Abendessen fertig?«

Ich versetze ihm einen Klaps auf die Brust. Er lacht.

»Ich mache doch nur Spaß!«

»Das hoffe ich für dich.«

Wir werden von einer sehr sauberen Faith mit nassem Haar unterbrochen. Sie begrüßt ihren Vater und bald setzen wir uns zum gemeinsamen Essen an den Tisch.

Jeder erzählt von seinem Tag und von etwas, das ihn zum Lächeln gebracht hat. Faith listet das Spielzeug auf, das sie ihrem Wunschzettel noch hinzufügen möchte. Eden wirft mir diskret einen beklommenen Blick zu.

Ich muss zugeben, dass wir nicht auf Rosen gebettet sind. Manchmal vergesse ich, dass wir selbst eigentlich noch Kinder sind. Kinder, die gezwungen waren, zu schnell erwachsen zu werden. Es ist nicht immer einfach, wir machen Fehler und manchmal streiten wir auch, aber wir kommen zurecht.

Als wir mit dem Essen fertig sind, wäscht Eden ab, während sich Faith über FaceTime mit Josh und Alyssa unterhält. Auch ich spreche ganz kurz mit ihnen, allerdings nur um

Hallo zu sagen und sie zu fragen, wie es ihnen geht. Sie sind endlich in die Flitterwochen gefahren; seitdem hören wir nicht mehr viel von ihnen.

Ich schätze, sie sind viel zu sehr damit beschäftigt, miteinander zu schlafen. Das gilt wohl auch für Alec und Noah, allerdings sind die beiden diskreter. Was Andrew angeht, so hat er endlich auf meinen Rat gehört und ist von zu Hause ausgezogen. Er lebt mit seinem kleinen Bruder in einer winzigen Wohnung im Stadtzentrum.

Noch nie war ich so stolz auf uns.

Es scheint, dass man gemeinsam stärker ist.

»Okay«, seufze ich, nachdem Faith den Anruf beendet hat. »Was schauen wir uns heute Abend an?«

Sie sitzt im Schneidersitz da und betrachtet mich nachdenklich.

Ich bete zu allen Göttern im Himmel, dass sie nicht schon wieder *Die Eiskönigin* sehen möchte. An dem Tag, als ich mich dabei ertappte, die Lieder aus dem Film unter der Dusche zu singen, stürmte ich aus dem Bad und schrie Eden an, die DVD sofort zu verstecken.

Faith verdächtigt uns zwar, aber sie hat keinen Beweis.

»Ich dachte an *Rapunzel – neu verföhnt*.«

Ich tausche einen überraschten Blick mit Eden aus. Endlich mal ein Film, den wir noch nicht so oft gesehen haben – zumindest nicht so häufig wie die anderen.

»*Rapunzel* finde ich in Ordnung. Was ist mit dir, Eden?«

»Ist das der mit dem coolen Typen auf dem Pferd? Er ist ein Dieb, glaube ich.«

Ich verdrehe die Augen. Faith antwortet frech:

»Er heißt Flynn, Papa. Flynn Rider.«

»Wow, immer mit der Ruhe. Ist er etwa dein Freund oder was?«

Ich verkneife mir ein Lachen und starte die DVD. Wir setzen uns alle drei auf die Couch, Eden in der Mitte, einen Arm zu jeder Seite ausgestreckt. Seine Wange liegt auf meinem Kopf und seine Finger streicheln zerstreut mein Handgelenk unter dem Ärmel des Pullovers.

Wir wechseln ein paar Kommentare, aber jedes Mal fordert Faith uns auf, nicht ständig zu reden. Wir kommen uns vor wie die Klassenclowns, die hinter dem Rücken der Lehrerin schwatzen. Als der Film vorbei ist, steht Eden auf und nimmt die schon halb schlafende Faith auf den Arm, um sie zu Bett zu bringen.

»Mmh«, murmelt Faith mit flatternden Augenlidern. »Azalée.«

Wir erstarren. Eden schaut mich an. Wir sind nicht sicher, ob wir sie richtig verstanden haben. Ich erbebe.

»Möchtest du, dass Azalée dich ins Bett bringt?«, erkundigt er sich, um ganz sicherzugehen.

Mir wird bewusst, dass ich halb vorgebeugt auf ihre Antwort warte. Schließlich nickt Faith und streckt mir ihre Arme entgegen. Ich werfe Eden einen erschrockenen Blick zu, aber er lächelt nur breit.

Bisher hat sie mich noch nie darum gebeten. Niemals.

Ich denke nicht lang nach und nehme sie, so schwer sie auch ist, in meine Arme. Ihre kleinen Hände liegen um meinen Hals, ihre Wange ruht an meiner Schulter und ich bringe sie in ihr Zimmer. Sie kuschelt sich unter ihre Decken, während ich ihr Nachtlicht anknipse.

Auch wenn es keine große Sache ist, bin ich von Gefühlen überwältigt. Ihr Vertrauen bedeutet mir sehr viel. Ich streiche ihr das blonde Haar aus der Stirn und lese ihr eine ihrer Lieblingsgeschichten vor. Sie spielt die ganze Zeit mit meinen Händen. Ihre Augenlider sind schon schwer.

Als die Geschichte zu Ende ist, drücke ich ihr einen Kuss auf die warme Stirn.

»Gute Nacht, Faith. Ich habe dich sehr lieb.«

Ich erstarre, denn eigentlich hatte ich nicht die Absicht, das zu sagen. Es kam ganz von selbst heraus, fast wie ein … Reflex. Aber das ist es nicht, was mich am meisten erstaunt. Nein, das Überraschendste ist, dass die schon halb schlafende Faith seufzt und völlig selbstverständlich antwortet:

»Ich habe dich auch sehr lieb.«

Schnell verlasse ich das Zimmer, damit sie die Tränen nicht sieht, die mir in die Augen treten. Als ich Eden entdecke, der mit zärtlichem Gesichtsausdruck im Flur auf mich wartet, wird mir klar, dass er uns belauscht hat.

Ich versuche, ihn anzulächeln, doch mein Gesicht verzieht sich und ich breche in Tränen aus. Sofort zieht er mich an sich, streicht mir mit der Hand über das Haar und flüstert mir ins Ohr:

»Warum weinst du, *Beauté*?«

Ich trete einen Schritt zurück und trockne meine Tränen, ehe ich ihn fest umarme. Eden scheint besorgt zu sein, aber das ist nicht nötig. Mir geht es gut. Uns geht es gut.

»Wegen nichts.«

»Ich bin niemand x-Beliebiges. Du weißt es nur noch nicht, das ist alles.«

Ich glaube, er hatte recht.

Danksagung

Die ersten Worte von *Bad At Love* habe ich im Jahr 2016 zu Papier gebracht. Es dauerte drei Jahre, bis ich die Geschichte von Azalée fertiggestellt hatte, und es fiel mir nicht immer leicht. Diesen Roman zu schreiben war eine persönliche Herausforderung. Deshalb hoffe ich aufrichtig, dass er euch ebenso berühren wird wie mich.

Zunächst möchte ich mich bei meinen engsten Freunden bedanken, die gleichzeitig auch meine treuen Kritiker/Erstleser sind: Marie, Johan, Amale, Doriane, Emilie und Roxanne. Aber auch bei meiner Gruppe #EdenTrash, die aus meinen Herzchen Audrey und Andréa besteht. Vielen Dank für euer wertvolles Feedback und eure zuverlässige Unterstützung.

Tausend Dank an meine Redakteurin Sylvie, deren Betreuung für mich in den letzten zwei Jahren ungeheuer wertvoll war. Ich arbeite gerne mit dir zusammen. Und ich erhebe das Glas auf die nächsten Romane, die wir zusammen machen!

Natürlich möchte ich Hugo Roman und allen, die dort arbeiten, danken. Gerne wüsste ich alle eure Namen, um jedem einzeln danken zu können. Ich weiß, dass viele talentierte Menschen im Hintergrund arbeiten, und ich bin ihnen dafür sehr dankbar.

Ein großes Dankeschön geht an alle meine Leser, sowohl an jene, die ich jedes Jahr treffe, als auch an die anderen; eure Unterstützung hilft mir und motiviert mich jeden Tag, noch mehr zu geben und immer besser zu werden. Ohne euch wäre ich heute nicht da, wo ich bin. Danke.

Aber das Beste zum Schluss. Wie immer danke ich meiner Mutter, der Einzigen und der Besonderen, für ihre klugen Ratschläge und ihre unfehlbare Unterstützung bei meiner Berufswahl. Danke, dass du mich stärker und selbstbewusster gemacht hast. Ich liebe dich.

Solltest du Hilfe benötigen, bitte zögere nicht, sie dir zu holen. Erste Anlaufstellen können sein:

Das Hilfetelefon »Gewalt gegen Frauen«
www.hilfetelefon.de
08 000 116 016

Das Bundesamt für Familie und zivilgesellschaftliche Aufgaben bietet das »Hilfetelefon Gewalt gegen Frauen – Unterstützung für Frauen in Not« an. Die anonyme und barrierearme Beratung erfolgt kostenlos und ist 365 Tage im Jahr und rund um die Uhr möglich.

Nummer gegen Kummer e. V.
www.nummergegenkummer.de
116 111

Die »Nummer gegen Kummer« bietet ein schnelles und unkompliziertes Beratungsangebot für Kinder, Jugendliche und Eltern. Die Beratung erfolgt telefonisch (montags bis samstags von 14 bis 20 Uhr sowie montags, mittwochs und donnerstags von 10 bis 12 Uhr) oder per Chat.

Opfer-Telefon des Weißen Rings
www.weisser-ring.de
116 006

Die Nummer für alle, die mit einer Straftat konfrontiert wurden. Das Opfer-Telefon ist 7 Tage die Woche von 7 bis 22 Uhr erreichbar.

Telefonseelsorge
www.telefonseelsorge.de
0800 111 0111
0800 111 0222

Über die Nummer der Telefonseelsorge kann jede*r 365 Tage im Jahr und rund um die Uhr Unterstützung erhalten (beispielsweise bei Suizidgedanken). Es gibt außerdem Beratungsangebote über Mail, Chat oder App. Auch eine Beratung vor Ort ist möglich.

Mobbing-Zentrale
www.mobbing-zentrale.de
(040) 219 83 289

Die Mobbing-Zentrale Deutschland informiert und berät zum Thema Mobbing. Sie bietet Beratungsgespräche und Schulungen an (kostenpflichtig) und kann auf Wunsch einen Kontakt zu Spezialist*innen herstellen, die den Betroffenen weiterhelfen.

Jungundjetzt e. V. – Chatroom
www.jugendnotmail.de

Auf jugendnotmail.de können Kinder und Jugendliche all ihre Sorgen kostenlos unter Angabe eines Nicknamens in einem Chat dem professionellen Beratungsteam anvertrauen. Es stehen Fachkräfte zu rund 13 Themenkomplexen zur Verfügung, zum Beispiel Depression, Selbstverletzung, Gewalt, Mobbing, Missbrauch und familiäre Probleme. Darüber hinaus haben Betroffene die Möglichkeit, sich in moderierten Foren und Themenchats untereinander auszutauschen.

Wenn aus besten Freunden plötzlich mehr wird …

Morgane Moncomble
NEVER TOO CLOSE
Aus dem
Französischen von
Ulrike Werner-Richter
464 Seiten
ISBN 978-3-7363-1122-0

Seit sie gemeinsam in einem Aufzug eingeschlossen waren, sind Loan und Violette beste Freunde. Das zwischen ihnen ist vollkommen platonisch – zumindest bis jetzt. Denn als Violette beschließt, dass sie nicht länger Jungfrau sein will, ist es Loan, den sie bittet, ihr auszuhelfen. Schließlich vertraut sie niemandem so sehr wie ihrem besten Freund. Loan ist von der Idee zunächst alles andere als begeistert, doch schließlich willigt er ein. Es ist ja nur dieses eine Mal … oder?

»Ich bin total verliebt – in die Atmosphäre, den Humor, die Figuren.« LA FÉE LISEUSE ET LES LIVRE

LYX

Die Liebesgeschichte von Micah und Julian –
herzzerreißend und unvergesslich

Laura Kneidl
SOMEONE NEW
544 Seiten
ISBN 978-3-7363-0829-9

Als Micah auf ihren neuen Nachbarn trifft, kann sie es nicht glauben: Es ist Julian, der kurz zuvor ihretwegen seinen Job verloren hat. Micah fühlt sich schrecklich, weil Julian ihr nicht mal die Gelegenheit gibt, sich zu entschuldigen. Doch seine undurchdringliche Art fasziniert Micah, und sie will ihn näher kennenlernen. Dabei findet sie heraus, dass Julian nicht nur sie, sondern alle Menschen auf Abstand hält. Denn er hat ein Geheimnis, das die Art, wie sie ihn sieht, für immer verändern könnte …

»Ein absolutes Must-Read, das ich am liebsten in jedes Regal der Welt stellen möchte.« LESELURCH.DE

LYX